ASESINATOS EN FAMILIA

ASESINATOS EN FAMILIA

NINA SIMON

Editado por HarperCollins Ibérica, S. A.
Avenida de Burgos, 8B - Planta 18
28036 Madrid

Asesinatos en familia
Título original: Mother-Daughter Murder Night
© 2023, Nina Simon
© 2024, para esta edición HarperCollins Ibérica, S. A.
Publicado por HarperCollins Publishers LLC, New York, U.S.A.
© De la traducción del inglés, Carlos Ramos Malavé

Diseño e ilustración de cubierta: Kimberly Glyder

ISBN: 978-84-10021-25-9
Depósito legal: M-31405-2023
Impreso en España por: BLACK PRINT

A mi madre, que revisó cada página de este libro salvo esta.
Lo que le permite seguir siendo modesta
aunque yo te cuente la verdad:
es la mejor del mundo.

Prólogo

Beth sabía que no podía marcharse a trabajar hasta haberse ocupado del cuerpo muerto tendido en la playa.

Tomó aliento y se hizo con los utensilios que necesitaría. Chaqueta. Botas. Guantes de goma de debajo del fregadero. Salió, cogió la pala que había apoyada contra su mesa de jardinería improvisada y miró hacia la marisma. A esas horas estaba cubierta por la niebla de la mañana, y apenas lograba ver nada. Pero no le preocupaba. Se había pasado quince años bajando por esa ladera inclinada e irregular para llegar hasta el agua. Y el hedor de la muerte le indicaba el camino exacto a seguir.

Descendió hacia la orilla, guiada por el tacto, y por el olor, dejándose envolver por la neblina fría de octubre, que la llevaba hacia el cuerpo muerto. Casi todos los cadáveres que eran arrastrados hasta la orilla volvían de nuevo al agua o eran devorados rápidamente por los carroñeros. Pero aquella foca llevaba allí casi una semana. Era grande, con motas marrones, un agujero en el costado y franjas pálidas donde había comenzado a desprenderse la piel. Los buitres le habían sacado los ojos y habían esparcido un rastro húmedo y agusanado de vísceras por toda la playa. Beth puso cara de asco. Como enfermera geriátrica, estaba muy en contacto con la muerte, veía cómo la respetaban y algunos incluso la agradecían. El destripamiento, en cambio, era otra historia. Se apartó de la foca y encontró un lugar tranquilo junto a la maleza. Comenzó a cavar.

Seguía cavando cuando Jack se acercó remando en su tabla de *paddleboard* rosa, que iba abriéndose camino entre la niebla. Su hija era una nube de pelo oscuro y piel morena, con un cuerpo compacto que desaparecía bajo su chaleco salvavidas rojo.

—¿Mamá?

Era una palabra muy pequeña, pero siempre conseguía enternecerla.

—He decidido enterrarla.

—¿Necesitas ayuda? —preguntó Jack, arrugando la nariz al captar el olor.

—No creo que tengamos lona —respondió Beth incorporándose. Era más alta que su hija, y de piel más clara, con unos brazos pecosos y fuertes por llevar años ayudando a cientos de pacientes a levantarse y acostarse—. Pero puede que en la caja de Prima del garaje haya un mantel. Trae también una bolsa de basura.

Jack asintió, se colocó la tabla de *paddleboard* sobre la cabeza y la trasladó ladera arriba.

Diez minutos después regresó corriendo por la angosta playa con un fardo blanco y brillante en los brazos.

—¿Seguro que quieres usar esto? Dice que es de Italia. —El tejido era grueso y untuoso, con un intricado diseño de enredaderas plateadas que lo recorrían.

—¿Cuándo vamos a usar nosotras un mantel de damasco? —preguntó Beth con un resoplido.

—Bueno…, es que nos lo regaló Prima…

—Eso es. —La madre de Beth, Lana (o Prima para Jack), nunca había ido a visitarlas a Elkhorn Slough. Pero todos los años, por Janucá, les enviaba regalos ostentosos que demostraban lo poco o nada que le interesaban sus vidas—. Ayúdame a extenderlo.

Extendieron el impecable mantel sobre los hierbajos y la arena. Beth se puso los guantes de goma y cerró los ojos un instante. Después, con movimientos firmes y decididos, empujó la foca hasta colocarla sobre la tela, la envolvió y después la arrastró hacia el agujero que había cavado.

Jack se quedó ahí parada, cambiando el peso de un pie al otro, mientras su madre enterraba la foca bajo la arena y la maleza y luego metía en la bolsa de basura el mantel, ya inservible.

—Bueno, es primer miércoles de octubre…* —dijo Jack.

Beth contuvo la respiración. Se acercaba el día en que Jack dejaría de querer acompañar a su madre a comer un perrito gigante en el Hot Diggity y a ver una película en el autocine clandestino que montaba un granjero de Salinas detrás de su granero. Jack tenía ahora quince años. Tenía un trabajo. Pronto empezaría a tener novios, letras del coche y una vida que no giraría en torno a su casita junto a la marisma. Beth sabía de primera mano lo agradable que era separarse de los padres y forjarse una vida. Pero no quería eso para Jack. Al menos de momento.

—Es noche de peli de terror —añadió Jack con una sonrisa—. ¿Llegarás a tiempo a casa?

—Por supuesto. —Beth había estado haciendo turnos extra en el asilo en un intento por ahorrar para la matrícula universitaria de Jack. Pero no se perdería ni una sola de sus noches en el autocine.

Jack volvió a subir por la ladera para recoger sus cosas e irse a clase en bicicleta. Pero hubo algo que mantuvo a Beth clavada en aquel punto de la playa. Contempló la arena recién amontonada junto a ella y después miró la niebla que cubría la marisma. Se dio cuenta de que estaba buscando una interrupción, una ondulación en el agua, alguien que fuera testigo junto a ella.

Pero eso era absurdo. Con la manga de la chaqueta, se limpió una mancha de barro seco de la cara, después se pasó la mano por el pelo, corto y con mechas rubias. En Elkhorn Slough no había gente mala. Tampoco asesinos. Solo muerte, natural y brutal, cada minuto del día. Los tiburones leopardo cazaban lenguados en las profundidades fangosas de la marisma. Las nutrias abrían el caparazón de los cangrejos. Incluso las algas, tan verdes y llenas de vida, dejaban secas a las salicornias que asomaban por la superficie del agua.

---

* En los Estados Unidos, el primer miércoles de octubre es el Día Nacional de Ir Caminando al Colegio. *(Todas las notas son del traductor).*

11

Beth cogió de la playa un pedazo de vidrio marino en forma de medialuna y lo colocó con cuidado sobre el montículo de arena. Un pelícano se zambulló en la marisma justo delante de ella y volvió a salir con un pez agitándose en su garganta. Por alguna razón, se acordó de su madre: la belleza exótica de Lana, su lengua afilada, sus ansias incansables de tragarse la vida, con huesos y todo.

Su madre nunca había visitado Elkhorn Slough. Y nunca habían asesinado a nadie allí.

Pero siempre hay una primera vez para todo.

Capítulo 1

A cuatrocientos ochenta kilómetros hacia el sur, Lana Rubicon yacía despatarrada sobre el suelo de pizarra oscura de su cocina, preguntándose cómo había llegado allí.

Su interés no era filosófico. No quería saber cómo había llegado al planeta Tierra ni cuál de sus antepasados griegos la había bendecido con una piel bronceada a prueba de arrugas. Quería saber por qué se había caído, por qué se sentía como un borracho en la feria un miércoles a las siete de la mañana y si, aun así, podría llegar a su reunión de las ocho con los inversores.

Fue girando la cabeza con movimientos cuidadosos, cada vez mayores, tratando de orientarse. Su maletín y los zapatos de tacón de piel de serpiente la esperaban en el recibidor, a la izquierda. A su derecha, la puerta de acero inoxidable del frigorífico estaba totalmente abierta, con las botellas de agua mineral y las ensaladas ya preparadas iluminadas desde el interior, como si hubieran bajado del cielo y no se las hubiera entregado el repartidor de Gelson's. Un líquido viscoso se extendía por el suelo desde la parte inferior del frigorífico, junto a su cabeza. Lana se llevó una mano al pelo apelmazado de su sien y la retiró para inspeccionar qué era. Sus uñas de manicura francesa acabaron pringosas y de color rosa.

No era sangre, sino yogur.

Decidió que aquella era la prueba de que el día solo podía ir a mejor.

Tras cinco intentos fallidos por levantarse del suelo, Lana se sacó el teléfono del bolsillo de la chaqueta. Dudó unos segundos a quién llamar. Su hija era enfermera. Podría resultarle útil. Pero Beth estaba a cinco horas de camino y Lana no estaba dispuesta a rogarle a su propia hija.

En su lugar, marcó el primer número de su lista de Favoritos.

Su ayudante respondió al primer tono.

—Lo sé, lo siento, llegaré a la oficina a las siete y cuarto. Algún idiota ha vuelto a incendiar la ladera junto al Getty y la 405 está…

—Janie, quiero que… —Lana miró al techo con los ojos entornados. ¿Qué era lo que quería? ¿Que la levantara del suelo? ¿Que hiciese que el mundo dejase de dar vueltas?—. Quiero que cambies mis reuniones de esta mañana.

—Pero los inversores de Hacienda Lofts…

—Diles que añadiremos sesenta unidades más. Muy interesante. Que hay que revisar los planos. Champán para todos.

—Pero…

—Encárgate. Volveré a llamar más tarde.

Lana cerró los ojos un instante y disfrutó del tacto frío de las baldosas contra su mejilla. Después cogió de nuevo el teléfono y llamó a Emergencias.

Lana se consideraba afortunada de que, a sus cincuenta y siete años, aquella fuese la primera vez que la llevaban al hospital. Incluso tendida en una camilla, sabía que tenía un aspecto digno de las mejores atenciones. Un traje color carbón hecho a medida se ceñía a su figura esbelta. Todavía no se había recogido la melena en un moño y sus mechones, de un castaño rojizo, le caían por la espalda, algunos de ellos manchados de yogur de fresa. Miró a los ojos al enfermero que la introducía en un tubo blanco gigante y le ordenó sin palabras que hiciera su mejor trabajo.

En cuanto logró ignorar los fuertes ruidos que emitía la máquina, Lana descubrió que la resonancia resultaba extrañamente relajante. Ningún correo de los arquitectos preguntando por qué no

14

tenían los diseños a tiempo. Ninguna llamada de su amiga Gloria hablándole del último pringado que le había roto el corazón. Lana supuso que aquello debía de ser como estar muerta. Que nadie le pidiera nada.

Tras salir de la máquina de resonancia, consiguió una habitación de hospital para ella sola, aunque sin ventanas. Su ayudante le envió por mensajero tres archivos de proyecto, dos borradores de contratos, un bolígrafo rojo, un par de zapatos negros de tacón, una ensalada de salmón ahumado y una botella de Sprite. Lana estaba planteándose enviarle un mensaje a la muchacha hablándole de la importancia de la atención a los detalles —¿tanto le costaba recordar que el único refresco que bebía era Coca-Cola Light?— cuando abrió la botella de plástico y la olfateó. Janie la había llenado con *chardonnay*. Lana dio un trago. No estaba mal.

Aquella tarde, cuando le dijeron que seguían esperando los resultados de la prueba y le recomendaron que se quedara esa noche ingresada en observación, Lana les dio el capricho. Una cama era igual de buena que otra. Eso no era del todo cierto, pero no le hacía gracia la idea de pasarse horas atascada en mitad del tráfico de Los Ángeles para volver al hospital a la mañana siguiente y que un médico con calcetines desparejados le diera un sermón sobre la necesidad de cuidarse más. Imaginó que le darían los resultados temprano, que todo estaría de maravilla, que después volvería a casa a ducharse y llegaría a comer a mediodía con los brókers hipotecarios.

Lana pasó la tarde en la cama del hospital redactando planes de desarrollo. Cuando llegaron las enfermeras para ver cómo se encontraba, les sonrió para obtener un mejor trato, pero no se detuvo a charlar de asuntos banales. Le sacaron sangre mientras trabajaba. A ninguno de sus socios le dijo dónde estaba. No había razón para que lo supieran.

El día siguiente comenzó con mal pie. Lana se despertó temprano, impaciente, aturdida y con un sarpullido en el cuello por la mala calidad de las almohadas del hospital. A las siete y media de la mañana llamó a la enfermera y le insistió para que fuese a buscar a un superior. El médico que apareció era alto, esbelto y muy poco diligente. Todavía no tenían los resultados. Y no, Lana no podía marcharse y volver más tarde. No, tampoco tenían ordenadores portátiles para los pacientes. Sí, tendría que esperar sin más.

Lana contó las manchas de humedad del techo e hizo listas con todo lo que tendría que hacer cuando volviese a la oficina. Quería una Coca-Cola Light. Quería estar en su propio cuarto de baño. Quería largarse de allí.

Transcurrido un tiempo que le parecieron horas, apareció un nuevo médico, un hombre de mediana edad con el pelo revuelto y deportivas blancas llenas de manchas. Se oyó un chirrido desagradable cuando tiró de un endeble carrito de plástico que había en el pasillo y lo introdujo en la habitación.

—¿Señora Rubicon?

—Señorita. —Lana estaba sentada en el sillón de las visitas, vestida con su americana y sus zapatos de tacón, escribiendo con el móvil sin cesar. No se molestó en levantar la mirada.

—Tengo algunas imágenes de la resonancia y la tomografía que le hicimos ayer en la cabeza y el cuello.

—¿Y no puede hacerme un resumen? —Lana lo miró fugazmente de arriba abajo sin dejar de mover los dedos sobre el teclado del teléfono—. Tengo cosas que hacer. Tendría que haberme ido hace tres horas.

—Señorita, creo que le interesará ver esto.

El médico acercó el carrito con el ordenador hasta el sillón de Lana. Abrió algunas ventanas, ladeó el monitor y se echó a un lado.

Era extraño ver su propia cabeza en la pantalla de ordenador de otra persona. Las imágenes eran negras y grises, con finas líneas blancas que delineaban su cráneo, sus cuencas oculares y la parte superior de su espina dorsal. Lana se levantó para situarse junto al doctor, acercándose todo lo posible a la pantalla. El hombre utilizó el ratón para colocar cuatro imágenes diferentes en los cuatro cuadrantes de la pantalla: desde arriba, de frente, de espaldas y de perfil. Lana trató de seguir sus movimientos, viendo cómo la masa

16

gris de un cerebro rotaba en la oscuridad, dando vueltas en busca de unos cimientos sólidos.

Cuando el médico quedó satisfecho, pulsó un botón. La masa gris se volvió policromática. Apiñados en la parte posterior de su cráneo había tres manchurrones brillantes de color naranja con halos rosas alrededor.

—¿Qué es eso? —preguntó.

—Es la razón por la que se encuentra aquí —respondió el médico—. ¿Ha estado sufriendo jaquecas? ¿Visión borrosa? ¿Le cuesta encontrar las palabras?

La fina aguja del miedo perforó su tranquilidad. Pero si a ella no le pasaba nada. Era la mujer más activa y en forma entre su grupo de amigas. Todas solteras. Todas profesionales. Todas habían sobrevivido a exmaridos gilipollas con sus cuentas bancarias y su dignidad intactas. Lana era espabilada. Le iba bien en la vida.

Al menos hasta ayer por la mañana.

—Esas manchas brillantes son tumores —le informó el doctor de las deportivas sucias—. Están provocando inflamación y circulación sanguínea alterada en la parte de su cerebro que controla el equilibrio y las principales funciones motoras. Por eso se cayó.

—¿Tumores?

—Tenemos que extirparlos —le dijo el médico asintiendo con la cabeza—. Lo antes posible.

Lana volvió a sentarse en el rígido sillón de las visitas. Juntó las puntas de sus zapatos y se quedó quieta, con el cuerpo apretado y los músculos en tensión.

—¿Tengo cáncer en el cerebro?

—Quizá. Con suerte.

—¿Con suerte? —repitió ella, haciendo un esfuerzo por que no se le quebrara la voz.

—A veces el cáncer se origina en otra parte del cuerpo y se extiende al cerebro. Eso sería peor, estaría más avanzado. Cuando los hayamos extirpado, haremos una biopsia a los tumores cerebrales para confirmar dónde se originaron. Y ahora le realizaremos un escáner de todo el cuerpo para ver si hay más.

Lana se quedó mirándole los labios cuarteados, deseando que retirase las palabras que acababa de pronunciar. Aquello no podía estar pasando. Cuando, diez años atrás, había tenido cáncer de mama, no fue para tanto. Estadio cero. Beth viajó hasta allí para la cirugía inicial, pero más allá de eso, lo gestionó ella sola. Tras algunas vueltas en la silla de radiación y una cirugía reconstructiva que utilizó para levantarse un poco el pecho, volvió al trabajo.

Y ahora ese médico la miraba como si fuera un pajarillo herido.

—¿Entiende lo que le acabo de decir?

—Tengo que llamar a mi hija —respondió.

Capítulo 2

Beth dio un sorbo al café tibio y se quedó mirando su teléfono móvil. Tres llamadas perdidas de su madre. Un mensaje de voz, breve, pidiéndole ayuda. El contenido de este era alarmante, y más aún el tono de voz de Lana. ¿Estaría borracha? ¿Congestionada? Beth estaba acostumbrada a los mensajes cortantes de su madre, una mezcla de arrogancia e indignación, con una pizca de culpabilidad, si acaso. Aquello, en cambio, era diferente. Desconocido. La voz de Lana parecía perdida, casi lastimera.

Beth dejó a Amber al mando del mostrador de las enfermeras y salió por la puerta lateral de Bayshore Oaks. Le dedicó una sonrisa tranquilizadora al joven que dudaba junto a su coche, visiblemente nervioso ante la idea de visitar las instalaciones de cuidados prolongados. Después dobló una esquina y se adentró en la arboleda de pinos Monterrey. Tomó aire y marcó el número.

—¿Mamá?

—Beth, por fin —dijo Lana en un susurro urgente—. ¿Sigues trabajando para el cirujano cerebral? El de los dientes grandes.

—¿El del premio nobel? Sabes que lo dejé hace dos años para pasar más tiempo con…

—Beth, escúchame. Me están diciendo que tengo tumores. Muchos. En el cerebro. Que me tienen que operar de inmediato. Pero deberías ver los zapatos que calza este médico. ¿Cómo espera que alguien se lo vaya a tomar en serio?

Beth congeló el gesto en una media sonrisa.

—Espera un momento. Ve más despacio. ¿Dónde estás? ¿Te encuentras bien?

—Salvo por el hecho de que me tiene prisionera un radiólogo que parece incapaz de cepillarse el pelo, sí, me encuentro bien. Estoy en el hospital City of Angels. Dicen que no puedo pedir el alta voluntaria. Que tiene que cuidar alguien de mí. Tengo que irme a algún lugar mejor. Donde haya médicos de verdad con trajes en condiciones. Así que…

Aquella insinuación quedó suspendida en el aire.

Si Lana le había pedido ayuda alguna vez en el pasado, Beth no se acordaba. Exigía atención, desde luego. Siempre daba por hecho que estaría de acuerdo con ella. Pero ¿necesitar su ayuda? ¿Valorar su experiencia? Si Beth no estuviera tan preocupada, habría marcado aquel día en el calendario con una estrella dorada.

—Mamá, por supuesto que iré.

Silencio. Lana nunca se quedaba callada. Por un momento, Beth se imaginó a su madre en una cama de hospital, sola, quizá incluso asustada. Costaba imaginárselo.

—El doctor K se ha jubilado —le dijo tratando de aparentar seguridad en sí misma—. Pero conozco a la enfermera jefe de neurología de Stanford. Es uno de los mejores centros de neurocirugía de todo el país. Haré una llamada.

—¿No podemos hacerlo en UCLA?

Ahí estaba la diva con la que se había criado. Beth sabía que sería inútil recordarle a su madre que ella también tenía una vida, un trabajo y una hija. En su lugar, respondió con un lenguaje que Lana pudiera entender.

—Mamá, se trata de neurocirugía. Te conseguiremos lo mejor de lo mejor.

—¿Stanford?

—Stanford. Yo me encargo.

—Espera un momento. Viene alguien.

Beth revisó su agenda del resto del día. Dos pacientes más, nada complicado: revisar las constantes vitales, una infusión intravenosa, un baño y un poco de charla. Podría pedirle a Amber que la sustituyera. Jack ya le había escrito para pedirle permiso para ir a un partido de fútbol después de clase y quedarse a dormir en casa de su amiga Kayla. Perfecto. Beth podría bajar a Los Ángeles, recoger a su madre e ingresarla en Stanford a la mañana siguiente.

La voz de Lana volvió a sonar a través del auricular.

—Stanford. Vale. Pero me alojaré en un hotel.

—Mamá, no puedes estar sola durante la convalecencia de una cirugía cerebral.

—Dudo mucho que vaya a poder recuperarme en una chabola que está a punto de hundirse en un lodazal.

Beth cerró los ojos y resistió la tentación de lanzar el teléfono por los aires.

—No es tu apartamento. No es Los Ángeles. Pero estarás bien, te lo prometo.

Se produjo una pausa prolongada durante la cual Beth dio por hecho que Lana estaría enumerando todos los defectos que, a su juicio, tenían la casa ruinosa y el pueblo de mala muerte donde vivía su hija.

—¿Puedes preguntar a qué hora te darán el alta hoy? —le preguntó.

—Quieren que hable con un oncólogo que hay aquí, pero luego han dicho que me puedo ir.

—De acuerdo. Aguanta ahí, obtén toda la información que puedas y yo llegaré dentro de cinco horas.

Beth avanzaba a toda velocidad por la autopista, montada en su viejo Camry, y se detuvo solo a echar gasolina, comprarse una barrita energética con cafeína y un café helado extragrande. Conforme conducía, se le aceleraba también la mente, alimentada por el zumbido intermitente de los mensajes de texto enviados por su madre.

Tumores en cerebro, pulmón y quizá colon. Estadio 4 como mínimo. No pinta bien.

21

El médico se está hurgando la nariz. SÁCAME DE AQUÍ.

Porfa, pásate por mi piso a por el portátil, unos buenos vaqueros y la blusa negra (me adelgaza).

Y si me muero, dale mi coche a Gloria.

Tras la primera hora de mensajes, Beth decidió que lo último que necesitaba era un accidente de coche además del infarto. Metió el teléfono en la guantera y se concentró en la carretera y en sus pensamientos desbocados.

Estaba acostumbrada a las urgencias médicas. Siendo enfermera, había intervenido en más de una. Pero sus pacientes eran viejos, estaban enfermos y, en su mayor parte, se mostraban amables. Se encontraban en esa fase de esperanza desesperada y consideraban que sus días estaban bien si no sufrían demasiado dolor.

Lana no se parecía en nada a ellos. A ella no le iba eso de «hacerse» la enferma. Beth daba por hecho que su madre abordaría ese cáncer cómo abordaba todo lo demás: como una serie de obstáculos que hubiera que derribar. Eso fue lo que hizo cuando tuvo el susto con el cáncer de mama diez años atrás. Aquella crisis había tenido como resultado algo positivo, por así decirlo, pues había supuesto un empujón externo que hizo que Lana y Beth volvieran a acercarse tras pasar cinco años sin hablarse. Desde entonces, habían intentado reconectar mediante las visitas anuales a Los Ángeles para celebrar la Pascua judía y algunas llamadas telefónicas ocasionales y un tanto incómodas, en las que se ceñían a temas de conversación seguros como el trabajo de Lana o las notas de Jack.

Pero las noticias que transmitía en aquellos mensajes inconexos distaban mucho de ser seguras. Y el hecho de que Lana la hubiera llamado, le hubiese pedido ayuda y hubiese accedido a trasladarse a Elkhorn era algo directamente aterrador.

Con cinco maletas a reventar, una caja llena de documentos y cuadernos de notas y dos cafés triples con leche, las mujeres Rubicon pusieron rumbo al norte. Mientras Beth conducía, Lana iba haciendo llamadas en las que dejaba a su amiga Gloria encargada de regarle las plantas, le pedía a su vecino Ervin que le recogiera el correo y a Janie, su ayudante, que hiciera todo lo demás.

—Considéralo una oportunidad de crecimiento —le dijo Lana tras dictarle una larga lista de directrices.

Cuando Janie le preguntó a Lana qué debería decirles a sus clientes, esta se quedó mirándose los zapatos negros de satén en busca de inspiración. Veía asomar sus uñas pintadas de azul oscuro.

—Diles que tengo que operarme de los pies. Que es algo complicado y necesito un especialista. Que estoy fuera de la ciudad y volveré a la oficina dentro de seis semanas.

Beth le lanzó una mirada a su madre.

—¿Qué? —preguntó Lana—. Me han dicho que puede que tenga más tumores. Quizá tenga uno en el pie.

—¿Seis semanas, mamá?

—Me parece tiempo más que suficiente para operarme, ponerme en tratamiento, volver a casa y olvidarme de todo este asunto desagradable. Además, no creo que pudiéramos sobrevivir mucho más tiempo que ese viviendo en la misma casa.

Tras pasarse dos horas avanzando a trompicones entre el tráfico de la ciudad, dejaron atrás Los Ángeles. Ascendieron por un collado bordeado de árboles frutales y, mientras el Camry de Beth avanzaba a duras penas colina arriba, comenzaron a salir las estrellas. Lana cerró los ojos al ver los primeros viñedos y Beth siguió conduciendo en silencio, viendo como las colinas daban paso a la oscura bahía de Monterrey. Incluso en la oscuridad, el océano hacía notar su presencia, las olas rugían contra las rocas, salpicando sal y bruma marina por encima del puente que separaba el mar de los fresales.

La casa de Beth se ubicaba entre el océano y las tierras de labranza, en una diminuta franja de grava y arena situada sobre la marisma de Elkhorn Slough. A ella le encantaba que los humedales cambiaran con las mareas, que subían y bajaban bajo su casa como la respiración de un amante. Al trasladarse allí hacía quince años, consideraba Elkhorn un refugio temporal. Pero había aprendido a disfrutar de aquellas mañanas neblinosas y de los tesoros de la naturaleza, era un lugar suave, mientras que Los Ángeles era duro; un lugar desaliñado frente a la sofisticación de la ciudad. Mientras acompañaba a su madre hacia la puerta, resistió la tentación de señalar los maceteros que había fabricado con madera arrastrada por la corriente y que había llenado de suculentas, y la corona de helecho que había trenzado ella misma. Condujo a Lana al dormitorio de Jack, esperando que su madre pronunciara el veredicto sobre los muebles de segunda mano, la madera mellada de los tablones del suelo y el olor de la turba de la marisma que ascendía hasta el interior de la vivienda.

Aquella noche, Lana no dijo nada sobre decoración de interiores o el lodo del río. De hecho, no dijo nada en absoluto. Su rostro dibujaba un gesto de determinación sombría y no quiso abrir la boca. Beth abrió la puerta del dormitorio de Jack, condujo a Lana hasta la cama y la ayudó a quitarse los zapatos. Le asustaba ver a su madre tan obediente. Aunque también le resultaba más fácil.

Cuando Lana se quedó dormida, Beth empezó a pedir favores. Su amiga en neurología de Stanford ya la había puesto en contacto con su mejor neurocirujano, que había accedido a hacerles un hueco para una consulta preoperatoria al día siguiente. Su antigua compañera de turnos en oncología encontraría a alguien que comparase los escáneres. Incluso el tío con el que había salido el año anterior, un paramédico barbudo de la unidad de búsqueda y rescate de Big Sur, se ofreció a ayudarla. Beth se alegró de haber pasado tantos años haciendo horas extra, sustituyendo a compañeros, haciendo alguna visita a domicilio para un médico que se lo pedía. Madre no hay más que una. Aunque sea una tan pesada como Lana.

Capítulo 3

4 de febrero (diecisiete semanas más tarde)

Lana dio un respingo al oír un grito a través de su ventana. Llevaba ya cuatro meses en Elkhorn Slough: tiempo suficiente para reconocer los gruñidos y aullidos de los depredadores que poblaban la noche, aunque no el suficiente para acostumbrarse a ellos y poder dormir. Oyó otro chillido, después el crujido de las hojas. Volvía a haber un asesino merodeando por allí.

Encendió la luz y apartó la montaña de frascos de pastillas para alcanzar sus prismáticos. Era la una y media de la madrugada. Otra noche de insomnio cortesía de las maravillas de la medicina moderna. Contempló con fastidio el batido sin terminar de la hora de la cena situado sobre la cómoda y se le cerró la garganta al llegarle el olor de aquella espuma de arándanos. Nadie le había dicho que la quimioterapia le alteraría los sentidos. Ahora era capaz de percibir la peste de un ciervo en descomposición a un kilómetro de distancia, pero en cambio no saboreaba nada. Todo lo que se llevaba a la boca le parecía lana mojada, pegajoso y pastoso, y se le quedaba atascado en la garganta.

Había muchas cosas sobre el cáncer para las que no había estado preparada. Las cirugías cerebrales habían ido bien. Pero después los médicos de Stanford, con sus trajes de chaqueta cruzada, le informaron de que no podían extirparle el pequeño ejército de tumores

25

que flanqueaban su pulmón izquierdo. Aquello no era un rocecillo con la muerte sobre el que bromear tomando unos cócteles. Se trataba de un trastorno de larga duración, lo que sin duda resultaba mucho menos glamuroso.

La quimioterapia le robó la energía. Después el pelo, que se le quedaba pegado al peine en mechones, hasta que, una tarde llorosa y regada de vino, cogió una maquinilla eléctrica. Y luego perdió su trabajo. Un proyecto de construcción de doscientos apartamentos en Westchester fue a parar a una cabeza hueca de Beverly Hills que llevaba en el bolso un perro sin pelo. Un tiburón de treinta años que llevaba gafas de sol de espejo en interiores le robó la cuenta de Hacienda Lofts. Por suerte, mantuvo el seguro de salud, pero todo lo demás se acabó. Al principio Janie, su ayudante, se mostraba indignada al transmitirle cada noticia en mensajes de voz alterados, alzando la voz, casi sin aliento, como si alguien estuviera clavándole las uñas acrílicas a un poste telefónico. Pero Lana apenas lograba reunir la energía necesaria para prolongar la mentira sobre su enfermedad imaginaria en el pie, y mucho menos para hacer milagros cuando otro jovencito recién llegado quiso robarle su puesto en el prestigioso mercado inmobiliario comercial de Los Ángeles. El día antes de Acción de Gracias, Janie la llamó para decirle que había encontrado una oportunidad de crecimiento en otro lugar. A Lana le sorprendió descubrir que en realidad le daba igual. Colgó el teléfono sin despedirse.

Entró en el año nuevo sin pelo, sin negocio y sin una respuesta clara respecto a cuándo acabaría todo aquello. «Aún es pronto para saberlo», le decían los médicos, como si ella fuera una bola de cristal de las enfermedades. Transcurridos tres meses de quimioterapia, le quedaban solo dos semanas para terminar la primera serie completa de escáneres desde que comenzara el tratamiento. Pronto sabría si estaba mejorando, o si se quedaría para siempre atrapada en el dormitorio trasero de la ruinosa vivienda de su hija.

Una sentencia de muerte. Así se sentía. Incluso en sus días mejores, no tenía nada que hacer ni nadie con quien hacerlo. Beth estaba trabajando. Jack estaba en clase o remando en su tabla en el agua. Lana ni siquiera había abierto el tercer paquete que le había enviado Gloria, que sabía que contendría novelas románticas, cristales y demás fantasías sin sentido. Se pasaba el día viendo pasar la vida por su ventana: garcetas que cazaban en las orillas, nutrias que cargaban con sus crías peludas pegadas al pecho, gente en kayak que navegaba por la marisma al ritmo de las mareas cambiantes. Se sentía una mera espectadora, haciendo una prueba para un papel que ni siquiera le interesaba. Nadie le pedía su firma de aprobación. Nadie esperaba su opinión. Una vida irrelevante. Era casi tan deprimente como el cáncer.

Las dos de la madrugada y seguía despierta. Los chillidos habían cesado, pero la playa estaba plagada de sonidos de pájaros y otros animales que deambulaban por allí. Lana levantó la persiana y se llevó los prismáticos a los ojos para buscar de dónde provenían.

La luna llena resplandecía sobre la marisma y el mundo entero parecía envuelto en una escala de grises: nubes finas y alargadas, campos granulosos y corrientes de agua veloces. La superficie brillante del agua iluminada por la luna se agitaba allí donde las focas asomaban la cabeza, cazando cangrejos en los lodazales que bordeaban la franja de playa situada detrás de la casa. «Playa» era una palabra demasiado generosa para describir aquel pedazo de tierra, malas hierbas y medusas muertas que se extendía desde el barrio ruinoso de Beth hasta la antigua central eléctrica y el puerto deportivo. Dos veces al día, un torbellino de agua de río mezclada con agua marina engullía la orilla de la playa y después, cuando volvía a bajar la marea, dejaba tras de sí ramas de árboles, neumáticos viejos y cualquier otra cosa que el océano Pacífico considerase innecesaria.

Escudriñó la playa con los prismáticos. En el extremo más alejado, vio arena volar por los aires bajo unas garras peludas y unos ojos brillantes. Su demonio chillón resultó ser un lince rojo que cavaba frenético con un roedor muerto colgando entre sus fauces. ¿Estaría excavando un escondrijo en el que disfrutar de su presa? ¿O acaso planeaba enterrar el cuerpo y dejarlo para más tarde?

Cualquiera que fuera su propósito, confiaba en que dejase de montar escándalo cuanto antes.

Lana dejó caer sus prismáticos y se quedó mirando hacia el agua. Allí todo era barro y alimañas. Echaba de menos su apartamento en Santa Mónica, donde los únicos sonidos nocturnos eran de automóviles y la única vida salvaje la conformaban las mascotas hipoalergénicas de diseño. Los Ángeles tenía una vida que ella era capaz de entender, era una colmena muy activa en cuyo centro ella se había esforzado por situarse como una reina, o al menos no como un zángano. Pero Elkhorn Slough era el territorio de otros seres: criaturas oscuras que vivían escondidas.

Un destello procedente del extremo opuesto de la marisma se coló en sus pensamientos. Era un pequeño círculo de luz, débil y amarillento, que se agitaba de forma errática entre la maleza. Lana volvió a acercarse los prismáticos a los ojos y empezó a escudriñar la oscura ladera en pasadas lentas y horizontales. Por fin lo vio. Se trataba de una persona con una linterna que descendía dando tumbos por un estrecho sendero creado por los ciervos en dirección a la orilla septentrional. El hombre —¿era un hombre?— iba empujando algo. Llevaba un abrigo que le quedaba grande, gorro y guantes para protegerse del frío de febrero.

Una carretilla. Eso era lo que empujaba. A las dos de la mañana.

Lana frunció el ceño. Siempre había sido chica de ciudad, pero aun así. Era improbable que hubiera tareas de granja que llevar a cabo en mitad de la noche.

El hombre se movía deprisa en dirección al agua salobre. La carretilla aparecía y desaparecía mientras avanzaba entre la hierba alta. O su mercancía era pesada o el terreno muy irregular. O ambas cosas.

Se detuvo en un punto bajo de la marisma que Lana no distinguía con claridad. Estuvo allí parado un par de minutos, extendiendo algo quizá, o tal vez colocando algo. Lana descubrió que estaba aguantando la respiración, a la espera de que se incorporase. En su lugar, oyó una salpicadura. El hombre volvió a levantarse; primero vio su gorro, después la oscura silueta de sus hombros. Entonces se dio la vuelta y miró hacia el otro lado de la marisma, en dirección a Lana.

Esta retrocedió, asustada. Era imposible que el hombre pudiera verla desde tan lejos en la oscuridad. Y aun así, habría jurado que pudo sentir el calor de su mirada.

No era posible. Se dio cuenta de que el calor procedía de su propio cuerpo, de su concentración intensa y su respiración acelerada. De pronto experimentó un deseo intenso y feroz de ser aquel hombre; no un granjero, sino alguien haciendo algo en el mundo, algo físico y concreto, mientras los demás dormían. Esa era la vida que estaba destinada a vivir. Ser la persona que hacía las cosas, no la que miraba.

Pero en cambio allí estaba, aferrada a sus prismáticos. Envidiaba a ese hombre, allí de pie en la orilla norte, expulsando nubes blancas de vaho con cada respiración en el aire nocturno. El tipo se quedó contemplando el agua un minuto entero y después se dio la vuelta.

Lana bajó un poco la persiana y se recostó sobre su almohada. De pronto se notaba agotada, hinchada y agrietada, como si se hubiera pasado un día entero tumbada en la playa a pleno sol. Cuando volvió a asomarse, el hombre ya no estaba. La labor clandestina del lince había cesado. El único sonido era el que hacían los búhos cornudos, que regresaban a sus ramas.

Capítulo 4

—¡Tiny! ¡Eh, Tiny!

Jacqueline Avital Santos Rubicon, también conocida como Jack, o Tiny, sacó su remo del agua y se dio la vuelta. El niño de ocho años que iba en la parte delantera del kayak 12 agitaba ambas manos en el aire como si acabara de encontrar la ciudad perdida de la Atlántida.

—Dijiste que buscáramos medusas —gritó—. He encontrado la medusa más grande del mundo.

Se inclinó hacia delante y señaló una masa amorfa y brillante, haciendo que la embarcación se tambaleara mientras su madre trataba de mantener el equilibrio.

—Genial, chaval —respondió Jack—. ¿Ves cómo palpita?

El muchacho miró hacia el agua y asintió con solemnidad.

—Es asombroso. Pero recuerda que a algunos pájaros y a las nutrias no les gusta mucho que gritemos. Estamos en su hogar, ¿verdad?

El chico asintió de nuevo, con esa mirada seria de *boy scout* y una amplia sonrisa.

Jack levantó los pulgares en señal de aprobación y siguió avanzando. Se detuvo para observar a una nutria que daba de comer a su cría, ofreciéndole pedazos de cangrejo de río a aquella bolita de pelo acurrucada contra su pecho. Jack se sentía segura de sí misma, como rara vez le sucedía en tierra firme. En el agua, una adolescente medio judía y medio filipina de metro cincuenta de estatura podía ser tan poderosa como cualquiera.

Jack llevaba casi dos años trabajando los fines de semana como guía de excursiones en kayak y, según sus cálculos, necesitaba solo nueve nóminas más para permitirse comprar un velero de segunda mano. Había empezado a ahorrar para comprarse un coche, pero cuanto más tiempo pasaba remando el trecho que separaba el puerto deportivo de la marisma, más ganas le entraban de irse lejos, de explorar más allá, de salir a altamar. No era que no le gustara Elkhorn Slough. Pero sus secretos ya no le sorprendían.

Todos los sábados, se iba al Kayak Shack en su bici a las ocho de la mañana y llegaba antes de que la mayoría del puerto deportivo se hubiera despertado. Aquella mañana, había encadenado su bici de diez velocidades a la verja, justo detrás de una bonita bicicleta de carretera de color verde que no reconoció. No estaba encadenada, sino ahí apoyada, como esperando a que la robaran. Increíble. Había personas que confiaban en que el universo cuidara de ellas. Y luego había personas como Jack, que cuidaban de sí mismas.

La mañana transcurrió entre chalecos salvavidas, trajes de neopreno y turistas emocionados. Guio a un grupo de familias hasta la marisma a las nueve, y luego tuvo una excursión privada, un par de amantes de los animales que se pasaron la hora entera observando a un grupito de nutrias ancianas que cuchicheaban en círculo bajo un rayo de sol. Jack orientó el objetivo de sus cámaras en la dirección correcta, por lo que fue recompensada con un tranquilo fin de trayecto y un billete de veinte dólares que pasó de su mano al bolsillo en un único movimiento.

Corrió a la oficina para devorar algo de comida antes de la excursión del atardecer y saludó con la mano a Travis, que estaba sentado a la mesa. Salió por la puerta de atrás con su sándwich y dobló la esquina justo a tiempo de ver a Paul Hanley salir de la ducha exterior, con unas bermudas gastadas caídas a la altura de la cadera. El propietario del Kayak Shack debía de tener por lo menos cuarenta años, pero seguía vistiendo como un surfista adolescente. Paul se secó el cabello rubio y desgreñado con una toalla y se aproximó a ella.

—¡Tiny! Hola. Tengo una pregunta para ti. —Paul estaba comprometido a utilizar los apodos de todos los guías, por razones de confidencialidad, según decía. Había intentado apodarla Moana, porque era baja, de piel oscura e intrépida con el remo, pero Jack había seguido el consejo de su abuela y lo había mirado con odio hasta que él reculó y, en su lugar, le sugirió Tiny*.

—¿Puedes cerrar esta noche? —le preguntó Paul.

—He sido la primera en llegar —respondió Jack—. ¿No puede hacerlo Travis?

—Ha dicho que puede quedarse para el registro, pero luego… —Paul le dedicó una mirada esperanzada de ojos muy abiertos.

—Bueno, vale —accedió ella—. Cerraré esto después de la excursión del atardecer.

—Eres la mejor. —Paul se volvió para ponerse una camiseta raída—. ¿Sabes? Hoy en el club náutico he conocido a una chica, una mujer. Ha venido al pueblo a pasar el fin de semana en un barco de veinte metros de eslora que tiene amarrado en el muelle. Me ha pedido que vaya con ella a pescar marlines esta noche, quizá también mañana. Voy a ser su guía privado.

Traducción: Paul quería echar un polvo, y Jack estaría sola.

Después de superar el enfado consigo misma por no haberle pedido a Paul un pago por las horas extras, Jack tuvo una tarde entretenida. El resto de los empleados del Shack eran varones, y mayores, y si bien se mostraban majos con ella, era agradable poder pasar una tarde sin que la trataran con delicadeza, como si no supiera lo que hacía. La excursión del atardecer del sábado estaba compuesta solo por adultos: dos mujeres atléticas, un hombre mayor calvo y de cejas pobladas

---

* *Tiny:* En inglés significa 'pequeño', 'diminuto'.

y una despedida de soltero con ocho jóvenes que vestían camisas hawaianas a juego. La despedida de soltero llegó tarde, interrumpiendo la charla de seguridad cuando Jack les aseguraba a las mujeres que no había tiburones en la marisma en esa época del año.

—Salvo tú, Brian —comentó uno de los jóvenes, dándole a su colega una palmada en la espalda—. Eres un tiburón.

—*Sharknado, baby*.

—Qué va, tío, más bien Brian *SHARK do do do do*, Brian *SHARK do do…*[*]

Jack se frotó la sien al ver que los demás empezaban a cantar sin afinar una sola nota. ¿Es que esos idiotas iban a darle problemas? Paul siempre decía que ese negocio no se trataba de ver leones marinos, se trataba de tocar la naturaleza, de la emoción que sientes cuando te alejas mínimamente de tu zona de confort. La labor de Jack no era aniquilar esa emoción; su trabajo era cultivarla. Impulsar el deseo de aventura de los clientes, siempre garantizando su total seguridad. Mientras nadie resultase herido, un poco de manga ancha estaba bien.

Y todos los demás parecían estar pasándolo bien. Las dos mujeres sonreían con indulgencia y contoneaban las caderas. El hombre calvo acompañaba la melodía dando palmas. Cuando la canción se acabó, Jack se aclaró la garganta.

—Pues eso, que no hay tiburones en esta época del año. —Le dedicó al novio una breve sonrisa—. Salvo Brian, supongo. Pero sí que hay medusas cuando salgamos del puerto deportivo. Así que intentad no caeros al agua.

El grupo asistió a la demostración de remo sin volver a ponerse a cantar. Al final, los jóvenes chocaron los cinco con el resto del grupo. A Jack le sorprendió verse a sí misma participando del ritual y sonrió al intentar realizar una complicada secuencia de choque de manos con uno de ellos. Su energía resultaba infantil y contagiosa. No parecían peligrosos.

---

[*] Referencia a la letra de la canción infantil *Baby Shark*.

Sin embargo, una vez en el agua, la cosa se descontroló. Uno de ellos se había escondido una botella de tequila en el chaleco salvavidas y el grupo celebraba con un trago cada nutria que veían. Iban lanzando la botella de un kayak a otro, vacilándose unos a otros cuando fallaban. Los demás clientes de la excursión se sumaron a la diversión: el tipo calvo se carcajeaba y las mujeres flirteaban.

Cuando empezó a refrescar, Jack se planteó abandonar su actitud de «aquí somos todos amigos». Era una chica pequeña y joven, y los de la despedida de soltero ya no le prestaban ninguna atención. Los demás tampoco. En un momento dado, tuvo que agarrar la proa del kayak de una mujer para que no volcara cuando esta se inclinó demasiado hacia un lado para intentar darle un beso a uno de los jóvenes. Parecía que ya no le preocupaban los tiburones.

Para cuando abrieron la segunda botella de tequila, Jack ya estaba harta. Terminó la excursión antes de tiempo y los guio de vuelta describiendo un largo arco por delante del muelle público de pesca. Dos de los chicos iban tan borrachos que no pudieron ejecutar el giro y acabaron dejándose llevar hacia un desagüe embarrado situado detrás de los pilares podridos del embarcadero. Jack dio tres paladas rápidas hacia ellos, les arrebató los remos y amarró su embarcación a la suya. Hizo lo mismo con el resto de la despedida de soltero. Los llevó a remolque, como si fueran una hilera de patitos alborotadores que siguieran a su sufridora mamá pato.

Jack estaba a tan solo unos metros de la orilla cuando oyó que uno de los hombres detrás de ella proponía un concurso de besar cangrejos ermitaños. Oyó entonces una zambullida. Después otra. Se dio la vuelta y vio que los cuatro kayaks a su espalda habían sido abandonados y aquellos ocho hombres adultos estaban gritando y riéndose en el agua aceitosa.

Jack sopesó sus opciones. Era responsable de ellos. Estaba oscureciendo y el agua estaba helada. Pero en el puerto deportivo solo cubría hasta la rodilla. Sobrevivirían. De modo que siguió remando hasta la orilla. Las mujeres ya habían ido a cambiarse de ropa, pero el hombre calvo seguía allí de pie, observando aquella tontería con una risa estruendosa que se extendía por la superficie del agua. Jack pasó junto a él y sacó del agua los kayaks vacíos. Vigilaba de vez en cuando los chalecos salvavidas que daban vueltas en el agua poco profunda. No les pasaría nada.

Ya había recogido todos los kayaks cuando los hombres, empapados, por fin salieron del agua. Caminaron tiritando hasta reunirse con ella en la linde del aparcamiento, al caer el sol. El puerto deportivo estaba en silencio, los barcos amarrados, los demás turistas se habían marchado. El padrino le dirigió a Jack una sonrisa avergonzada y le puso un billete de cien dólares en la palma de la mano antes de remangarse los pantalones empapados y entrar dando tumbos en el aparcamiento. Jack miró el dinero y sonrió. Con propinas como esa era como se conseguían los barcos de vela.

En el tiempo que le llevó a Jack recorrer en bici los cinco kilómetros hasta la casa, Lana y Beth se declararon la guerra. Beth estaba fuera, en el porche delantero, gritándole a su madre; Lana estaba dentro, gritando también; y, en el umbral de la puerta que las separaba, había dos hombres visiblemente incómodos que sujetaban en brazos el viejo sofá acolchado de Beth.

Lana se dio cuenta de que había cometido un error táctico al no haber planificado que los nuevos muebles llegaran cuando su hija estuviera en el trabajo. Pero el horario de Beth era cambiante y Lana no podía seguir viviendo en una casa decorada con sillas de mimbre desparejadas y pantallas de lámpara hechas con hojas de palmera. La casa parecía como si Martha Stewart se hubiera quedado atrapada en una isla desierta mucho tiempo. Últimamente, Beth había estado trayendo a casa cubos llenos de piedras de la marisma, y a Lana le preocupaba que acabaran teniendo una mesita de café hecha de cantos rodados.

—Beth, sé razonable. —Intentaba mantener un tono sereno al tiempo que usaba una mano para animar a los operarios a bordear a su hija con el sofá harapiento.

—No hemos hablado de esto —respondió Beth—. Deberías habérmelo preguntado.

—¿No se me permite comprarle a mi nieta una cama plegable en condiciones? ¿No quieres que duerma bien?

—Mamá, esa no es la cuestión.

—Tu hija me cedió su habitación. Lleva meses durmiendo en ese sofá lleno de bultos. Literalmente, esto es lo menos que puedo hacer para darle las gracias.

Beth miró hacia Jack, que parecía estar tomándose su tiempo para quitarse el casco. Después resopló y dio medio paso hacia un lado. Los dos operarios bajaron el sofá por los escalones del porche y lo metieron en la furgoneta. Lana observó triunfante cómo volvían a entrar en la casa con un sofá nuevecito color crema con patas finas y doradas.

Volvieron a salir y sacaron una gran caja de cartón de la furgoneta.

Lana se apresuró a responder a la pregunta que adivinó en la mirada de Beth.

—Un colchón nuevo para mí. Con recubrimiento superior de espuma. Es europeo. El respaldo lumbar es crucial para mi recuperación.

—Pero...

—¿Tú también quieres un colchón nuevo? Puedo tenerlo aquí dentro de cinco días, sin problema.

Beth se quedó con la mandíbula bloqueada, viendo cómo los hombres cargaban con la caja por los escalones.

—No me gusta que entren desconocidos en mi casa.

—¿Desconocidos? Por favor. Estos son Max y Esteban —le dijo Lana sonriendo a los operarios—. La semana que viene pintarán el interior.

Mientras los hombres metían el colchón por la puerta, Lana se sacó del bolsillo de la bata un muestrario de colores de pintura y empezó a extender las diferentes tarjetas sobre el columpio del porche. Jack se acercó por detrás de ella, oliendo a sal y a goma, y colocó el dedo sobre una de las muestras.

—Parece vainilla francesa —comentó la adolescente, acuclillándose para verlo mejor.

Lana dijo que sí con la cabeza.

—Había pensado en ese color para la cocina —explicó—. Aunque también le iría bien a mi dormitorio. O sea, al tuyo.

—Me parece a mí que no —respondió Beth.

—¿Tú prefieres el gris ártico?

—Yo prefiero la casa que tenemos ahora.

Lana se quedó mirándola con los ojos muy abiertos.

—Me aseguraré de que lo hagan todo mientras estás en el trabajo. Ni siquiera tendrás que verlos. El papel pintado con estampado de helechos de la cocina prácticamente se cae a pedazos…

—Mamá, no me refiero a eso. No puedes sustituir mis muebles. No puedes redecorar mi casa.

—Solo quiero que resulte cómoda…

—Ya es cómoda. Jack y yo llevamos quince años haciéndola cómoda. ¿De acuerdo?

Lana miró a Jack. Esperaba que su nieta diese su opinión y defendiese lo que quería. Pero la muchacha se limitó a asentir con la cabeza y miró a su alterada madre con incertidumbre.

—Nos encanta que estés aquí, mamá —dijo Beth con un tono más conciliador—. Podemos quedarnos con el sofá nuevo. Y con tu colchón. Pero, por favor, para ya.

—Pararé cuando me muera.

—Estamos haciendo todo lo posible para asegurarnos de que aún falte mucho mucho tiempo para eso.

—No si ese papel pintado me mata antes. —Lana recogió las muestras de pintura, se las guardó en el bolsillo y volvió a entrar en la casa.

Capítulo 5

Jack se prometió a sí misma que su turno del domingo sería diferente. Se haría todo según las reglas. Con calma. La niebla de primera hora de la mañana iba en sintonía con su estado de ánimo, envolviéndola en un manto de quietud plateada mientras pedaleaba hacia el puerto deportivo. Llegó y se encontró el establecimiento en silencio. La bicicleta verde de carretera había desaparecido, ya fuera porque se la había llevado el dueño o se la había robado otra persona. No había nadie por allí. Al parecer, Paul debía de seguir ejerciendo sus labores de guía turístico privado.

Abrió el Kayak Shack ella sola, enganchó las hojas de descargo de responsabilidad en las tablas sujetapapeles y bajó las embarcaciones a la orilla. Jorge, uno de los guías más antiguos, llegó y se llevó al grupo de las nueve —seis personas, tranquilas y manejables— mientras Jack dirigía el establecimiento. Casi sin darse cuenta, ya había llegado el momento de su excursión de las once.

Ninguno de ellos parecía ir a darle problemas. Había una familia alemana de cinco miembros, un padre con su hijo, una pareja joven y una anciana tranquila y muy bronceada. A las once y cinco, Jack ya tenía al grupo colocado en fila en la playa, repitiendo sus palabras mientras ella iba dándoles las instrucciones de seguridad y de protección de la fauna salvaje con su tono de voz más responsable. Nadie cantó canciones de tiburones. No hubo alcohol. A las once y diez, ya estaban en el agua.

La excursión fue justo lo que Jack necesitaba. A los niños les gustaba su apodo, los adultos agradecían sus conocimientos sobre los patrones migratorios de las garzas y hasta las nutrias parecían portarse mejor que de costumbre. El grupo de kayaks navegó con rapidez río arriba y casi todos se detuvieron en la angosta playa de Kirby Park, donde se juntaban las focas para pasarse el día dormitando. El chaval y su padre, montados en el kayak 33, fueron más allá y anduvieron explorando la entrada de una de las lenguas de la marisma. La pareja del kayak 9 estaba obsesionada con las sardinas y no paraban de sacar fotos a los brillantes cardúmenes que nadaban entre el *kelp* por debajo de su casco.

Se levantó viento y Jack los reagrupó a todos en un tramo de agua tranquila que los conduciría de vuelta al puerto deportivo. Avanzaban todos en dirección oeste, salvo el 33. El padre con su hijo. Jack miró a su alrededor y frunció el ceño. ¿Dónde estaban?

Cambió el peso sobre la embarcación para poder agacharse y escudriñó la superficie del agua. Distinguió su kayak en los lodazales, bamboleándose sin moverse del sitio. ¿Se habrían quedado atascados? Le indicó al resto del grupo que esperasen allí y comenzó a remar a través de la marisma.

El padre se había bajado del kayak y estaba metido en el fango. El chico miraba hacia un lado y balanceaba la embarcación. ¿Habrían perdido un remo?

—¡TINY!

El chico estaba gritando.

Jack remó con paladas rápidas y decididas para cubrir la distancia que los separaba. Parecían estar bien, no sangraban ni nada, pero estaban atascados. A lo mejor les había podido la curiosidad y a alguno de ellos le había picado una medusa. Jack se movió con más rapidez, utilizando los pies para sacar el kit de primeros auxilios de entre las piernas mientras remaba.

—¡TINY! ¡TINY!

El muchacho gritaba ahora desaforadamente, como si fuera una bocina de niebla. Jack se situó junto a ellos, pero el niño no dejaba de chillar y, con sus gritos, ahogaba el canto de los pájaros sobre sus cabezas.

—Tiny. —La voz del padre se abrió paso entre los gritos de su hijo—. Mira.

Y ahí, flotando en el lodo, donde el conducto del desagüe se juntaba con la marisma, había una persona. Una persona que flotaba como un globo, cubierta de barro. Boca abajo en el agua. No se movía. Llevaba un jersey lleno de algas *kelp*, pantalones oscuros y botas de montaña. Además de un chaleco salvavidas rojo del Kayak Shack.

Jack se zambulló en el barro helado y avanzó hacia allá, sujetando su kayak con una mano mientras extendía la otra frente a ella, como para estabilizarse dentro del agua.

—¿Hola? —gritó. Incluso con el traje de neopreno y los botines, sentía el cuerpo entumecido—. ¿Se encuentra bien?

No hubo respuesta. Al acercarse, distinguió una melena larga y castaña alrededor de la cabeza.

Tomó aliento, estiró el brazo y cogió una de las correas del chaleco salvavidas para voltear a la persona y ponerla boca arriba. Se trataba de un hombre. No lo reconoció. O a lo mejor sí. ¿Formaría parte de su excursión? ¿Cuándo se había caído al agua?

Se obligó a respirar con normalidad, a dejar a un lado las preguntas y a centrarse en lo que tenía ante ella. Aquel hombre necesitaba su ayuda. Trató de reanimarlo allí mismo, en la ciénaga, pero nada más comenzar a desabrocharle el chaleco, se dio cuenta de que sería imposible realizarle las compresiones de pecho mientras estuviera flotando. Tenía que llevarlo hasta la orilla.

Avanzó entre el cieno, tirando del hombre mientras repasaba mentalmente los pasos a seguir para realizar la reanimación cardiopulmonar. Pero conforme se aproximaba a la orilla, empezó a darse cuenta de lo quieto que estaba el hombre. Su piel tenía mal aspecto, estaba resbaladiza y tirante, y una fina capa de limo recubría todo su cuerpo.

Logró sacarlo hasta la orilla y le cogió la muñeca. No tenía pulso. Tenía los ojos desencajados y sus pupilas oscuras y dilatadas flotaban en un mar amarillento. Su piel, que debía de ser tostada como la suya, presentaba manchas de un blanco verdoso. Parecía tener hundido un lado de la cabeza y tenía algo apelmazado por debajo del pelo. Entonces las piezas encajaron. Y la horrible verdad quedó clara.

Jack le soltó la muñeca y giró la cabeza. Se dobló sobre el cieno e intentó que no le dieran arcadas. Después regresó vadeando hasta su kayak, tratando de calmarse fijándose solo en el casco naranja de la embarcación mientras sumergía las manos en el agua gélida para sacarse de encima el tacto de la piel resbaladiza y fría del hombre.

Antes de volver a subirse al kayak, miró una vez más hacia el hombre muerto tendido en la orilla. Tenía los ojos muy abiertos, como si no pudiese creer lo lejos que llegaban las nubes aquel día.

Por primera vez en su vida, Jack deseó estar lejos del agua, en cualquier lugar salvo en la marisma.

Capítulo 6

Tras quedarse perpleja unos instantes montada en su embarcación, con la cabeza entre las rodillas, Jack se puso manos a la obra. Tenía ciertas responsabilidades. Llamó por radio a los guardacostas y después condujo al padre y al hijo hasta el resto del grupo. Hizo un conteo. No faltaba nadie de su grupo. Y ahora iban a volver a tierra firme. El muerto estaba en la orilla y no iría a ninguna parte. El padre parecía a punto de vomitar y el hijo se mostraba consumido por un torrente de adrenalina y miedo. Pero Jack mantuvo un tono de voz firme y tranquilo y todos siguieron sus indicaciones.

Llevó al grupo de vuelta hacia el Kayak Shack, siguiendo todos una fila ordenada, golpeando el agua con su remo como un lavaplatos silencioso y resuelto. El grupo pasó por debajo de la autopista y cruzó el océano picado. La noticia fue corriendo de una embarcación a otra entre susurros, y uno a uno fueron girando la cabeza para mirar atrás, como si quisieran acusar a la marisma de haberles echado a perder el día.

Los kayaks se aproximaron a la orilla. Travis estaba en la rampa de botadura, agitando los brazos como una chica en una carrera de coches, demasiado sonriente dadas las circunstancias, y entonces Jack cayó en la cuenta de que no había llamado a Paul ni a nadie del Shack para informar de lo sucedido. De cara a ellos, aquel era un simple grupo de turistas que regresaban de su excursión. Miró con odio a Travis, que estaba intentando sonsacarle una sonrisa a la anciana mientras la ayudaba con el remo. No lo entendía. Jack sacó su kayak del agua y caminó decidida hacia él.

—Travis, no te lo vas a creer.

—¿Qué pasa?

—Hemos encontrado un cuerpo. Una persona muerta. En la marisma. ¿Puedes llamar por teléfono a Paul y decirle que venga? Yo me encargaré de despachar al grupo.

—Pero ¡qué dices! ¿Estás…?

—Vamos. Por favor, date prisa.

Su abuela le había dicho que siempre era mejor darles a los hombres instrucciones sencillas en situaciones complicadas.

Cuando Travis regresó diez minutos más tarde, Jack tenía al grupo de turistas sentados en mesas de pícnic junto a la rampa, todos con toallas alrededor de los hombros. Habían empezado a llegar policías. De la oficina del *sheriff*, según parecía. Y los guardacostas. Daban la impresión de estar consultándose unos a otros, quizá decidiendo quién estaba al mando del caso, aunque de vez en cuando se detenían para echar un vistazo al grupo de turistas petrificados.

—No he logrado localizar a Paul —le dijo Travis al acercarse—. Le he dejado un mensaje.

Jack se sentía cansada, tenía frío y aquella información no le sorprendía en absoluto.

—Pero he traído chocolate caliente —agregó Travis, señalando un enorme termo metálico y una pila de vasos de papel—. ¿Quieres un poco?

La idea de tomar algo caliente le resultaba agradable, pero no sabía si sería capaz de retener algo en el estómago en esos momentos. Le dedicó una sonrisa débil y caminaron juntos hacia los clientes sentados a las mesas de pícnic.

—¿Quién está al mando aquí? —preguntó un guardacostas. Parecía que la lucha por determinar la jurisdicción ya había concluido y los agentes estaban listos para comenzar.

Los turistas miraron a Jack. Travis y ella se miraron el uno al otro.

—Nuestro jefe no está —respondió Travis.

—¿Quién está al mando de este grupo?

—Yo —dijo Jack.

Sabía que parecía una ridiculez. Una chica de quince años, que apenas llegaba a los cincuenta kilos, vestida con un chaleco salvavidas rojo y botines, apoyada en un remo.

—¿Dónde está el cuerpo? —le preguntó el agente mirándola muy serio.

—En la orilla septentrional de la marisma. A unos tres kilómetros pasado el puente. En los lodazales que hay junto a Kirby Park.

—¿Hay alguien allí ahora?

—No. Yo era la única encargada del grupo. Pensé que lo mejor sería traerlos de vuelta sanos y salvos.

—¿El fallecido era de su grupo?

—No.

—¿Está segura?

—Sí. Todos los de mi grupo están sentados a estas dos mesas. Yo era la guía y Travis… —señaló al otro adolescente— se encargaba del establecimiento.

—¿Y dónde está el dueño? Vuestro jefe.

Jack miró a Travis, que se encogió de hombros.

—Se llama Paul Hanley —respondió el chaval—. Le he llamado por teléfono, pero me ha saltado el buzón de voz. Debería pasarse por aquí antes de que anochezca.

El agente se volvió de nuevo hacia Jack.

—¿Puede llevarnos hasta el cuerpo?

—¿Ahora mismo?

—Sí, señora.

Sin mediar palabra, Jack se montó en la lancha motora de los guardacostas. Le parecía que iban bastante apretujados, con un piloto, dos guardacostas y los tres ayudantes del *sheriff* ocupando los asientos del banco. Ella se quedó junto a la barandilla y se hizo un ovillo bajo la sudadera, encorvando los hombros para protegerse del viento. El práctico de puerto ya estaba en el agua con un megáfono, ordenando a los navegantes que seguían en sus kayaks o tablas de *paddleboard* que regresaran a la orilla.

Cuando llegaron a las ciénagas, Jack señaló con la mano, pero no miró. Mantuvo la mirada fija en una garceta blanca que se atusaba en la orilla. El piloto reorientó la embarcación para poder verlo mejor sin alterar demasiado la escena y los ayudantes del *sheriff* se dirigieron hacia babor.

Jack les cedió el sitio. Se situó a estribor y miró hacia el sur, a través de la marisma, en busca de la ventana del dormitorio trasero de su casa. Apenas distinguía la franja negra brillante, que asomaba entre los cipreses y los eucaliptos. No saludaría con la mano. La casa estaba demasiado lejos y ella parecería un bicho montado en una embarcación, incluso aunque Lana estuviera sentada en la cama con los prismáticos, como de costumbre. Pero le tranquilizaba un poco saber que su abuela estaba allí.

Sus pensamientos se vieron interrumpidos por las voces de los agentes a su espalda.

—A lo mejor lo atrapó un pulpo gigante.

—O nutrias rabiosas.

Jack negó con la cabeza. No eran biólogos marinos, pero aun así. Aquellos policías no tardarían en sugerir que un monstruo del pantano había matado a ese hombre.

Oyó las sirenas junto al puente y vio otra lancha de los guardacostas que se dirigía hacia ellos. Su cubierta estaba menos concurrida. Un hombre y una mujer vestidos de traje, un par de guardacostas más y quizá aquel señor mayor que dirigía la fundación ecologista; lo había visto alguna vez en el puerto deportivo, pero no estaba segura. Esos típicos pescadores canosos defensores del medioambiente le parecían todos iguales.

El segundo barco se situó en paralelo al esquife y los hombres comenzaron a hablar entre sí de una embarcación a la otra. La mujer de traje pasó con cuidado del segundo barco al primero y se aproximó a Jack.

—¿Encontraste tú el cuerpo? —Era una mujer curvilínea de voz cálida y piel bronceada, con la melena rubia recogida en un moño apretado que le estiraba la piel alrededor de los ojos. Le tendió la mano a Jack para estrechársela, dejando ver unas uñas acrílicas de color morado que le quedaban de muerte pero que no sobrevivirían ni un solo día con un remo.

—Sí. No. Me refiero a que lo encontraron dos personas de mi grupo de las once. Soy la guía. Me llamo Tiny. O sea, Jack. Jacqueline. Cuando hacemos las excursiones, utilizamos apodos.

Fantástico. Ahora se ponía a divagar. La mujer no pareció percatarse.

—Soy la inspectora Ramírez y este es el inspector Nicoletti. —Señaló a un hombre blanco mayor que ella que estaba de pie en el otro barco—. ¿Puedes contarnos lo que ocurrió?

Jack les contó la historia del padre y el hijo, el cuerpo flotando boca abajo, cómo lo arrastró hasta la orilla e intentó reanimarlo.

—Cuando te aproximaste al cuerpo, ¿pensabas que tal vez siguiera con vida?

—Vi el chaleco salvavidas. Es de los nuestros. Y supongo que de inmediato di por hecho que sería alguien de la excursión.

—¿Le diste la vuelta al cuerpo?

—Sí.

—¿Lo tocaste más allá de darle la vuelta?

—Lo arrastré hasta la orilla y comprobé si tenía pulso. En la muñeca. Iba a empezar con la reanimación cardiopulmonar, pero...

Se estremeció.

—Reconociste el chaleco salvavidas. ¿Y a la persona?

Jack rememoró lo que había visto. Una melena larga y revuelta. Pantalones oscuros. El chaleco salvavidas rojo con las palabras «Kayak Shack» medio borradas en la parte trasera. ¿Recordaba su cara? ¿Acaso estaba segura de que tuviera cara? Recordó ver sus propios brazos estirados hacia el cuerpo, tirando de él. Negó con la cabeza y escondió las manos en el interior de las mangas de la sudadera.

—No. Me refiero a que no me quedé mucho tiempo a mirar. Pero creo que no.

La inspectora asintió.

—¿Cuántas personas formaban parte del grupo de las once?

—Diez. Están todos de vuelta en el puerto deportivo. —Tratando de no vomitar su chocolate caliente, probablemente.

—¿Y los ibas guiando tú sola?

—Sí. Tengo todas las certificaciones. Puedo guiar hasta a doce personas yo sola.

—¿Cuántos años tienes?

—Quince, casi dieciséis. Tengo todas las certificaciones.

—¿Estás segura de que ese hombre no formaba parte de uno de tus grupos?

Jack se sentía ahora más segura de sí misma. Eran preguntas normales. Estaba a salvo. Era la guía en la que más confiaba Paul.

—No, inspectora. No formaba parte de ninguno de mis grupos. Este grupo era mi primero de hoy. Moondog, quiero decir, Jorge, Jorge Savila, se encargó del grupo de las nueve de la mañana. Yo era la encargada de hacer el de las dos de la tarde. Y Travis Whalen tiene que guiar hoy al grupo del atardecer.

—Habrá que cancelar esas excursiones.

Jack asintió con pesar. La idea de tener que telefonear a los turistas furiosos le hizo sentirse cansada otra vez. Con suerte se encargaría Travis.

—Te llevaremos de vuelta en el otro barco. Sígueme. —Ramírez le hizo un gesto afirmativo con la cabeza a su compañero y dio pequeños pasos hasta el borde de estribor, colocándose junto al barco de mayor tamaño.

Nicoletti estiró un brazo y tiró de Ramírez para subirla a bordo. Jack ignoró la mano tendida del hombre y saltó a cubierta ella sola. El inspector se quedó mirándola unos instantes. Después se volvió hacia el piloto y le hizo un gesto para zarpar.

Jack y los inspectores regresaron al puerto deportivo en silencio. Jack mantenía la vista fija en el agua, resistiendo la tentación de señalar a las crías de foca, a las medusas palpitantes, los cardúmenes de boquerones que erizaban la superficie brillante del agua al sol de mediodía. Pasaron bajo el puente, apagaron el motor y mantuvieron la velocidad hasta llegar al muelle.

Cuando regresaron al Shack, los ayudantes del *sheriff* estaban hablando con los turistas de su grupo. Paul seguía sin aparecer. Ramírez anotó la dirección de Jack y su número de teléfono y prometió que se pondría en contacto. Después le dijo que podía irse a casa. Y que tuviera cuidado por ahí.

Jack entró con la llave en la tienda y probó a llamar a Paul de nuevo desde el teléfono de la oficina. Nada. Se planteó llamar a casa. Estaría Prima. Quizá incluso su madre habría vuelto ya. Se quedó mirando el auricular que sostenía en la mano hasta que se convirtió en un objeto extraño, algo raro y amenazador. Se dio cuenta de que aún no estaba preparada para hablar, para que la bombardearan a preguntas, llevadas por la preocupación. De modo que colgó el teléfono, cerró la puerta con llave y salió.

Su bicicleta estaba esperándola junto a la verja, como si nada hubiera ocurrido. Se puso el casco y tomó el camino de atrás, bordeando el club náutico para evitar a la gente reunida en las mesas de pícnic. Salió del puerto deportivo y pedaleó por el puente. No miró hacia la marisma para ver qué sucedía en la lancha motora. No quería ver nada que estuviera vivo. Ni focas. Ni medusas. Ni cuerpos. Mantuvo la mirada fija en el asfalto gris y agrietado del camino, dejándose cegar por el sol frío del invierno, que la volvía ajena a todo lo que no fuera la carretera y el viento.

Capítulo 7

Beth volvió a llegar tarde a casa. Gigi Montero había tenido una reacción alérgica a la sopa durante la comida e insistió en que Beth la acompañara al hospital en la ambulancia. Para cuando regresaron a Bayshore Oaks, Rosa estaba de servicio, la señorita Gigi estaba dormida y Beth había perdido la oportunidad de llegar a casa a tiempo para la cena.

Tiró el envoltorio de aluminio grasiento de su burrito en el cubo de la basura de la entrada de casa. Abrió la puerta delantera e imaginó que se encontraría a Jack en el sofá con la cabeza metida en el teléfono, escribiéndose con sus amigos. Pero la cocina y el salón estaban a oscuras. No se oía ni un sonido en toda la casa.

Se puso los mocasines y echó un vistazo al calendario familiar de festividades escolares, excursiones de Kayak Shack, turnos de noche y citas de quimioterapia que había pegado en el frigorífico. Nada. A lo mejor Jack estaba en casa de Kayla.

Se abrió una cerveza y se crujió los hombros. Se dirigió al dormitorio de atrás para preguntarle a Lana si sabía dónde estaba Jack, preparándose para otra emboscada de su madre sobre la remodelación de la casa. En su lugar, se dio de bruces con una estampa inusual que era la viva imagen del cariño de una abuela. Lana estaba leyendo un libro con la bata puesta, lo cual resultaba bastante normal. Pero Jack estaba acurrucada junto a ella sobre la colcha, mientras Lana le acariciaba el pelo.

Ninguna de las dos se dio cuenta cuando entró Beth. Jack tenía los ojos abiertos, pero no parecía estar mirando nada. Estaba de espaldas a su abuela, contemplando la pared vacía sobre el escritorio.

Beth observó la escena unos instantes, hipnotizada por el movimiento suave y rítmico de la mano de su madre sobre el pelo revuelto de su hija. Le costó reconocer que aquellas mujeres tendidas sobre la cama fuesen de su familia. Se sintió como una intrusa, como si, por error, se hubiera metido en la familia equivocada.

Lana levantó la mirada de su libro. Habló con una voz suave que Beth no le había oído nunca antes.

—Ha sido un día muy largo. ¿Puedes traernos galletitas saladas y un poco de queso?

Beth notó en el estómago una mezcla extraña de confusión y celos. De vuelta en la cocina, dio otro trago a su cerveza. Después preparó una caja de galletitas Wheat Thins, unas lonchas de queso suizo, una Coca-Cola Light para Lana y una normal para Jack. Dispuso unos manteles individuales hexagonales de cuerda que había tejido con Jack años atrás. Y esperó.

—¿Podéis venir a la mesa? —gritó, sintiéndose algo ridícula.

Jack acudió encorvada a la mesa, con las manos escondidas bajo las mangas de la sudadera. Beth vio a su hija meterse unas galletitas en la boca. Desde luego estaba sucediendo algo extraño. Lana no dominaba la mesa con sus opiniones y declaraciones. Estaba sentada frente a ellas, dando sorbos a su Coca-Cola Light, alternando la mirada de una a otra.

Beth decidió tantear el terreno y observó a Jack por el rabillo del ojo mientras hablaba.

—Pues hoy he tenido un día duro. Mis pacientes se alteran mucho en esta época del año. Fuera hace frío y lo notan en los huesos. Las navidades ya quedan lejos y la familia ya no acude a visitarlos con sus bebés y sus regalos.

No obtuvo reacción por parte de Jack. Su hija tenía la mirada fija en la mesa, en la loncha de queso que estaba destrozando con las manos.

—Febrero es un mes duro —prosiguió Beth—. Algunos empiezan a equivocarse con las pastillas y no cuidan tanto su higiene personal en la ducha. Hoy he atendido a un tipo que tenía un sarpullido en el..., bueno, estáis comiendo. Da lo mismo. El señor Rhoads, el caballero de aquí arriba, el que tiene el rancho al otro lado de la marisma, pues resulta que no está bien. Tiene una de esas toses persistentes que suenan como si tuviera una carraca en la garganta. Y se nota que no toma suficiente...

—Mamá.

—Dime. —Beth trató de no sonar demasiado ansiosa.

—¿Tenemos tomates *cherry*? —La muchacha seguía con la cabeza gacha y su melena formaba una cortina espesa que Beth deseaba apartarle de la cara.

Pero dejó las manos quietas. Caminó hasta el frigorífico y empleó el trayecto como excusa para lanzarle una mirada a Lana, buscando una pista de lo que estaba sucediendo. Lana le devolvió la mirada de un modo que parecía decirle «sigue presionándola» o «trae los puñeteros tomates».

Beth colocó los tomates con suavidad delante de Jack.

—Cariño, ¿qué tal tu día?

Nada.

—¿Jack?

Lana intervino con una discreta tos.

—Jack ha tenido un día difícil —anunció—. Han encontrado un cuerpo en la marisma.

Jack movió la cabeza arriba y abajo, como para confirmar las palabras de su abuela, que siguió hablando en un susurro.

—Iba con unos turistas que se lo encontraron junto a la orilla norte. Y ha tenido que tomar las riendas, denunciarlo y todo.

Beth estiró el brazo para tocarle el hombro a Jack, despacio y con cautela al principio. Al notar que su hija ejercía presión contra su mano, acercó más su silla y le dio un fuerte abrazo.

—Cielo, ha debido ser horrible.

Jack se acurrucó entre sus brazos y se comió un tomatito.

—Es terrible ver un muerto. A mí todavía me sigue afectando cuando la vida de un paciente se acaba. Debe de haberte asustado mucho encontrártelo en el agua.

—Era joven —murmuró Jack—. Al principio no me di cuenta de si era un chico o una chica, por el pelo largo. Por un momento me pareció que podría haber sido yo.

—Jack, sabes que a ti nunca te ocurriría eso. Tienes mucho cuidado. Eres una gran nadadora. Y muy fuerte. La marisma es como tu segundo hogar.

Beth recordó sus primeros días juntas, solas las dos. Ella recogía piedras en sus excursiones por la hierba alta mientras Jack iba llamando a los leones marinos desde su cochecito de bebé. A los siete años, Jack ya bajaba sola la pendiente de rocas sueltas situada detrás de la casa, se metía en el fango y construía pequeños fuertes donde imaginaba que las nutrias podían dormir por las noches. Cuando tenía doce años, le rogó a Beth que le regalara una tabla de *paddleboard* por Janucá. Tras una tensa negociación, durante la cual la muchacha no paraba de repetir «soy muy responsable», Beth accedió. Y se acostumbró a ver a Jack bajar por la ladera, con la tabla colocada sobre la cabeza como si fueran las aspas de un helicóptero.

Ahora, esa misma tabla rosa estaba apoyada contra la pared junto a la puerta de atrás, cubierta con una toalla, como si fuera una mortaja.

Beth se apartó para mirar a su hija y le colocó las manos en los hombros.

—¿Qué ocurrió después de que…?

—Vino la guardia costera. Y algunos ayudantes del *sheriff*. Y un par de inspectores de Monterrey. Había mucha gente de uniforme.

—Jack, has sido muy valiente.

—Bueno, no tanto. Me refiero a que lo único que he hecho ha sido cuidar de mi grupo y mostrarles a los agentes dónde estaba el cuerpo entre el cieno.

—¿Han dicho algo acerca de quién es el muerto?

—No mientras yo estaba allí.

—Yo lo he mirado en mi teléfono —comentó Lana, tosiendo de nuevo—. Hasta ahora, solo informan de que la marisma permanecerá cerrada hasta nuevo aviso. La última vez que murió alguien ahí fue hace dos años. Un pescador tuvo un infarto y se cayó de su barca. Encontraron la barca y luego, un par de días más tarde, lo encontraron a él.

Se volvieron las tres hacia la ventana, como si la oscuridad pudiera decirles algo.

—No sé qué habrá pasado —dijo Jack en voz baja, desconcertada—. El tipo llevaba uno de nuestros chalecos salvavidas, pero no formaba parte de mi excursión. No tenía un kayak vacío, ni una tabla, ni nada que yo pudiera ver. Iba vestido con ropa normal. Vaqueros. Botas de montaña. Como un pescador. Pero creo que no era uno de los habituales.

—¿Paul sabía quién era?

—Paul no estaba.

Beth volvió a rodearla entre sus brazos y la apretó con cariño.

—Siento mucho que te haya pasado esto, cielo. Esta noche si quieres puedes dormir en mi habitación.

Jack cerró los ojos y asintió agradecida. Apretó la cabeza contra el hombro de Beth y aspiró el familiar aroma a eucalipto y sal de su madre.

Lana volvió a toser.

—Llamaré al instituto y les diré que mañana no vas. Puedes quedarte en casa conmigo.

Jack alzó la cabeza sorprendida.

—¿Qué? No, Prima. O sea, gracias, pero debería ir a clase. Así me sentiré mejor.

—Todas nos sentiremos mejor por la mañana —aseguró Beth—. Ve a por tu almohada. Y trae tu manta. Esta noche hace demasiado frío como para que me robes la mía.

Lana las vio levantarse de la mesa y palpó con los dedos las pastillas que llevaba en el bolsillo de la bata. Le faltaban seis días para la quimio, lo que significaba que empezaba una semana mala.

Se notaba casi sin aliento, y a sus pulmones les costó trabajo expulsar una tos ronca que hizo que se le humedecieran los ojos. Aunque sus chicas no se dieron cuenta. Ahora estaban centradas la una en la otra, de camino al dormitorio de Beth entre abrazos y susurros. Nada de «¿estás bien, mamá?». Ni siquiera un «buenas noches». Lana notó que la energía de la habitación se consumía y que iba bajando aquella marea de amor.

Capítulo 8

El lunes, Jack anduvo como flotando por el instituto North Monterey County, como si estuviera en una nube. Por un lado, se sentía reconfortada por la normalidad que la rodeaba —los chavales gritando, el olor de la tiza, el habitual traspaso de papeles de un pupitre a otro—, pero cada vez que sonaba el timbre se daba cuenta de que no recordaba lo que había estado diciendo el profesor durante toda la clase. Algo sobre presidentes, quizá. O sobre enlaces covalentes. Se marchó con la mochila llena de apuntes indescifrables y, al llegar a casa, se la encontró en silencio. En la encimera había una nota que decía que su madre había ido a Gilroy a visitar a un antiguo paciente. Se asomó por la puerta de su antiguo cuarto y vio a su abuela roncando en la cama. Sacó unas cuantas uvas del frigorífico y se acomodó en el sofá para intentar hacer los deberes.

A las seis de la tarde, llamaron a la puerta.

Jack ignoró la interrupción y siguió estudiando la conjugación de los verbos en español. Supuso que sería otra entrega para Lana, algún electrodoméstico nuevo o una carísima mascarilla facial. Pero entonces volvieron a llamar, con más fuerza.

Siguió las normas de su madre: caminar hasta la puerta, preguntar «¿quién es?» sin abrir la puerta y esperar.

—Venimos del departamento del *sheriff* de Monterrey.

Jack cerró los ojos y volvieron a venirle las imágenes de los lodazales. El destello del sol sobre la larga melena del hombre muerto, el agua acumulándose en su chaleco. Quiso salir corriendo hacia su antiguo dormitorio y meterse bajo la colcha. Le dieron ganas de coger su tabla y bajar por la ladera de grava hasta el agua, remar atrás en el tiempo, retroceder hasta antes del día de ayer, antes de que el agua se oscureciera.

Abrió entonces la puerta.

Eran el hombre y la mujer del día anterior; él con un traje marrón oscuro, ella con una chaqueta morada brillante que hacía juego con sus uñas.

—¿Jacqueline Rubicon? —preguntó la mujer—. Nos conocimos ayer.

Jack se quedó mirándola con el pelo revuelto y cierta incomodidad.

—¿Hay algún adulto en casa contigo?

—Eh…, espere un momento. —Jack cerró la puerta, corrió al dormitorio de atrás y despertó a su abuela.

Cuando la puerta se abrió por segunda vez, Lana estaba de pie delante de Jack, vistiendo un pañuelo para la cabeza y su gruesa bata satinada a modo de armadura.

Esta vez fue el hombre quien habló.

—Soy el inspector Nicoletti. Y mi compañera, la inspectora Ramírez. Somos del departamento del *sheriff* de Monterrey. ¿Podemos pasar?

Lana abrió el brazo para indicarles que pasaran a sentarse a la mesa de la cocina.

Nicoletti parecía ser el que estaba al mando.

—Nos alegra que estén las dos en casa —dijo—. Esperábamos poder hablar contigo, Jacqueline, sobre lo que sucedió en la marisma. Por supuesto, si le parece bien a tu madre.

Aquella última palabra del inspector fue recompensada con una amplia sonrisa por parte de Lana, que le ofreció algo de beber.

—Es mi abuela —aclaró Jack.

—No hacía falta que se lo dijeras —murmuró Lana, de espaldas a los inspectores mientras buscaba en el armario vasos a juego.

Los inspectores se acomodaron a un lado de la mesa con sus libretas, mientras Lana y Jack se sentaban frente a ellos. Antes de que ninguno dijera nada, Lana se inclinó hacia delante.

—¿Saben ya lo que ocurrió?

—Hemos identificado a la persona fallecida —respondió Nicoletti—. En la excursión de Jacqueline de ayer.

—No era de mi excursión.

Nicoletti siguió hablando como si no la hubiera oído.

—Nos gustaría mostrarles una foto suya. No de cuando estaba en el agua, sino anterior.

El inspector deslizó una fotografía sobre la mesa. Sus dedos gruesos se aferraron a ella unos instantes. Entonces levantó la mirada.

—¿Reconocen a este hombre?

Jack y Lana se quedaron mirando la imagen. El hombre era guapo, delgado, con una melena castaño oscuro que le llegaba más allá de los hombros. Cejas pobladas, ojos grandes y brillantes, sin barba. Llevaba una mochila con correas y enganches fluorescentes; se le veía en un bosque, sonriendo para la cámara. Parecía estar a punto de ascender una montaña.

—No —respondió Jack negando con la cabeza—. Creo que no.

—¿Estás segura?

Levantó la cabeza para mirar a los inspectores y empezó a enumerar sus razones.

—Es demasiado mayor para ir a mi instituto. No trabaja en el Kayak Shack o en ningún otro lugar del puerto deportivo. No lo he visto por la marisma. No parece un tipo al que le guste el agua, a no ser que tenga un padre o un tío con el que vaya de pesca. Y los conozco a casi todos.

Los inspectores miraron a Lana. En esa ocasión fue la mujer, Ramírez, quien habló.

—Señora, ¿usted lo reconoce?

Lana dijo que no con la cabeza.

—Un chico mono —murmuró.

—Se llamaba Ricardo Cruz. Tenía veintinueve años y residía en Santa Cruz. Un ecologista, trabajaba en la Fundación Ecologista para la Conservación de la Costa Central que hay ahí. La cuestión, Jacqueline, es que formaba parte del grupo del atardecer al que le hiciste la visita el sábado.

Un gesto de sorpresa recorrió el rostro de Jack.

—¿El sábado? ¿No el domingo?

—El sábado.

Ramírez sacó el libro de registro del Kayak Shack, el que utilizaban para gestionar las reservas. Ver algo perteneciente al Shack en su cocina le pareció imposible y un poco asqueroso, como ver a tu profesora de Química en la playa con el traje de baño.

La inspectora lo abrió por las páginas correspondientes al fin de semana y dio la vuelta al libro para que Jack pudiera verlo. Señaló con su uña acrílica un punto situado en mitad de la página. Ricardo Cruz, excursión del atardecer del sábado, con un número de teléfono y la palabra «PAGADO» garabateada con la letra de Paul. Pese al supuesto pasado glorioso de Paul en la industria tecnológica, el Kayak Shack era un establecimiento puramente analógico; nada de *apps* ni sistemas de reserva *online*.

Jack acercó el libro hacia sí. Sostenerlo entre las manos le hacía sentir más segura de sí misma.

—Reservó la excursión el viernes por la tarde. Pero no aparece signo de confirmación junto a su nombre. Supongo que el sábado no apareció. Esa tarde-noche tuve un grupo de once: una despedida de soltero compuesta por ocho chicos de Fresno. Dos mujeres y un hombre mayor. No había nadie más en el grupo.

—¿Qué hacéis cuando alguien no aparece? —preguntó Ramírez.

—Si tenemos un número de teléfono, llamamos. Pero yo no estaba en la oficina. Estaba fuera transportando kayaks de un lado a otro. No sé si Travis lo llamó. Cuando yo soy la guía, doy comienzo a la excursión cuando recibo la señal de que está todo bien.

—Pero ¿y si no tacharon el nombre del señor Cruz? Puede que se reuniera directamente con vosotros en el agua, ¿no? A lo mejor incluso se subió contigo en tu embarcación.

—No. Por la tarde llevaba siete kayaks. Nueve hombres y dos mujeres. Nadie más.

Los dos inspectores se miraron el uno al otro. Nicoletti se inclinó hacia delante y apoyó sobre la mesa sus enormes antebrazos.

—La cuestión es esta, Jack… ¿Puedo llamarte Jack? —Tenía una voz suave, pero falsa, de esas que ocultan algo detrás.

Jack asintió secamente y miró nerviosa a Ramírez.

—No la mires a ella. Mírame a mí —le ordenó Nicoletti—. El problema es este, Jack. Hemos hablado con Carl Willis.

Jack no dijo nada.

—¿No te acuerdas de él, Jack? ¿De tu grupo del sábado al atardecer?

—¿El hombre calvo? —preguntó Jack.

—Así que te acuerdas de él —confirmó Nicoletti.

—Pues… no siempre me dicen sus nombres. —Ahora Jack miraba al inspector muy fijamente.

—El señor Willis dice que montaste una auténtica fiesta el sábado por la noche, Tiny. —Nicoletti pronunció su apodo de manera sarcástica, como insinuando que hubiera hecho algo mal—. Dijo que estuviste bebiendo. Flirteando. Dijo que estuvisteis todos jugando en el agua, que te lo pasaste muy bien. Le pareció ver que Ricardo también estaba allí.

—Se equivoca. ¿Les han preguntado a las mujeres? ¿O a los de la despedida de soltero? Ellos se lo dirán.

—Según hemos sabido, el señor Willis era el único miembro de ese grupo que no iba borracho.

De pronto aquello le dio mala espina. Muy mala. Jack había visto suficientes series de policías como para saber que un hombre blanco, calvo y de mediana edad siempre quedaba por encima de una adolescente de piel oscura. Sintió que se le aceleraba el corazón y se le tensaba el cuerpo.

—¿Sueles beber en muchas de tus excursiones, Jack?

—No, nunca he…

—¿Te gusta tontear con tus clientes?

Jack sintió la mano fría de Lana cubriendo su puño sudoroso sobre la mesa.

—Inspector, mi nieta acaba de decirle que…

—No estoy mintiendo —aseguró Jack. Le salió de un modo brusco. Tomó aire y volvió a intentarlo—. Nunca había visto a Ricardo Cruz. No entiende que…

—Oh, entiendo muchas cosas. ¿Te gustan los hombres mayores? ¿Como el señor Cruz? —Nicoletti agitó la foto delante de su cara. Jack miró hacia Ramírez en busca de compasión, solidaridad, lo que fuera. A lo mejor estaban haciendo el clásico numerito del poli bueno y el poli malo. Pero la inspectora tenía una mirada neutra y la boca cerrada. Y a ella Nicoletti seguía presionándola—. Ya sé cómo sois las chicas como tú.

—¡Ya basta!

La voz de Lana enmudeció a la mesa. Se había puesto en pie y los miraba rabiosa, con las manos apoyadas en el respaldo de la silla de Jack. Parecía frágil, pero su voz sonaba regia y enfurecida. Miró con odio a Nicoletti y bajó la voz hasta adoptar un tono de advertencia amenazante.

—No nos gusta nada su tono, inspector —dijo—. Un hombre ha muerto ahogado. Jack lo encontró. Fue un trágico accidente. Eso fue lo que pasó.

Jack tomó aliento al oír las palabras firmes y concisas de su abuela. Confió en que fueran suficiente.

El inspector imitó el tono pausado de Lana, como si estuviera hablando con una niña.

—Con el debido respeto, señora —dijo, haciendo que cada palabra sonara como un insulto—: lo que le ocurrió a Ricardo Cruz no fue un accidente.

Capítulo 9

Lana cerró los ojos y se quedó con las manos aferradas con firmeza al respaldo de la silla de Jack. Le daba igual que los inspectores pensaran que se había quedado dormida. Necesitaba tiempo para recalibrar. Y para resistir la tentación de mirar a Jack a los ojos con algún tipo de pregunta implícita.

Se negaba a creer que su nieta pudiera tener algo que ver con aquello, pero ahora veía la conversación desde un punto de vista diferente. No habían acudido a casa para confirmar la línea temporal de una muerte accidental. Estaban interrogando a Jack, de forma agresiva, sobre alguien que había sido asesinado. Lo que significaba que deberían tener mucho más cuidado a partir de ese momento.

—¿Alguien lo mató? —preguntó Jack—. ¿Cómo lo saben?

Entonces Lana sí miró a Jack, tratando de rogarle con la mirada a la muchacha que se estuviera callada. Pero nunca se le había dado bien rogar. Y Jack siguió hablando.

—Quiero decir, si se ahogó, ¿cómo saben que lo mató alguien? ¿No tendría el mismo aspecto?

Lana volvió a sentarse en la silla junto a su nieta. Era una buena pregunta. Y terrible al mismo tiempo. Como si Jack estuviera intentando verificar su obra. Todos los pares de ojos se posaron en ella.

—Existe más de una manera de matar a alguien —le respondió Nicoletti.

—¿Así que no se ahogó? —inquirió Jack—. ¿Cómo lo…?

—¿Pasas mucho tiempo en el agua, Jack? —intervino la voz de Ramírez, aunque no sonaba dura. Parecía más bien curiosa. Cálida. Jack se volvió hacia ella, agradecida.

—Pues sí —repuso—. Mi trabajo consiste en hacer excursiones en kayak. Y me gusta salir a navegar casi todas las mañanas antes de ir a clase. En mi tabla de *paddleboard*. —Señaló con la mano la tabla de tres metros de longitud apoyada junto a la puerta, con la correa colgando, como un perro solitario aguardando a que alguien lo sacase a pasear.

—¿Alguna vez sales con alguien más? Con algún amigo, quizá.

—No tienes por qué responder a eso —dijo Lana.

—No pasa nada. —Jack dirigió a Ramírez una sonrisa fugaz—. Voy sola. Siempre. A ninguno de mis amigos del instituto les va ese rollo.

—¿Y la gente con la que trabajas en Kayak Shack? ¿Jorge Savila? ¿Travis Whalen? ¿Paul Hanley?

Jack se maldijo a sí misma por sonrojarse.

—Paul es el jefe. Es mayor que mi madre. Y Travis y Jorge son universitarios. No diría que somos amigos.

—¿Más que amigos? —preguntó Nicoletti con cierta lascivia.

En esa ocasión, Jack mantuvo la boca cerrada. Escondió las manos en las mangas de la sudadera y empezó a pellizcar los puños por debajo de la mesa.

Cuando hubo contado hasta quince, la inspectora Ramírez volvió a hablar, dejando la pregunta de su compañero suspendida en el aire como un mal olor.

—Eres más joven que todos los demás, ¿verdad? Tiny, te llaman.

Jack asintió con cautela.

—Pues bien, Tiny, he aquí nuestro problema. —La voz de Ramírez sonaba melosa—. Un chico joven pagó para realizar un excursión contigo el sábado por la tarde. Tú dices que no se presentó. El señor Willis dice que quizá sí. De un modo u otro, estamos todos de acuerdo en que no realizaste ese excursión siguiendo todas las normas.

—Bueno…

Ramírez alzó una mano y empezó a enumerar puntos con sus uñas de color morado.

—Eras la responsable de su seguridad, pero les permitiste beber. Permitiste que se metieran en el agua. Eso va contra las normas, ¿no es así?

Si existía alguna forma de asentir estando abatida, Jack la encontró.

Ramírez le devolvió el gesto.

—Y luego, al día siguiente, Ricardo Cruz aparece muerto con uno de vuestros chalecos salvavidas, flotando en tu marisma.

—Pero…

—A lo mejor viste algo. Un arma. O una pelea. Quizá permitiste que Ricardo se metiera en el agua, su kayak volcó y le golpeó en la cabeza. Fuera lo que fuera lo que ocurriera, permíteme que te dé un consejo: las cosas te irán mejor si nos lo cuentas. Ahora. Porque, desde nuestro punto de vista, eres una chica asustada que cometió un error y está intentando ocultarlo.

Lana vio que a Jack le temblaba un párpado. No podía permitir aquello por más tiempo.

—Yo sí vi algo —anunció. Se irguió en su silla y se ciñó la bata a la cintura.

—¿Cómo dice, señora? —Ramírez la miró confusa. Jack también.

—Pero no fue el sábado por la noche —prosiguió Lana—. Fue el sábado por la mañana. La madrugada del viernes al sábado, más bien. A las dos. Una persona con una carretilla. Al otro extremo de la marisma.

—¿Se hallaba de excursión a las dos de la madrugada?

—No. Yo estaba aquí. Lo vi desde la ventana de atrás. No sé qué puede hacer alguien en la marisma en plena noche. Pero allí había alguien. Resulta sospechoso. —Recordó sus movimientos erráticos, su mirada furiosa.

—¿Pasa mucho tiempo mirando por la ventana? —preguntó Nicoletti inclinándose hacia delante.

—Pues…

—Señora, probablemente lo que vio usted fue a un granjero tirando algo que no podía llevar hasta la planta de reciclaje. Hay toda clase de chatarra en la marisma. Ricardo Cruz murió como mínimo a un kilómetro y medio al norte de aquí, quizá tres kilómetros. Dudo que alcanzara a ver eso desde su ventana.

—No. Ricardo Cruz fue encontrado a tres kilómetros al norte de aquí. ¿Tienen pruebas que demuestren que lo mataron allí?

El hombre se recostó en su silla y le lanzó a Lana una mirada cruel.

—No suelo hablar con las abuelas sobre las pistas de los casos abiertos.

—Sábado. Dos de la mañana. Anótelo.

—Señora…

—Si piensa acosar a mi nieta basándose en las alegaciones de un turista en una excursión en kayak, al menos podría investigar la información que le estoy proporcionando.

Lana miró a los ojos a Nicoletti y le lanzó una mirada apremiante. Se sentó muy erguida y sacó pecho bajo su bata azul y dorada, haciendo su mejor imitación de un pavo real enfadado.

Por dentro, no sabía si empezar a hablar de nuevo, insistirle al hombre en que había visto algo sospechoso y decirle que deberían mostrarle el respeto que merecía. Pero decidió que el silencio era un arma más poderosa. De hecho, ya estaba haciendo efecto. La energía de la estancia estaba dispersa, ya no apuntaba hacia un inminente clímax. Ramírez escribió algo en su libreta con el bolígrafo. Jack agitaba nerviosa la pierna por debajo de la mesa. Nicoletti las miraba alternativamente con dureza.

Al fin se puso en pie.

—Veo que esto es lo más lejos que vamos a llegar hoy. Tú —le dijo a Jack, señalándola con un dedo rechoncho— no te vayas a ninguna parte. Si descubrimos que conocías al señor Cruz, o que estás encubriendo…

—Pueden volver cuando quieran, inspectores —aseguró Lana

con energía—. Estaremos encantadas de escuchar sus preguntas. Pero no sus amenazas infundadas.

Nicoletti la miró con desdén y ella le devolvió la mirada.

—Eso haremos —confirmó—. La próxima vez, les conviene decirnos la verdad. Toda la verdad. —Se quedó allí plantado y sacudió la cabeza—. Vámonos, Ramírez.

A Jack le llevó cinco minutos tranquilizarse después de que Lana hubiera cerrado la puerta.

—Vaya mierda —dijo—. Estamos jodidas. ¿Qué vamos a hacer?

—Jack. —La mirada de su abuela no era cruel, pero sí firme—. ¿Estás completamente segura de que ese hombre no iba en tu grupo?

—Sí, lo es... estoy. —Tartamudeó incluso con esas pocas palabras.

—Di la verdad, Jack. Los ganadores nunca murmuran —insistió su abuela sin dejar de mirarla—. ¿Hay algo más, lo que sea, que no me hayas contado?

Jack tragó saliva, sin saber si debía mencionarlo o no.

—Es posible que viera a Ricardo en una ocasión. —Agachó la cabeza para esquivar la mirada penetrante de su abuela—. No fue durante una excursión. Al principio no lo reconocí, pero al decir que trabajaba para la Fundación Ecologista para la Conservación de la Costa Central... Puede que un día lo saludara con la mano, una mañana temprano, hará un par de meses, cuando había salido a remar.

Lana cerró los ojos un instante. Jack no sabía si su abuela estaba enfadada, decepcionada u otra cosa.

—¿Hablaste con él?

—Solo unas pocas palabras. Él estaba recolectando muestras de agua junto a la orilla norte, río arriba, a dos o tres kilómetros de distancia de los lodazales.

—¿Había alguien más por allí?

—Creo que no. Fue solo un saludo rápido en una mañana neblinosa. ¿Crees que debería contárselo a los inspectores?

65

Se produjo una breve pausa y entonces Lana negó sutilmente con la cabeza.

—No. Todavía no. ¿Hay algo más?

—Nada, Prima. Lo juro. —A Jack le sorprendió lo enérgica que sonaba su propia voz, pues el volumen servía para enmascarar el miedo.

Lana suavizó la mirada. Fue casi como si estuviera a punto de ofrecerle un abrazo. En vez de eso, se limitó a asentir.

—Vale. Voy a llamar a tu madre. Y tú vas a calentar una *pizza*. Veremos cómo lo solucionamos.

Beth entró apresurada en casa treinta minutos más tarde y le dio un abrazo a Jack con tanta vehemencia que levantó a la adolescente del suelo.

—Cielo. Siento mucho no haber estado aquí.

—No pasa nada. Prima se ha portado de maravilla.

Lana levantó la mirada desde la encimera, donde estaba descorchando una polvorienta botella de *cabernet* que había encontrado debajo del fregadero.

—Los policías de aquí son idiotas —comentó mientras sacaba el corcho, que emitió un satisfactorio pop al salir de la botella—. Mira que intentar amenazar a Jack para que admitiera tener algo que ver con la muerte de ese pobre hombre… Lo que hay que aguantar.

—No se trata de una broma, mamá. Si van detrás de Jack, será por algo.

—Porque son unos vagos, por eso. Y seguramente tengan miedo.

—Seguro que les encantó que les dijeras eso.

—Beth, por favor. Tienen entre manos un asesinato sin resolver. Por supuesto que buscan a alguien a quien culpar. Jack encontró el cuerpo, dirigía el grupo en el que debía estar ese tipo. No creo que estos ayudantes del *sheriff* tengan la capacidad para unir más de dos puntos.

—Espera un momento. ¿Qué grupo?

Jack le explicó lo que habían dicho los inspectores sobre la excursión del sábado por la tarde, la despedida de soltero y el señor Willis. Entonces se dio cuenta de algo.

—El grupo del sábado por la tarde ni siquiera llegó a acercarse a menos de dos kilómetros de donde se encontró el cuerpo de Ricardo. Aunque ese tal Willis tuviera razón, que no la tiene, nunca llegamos hasta allí. Como te ha dicho a ti el inspector sobre el hombre de la carretilla. No llegamos a acercarnos a los lodazales.

—¿Así que es tu palabra contra la del tal señor Willis?

Lana le quitó importancia con un gesto de la mano.

—No pueden basar todo un caso en torno a un turista que cree que quizá vio a Ricardo Cruz —dijo.

—Pero si son tan vagos como dices, a lo mejor lo intentan —argumentó Beth, que notaba cómo el miedo le subía por la garganta.

—Sé que esto es estresante, Beth. —Pero no parecía que Lana estuviese preocupada. En todo caso, parecía emocionada, le brillaban los ojos de un modo que Beth no le había visto desde antes del cáncer—. Pero podemos resolverlo. Son ovejas. Van donde les dicen que vayan, de modo que lo único que tenemos que hacer es orientarlos en una nueva dirección.

—Tú no conoces a los *sheriffs* de por aquí —respondió Beth sacudiendo la cabeza—. Se inventarán algo, tratarán de culparla a ella. Ven a alguien como Jack, una chica de piel oscura y sin padre, y presuponen lo peor.

—Por favor —dijo Lana olfateando el vino—. No todo gira en torno al racismo y la discriminación. Esto es simple y llanamente un ejemplo de clara incompetencia.

Beth miró a su madre con el ceño fruncido. Lana no había estado presente cuando otros padres preguntaban abiertamente sobre la herencia de Jack, o cuando Beth paseaba a la niña en el carrito y los desconocidos que se acercaban para hacerle cucamonas se volvían distantes al ver que el bebé tenía la piel oscura. En el valle de Salinas, la gente venía en dos colores distintos y todo se organizaba de tal forma que uno estuviera por encima del otro.

—Entiendo que estés preocupada —convino Lana—, pero pienso ayudar. No te preocupes.

—¿Encontrarás un buen abogado? —Por un instante, Beth albergó la esperanza de que Lana pudiera hacer algo útil, dado que su círculo de enfermeras y madres solteras no era precisamente una buena fuente de contactos legales.

—Puedo hacer alguna llamada, pero Jack no lo necesitará —respondió Lana agitando la mano con desdén, como si contratar a un abogado fuese una opción digna de seres inferiores—. Lo único que tenemos que hacer es explicar que es imposible que lo hiciera Jack. Como ella misma ha dicho. El sábado por la noche no anduvo por allí cerca. Jack, ¿hay alguien que pudiera haberte…?

—Mamá, para —le dijo Beth, que de pronto sintió la necesidad de salir a tomar el aire para poder pensar con claridad. Tomó aliento y miró a su madre—. Puedes buscar un abogado, pero eso es todo.

Antes de que Lana pudiera responder, Beth le dio la espalda y estiró el brazo hacia Jack.

—Voy a ir a dar un paseo, a buscar piedras —le dijo—. ¿Quieres venir conmigo? —Trató de suavizar la voz, pero aún se le notaba la frustración.

Al parecer, Jack también se dio cuenta.

—Gracias —le respondió—, pero prefiero quedarme.

—Conseguiremos ayuda, Jack. Encontraremos la forma de solucionarlo. —Beth se dirigió hacia la puerta de atrás y se quedó ahí de pie, tratando de creerse sus propias palabras—. Te lo prometo.

Lana estaba sentada a la mesa con lo que le quedaba del vino, mirando al infinito a través de la ventana. La marisma estaba oscura y un denso manto de nubes se extendía por encima del agua.

Recordó de nuevo al hombre al que había visto descender por la ladera en la oscuridad, las sombras duras de su rostro. Fuera quien fuera, no se encontraba por allí en esos momentos.

En teoría aquel lugar era tranquilo. Aburrido. Un pedazo de tierra olvidada donde Lana podría descansar y recibir cariño. En su lugar, sentía que la vapuleaban, que no la tomaban en serio, que no era importante.

—¿Crees que me van a detener? —La voz de Jack le llegó desde el sofá, suave e inesperada.

—¿Qué? No. Ni hablar. —A Lana le sorprendió su propia determinación—. No se lo permitiremos.

Jack se quedó mirándola. Parecía pequeña, nerviosa.

—Pero alguien mató a ese hombre —dijo—. ¿Crees que…, crees que es peligroso que vaya por ahí fuera?

—¿Te refieres a la marisma? Eso debéis decidirlo tu madre y tú —respondió Lana antes de dar un sorbo al *cabernet*—. No me sorprendería que ella no quisiera.

—Ya. Da miedo. Pero así es la vida, ¿no? Lo que pasa es que es un lugar raro para que alguien muera.

Lana contempló la lóbrega estancia. Oyó a las garcetas graznando en el agua. Un lugar raro para que alguien muera. Y no sucedería, si ella podía evitarlo.

Capítulo 10

Beth se despertó temprano el martes por la mañana, con la mente aún acelerada. Salió por la puerta de atrás y se acercó al montón de tesoros que había recopilado. Empezó a organizarlos de forma mecánica: vidrio marino verde pálido, arenisca amarillenta, arcilla rojiza, formando con ellos una curva sinuosa por el lateral de la casa. Mientras colocaba las piedras, iba ordenando sus pensamientos. Era imposible que Lana consiguiera sacarlas de aquel lío sin recurrir a un profesional. Beth había acudido a los tribunales solo en una ocasión, a los dieciocho años, cuando solicitó la plena custodia de Jack. En aquella ocasión fue algo fácil, porque Manny ni siquiera se presentó. Aun así, resultó terrorífico.

Lana tenía razón en una cosa: las pruebas contra Jack eran endebles. Si los de la oficina del *sheriff* hacían su trabajo, no tardarían en averiguar que Jack no tenía nada que ver con aquello. Para cuando las piedras ya formaban una enorme espiral, Beth estaba decidida. Necesitaban un abogado capaz de apretarles las tuercas a los inspectores. Si su madre encontraba uno, fantástico. Si no, ya se le ocurriría algo a ella.

Las puertas delanteras de la residencia de ancianos estaban bloqueadas por una ambulancia. Se hallaba allí parada, con el motor apagado y las puertas cerradas, como si alguien le hubiera borrado al vehículo su característica urgencia. Beth la bordeó y se preparó para la bofetada de aire reciclado que salía del interior cuando se abrían las puertas automáticas de cristal. La entrada a Bayshore Oaks guardaba un desafortunado parecido con una tienda de ultramarinos: el ruido que hacía la goma de las puertas al separarse y la sensación de que algo se pudriría si se quedaba allí demasiado tiempo.

Beth enseñó su acreditación y recorrió el pasillo hacia el mostrador de las enfermeras. Aminoró el paso al ver a los paramédicos que avanzaban hacia ella con una camilla. No sabía de qué habitación habían salido. ¿Sería Sal Castillo, de la 8B? Tenía más de cien años y cada mañana se despertaba un poco más pequeño, más apagado. O tal vez Sylvie Mendelson, que se había fracturado la cadera y había sufrido una grave infección después de la operación. Beth se aproximó a Rosa, la enfermera del turno de noche, que estaba rellenando papeleo detrás del mostrador.

—¿Quién es? —le preguntó señalando hacia el pasillo.

Rosa levantó la cabeza y la miró con sus ojos marrones y cansados tras una larga noche.

—El señor Rhoads —dijo—. Ayer por la tarde se echó la siesta y nunca se despertó.

Beth recibió la noticia como un puñetazo en el estómago. No le gustaba tener favoritos entre sus pacientes, pero los tenía, y Hal Rhoads era el primero de su lista. El señor Rhoads era un hombre de ojos tranquilos y voz suave. Tenía la piel bronceada y surcada de profundas arrugas, como las hendiduras en el cuero. Había llegado a la residencia dos meses atrás, tres su tercera apoplejía, que trajo consigo dificultad respiratoria y la amenaza de una insuficiencia cardiaca congestiva. Sufría una tos crónica de la que nunca se quejaba. El señor Rhoads aceptaba Bayshore Oaks y a sus empleados como una tribulación que tuviera que soportar, como los gorgojos o las piedras en el riñón. Era educado, siempre. Pero nunca se juntaba con los demás, nunca sonreía, nunca aportaba nada de sí mismo. Llevaba todos los días un sombrero de ala rígida, incluso cuando la niebla estaba baja y el sol a kilómetros de allí, abrasando el rancho que él había tenido que dejar, ese que no había querido abandonar, donde sus vacas y sus fresales se perdían sin él.

Era el rancho lo que los había unido. Eso y la marisma.

Un día, cuando llevaba una semana en la residencia, el señor Rhoads paseaba dando vueltas por el pasillo con su sombrero y su chaqueta de franela, con los puños aferrados a su andador, cuando pasó por delante de una acalorada conversación.

Gigi Montero estaba en el mostrador de las enfermeras, con su metro cuarenta y cinco de estatura y unos *leggings* de lamé dorado, señalando a Beth con sus uñas postizas de color rosa chillón.

—¡Tu hija es una preciosidad! No puedes permitir que se ensucie en esa acequia mugrienta.

Beth le dirigió una sonrisa apaciguadora.

—Señorita Gigi, Jack y yo llevamos haciendo excursiones por Elkhorn Slough desde que nació. Y lleva años remando por allí. Es precavida. No nos pasará nada.

La menuda anciana retrocedió y, al hacerlo, le cortó el paso al señor Rhoads.

—Beth, no sabes lo que hay en esa agua.

Beth forzó más aún la sonrisa.

—Bueno, pues hay medusas, y algo he oído sobre tiburones…, pero todavía no se han comido a ninguna chica adolescente.

La señorita Gigi se llevó la mano al corazón de diamantes de imitación que colgaba sobre su jersey.

—Madre mía, Beth, qué disgusto me das.

El señor Rhoads decidió entonces que la mejor forma de seguir su camino era pasar entre medias.

—Te está diciendo que Elkhorn Slough es un buen lugar para una persona joven —declaró en voz alta mientras pasaba por delante.

Ambas mujeres se volvieron, Beth agradecida, la señorita Gigi molesta. El señor Rhoads parecía tranquilo. Era un hombre capaz de quedarse quieto mucho tiempo.

—Usted es el señor Rhoads —dijo la señorita Gigi, evaluándolo con la mirada—. He conocido a su hijo. Alto. Muy limpio. Pero a usted no lo conocía. —Le tendió una mano de uñas rosas.

El señor Rhoads miró a Beth.

—¿Tu hija rema?

—Hace *paddleboard*. Y trabaja como guía de excursiones en kayak.

El señor Rhoads asintió satisfecho. La señorita Gigi no.

—Esa muchacha debería estar trabajando en algún lugar respetable —anunció agitando las manos—. Como un 7-Eleven. Tú dímelo y llamo a mi encargado regional. César la sacará de esa agua inmunda y la pondrá en una tienda de Salinas como es debido. —Se alejó por el pasillo, entró en la sala de la televisión y cerró de un portazo.

Beth y el señor Rhoads se quedaron mirándose. Tenían la boca cerrada, pero sonreían con la mirada.

—¿Cómo se llama tu hija? —le preguntó él.

—Jack, diminutivo de Jacqueline.

—Bonito nombre. ¿Cuánto tiempo lleva saliendo por la marisma?

—Llevamos quince años recorriéndola. Y ella lleva tres haciendo *paddleboard*. Vivimos justo al lado.

—¿En la orilla norte? —preguntó Rhoads—. No recuerdo haberos visto.

—Al sur. Creo que no nos hemos visto nunca.

—Yo he vivido ochenta y cuatro años en la zona norte, en el viejo rancho Roadhouse. Allí crie a mis hijos. Ojalá estuviera allí ahora mismo.

El rancho Roadhouse estaba situado justo enfrente de casa de Beth, al otro lado de la marisma, en las extensas colinas que se elevaban hacia el norte desde aquella orilla. Beth imaginó lo que debía de haber sido crecer allí, tener padres así, alguien que le hiciera caso.

—Si quiere, algún día puede hablarme de ello —le dijo.

—Será un placer —respondió él con la mirada encendida—. Ya sabes dónde encontrarme. —Levantó la mirada como si estuviera viendo pelícanos volar por el techo de gotelé. Después sacudió la cabeza y continuó con su paseo.

Ahora Beth estaba allí parada, una fría mañana de martes, mientras los paramédicos se llevaban al señor Rhoads hacia las puertas de cristal. Se volvió hacia el mostrador.

—¿Se lo han comunicado a la familia?

—He llamado a su hija —repuso la enfermera con gesto afirmativo—. Tenía que venir hoy a visitarlo. Y le he dejado un mensaje a su hijo. Pobre hombre. Estuvo aquí este mismo sábado.

La mayoría de los familiares de los pacientes acudían en grupo, como si así se sintieran más seguros. Pero los hijos de Hal Rhoads nunca lo visitaban al mismo tiempo. Su hijo, Martin, lo visitaba los fines de semana; era un pulcro informático de Silicon Valley de cuarenta y pocos años que acudía en coche cada viernes por la tarde desde San Francisco para recibir una larga lista de tareas del rancho que Hal le había asignado para el fin de semana. Martin era simpático, y casi todos los viernes, antes de marcharse, se detenía en el mostrador de las enfermeras para charlar sobre su padre, el rancho y su empresa emergente, que decía iba a revolucionar la nanotecnología.

Por su parte, Diana, la hija de Hal, no estaba interesada en conversar. Era mayor que Martin, una fría madre de familia de Carmel que, cada martes y jueves por la mañana, se acercaba a las enfermeras con un sutil pero inconfundible gesto de desaprobación. Entraba en esa categoría de visitas que mantenían las distancias respecto al personal de la residencia, ya fuera por arrogancia o, más probablemente, por miedo. Si no forjaban relaciones con los empleados, podían aferrarse a la fantasía de que sus seres queridos estaban allí solo de manera temporal.

Cuando entró en su habitación, Beth comprobó hasta qué punto Hal Rhoads había contribuido a mantener la fantasía de su hija. Pese a llevar dos meses en Bayshore Oaks, todavía parecía como si tuviera que terminar de mudarse. Con algunos residentes podían llenarse maletas de álbumes de fotos y chuminadas, pero para recoger las cosas del señor Rhoads solo hizo falta una pequeña caja de cartón. Tenía una cómoda medio vacía, un par de novelas de espías, un almanaque, una pila de papeles, un calendario de pared con cada día tachado y dos fotografías con pesados marcos de plata.

Beth cogió la más grande. Un retrato de familia. El señor Rhoads aparecía con cincuenta y tantos años, fuerte y bronceado, con su hermosa hija y su hijo adolescente, de pelo oscuro, entornando los ojos para protegerlos del sol. Estaban los tres entre el ganado, terneros quizá, con una letra R del revés marcada en los cuartos traseros. Diana estaba al margen de los dos hombres, vestida con impoluta ropa de montar, de estilo inglés. No aparecía una esposa por ningún lado.

La esposa estaba en la otra foto, la del marco pequeño. Era la fotografía formal de una pareja joven, en blanco y negro, él con uniforme de la marina y ella con los labios pintados de oscuro y el pelo rizado sujeto con horquillas. Estaban sentados juntos, ella casi en el regazo de él, él con la mano posada suavemente alrededor de la cintura de ella. Sonreían, él con una sonrisa amplia, ella más discreta, mirándolo, como si confiase en que su marido fuese a salir a comerse el mundo y hacerse un nombre para ambos.

Beth se preguntó qué habría ocurrido entre ambas fotografías. El señor Rhoads le había dicho que llevaba solo mucho tiempo, pero no estaba al tanto de los detalles. ¿Habría muerto su esposa? ¿Se habría fugado con un empleado del rancho? ¿Se habría cansado de su marido fuerte y estoico?

Volvió a mirar el retrato familiar. En la imagen, Martin Rhoads no debía de ser mucho mayor de lo que Jack era ahora. Beth sabía lo que era criar sola a un hijo, que la gente preguntara a todas horas por el padre que no aparecía en la foto. Cuando Jack era pequeña, resultaba especialmente difícil. Empujarla en el carrito de la compra, considerar si responder cuando el cajero le preguntaba por su «papi» o lanzarle una caja de cereales a la cara.

Beth echó una última mirada a la foto de familia antes de darle la vuelta al marco para colocarlo en la caja. Y entonces se detuvo. Había algo alojado en la cubierta trasera de cartón, por la que asomaba una esquina de papel encerado. Por un instante se dijo a sí misma que no era momento de ponerse a investigar. Pero entonces la habitación vacía le recordó una cosa. El señor Rhoads ya estaba muerto. Ya no podía pasar nada peor.

La trasera de cartón se desprendió con facilidad del marco bajo sus dedos. Tras ella, encontró otra instantánea, con una fina lámina de papel de seda que la separaba de la fotografía familiar.

La fotografía tenía una forma curiosa, era una franja estrecha y vertical, como si alguien la hubiera recortado de una imagen más grande. Hal Rhoads aparecía de pie, firme, junto a una mujer más baja, de piel oscura, con un niño en brazos. Estaban al aire libre, al borde de una franja de hierba seca que se extendía tras ellos como una sombra. El señor Rhoads parecía tener más o menos la misma edad que en la foto de familia. La mujer era joven, de veintipocos años. Parecía cansada, tenía los ojos apagados y mantenía agarrado con fuerza al niño pequeño, que parecía retorcerse sin parar. Estaban situados frente a la puerta abierta de un elegante edificio de madera, pero la mujer le daba la espalda, como si no quisiera reconocer su existencia. En el reverso de la fotografía se leían las palabras «nuevo establo» escritas con la caligrafía enmarañada de Hal Rhoads. No aparecía la identidad de la mujer ni del niño.

Beth frunció el ceño al ver la escena. ¿Qué clase de historia contaba aquella fotografía? ¿Acaso Hal Rhoads había cambiado a su primera esposa por una más joven? No quería creer eso. Aunque tal vez el señor Rhoads no fuese muy diferente de su propio padre, yendo detrás de mujeres cada vez más jóvenes conforme envejecía. La última vez que había sabido algo de él, estaba en las Bermudas con una higienista dental de veinticinco años.

Beth volvió a guardar la instantánea dentro del marco y encerró el misterio entre la cubierta de cartón y el papel de seda. Metió ambos marcos en la caja junto con los libros y papeles del señor

Rhoads y colocó su ropa encima, doblando con cuidado su gastada chaqueta de franela. Fuera cual fuese su pasado, el señor Rhoads había sido importante para ella. Cuando las cosas habían empezado a complicarse en los dos últimos meses, con Lana enferma y volviéndola loca, el señor Rhoads había sido alguien con quien poder hablar, en quien poder apoyarse.

Y ahora mismo le vendría bien algo de apoyo. Con una mezcla de culpabilidad y alegría, se dio cuenta de que la muerte del señor Rhoads le había hecho olvidarse por un momento del aprieto en el que se encontraba Jack. Pero ahora el miedo regresaba y se le quedaba alojado en la garganta. El señor Rhoads habría sabido cómo manejar a los inspectores la noche anterior, cómo granjearse su respeto. Podría haberlos calmado en lugar de azuzarlos como probablemente había hecho Lana. Beth miró su teléfono por decimoquinta vez esa mañana. Todavía no había recibido respuesta de ninguno de los abogados. Tenía un mensaje de Lana diciéndole «¡¡No te preocupes!!». Pero aquello no hizo sino estresarla más.

La cinta de embalar sirvió para sellar las viejas prendas y los secretos del señor Rhoads. Beth llevó la caja al mostrador de las enfermeras y llamó a recepción para informar a la familia. Los hijos de Hal Rhoads podrían decidir qué hacer con las mujeres de la vida de su padre. Ella ya tenía bastante con las mujeres de la suya.

El resto de su turno se le pasó como en una nube. Su teléfono siguió en silencio, y sus pensamientos, oscuros. Ni siquiera la señorita Gigi logró sacarle una sonrisa con el último regalo que había recibido de su hijo: un pequeño caniche de peluche con los ojos de cristal azul que ella había adornado con largas pestañas postizas.

Para cuando terminó de cambiar todos los sueros y de comprobar la medicación, Beth estaba agotada. Miró con deseo el sofá de la sala de descanso de las enfermeras, pero supo que, si se tumbaba, quizá no se levantara. Rellenó el termo con café amargo de la cafetera comunal, volvió a mirar el teléfono una vez más y se dirigió hacia su coche para regresar a casa.

Capítulo 11

Antes de que Beth pudiera poner la mano en el picaporte, la puerta mosquitera se abrió de golpe.

—Mamá. Hola, mamá. Tengo que preguntarte una cosa. —Jack tenía el rostro arrebolado y le salían las palabras atropelladas.

—Hola, cielo. Dame un segundo. —Beth rodeó a su hija, entró en la cocina y dejó caer su bolso sobre la encimera. Se fue al frigorífico y agitó una caja de gofres congelados en dirección a Jack, que negó con la cabeza.

—Ya hemos cenado.

Beth se movió metódicamente del congelador a la tostadora y, de ahí, al sofá, mientras Jack daba vueltas a su alrededor, mordiéndose las uñas, dando la impresión de ser un volcán a punto de hacer erupción. Lana la observaba desde la mesa, donde paladeaba una Coca-Cola Light y un montoncito de galletas saladas.

—Tengo que hablar contigo —insistió Jack.

—¿Han vuelto los inspectores?

—No. No es eso.

Beth cerró los ojos. A lo mejor los de la oficina del *sheriff* habían encontrado otro sospechoso al que acosar. O tal vez estuvieran ocupados recopilando pruebas contra Jack, inventándose el cuento de que era una adolescente poco de fiar que había permitido que un turista muriera durante su turno. Se preguntó qué

78

cosas podrían desenterrar. ¿Alguien en el Kayak Shack hablaría de la vez que Jack abandonó a la deriva a un grupo de turistas en la zona inundable durante la marea alta? ¿O descubrirían que había mentido respecto a no conocer a Ricardo? Cuando Beth volvió a abrir los ojos, Jack estaba justo delante de ella.

—Mamá, escucha. Mañana van a abrir la marisma. Quiero salir. Por la mañana, antes de clase. ¿Te parece bien? O sea, todavía no han averiguado lo que ocurrió, pero debe de ser seguro si la van a abrir, ¿no?

Beth miró a su hija, un manojo de nervios y pelo de cuarenta y siete kilos.

—Cielo, esos inspectores todavía tienen dudas sobre ti. Nuestra prioridad debe ser mantenerte a salvo. ¿Y si ocurre algo más?

—¿Si muere alguien más, dices?

Saltó la tostadora y Beth se estremeció. Había estado tan absorta en sus miedos sobre los inspectores que ni siquiera se había parado a pensar en la posibilidad de que el asesino pudiera seguir por ahí fuera. Oírlo ahora en voz alta le daba más miedo aún.

—Lo que quiero es que no te metas en líos —le dijo mientras sacaba los gofres de la tostadora y regresaba al sofá.

—¿Por qué me castigan a mí si no he hecho nada?

—Yo sé que no has hecho nada, pero ellos no lo saben. —Beth se preguntó si su madre habría hecho algún avance con el asunto de conseguirles un buen abogado.

—Mamá, ¿no daré la impresión de ser más culpable si me quedo metida aquí? ¿No es como una señal? Si cambio mi rutina.

—Es una señal de que haces caso a tu madre, nada más.

—No es que yo sea un conejillo asustado —le dijo Jack con actitud desafiante.

—Yo no he dicho eso.

—Sé cuidarme sola.

—Cielo, no digo que no, pero esto es serio. ¿Podemos ir paso a paso?

—Por favor, mamá. Necesito volver al agua. ¿Te acuerdas cuando me caí de la bici y me dijiste que volviera a montarme?

Y la primera vez fue raro, pero después de seis veces, ya era otra vez del todo normal. Creo que eso es lo que tengo que hacer ahora o si no...

Se le quebró la voz y se dejó caer contra el hombro de su madre.

—Cada vez que cierro los ojos, lo veo. Veo el barro, la salicornia y su chaleco salvavidas rojo. Es como si la marisma ya no fuera mi sitio.

Beth le acarició el cabello a su hija. La cabeza de Jack subía y bajaba al ritmo de sus respiraciones pausadas.

—Es horrible cuando alguien muere. Incluso aunque sea alguien que no conoces muy bien.

—Solo lo vi una vez. —La voz de Jack sonaba amortiguada contra el jersey de Beth. Entonces la muchacha levantó la cabeza y la miró—. ¿Cómo lo haces tú? ¿Cómo puedes enfrentarte a la muerte todos los días?

—No es todos los días. Y por lo general no es algo llamativo, como lo que le ha sucedido a ese chico. —En voz baja, Beth le contó a su hija lo del paciente que había fallecido la noche anterior. Un amable ranchero que había vivido al otro lado de la marisma con sus vacas y su huerto, un hombre al que le encantaba saber que Jack salía a remar todos los días. Un hombre que tuvo una vida larga y murió sin dolor. Las palabras de Beth fueron formando una nana monótona, suavizando la muerte hasta convertirla en algo lejano y normal, sin dobleces, sin sorpresas.

Lana estaba sentada a la mesa, impertérrita y callada. No se tragaba el cuento de hadas que estaba contando Beth. Cada una de sus respiraciones temblorosas le recordaban los tumores que atacaban sus pulmones, como si la muerte estuviese haciendo sonar la alarma contra sus costillas. Una parte de ella deseaba poder escaparse a Los Ángeles, brindar por un acuerdo inmobiliario con copas de cristal bueno en un restaurante que jamás serviría gofres para la cena. Otra parte de ella deseaba poder sentarse en el sofá, sumarse al abrazo y tal vez decirles algo de corazón a sus chicas.

Pero los sentimientos no iban a hacer que aquello se resolviese. Beth tenía razón. Los inspectores regresarían y Lana quería estar preparada. Las palabras despectivas de Nicoletti aún resonaban en sus oídos, sobre todo aquel «señora» tan horrible y nasal, como si ella fuera una mujer inútil e inservible. Lana no soportaba ser invisible. Aquello le resultaba casi igual de terrorífico que estar muerta.

No tenía intención de quedarse allí sentada esperando a que los inspectores movieran ficha. Quizá estuviera enferma, pero no incapacitada. Pensaba encontrar la manera de exculpar a Jack.

Solo tenía que averiguar cómo.

Capítulo 12

El primer día de Lana como detective novata comenzó con un quejido. Se despertó tarde. Adormecida. Tras un ataque de tos que la dejó encorvada sobre el lavabo, se puso la bata, se echó miel en el té, se tomó las pastillas y regresó a la cama.

Pero Lana era una mujer que había renegociado un contrato durante el *bat mitzvah* de su hija. Si algo se le daba bien era trabajar. Se bebió el té, volvió a levantarse y sacó de debajo de la cama sus olvidadas cajas de archivos y material de oficina. Le quitó el polvo a su premio de la Cámara de Comercio a la «más intrépida e influyente agente inmobiliaria» y lo colocó sobre el escritorio, junto con una pila de sus libros favoritos, que antes adornaban las baldas de su despacho. Después sacó un bolígrafo y un cuaderno de rayas para tomar notas. Resistió el impulso de escribir un encabezamiento en la parte superior anunciando su intención de hallar al verdadero asesino y exculpar a Jack. Se conformó con escribir ordenadamente la fecha en una esquina.

Anotó todo lo que sabía. No era gran cosa. Ricardo Cruz había sido asesinado. Murió entre el viernes por la tarde, cuando reservó una excursión en kayak para el sábado, y el domingo a mediodía, cuando Jack encontró su cuerpo en la marisma.

Trató de recordar algo más. Estaba lo del hombre aquel con la carretilla. Volvió a oír la voz del inspector en su cabeza diciéndole que eso había ocurrido un día antes y a dos kilómetros de allí.

Pero a ella no le importaba. Lo había visto en la orilla septentrional de la marisma, el mismo lado donde fue encontrado Ricardo. Era algo que merecía la pena anotar.

Contempló el cuaderno con frustración. La mitad de lo que había escrito era algo sabido por todos, y la otra mitad probablemente fuese irrelevante. Pasó a una hoja en blanco e hizo una lista de preguntas importantes. Preguntas sobre el asesinato. El inspector había dicho que había más de una manera de morir en la marisma. Si Ricardo no se ahogó, ¿cómo fue asesinado? ¿Habría algún arma implicada? ¿Quién era exactamente Ricardo Cruz? ¿Su muerte estaría relacionada con el muestreo de agua que estuvo realizando un par de meses antes? ¿Cómo llegó hasta la marisma el día que murió? ¿Su coche seguiría por allí cerca? ¿Habría acudido con una novia, una esposa o un amigo que después lo mató?

A media tarde, la hoja de Lana estaba llena de preguntas y su cabeza cooperaba. Se tomó una Coca-Cola Light y, como le prometiera a Beth, llamó a un abogado defensor penal, uno de sus ex, que se había jubilado en San Francisco. Este se ofreció a ponerla en contacto con un buen abogado de Monterrey. Lana ignoró los siguientes mensajes que le envió, proporcionándole nombres, números y una incómoda retahíla de emojis guiñando el ojo y lanzando besitos. Ya se encargaría de eso más tarde. Tenía otras llamadas que hacer.

Llamó a la Fundación Ecologista para la Conservación de la Costa Central, donde trabajaba Ricardo. Respondió al teléfono una chica joven que expresó un ligero deseo de ayudar y una voluntad de hierro para no hacerlo. No, el director no estaba disponible. No, ella no sabía cuándo volvería a la oficina. No, no podía hablar de eso tan terrible que le había sucedido a Ricardo. No, tampoco podía darle a Lana el número de nadie más. Sí, podía dejar un mensaje…, pero para entonces Lana estaba tan cabreada que colgó el teléfono.

En la oficina del *sheriff* no tuvo mucha mejor suerte. El número que figuraba en la tarjeta de visita de la inspectora Ramírez sonaba y sonaba. Lo mismo sucedió con Nicoletti. Lana probó con el fijo y se topó con una oficina de información llena de operadoras que la pasaban de una extensión a otra, y cada una de ellas dudaba de tener alguna información útil que ofrecerle. Acabó escuchando la voz pregrabada y gruñona de un hombre invitándola a dejar un mensaje detallado en el número de colaboración ciudadana y advirtiéndola de que, si se trataba de una broma, POR FAVOR, COLGARA DE INMEDIATO, antes de hacer algo de lo que después se arrepintiese porque ofrecer información falsa a los agentes de Policía era un DELITO GRAVE por el que podría ser DURAMENTE CASTIGADA. Cuando sonó la señal, Lana les pidió educadamente a los inspectores encargados del caso de Ricardo Cruz que por favor la llamaran lo antes posible.

No lo hicieron.

Capítulo 13

A la mañana siguiente, Lana tuvo un golpe de suerte.

Beth debía de ser la única persona de menos de setenta años con teléfono fijo. Lana no lo entendía. Su hija se negaba a pagar para depilarse las cejas, pero estaba dispuesta a gastarse cincuenta dólares al mes por el privilegio de tener conexión directa con todos los operadores robotizados de la Costa Oeste.

Arrastró los pies hasta la cocina y descolgó el auricular.

—¿Diga?

—¿Está Tiny? —Era la voz de un hombre.

—¿Quién llama?

—Soy Paul, del Kayak Shack.

Lana notó un escalofrío de emoción. Si alguien tenía la capacidad de exculpar a Jack, o de complicarle más aún las cosas, ese era su jefe.

—Hola, Paul. Como quizá ya sepas, son las diez y media de la mañana de un miércoles, de modo que...

Nada. Debía de tener el cerebro anegado de agua.

—Está en clase —concluyó Lana, vocalizando cada palabra.

—Ah, claro. Perdón, ¿con quién hablo?

—Soy la abuela de Jacqueline, Lana Rubicon. De Los Ángeles. ¿Llamas por lo de Ricardo Cruz?

—¿Qué? No. Bueno..., ¿podría decirle a Tiny que me llame?

—Parecía estresado. A lo mejor los inspectores también lo habían presionado a él, sobre Jack o sobre su propia implicación. De un modo u otro, Lana quería más información.

—Paul, me estás pidiendo que le diga a una chica de quince años que te llame en relación con un muerto que encontró con tu chaleco salvavidas mientras trabajaba en tu cabaña de kayaks. Creo que me merezco alguna explicación antes de…

—No es una cabaña.

—¿Cómo dices?

—No es una cabaña de kayaks. Es una choza de kayaks. Kayak Shack.[*]

Lana puso los ojos en blanco mirando los armarios decorado con *découpage*.

—Mira, Paul, por mí como si es un aeropuerto de kayaks. ¿Por qué quieres hablar con mi nieta?

—No quiero hablarlo con una desconocida por teléfono.

—Pues vamos a solucionar eso. —Lana bajó la voz y sus palabras se deslizaron con suavidad por la línea—. Tomemos algo.

—¿A las diez y media de la mañana?

—No acepto invitaciones en el día. —Se hizo el silencio al otro lado de la línea y Lana captó el aroma familiar de un hombre excitado por su propia confusión—. Pero percibo que tienes cierta urgencia, Paul. —Pronunció su nombre con una voz que sin duda acarició alguna parte inferior de su cerebro—. Y me gustaría ayudar. ¿Quedamos dentro de unas horas para comer?

—Eh…, vale. Nos vemos en el club náutico. —Se detuvo entonces—. ¿Cómo sabré qué aspecto tiene?

—No te resultará difícil.

A Lana no le hacía falta verle la cara para saber que estaba sonriendo.

—Pues muy bien entonces. En el náutico. A la una.

—Una menos cuarto. Aquí, en la casa. Imagino que tienes la dirección. Ven a recogerme. Hasta entonces, Paul.

---

[*] *Shack*: «choza» en inglés.

Se dejó caer en el sofá, agotada pero satisfecha, como solía sentirse tras conseguir un gran cliente o aplastar a la competencia en clase de pilates. Garabateó algunas preguntas para Paul respecto a Jack, el asesinato y el flujo de poder en Elkhorn Slough. Luego cerró los ojos, solo unos minutos. A lo mejor sí que se le acababa dando bien eso de ser detective.

Capítulo 14

Lana se preparó para su comida con Paul de la manera habitual. Sacó un traje falda bien ceñido, que le daba un aspecto mezcla de tiburón y gatito. Se maquilló con una sombra de ojos sutil que le quitó diez años de encima sin que nadie pensara que se esforzaba demasiado. Sacó una peluca negro azabache que había comprado *online* y la roció con perfume.

Cuando Paul dobló la esquina montado en su destartalado Mazda, Lana estaba sentada en el columpio del porche corroído por la sal, con la espalda recta, las piernas cruzadas y los zapatos de tacón negros colgando.

Paul aparcó frente a la casa. Se quedó sentado en el coche, esperando, con el motor en marcha, mirándola.

Lana no se movió. Lo observó mientras Paul se fijaba en los números gastados del buzón y después miraba hacia el porche. Ahí estaba ella, tranquila, con una lata de Coca-Cola Light en la mano, rodeada por las torres de suculentas de Beth, como si fuera la reina del aloe vera.

Paul bajó la ventanilla del copiloto y se inclinó hacia ese lado para gritar.

—¿Hola? ¿Lana Rubicon?

Ella dio un sorbo al refresco y lo ignoró.

Veía que Paul estaba sopesando sus opciones. Agitaba las manos, indecisas, sobre el volante, el claxon, el teléfono. Entonces suspiró e hizo justo lo que Lana esperaba que hiciera.

Se bajó del coche.

Tenía un aspecto medio decente para ser un hombre con el pelo corto por delante y largo por detrás. Era alto y larguirucho, con la piel bronceada y pecosa y el pelo desgreñado de un rubio ceniza. Lana se fijó en su barba tres días sin afeitar, en su collar de cuerda de cáñamo y en los pantalones de camuflaje a los que les faltaba un bolsillo en el lado izquierdo. Probablemente a algunas mujeres ese aspecto de cachorrito perdido les pareciese irresistible.

En cuanto sus pies cruzaron la linde de la propiedad, Lana activó su encanto. Le dirigió a Paul una sonrisa electrizante y se levantó muy despacio subida a sus tacones de diez centímetros. Para cuando Paul hubo llegado al peldaño del porche, ella ya había estirado la mano para saludarlo.

—Paul. Un placer conocerte. —Le dio un apretón de manos con el que le hizo dar un giro de ciento ochenta grados y bajar de nuevo los escalones, mientras ella lo sujetaba con suavidad por el antebrazo.

—Señorita Rubicon.

—Llámame Lana. —Bajó la voz para adoptar un registro aterciopelado y se inclinó hacia delante para que Paul pudiera captar el aroma del perfume que se había aplicado en la clavícula.

Paul se irguió más aún, calzado con unas chanclas.

Lana lo guio del brazo por el camino como si fuera una princesa, con su chaqueta impecable y sus zapatos de tacón alto, que parecían flotar sobre las grietas del pavimento. En el coche, vacilaron con torpeza unos instantes: ella esperando a que él le abriera la puerta, él abriéndole la puerta, ella mirando el interior del coche y después a él, él mirando el interior del coche y apresurándose a recoger las latas de cerveza y los envoltorios de comida rápida antes de coger una toalla de playa y cubrir con ella las manchas del asiento. Cuando hubo estirado y remetido la toalla por debajo del reposacabezas, Lana le dedicó otra sonrisa generosa y se montó en el coche. Mientras Paul rodeaba el coche por la parte de atrás, se escupió en la mano y se la pasó por el pelo.

Un ruido metálico breve y estruendoso sacudió el coche

cuando Paul puso el motor en marcha. Apagó la radio y Lana bajó su ventanilla para dejar salir la peste a calcetines sudados manchados de savia de pino. Se dirigieron hacia el puerto deportivo en silencio, Lana mirando a través del parabrisas manchado de sal, Paul lanzándole miradas de soslayo entre señales de *stop*.

—¿Hay algo que quieras preguntarme? —le dijo ella.

—¿Eres la abuela de Jack?

—Correcto.

—¿Y tiene quince años?

Lana se lo imaginó haciendo cálculos. Utilizó una de sus uñas de manicura para alisarse el dobladillo de la falda, que se le había subido por el muslo.

—Las mujeres de mi familia, Paul —le explicó, sacudiéndose una mota invisible de sus medias negras—, tenemos hijos pronto. Así aún queda tiempo para… otras aventuras más satisfactorias.

Llegaron al puerto deportivo antes de que tuviera la oportunidad de ampliar su respuesta.

Paul aparcó detrás del Kayak Shack, en el pequeño aparcamiento de gravilla que separaba su negocio del club náutico South Spit. El jardín exterior del club náutico estaba inundado de sol, lleno de turistas quemados que le lanzaban patatas fritas a un grupo de focas que había abajo. Lana ignoró las mesas de pícnic abarrotadas y entró en el club, dejando que Paul le sujetara la puerta y admirase sus pantorrillas al pasar.

Una vez dentro, el comedor estaba tranquilo y fresco, todo decorado con madera oscura y cortinas con brocados. Lana dio una vuelta por allí mientras se le acostumbraban los ojos a la luz tenue, se fijó en las fotos en blanco y negro de bellezas en bañador de tiro alto que le sonreían desde detrás de la barra. Captó en el aire el recuerdo de la sal. Sentados en taburetes frente a la barra había tres pescadores ya jubilados que se mecían al ritmo de Sinatra, con unas arrugas en las manos que recordaban a las vetas de la barra de caoba.

Tras una breve conversación con el camarero, Lana le señaló a Paul una mesa con asientos de terciopelo gastado situada en el rincón. Se sentó en el sillón que tenía mejor iluminación. Paul trató de seguirle el ritmo y tropezó mientras ocupaba su asiento. Pero una vez allí sentado, algo cambió. Se acomodó en mitad del sillón, con las piernas estiradas y los brazos extendidos por encima de la mesa. Como si acabase de recordar que él era el lugareño y Lana la forastera.

—Scotty —llamó al camarero con voz potente—. Buenas. ¿Nos atiendes, por favor?

El camarero se estiró el delantal, se echó hacia atrás su gorra de los San Francisco 49ers y salió de detrás de la barra. Mientras que Paul era rubio y delgado, Scotty tenía una melena oscura y cuerpo musculoso, con los antebrazos tatuados cubiertos de vello rizado.

Scotty dejó caer dos cartas sobre la mesa y le entregó a Paul una cerveza Corona ya abierta.

—¿Quién es tu amiga, tío?

Paul dio un trago largo a la cerveza y le guiñó un ojo a Lana.

—Solo nos estamos conociendo. Lana Rubicon, te presento a Scotty O'Dell.

—Un placer —dijo Lana, y se recordó a sí misma que debía examinar su plato antes de comer.

—¿Quiere una cerveza?

—Martini seco —murmuró ella—. Sin hielo.

La ensalada de gambas de Lana no estaba mal del todo. Tampoco es que pudiera disfrutarla. La quimioterapia le había destrozado las papilas gustativas y revuelto el estómago, de manera que era capaz de olerlo todo y en cambio no saboreaba nada. Pero ella nunca había sido amante de la buena comida. En Los Ángeles, se las arreglaba para ir de una comida de negocios a otra, alimentándose del poder, sin apenas tocar el plato. Yogur para desayunar, ensalada para cenar, *chardonnay* de postre: la dieta milagrosa de

Lana Rubicon. Eso le había permitido mantenerse ágil y activa, y ganar un dineral con sus Chanel de la talla treinta y cuatro desde hacía tres décadas.

Para cuando Paul terminó de atacar su sándwich de sargo frito, ya se le había soltado la lengua y había bajado la guardia. Apenas le hizo falta animarlo para que le contase una historia de explotación en Silicon Valley, seguida de una revelación tras una ceremonia de ayahuasca que le hizo renunciar a la vía rápida y pasarse a los barcos de remo cuando cumplió los cuarenta. Llevaba ya cinco años dirigiendo el Kayak Shack y aseguraba no haber sido nunca tan feliz como ahora. Mientras alardeaba sobre los acuerdos multimillonarios que había rechazado, Lana sintió una extraña punzada de deseo. Flexionó los dedos de los pies y se imaginó en su viejo despacho de esquina con vistas a la zona oeste de Los Ángeles. Casi pudo oler a los promotores inmobiliarios, su colonia italiana mezclada con sudor, mientras hacían cola para pedirle que llenase sus rascacielos.

Una gota de salsa tártara le cayó en la mano y le hizo regresar a la realidad.

—Ahora las únicas directrices que sigo son las de mi tabla de *paddleboard* —dijo Paul, pletórico desde su lado de la mesa—. Tengo el agua, el Shack, y eso es lo único que necesito.

Lana se llevó las manos al regazo, donde estuvieran libres de salsa tártara, y le dedicó a Paul una sonrisa lánguida.

—Me alegra que encontraras esa… —buscó alguna opción que resultase mínimamente halagadora— claridad.

Paul asintió y amplió aún más la sonrisa.

—Y que hayas podido ofrecer empleo a chavales jóvenes como mi nieta.

—Es una buena chica, Tiny. Fantástica. Aunque, claro, cuando la conocí, no sabía mucho sobre kayaks. Uno pensaría que, habiéndose criado al lado de…

—Tengo que preguntarte una cosa, Paul —intervino Lana en voz baja, obligándole a inclinarse hacia ella—. ¿Por qué estamos aquí?

—Eh… —dijo él, y el cuello se le puso rojo—. Voy a necesitar algo más fuerte que una cerveza para responder a eso. Quizá más tarde podríamos salir en uno de mis barcos y…

—Paul —insistió ella, alargando ligeramente su nombre como un ronroneo—. ¿Por qué estamos nosotros —utilizó la mano para trazar una línea imaginaria entre ambos— aquí?

—¿Te refieres al club náutico? —preguntó él—. A lo mejor quieres ir al Shack. —Empezó a moverse en su asiento.

Lana se quedó quieta, mirándolo fijamente. Era un truco que había aprendido de un abogado de Malibú, André Medina, que había comenzado su carrera en el FBI. Cuando quieres que alguien vaya a un sitio al que no quiere ir, introduce confusión. Quizá incluso algo de dolor. Y entonces haz que tu destino parezca la solución, el alivio a ese dolor.

—Paul, estamos aquí por el hombre que fue asesinado.

Paul sonrió aliviado. Asintió. Lana pensó que tendría que enviarle a André una botella de coñac.

—Estoy preocupada por mi nieta.

Paul asintió de nuevo y estiró los hombros en un intento por parecer alguien digno de confianza.

Lana lo recompensó con una sonrisa cauta.

—¿Puedes decirme lo que sabes de lo ocurrido, por favor?

—Yo no estaba allí —murmuró. Recorrió la estancia con la mirada. Scotty O'Dell estaba observándolos. Uno de los habituales de la barra les hizo un gesto con los pulgares hacia arriba. Otro hizo un gesto que Lana prefirió no verle terminar.

—Eso dice Jacqueline.

Al oír aquello, Paul volvió a prestarle atención.

—¿Qué dijo? ¿Se lo ha dicho a la Policía?

—¿Hay algo que preferirías que el *sheriff* no supiera?

—Mira, ya se lo he dicho, no es asunto suyo. Yo no estaba allí. ¿Y qué? Soy el dueño. No tengo que estar presente a cada segundo… —Paul abría cada vez más los ojos y con las manos hacía malabares con unas pelotas imaginarias.

Lana apoyó la mano con suavidad en su antebrazo y le devolvió a la realidad.

—Paul, ni siquiera sacaron ese tema. Cuando los inspectores vinieron a nuestra casa, solo se centraron en Jacqueline.

—¿En serio? Qué bien. —Lana entornó los párpados y Paul se apresuró a cambiar de tono—. Me refiero a que no está bien. Pero supongo que saben lo que están haciendo.

—Lo dudo —repuso Lana—. A mí me parece que no saben nada.

—¿Quieres otra copa? —le preguntó Paul con una sonrisa.

Una vez consumidos dos martinis, seis Coronas y una cesta de calamares fritos, Paul y Lana ya parecían viejos amigos. Paul elogió su pericia empresarial —en las cervezas dos y tres— y después se explayó —en la cuarta cerveza— sobre la incompetencia de las autoridades locales. El práctico del puerto era una versión más blandengue y borrachina de los tres capitanes anteriores, todos ellos emparentados. A los guardacostas les preocupaba más que los pantalones de su uniforme no tuvieran arrugas que la calma en los canales. El *sheriff* deseaba hacerse con el control absoluto del puerto deportivo, salvo cuando alguien que había donado dinero para su campaña de reelección se metía en líos. Las jurisdicciones se entrecruzaban hasta resultar mareantes, haciendo que las multas de aparcamiento se cargasen por duplicado, que los barcos incendiados no se investigaran y que emprendedores como Paul estuvieran totalmente solos.

Y, al parecer, eso era lo que le gustaba. Paul describió el puerto deportivo como una especie de salvaje Oeste, donde su colega Scotty O'Dell y él mismo eran la estoica pareja encargada de mantener el orden. Lana se fijó en la foto granulosa de unos pescadores colgada en un marco dorado sobre la cabeza de Paul y trató de imaginarse a Gary Cooper entre los cangrejeros con sus vadeadoras de goma. Ni de lejos.

Se estremeció y miró a Paul con los ojos muy abiertos.

—Parece un lugar sin ley. ¿De verdad crees que es seguro que Jacqueline salga por ahí?

—Tiny es mi mejor guía. Este fin de semana voy a necesitar que vuelva al trabajo, ahora que han reabierto la marisma. Y conmigo estará a salvo.

—Cuando estés allí, querrás decir. ¿Y eso cuándo es, exactamente?

—Mira, Lana, no voy a mentirte. Lo que le pasó a ese tío fue horrible. Pero quien fuera que le golpeó en la cabeza lo conocía. Un crimen pasional, dicen. Cometido por alguien que estaba muy cabreado. Así que, a no ser que tu nieta estuviera unida a Ricardo Cruz…

—No lo estaba.

—Entonces no creo que nadie quiera hacerle daño.

—¿Un conocido le golpeó en la cabeza? ¿Cómo sabes eso?

Paul dejó las manos quietas sobre la mesa, como si le sorprendiera oír sus propias palabras en boca de otra persona. Miró de nuevo a su alrededor.

—Bueno…, es lo que me dijo Fredo. —Señaló a un hombre arrugado vestido con peto y sentado a la barra—. El práctico del puerto es su sobrino nieto.

—¿Con qué?

—¿Con qué qué?

—¿Con qué le golpearon en la cabeza?

—No estoy seguro —respondió al fin—. Algo pesado. De metal, según he oído.

—Eso es aún peor. —E interesante. Hasta donde ella sabía, no había ningún objeto pesado y metálico tirado alrededor de la marisma.

Se quedó mirando el tenedor que tenía en la mano y se dijo que más tarde tendría que escribir alguna nota sobre el arma del crimen. Después miró a Paul, que la miraba con cierta incomodidad, como si de pronto las sandalias le apretaran demasiado. Lo que justificó otro empujoncito más.

—Un hombre joven —dijo ella sacudiendo la cabeza—, en una de tus excursiones, atacado de forma violenta.

—No iba en una excursión.

—Ah, claro, tú lo sabrás bien, porque estabas allí. Salvo que no, no estabas.

El rostro de Paul adquirió por un momento una mueca feroz, como si fuera un roedor enfadado al que hubiesen molestado en su madriguera.

Lana se recostó en su asiento. Debería haber sabido que era mejor no emplear el sarcasmo con un hombre. Le dedicó una sonrisa sutil y cambió de tono.

—Lo siento, Paul. Es que estoy preocupada. Quiero creerte, pero hasta que no sepamos algo más de lo que ocurrió, o incluso quién era ese tal Ricardo…

La expresión de Paul pasó del cemento a la arcilla. Ella siguió hablando.

—Hasta ahora, lo único que he oído es que era un joven de Santa Cruz, una especie de naturalista, y que había reservado una de vuestras excursiones.

—¿Un naturalista? —Paul se quedó mirándola—. ¿Qué clase de naturalista?

—Los inspectores dijeron que trabajaba para la Fundación Ecologista para la Conservación de la Costa Central.

—Ajá. —Paul se metió el último calamar en la boca y miró por la ventana, donde una gaviota estaba destripando una bandeja de hamburguesas a medio comer—. No me gustan esos tipos.

—¿Los inspectores?

—Los de la fundación ecologista. Sé que en teoría es algo bueno, que salvan árboles, nutrias y todo eso, pero por aquí lo único que hacen es crear normas y meter sus medidores de contaminación donde no corresponde. Si de ellos dependiera, nadie podría salir por la marisma. Y mucho menos ganarse la vida con ello.

Paul le pidió la cuenta a Scotty con un gesto de la mano.

—La hora de la comida ya queda lejos, Lana —le dijo—. Está subiendo la marea. Hora de volver a casa.

Capítulo 15

Lana y Paul salieron del club náutico y caminaron dando tumbos por el aparcamiento hacia el coche de él. Lana le sujetaba el brazo e iba contando los pasos, cortos y cautelosos. Los martinis y el sol abrasador le estaban pasando factura, dos serias advertencias del dolor de cabeza posterior. Solo tenía que llegar hasta su coche. Así podría irse a casa y tumbarse. Posiblemente para siempre.

En el paso catorce, Paul le soltó el brazo. Lana se tambaleó, levantó la mirada y vio un Buick aparcado en doble fila sobre la gravilla. Al otro lado del vehículo, un hombre y una mujer estaban asomados al interior del coche de Paul.

—¿Qué creen que están haciendo? —preguntó Paul, avanzando a trompicones hacia ellos.

—Señor Hanley —dijo el inspector Nicoletti incorporándose mientras se ajustaba la corbata—. Me alegra volver a verlo. Somos del departamento del *sheriff* de Monterrey…

—Ya sé quiénes son. ¿Cuándo van a dejar de acosarme?

Intervino entonces la inspectora Ramírez. Vestía una chaqueta de *jacquard* con un patrón tan llamativo que a Lana se le adelantó el dolor de cabeza.

—Señor Hanley, se trata de una investigación por asesinato. Cuando le visitamos el lunes, nos aseguró que nos ofrecería su plena cooperación. ¿Ha cambiado algo?

—No —respondió Paul, irritado.

—Bien. Por desgracia, tampoco ha cambiado nada por nuestra parte. No sabemos cómo es posible que el fallecido se apuntara a una de sus excursiones en kayak y luego apareciera muerto en el agua dos días después. Parece que nadie lo vio u oyó desde que reservó el viernes por la noche hasta el momento en que su cuerpo fue encontrado el domingo.

Lana bordeó el coche de Policía y se obligó a hablar. Ya se encargaría más tarde de su dolor de cabeza. Aquella era una oportunidad que no podía dejar pasar.

—¿Nadie del Kayak Shack? —preguntó—. ¿O nadie en general?

Nicoletti se volvió hacia ella.

—¿Y usted es...? —Deslizó la mirada desde su melena perfectamente peinada hasta el dobladillo de su falda.

—Ya nos conocemos. —Lana le dedicó una media sonrisa y, con sutileza, orientó su cadera izquierda hacia él—. Pero la última vez llevaba puesta una bata.

—Señorita Rubicon —intervino Ramírez—. Qué sorpresa. ¿Cómo está Jack?

—Empieza a estar un poco más tranquila. No gracias a ustedes. —Lana miró a Nicoletti con desdén—. Les dejé un mensaje, ¿saben?

—Hemos estado muy ocupados, señorita. Tratando de atrapar al asesino.

—¿Significa eso que Jacqueline ya no es sospechosa?

—Su nieta sigue siendo persona de interés. Como lo es el señor Hanley. ¿Señor?

—¿Qué quiere? —preguntó Paul con desconfianza en la mirada.

—Nos gustaría hablar en privado con usted. ¿En su oficina podría ser?

—No pienso dejar que husmeen ahí dentro. Tengo mis derechos, ¿saben?

—Se trata de una entrevista voluntaria, señor Hanley. ¿Preferiría ir a nuestra comisaría?

Paul miró a su alrededor, visiblemente nervioso, como si estuviese buscando una opción mejor.

—Está bien. Podemos hablar en el Kayak Shack. Pero dejen que lo limpie primero, para que tengamos sitio donde sentarnos todos.

Nicoletti se interpuso entre Paul y el camino más directo hacia su establecimiento.

—Iré con usted —anunció.

Lana advirtió el pánico en el rostro de Paul. Quizá sí que tuviese algo que ocultar. Consideró lo que había dicho durante la comida, además de las tres cervezas que se había tomado por cada martini que había consumido ella. Asesino o no, el tipo estaba en un aprieto.

Lana dio un único paso al frente y dejó que su cadera golpeara con suavidad la de Paul.

Este la miró, perplejo. Después agradecido.

—De acuerdo —dijo—. Pero quiero que Lana me acompañe.

Ella le dio un golpecito más.

—De lo contrario, tendré que llevarla a casa antes de poder hablar con ustedes.

Lana le dedicó una sonrisa. Pese a sus evidentes deficiencias, Paul Hanley aprendía rápido.

—¿Señorita Rubicon? —Ramírez la miró con incertidumbre—. ¿Ustedes dos tienen alguna… relación?

Lana la miró con el ceño fruncido, tratando de que la taladradora de su cabeza le diera un respiro.

—Han dicho que se trataba de una entrevista voluntaria. Mi amigo Paul ha expresado voluntariamente su interés en que esté presente. ¿Van a acceder a su solicitud?

Los dos inspectores se miraron el uno al otro, después a Paul, quien colocó una mano protectora en el hombro de Lana.

—Está bien. Vamos.

Lana se dejó llevar hasta el Kayak Shack gracias al torrente de adrenalina que sintió. Cuando alcanzaron la puerta, se echó atrás para sacar de su bolso un bote de pastillas y una horquilla. Se tragó dos aspirinas sin agua y se clavó la horquilla en la peluca, dejando de lado con aquel movimiento brusco su dolor de cabeza, sus dudas y un mechón de pelo sintético mal colocado.

El local era viejo, con suelos de madera encalados, paredes de un azul intenso y vitrinas de plexiglás con nutrias disecadas, gafas de sol y llaveros. Colgados sobre sus cabezas, un conjunto de kayaks y tablas de *paddleboard* de última generación formaban un techo ondulante, como si estuvieran sentados bajo el agua.

Lana insistió en ocupar la única silla de verdad, una silla de diseño de imitación con ruedas chirriantes. Se sentó quince centímetros por encima de los demás y apoyó los antebrazos en el escritorio donde los turistas firmaban sus descargos de responsabilidad. Los dos inspectores y Paul se situaron delante del escritorio, sentados en sillas de *camping* de lona de color naranja, tratando de no chocar contra las torres de botellas de agua y los botes de protector solar respetuoso con el medio ambiente.

Nicoletti se inclinó hacia delante todo lo que pudo desde su silla, ofreciéndole a Lana la imagen del sudor que impregnaba la parte trasera de su camisa de vestir barata. Miró a Paul con los ojos entornados, ignorando tanto a Lana como a su compañera.

—Vamos a ver si lo entiendo. La noche del pasado viernes recibieron una llamada de Ricardo Cruz para reservar una excursión para el atardecer del sábado. Usted lo escribió… —señaló el libro de registros situado sobre la mesa— aquí.

Nicoletti colocó el dedo sobre las palabras «RICARDO CRUZ 831-555-4923 PAGADO», subrayándolas con la uña.

—¿Es esa su letra?

Paul asintió.

—Llega el sábado, la hora de la excursión, pero Ricardo no aparece. Usted no está aquí. Uno de sus empleados… —chasqueó los dedos en dirección a su compañera.

—Travis Whalen —le informó Ramírez.

Nicoletti asintió.

—Travis está trabajando en la tienda. Así que comprueba la asistencia de todas estas personas antes de la excursión. —El inspector deslizó el dedo por una serie de once marcas de verificación dibujadas con tinta azul—. Pero Ricardo no está. —Volvió a clavar la uña sobre el libro de registros—. Y, según el protocolo, si alguien no se presenta a una excursión, Travis lo llamaría para ver si llega tarde.

Paul asintió de nuevo.

—De manera que, cuando recibamos el registro telefónico de Ricardo, en él debería figurar esa llamada de cancelación, ¿verdad? ¿Desde el número de esta oficina a su teléfono, el sábado alrededor de las cuatro de la tarde?

—Bueno, no puedo garantizarlo —respondió Paul, que parecía nervioso—. Puede que ese ni siquiera sea el número de Ricardo, yo qué sé. Nunca llegué a verlo.

—Pero es el número que usó cuando hizo la reserva el viernes.

—Supongo.

—Y les dio un número de tarjeta de crédito cuando reservó la excursión. —Nicoletti rodeó con la uña del dedo la palabra «PAGADO» escrita en rojo junto al nombre de Ricardo—. ¿Pasaron la tarjeta?

—Si dice «pagado», entonces pasamos la tarjeta. Y fue aceptada.

—El viernes Ricardo pagó, el sábado no apareció y, si Travis siguió el protocolo, lo llamó para saber por qué.

—¿Han hablado con Travis?

—Sí.

—¿Y?

—Dice que lo llamó. Que saltó el buzón de voz y que la política del Kayak Shack es no dejar mensajes de voz.

Paul asintió y explicó:

—Si no descuelgan cuando ven nuestro nombre en su pantalla, suponemos que no tienen ninguna prisa por llegar aquí. Si han decidido irse a jugar al golf en lugar de hacer una excursión en kayak, por nosotros, bien. No queremos andar jugando al gato y al ratón para que nos pidan una devolución.

Ramírez se inclinó hacia delante y su silla se tambaleó de forma precaria.

—Así que Travis llama a Ricardo —dijo—. Y Jacqueline, su nieta —agregó señalando a Lana con la barbilla—, dirige la excursión del sábado al atardecer. Once personas. Dos mujeres. Nueve hombres. Y sin Ricardo.

Lana estaba escuchando con atención desde detrás del escritorio. Sin Ricardo. Parecían creer a Jack con respecto a ese dato. Bien. Deseó llevar consigo su cuaderno de notas.

Ramírez continuó hablando.

—El domingo por la mañana, Jacqueline vuelve a trabajar. Usted todavía no está aquí. Organiza la excursión de las nueve de la mañana, trabaja en la oficina y después es la encargada de dirigir la excursión de las once. El grupo se aleja más de lo habitual, hasta llegar al este de Kirby Park. Y, en los lodazales situados al otro lado de la marisma, frente al parque, dos turistas encuentran el cuerpo de Ricardo. Con un chaleco salvavidas del Kayak Shack.

—Ya hablamos de todo esto cuando estuvieron aquí el lunes.

—Soy consciente de ello, Paul. Y seguro que tú eres consciente de que hay dos preguntas que ya te hicimos el lunes para las que aún no tenemos respuesta.

Ramírez fue enumerándolas con sus brillantes uñas moradas.

—Uno: ¿dónde estabas el sábado por la noche? Dos: ¿por qué Ricardo Cruz llevaba tu chaleco salvavidas?

Lana vio que Paul intentaba cruzarse de piernas, pero estuvo a punto de volcar y se conformó con quedarse encorvado en el borde bajo de su silla. Todos se habían quedado mirándolo. Ramírez parecía ansiosa. Nicoletti parecía molesto. Y Lana estaba evaluando la escena y concluyó que estaba en un apuro.

—No sé por qué llevaba un chaleco salvavidas del Kayak Shack —contestó Paul—, pero puedo imaginarme cómo lo consiguió. Alguien podría habérselo prestado.

—¿Alguien? —preguntó Ramírez—. ¿Un empleado?

—No necesariamente. —Paul se puso en pie y comenzó a dar vueltas de un lado a otro mientras hablaba—. Tengo alrededor de doscientos cincuenta chalecos salvavidas aquí en la tienda. No es que sean un tesoro valioso que guardamos bajo llave. Cuando se gastan o se les rompe el tejido, los amontono en el almacén. Si alguien necesita uno para ir de excursión en barco, le doy uno de los viejos. Técnicamente no puedo revender chalecos salvavidas usados; hay demasiadas responsabilidades legales cuando se trata de equipamiento de seguridad. Pero puedo prestarlos siempre y cuando sean funcionales. Y no voy a ir persiguiendo a la gente para que me los devuelva.

—¿Cuántos diría que ha regalado hasta ahora? —preguntó Ramírez.

—¿Durante los cinco años que hace que regento este negocio? —Paul se detuvo y miró a la foca disecada que colgaba sobre su cabeza—. Unos cincuenta.

Lana se frotó la sien.

—Así que ese chaleco podría haber salido de cualquier parte —dijo, inclinándose sobre el escritorio—. Paul, ¿dónde estuviste el pasado fin de semana?

Nicoletti se giró en su silla de *camping*.

—Señora, eso no es asunto suyo.

—Ya se lo he dicho a los inspectores —respondió Paul, mirándola fijamente—. Es un asunto privado.

Lana se inclinó hacia él e imitó su tono de voz.

—Ha muerto una persona, Paul. No creo que esa sea una respuesta aceptable llegados a este punto. —Estaban casi susurrando. Era como si hubiera lanzado una caña de pescar en su dirección y estuviera sacándole las palabras.

Nicoletti estaba a punto de intervenir, pero Ramírez lo detuvo con una mirada. El inspector se hundió en su silla de *camping*, con el torso atrapado entre la lona naranja.

—Jack me dijo que estuviste con una mujer, Paul. —Lana dibujó un pequeño mohín con los labios—. ¿Quién era?

Paul se sonrojó y se pasó una mano por el pelo desgreñado.

—Una marinera. Estaba de paso.

—¿Saliste con ella? ¿La llevaste al club náutico?

—Salimos en su barco. El sábado. Le hice un excursión a la luz de la luna.

—¿Y también un excursión al amanecer del domingo?

Paul dejó escapar una risita.

—¿Quién era, Paul?

Paul miró por encima del hombro izquierdo de Lana hacia la gráfica de las mareas colgada en la pared. Tenía la mirada desenfocada.

—Tatiana —dijo distraídamente.

Ramírez disimuló un resoplido. La voz de Nicoletti rompió el hechizo.

—¿Tienes información de contacto de esa tal Tatiana? —preguntó.

Paul parpadeó y se volvió hacia el hombre.

—Pues… es que… fue cosa de una sola vez.

—¿Un apellido? —insistió el inspector.

Paul negó con la cabeza.

—¿Tenía un barco amarrado en el puerto deportivo?

—De veintiún metros de eslora. Lo tenía anclado en el océano, junto al viejo muelle de combustible que desmantelaron el año pasado.

—Mierda —murmuró Ramírez.

Nicoletti la miró.

—No necesitan registro para los barcos que echan el ancla ahí fuera.

Nicoletti se volvió de nuevo hacia Paul.

—¿Te vio alguien con esa tal Tatiana?

—Lo siento, tío. Estuvimos solo nosotros, los delfines y el mar azul.

El pelo desgreñado de Paul le cayó por encima de un ojo. A Lana se le antojaba como un niño grande, inmaduro, capaz de ser muy sincero o de mentir como un bellaco, aunque prefería andarse con medias tintas y ambigüedades. ¿Qué clase de secretos estaría ocultando?

Antes de que hubiera tenido tiempo suficiente de barajar las posibilidades, los inspectores pusieron fin a la entrevista. Habían hecho prometer a Paul que se quedaría por la zona, que no volvería a salir a navegar en barcos misteriosos de mujeres misteriosas sin al menos hacerse con su número de teléfono, y que dejaría de repartir chalecos salvavidas viejos como si fueran caramelos. Le dijeron que podía reabrir su negocio ese domingo, siempre y cuando accediera a permitir que la inspectora Ramírez acudiese ese día para ver en acción el Kayak Shack.

Ramírez no pareció muy emocionada cuando su compañero la ofreció voluntaria para aquella misión. Contempló los kayaks que colgaban del techo y se tocó el apretado moño como si el viento ya hubiera empezado a enredarle el pelo.

—¿Y si acompaña a Jacqueline en sus excursiones del domingo? —sugirió Lana, colocándose detrás de la oreja uno de los mechones de la peluca—. Es la mejor guía de Paul. Ya verá lo meticulosa y responsable que es. Y estoy segura de que se sentirá mucho más cómoda con una agente como usted en su embarcación.

—Si quiere, puedo ofrecerle una suculenta rebaja en un nuevo traje de neopreno —intervino Paul, señalando una balda llena de trajes de un rosa chillón.

Ramírez se ciñó la chaqueta en torno a la cintura.

—No hace falta, gracias. Nos veremos el domingo.

Los inspectores consiguieron levantarse de sus sillas de *camping*, aunque Nicoletti dejó la suya tirada de lado como un animal herido.

—Un momento —dijo Lana cuando llegaron hasta la puerta—. No quiero ser pesada, pero ¿podrían llevarme a casa?

Todos se quedaron mirándola; los inspectores sorprendidos, Paul con admiración.

—Solo si ya se marchan. Pensaba que sería más fácil para todos. —Se volvió entonces hacia Paul—. Supongo que tendrás que trabajar. —Él asintió sin decir nada.

—Está bien —respondió Ramírez tirándose de la chaqueta—. Pero se acabaron las preguntas sobre el caso.

—Por supuesto. —Lo único que quería Lana era un lugar seguro donde poder reflexionar sobre lo que había ocurrido. Y meterse a solas con Paul en su coche ya no le parecía la mejor opción.

Capítulo 16

—¿Dónde estabas?

Lana entró en la casa agotada tras el episodio con Paul y la Policía, con ganas de arrancarse la peluca y dejarse caer en la cama como un pez muerto. En su lugar, se vio acosada por una mujer enfurecida que llevaba una bolsa de la compra y se parecía muchísimo a su hija.

Pero no podía ser Beth. Su hija era como un cangrejo ermitaño: capaz de defenderse si se la provocaba, pero carente de instinto asesino. Lana repasó mentalmente su listado de peleas pasadas —las gordas—, llenas de gritos estrambóticos, sillas lanzadas por los aires y acusaciones entre portazos. Muchas de ellas iniciadas por su exmarido. Algunas originadas por novios feroces o socios empresariales. Ninguna de ellas por Beth.

—Mamá, ¿dónde has estado? —repitió Beth.

Lana le lanzó una sonrisa perezosa y se quitó los zapatos.

—Yo no soy tu hija.

—Eso ya lo sé —respondió Beth, dejando caer con fuerza una caja de Coca-Cola Light sobre la encimera—. Mi hija está en el porche de atrás, haciendo sus deberes de Química. Mi hija volvió a casa a su hora después de clase. Y, cuando mi hija se dio cuenta de que no estabas, de que no respondías al teléfono, me llamó. Y yo me vine corriendo a casa antes de que terminara mi turno y descubrí que mi madre, enferma de cáncer, en efecto, había desaparecido. Así que fui a comprar comida y a buscarte por las cunetas mientras mi hija esperaba aquí, preguntándose qué narices le habría pasado a su abuela.

Beth comenzó a lanzar palitos de queso al interior del frigorífico. Con cautela, Lana pasó junto a ella en dirección a la mesa.

—¿Y qué puñetas llevas puesto?

Lana se dio la vuelta y echó los hombros hacia atrás.

—Esto, querida, es un Armani.

—¿Has tenido una reunión de la junta? —preguntó Beth con un resoplido.

—Claro que no. He estado comiendo.

—¿Con un abogado?

—No, mejor todavía: con el jefe de Jack, Paul Hanley.

Beth no dijo nada.

—Y he hablado con los inspectores. El Kayak Shack volverá a abrir este domingo. He conseguido que Jack lleve escolta policial ese día, para estar a salvo. La inspectora Ramírez. Así Jack tendrá la oportunidad de demostrar que no estuvo implicada.

Fue en ese momento cuando Beth explotó.

Se acercó a Lana hecha una furia, con una Coca-Cola Light en la mano. Por un instante, pareció que iba a lanzar la lata directamente a la mejilla derecha de su madre. En su defecto, la estampó contra la mesa. Empezó a brotar la espuma y se fue acumulando sobre su puño cerrado. Beth no parecía darse cuenta.

—Mamá, ¿en qué puñetas estabas pensando?

—Pero si…

—Primero te vas a tener una cita absurda sin decírselo a nadie. Con un tío que, en el mejor de los casos, no es de mucho fiar, y en el peor de los casos es un asesino de la marisma.

—Seguro que es inofensivo.

—Seguro, ¿eh? ¿Acaso los inspectores te han dicho que no te preocupes por el bueno de Paul y sus chalecos asesinos?

—No, claro que no. Esos inspectores son idiotas.

—Idiotas. Claro. —Beth dio un trago al refresco para reponer energía—. ¿Y esos idiotas ya han exculpado a Jack?

—Dicen que aún es persona de interés, pero pienso que…

—¿Piensas? No, tú no piensas. Tú has ofrecido a mi hija voluntaria para llevarse en kayak a una inspectora el domingo, antes incluso de que hayan averiguado qué le pasó a ese tipo, antes de que hayan dejado de mirar a Jack como si fuese una asesina adolescente, antes incluso de que yo le haya dado permiso para volver a salir ahí fuera.

—No digas tonterías. Deberías haber visto lo mucho que sospechaban de Paul Hanley. Se agarran a un clavo ardiendo, someten a todos al tercer grado y nosotras estamos aquí quietas a la espera de que muevan ficha. Pero ahora movemos nosotras. Y es una jugada magistral. Así los inspectores podrán ver a Jack como una aliada, no como una sospechosa. Y con ellos estará a salvo.

—Ah, claro, estará a salvo. Hasta que le tiendan una trampa. Y entonces…

—Jack no tiene nada que ocultar —aseveró Lana—. Así que no pueden tenderle ninguna trampa.

—¿Cómo puedes ser tan ingenua? ¿Crees que puedes ordenar a los de la oficina del *sheriff* que hagan lo correcto? No son tus empleados. Aquí no tienes ningún poder.

Lana se negaba a capitular.

—Jack quiere volver a salir al agua. Tú misma dijiste que la marisma es como su segundo hogar. La necesita para sentirse bien. La necesita para estar a salvo. Y si logra conocer mejor a esa inspectora, tal vez pueda ayudarme a resolver el caso.

Beth volvió a dejar el refresco sobre la encimera. Su voz se volvió pesada como una sartén ardiente de hierro fundido, con el fuego lamiendo los bordes.

—Tú. Vas a resolver el caso.

Lana le devolvió la mirada sin vacilar.

—Tú. Que apenas puedes levantarte de la cama. Que ni siquiera puedes terminar un crucigrama. Que te da miedo conducir.

—Dijiste que podría ayudar —se defendió Lana.

—Te dije que podías conseguirle un abogado.

—Y puedo. Pero esto es diferente. Es mejor.

—Lo único diferente es que el mundo ya no gira a tu alrededor, mamá. Sabes por qué Jack te llama Prima, ¿verdad? Bueno, pues no eres la estrella de este programa. Esta es mi casa. Jack es mi hija. Y además…

—¿Por qué no quieres dejar que te ayude, Beth?

—¿Crees que eso es lo que estás haciendo? ¿Ayudarme? ¿Como me ayudaste a mudarme aquí yo sola cuando estaba embarazada? ¿Como cuando me enviaste unos patucos dorados en vez de venir aquí en persona a echarme una mano con Jack? O a lo mejor es que te has pasado los últimos cuatro meses ayudándome a ver lo lejos de tus estándares que está todo lo que he conseguido en la vida. Si quieres ayudarme, mamá, déjalo ya. Túmbate en tu colchón europeo y tómate la puñetera medicación.

Lana no sabía si era la dureza de las palabras de Beth o su dolor de cabeza lo que le daba ganas de sentarse. Pero se quedó de pie, mirando a su hija, negándose a apartar la mirada o a ceder ante esa parte de sí misma que sí que deseaba acurrucarse en la cama, tomarse una pastilla e irse a dormir. Sentía que su verdadero yo, su personalidad fuerte y dura, trataba de hallar un arma que poder usar. Recorrió la estancia con la mirada, desde la mesa llena de cosas hasta el nuevo sofá. Y después reparó en la puerta trasera, tras la cual Jack estaría oyendo sus gritos.

—Estás asustada, ¿verdad? —Se acercó a Beth y bajó la voz hasta convertirla en un susurro—. No por la Policía. Es algo más que eso. Vives en la fantasía de que sois un equipo perfecto, las dos solas contra el mundo. Te aterroriza que algo pueda mandar eso a la mierda. Te da miedo perder a tu bebé cuando salga y, por una vez en su vida, haga algo que no quieres que haga. Te da miedo que, cuando lo haga, decida que le gusta salir al mundo, que no quiere quedarse escondida en este pueblucho, que quiere crecer y ser poderosa por sus propios medios.

—No me digas lo que quiere mi hija. —Los ojos color avellana de Beth habían adquirido un tono oscuro y su voz sonaba como una amenaza.

—¡Pero si no hace falta que yo te lo diga! Te lo estaría diciendo ella, si te parases medio segundo a escucharla.

—Estás hablando de ti, mamá, de lo que tú quieres. Pero Jack no es como tú. Es una buena chica.

—Eso no significa que puedas controlarla. —Lana apoyó ambos pies en el suelo con firmeza—. Yo una vez también tuve a una buena chica. Antes de que echara a perder su vida al quedarse embarazada.

Beth parpadeó perpleja. Dio un paso atrás, después otro.

—Jack no echó a perder mi vida, mamá —respondió, y su voz inundó la habitación—. Me la salvó. Me sacó de tus garras.

Cogió su refresco, se dio la vuelta y caminó a gran velocidad hacia la puerta delantera. El pestillo sonó tras ella.

Lana salió corriendo tras ella, descalza. Llegó hasta el porche delantero a tiempo de ver a su hija lanzar la lata de Coca-Cola Light medio vacía contra el cubo del reciclaje, errar el tiro y después montarse en su coche y marcharse.

Jack se asomó por un lateral de la casa, con una mano apoyada en el estuco, como si la pared la ayudase a mantenerse en pie. Lana la vio, pero no dijo nada. Se rodeó el torso con los brazos delgados y se quedó mirando el refresco derramado, que burbujeaba sobre la tierra seca hasta absorberse y quedar reducido a nada.

Aquella noche, Lana no podía dormir. No paraba de estirar el cuello para ver si oía regresar a Beth, pero volvía a dejar caer la cabeza sobre la almohada cada vez que un crujido en la madera resultaba ser el viento. En torno a la medianoche, por fin oyó abrirse la puerta de la entrada. Cerró los ojos y fingió estar dormida por si acaso Beth entraba para ver cómo estaba. Pero la puerta del dormitorio de atrás permaneció cerrada.

Mierda. Tal vez no pudiera aspirar a recibir una de esas tazas tan horteras de «Mejor madre del mundo», pero Beth tenía que entender que se estaba esforzando. Ambas deseaban lo mejor para Jack. Aunque para ellas fueran cosas diferentes.

Aunque había de admitir que Beth no estaba del todo equivocada al señalar que ella tenía sus propios motivos para involucrarse en la investigación. En los últimos dos días, Lana casi había llegado a sentirse como si hubiera vuelto al trabajo, no en sus mejores momentos, sino al principio, poco después de que Ari se marchara, cuando aún no era nadie, la única mujer en la sala, la divorciada menuda de melena enorme que no temía darle codazos a los demás. Aún recordaba su primera victoria, en una reunión sobre un complejo de apartamentos en Culver City, cuando sonrió con dulzura a los inversores y les explicó que podían obtener otro dos por ciento de rentabilidad si sustituían la torre fálica en la que se había empeñado el arquitecto por otra planta de viviendas. Notó las miradas de aprobación de los banqueros, pero ella solo tenía ojos para el arquitecto. Captó el momento exacto en que este cambió su opinión sobre ella, cuando pasó de considerarla una mujer florero a verla como adversaria. Lana vivía para experimentar aquel momento. Lo había percibido antes en el Kayak Shack, con Paul y los inspectores. No le gustaba que la subestimaran. Pero aquello le daba ganas de luchar, y la lucha le hacía sentirse viva.

También le hacía mantenerse despierta. Los esteroides que tomaba no ayudaban, sino que servían para aumentar su agitación. Llegada la una de la madrugada, había caído en ese duermevela agitado de las personas medicadas. A las dos se levantó de nuevo para abrir la ventana, porque decidió que prefería que le mordiese un murciélago de río a acabar con otro juego de sábanas empapado en sudor. Pero al levantar la persiana, vio movimiento en el agua. Era un kayak que avanzaba hacia el este, en dirección contraria al puerto deportivo, hacia la marisma.

Lana cogió sus prismáticos y entornó los ojos. Distinguió el brillo mortecino de una linterna que proyectaba un halo ondulante frente al kayak, como un manchurrón plateado en mitad del agua negra.

A bordo del kayak iba una persona, envuelta en una chaqueta y con un gorro de punto calado hasta los ojos. Entre sus piernas, cerca de la proa, asomaba una bolsa de viaje, como si estuviese transportando un puro enorme por el agua. Resultaba imposible saber si era la misma persona que había visto con la carretilla la semana anterior.

Quienquiera que fuera, no había salido a dar un simple paseo nocturno. Estaba claro que esa persona tenía claro hacia dónde se dirigía. Lana apenas distinguía los golpes de remo lentos y deliberados, la superficie del agua rompiéndose con cada palada. El marinero avanzaba río arriba y se fundía con las sombras.

Cuando la embarcación ya no resultaba visible, Lana bajó de nuevo la persiana, encendió la lamparita de la mesilla, sacó su móvil y buscó las tarjetas de visita de los inspectores. Entonces recordó cómo había reaccionado Nicoletti a su última pista. No estaba dispuesta a ser otro mensaje de voz más en la línea telefónica del *sheriff* de quien los policías del turno de noche pudieran reírse. En su lugar, dejó el teléfono y sacó su cuaderno. Escribió la fecha y la hora en la parte superior y anotó lo que había visto. Luego intentó descansar un poco, por imposible que fuera.

Capítulo 17

Beth se pasó el viernes entero evitando a su madre, sabiendo que sería inútil esperar una disculpa por su parte y sin estar dispuesta aún a ser ella quien se disculpara. Pero cuando salió de su dormitorio medio dormida el sábado por la mañana en busca de café, Lana la sorprendió. Su madre estaba de pie junto a la mesa con un vestido color burdeos, un pañuelo de seda con estampado de caballos al galope y una peluca oscura de corte paje con boina incorporada. Su cara lucía una sonrisa de seguridad.

—¿Te vas a París? —le preguntó Beth.

—Voy contigo al funeral del ranchero.

—Deberías estar en la cama.

—Díselo a mis esteroides —repuso Lana antes de dar un sorbo al café—. Me paso el día entero atrapada en esta dichosa casa. No quieres que salga de aquí ni que redecore. Pues bien. Entonces llévame contigo. Quiero conocer a los vecinos.

—Mamá, esta no es precisamente una de esas situaciones en las que puedes llevar acompañante.

—Tonterías. Es un funeral. La familia Rhoads no va a ponerse a contar los invitados para la cena. Y puede que Ricardo Cruz muriese cerca de allí. A lo mejor logro obtener información crucial sobre el caso.

—No hay caso, mamá. Al menos en lo que a nosotras respecta. —Beth se volvió hacia la encimera y canalizó su rabia hacia el

113

molinillo eléctrico de café que Lana había insistido en comprar. Dejó que el estruendo de las cuchillas al moler los granos de café inundara la estancia y mantuvo el botón pulsado más tiempo del recomendado por el fabricante.

Lana aguardó.

Beth volcó en el filtro el polvo negro recién molido.

—Jack, cielo, ¿qué planes tienes para hoy? —Miró hacia su hija, que estaba sentada en el sofá inhalando un cuenco de cereales.

—Pues... esta mañana, nada. Puede que esta noche vaya a casa de Kayla, pero...

—Muy bien. Vístete. Podemos presentar las tres nuestras condolencias a la familia Rhoads. —Beth sacó una taza y comenzó a servir el café—. Nos vamos dentro de veinte minutos.

El trayecto hacia el rancho de los Rhoads estuvo lleno de baches, polvo y silencio. Beth y Lana apenas se dirigieron la palabra, con excepción de una expresión mutua de desaprobación hacia el calzado de la otra.

Pasados el puente y el puerto deportivo, Beth giró el volante hacia el camino sin señalizar que recorría la orilla norte de la marisma. Ascendieron a trompicones por la colina, dejando atrás los carteles de «No pasar» y el cercado electrificado para el ganado que flanqueaba el camino privado. El vehículo aminoró la marcha a medida que proliferaban los baches, aplastando la gravilla bajo los neumáticos, rodeado de cipreses Monterrey y de fresales en barbecho, a la espera de ser cultivados en primavera.

Un kilómetro y medio camino arriba, atravesaron dos imponentes pilares de madera de secuoya que sostenían una verja abierta y un cartel de madera agrietado con una R invertida grabada a fuego. Beth aparcó en un prado junto a coches elegantes y viejas camionetas. Los invitados se parecían a sus vehículos: algunos vestían de traje y otros iban ataviados con camisas de franela y petos. Lana abrió su puerta y apretó los labios con fastidio al contemplar los terrones que separaban sus zapatos de tacón de terciopelo y el camino pavimentado de acceso a la casa.

—¿Todavía estás segura de que te has puesto los zapatos adecuados, mamá? —le preguntó Beth.

—He atravesado corriendo cuatro carriles de tráfico en el bulevar de Santa Mónica con estos tacones. Podré superar un tramo de tierra. —Lana estiró los hombros, se sacó del bolso un pañuelo de papel y avanzó hacia el camino de la entrada. Antes de que ninguno de los asistentes al funeral tuviera ocasión de saludar, ya se había limpiado los zapatos, que estaban de nuevo impolutos.

El evento se había organizado fuera, en una amplia franja de asfalto que unía la casa, un establo y dos viejos invernaderos. Los camareros vestidos con camisas blancas almidonadas entraban y salían rápidamente de una inmensa casa señorial de baldosas y madera de secuoya, cargados con bandejas cubiertas con plástico y llenas de sándwiches y macedonia de frutas, que depositaban en una hilera de mesas dispuestas a lo largo del establo. Habían colocado sillas plegables en diferentes filas, de cara a un hombre de pelo oscuro vestido de traje que trataba de enganchar un micrófono en su pie.

Una familia de cara triste se hallaba colocada en fila en un extremo de la explanada de asfalto, recibiendo a los invitados.

—Esa es la hija —susurró Beth—. La llaman «Lady Di».

Lana le lanzó una mirada de evaluación a la elegante rubia que tenía frente a ella. Diana Whitacre estaba muy erguida, como un general de luto, con un traje pantalón de cintura alta y un pequeño sombrero sin ala y con velo. Estaba flanqueada por un marido calvo y dos chicos paliduchos en edad universitaria, todos vestidos con trajes negros de lana hechos a medida. Diana agarraba la mano de su marido con firmeza. A Lana le dio la impresión de que lo sujetaba con correa en vez de apoyarse en él.

—Ay, la enfermera de papá —anunció Diana cuando Beth se aproximaba—. Y veo que has traído invitados. —La mujer le lanzó a su hijo una mirada incisiva y el muchacho les ofreció tres programas de mano.

—Señora Whitacre, deseo ofrecerle mi más sentido pésame —dijo Beth—. Su padre era muy especial para mí. Sé que era usted muy importante para él.

Diana la miró asintiendo lentamente con la cabeza mientras la miraba de arriba abajo.

—Gracias, querida. Debes de venir directa desde el trabajo. Puedes usar el tocador de la casa para cambiarte antes de que empiece la ceremonia, si quieres.

Beth se puso roja. Le dio las gracias a Diana entre balbuceos y retrocedió.

—¿Qué te he dicho de lo de llevar vaqueros a un funeral? —murmuró Lana mientras caminaban hacia sus asientos.

El programa consistía en una serie de discursos de la familia y de los socios más allegados de Hal Rhoads. Su hijo, Martin, que hacía de maestro de ceremonias, fue presentando a los oradores y, amablemente, apartaba a aquellos que rompían a llorar ante el micrófono. Diana ofreció una serie de tópicos genéricos con un afectado acento británico. Un primo de Houston, de aspecto hosco, resultó estar demasiado emocionado para hablar. Una sobrina con rastas que vivía en un *áshram* en Jackson Hole dijo una oración y sugirió que su tío abuelo ahora era un halcón hombrorrojo, o un sicomoro, o posiblemente un halcón que anidaba en un sicomoro.

La cosa se puso más interesante cuando al micrófono se acercaron los amigos. Scotty O'Dell, el encargado del club náutico, contó que Hal había aprovechado una oportunidad y había apostado por él como windsurfista profesional, el único participante del circuito que tenía un ranchero de ganado como patrocinador. Cecilia, la jefa de Beth en Bayshore Oaks, habló de las notas meticulosas que el señor Rhoads solía dejarle sobre cómo podría mejorar la productividad del pequeño huerto que bordeaba el patio de ejercicios. Víctor Morales, un hombre de aspecto distinguido con el pelo entrecano, habló largo y tendido sobre la generosidad del señor Rhoads con la Fundación Ecologista para la Conservación de la Costa Central, sobre su apoyo a los pequeños granjeros y su opinión de que los viejos ranchos podrían encontrar nuevas formas de existir en armonía con la naturaleza.

Víctor señaló a Martin y a Diana y sonrió pletórico.

—Somos muy afortunados de contar en nuestra comunidad con la familia Rhoads al completo. Estoy deseando que trabajemos juntos para proteger esa valiosa tierra para las generaciones futuras.

Se produjeron algunos aplausos, que Martin se apresuró a interrumpir al acercarse al micrófono. Martin era un hombre alto y esbelto, de esos que conservan cierta incomodidad juvenil ya estando en la edad adulta. Los lugareños sentados detrás de Lana susurraron que había ganado un dineral con la tecnología, pero que no podría ponerle herraduras a un caballo ni aunque le fuera la vida en ello.

—Gracias a todos por venir —dijo Martin—. Mi padre no era un hombre religioso, pero sí un soñador, y a todos nos han alcanzado sus sueños. —Miró por encima de su hombro derecho y señaló un viejo roble situado en una colina, más allá del prado de las vacas—. Tras la ceremonia de hoy, mi padre será enterrado en la parcela familiar. Para que pueda seguir soñando en esta tierra que tanto amaba.

Cuando terminaron los discursos, las mujeres Rubicon se levantaron de sus incómodas sillas, cada una con intención de tomar una dirección diferente: Beth, a presentar sus condolencias; Lana, a buscar pistas; Jack, a explorar.

—Intentad no meteros en líos —dijo Beth.

Lana se colocó la peluca por detrás de su boina y se fue en dirección a los refrigerios.

En la mesa del vino blanco, Lana encontró un *sauvignon blanc* de la zona y también a Víctor Morales.

—Es precioso lo que ha dicho sobre el señor Rhoads.

Víctor sonrió e inclinó una botella de vino en su dirección. Lana asintió y él le sirvió una copa. Nunca había tenido motivos ni interés por descubrir los pormenores de las fundaciones ecologistas ni del lado benéfico del sector inmobiliario. Pero Víctor Morales era un ejemplar digno de estudio. Rondaba los sesenta, uno de esos hombres que adquirían atractivo conforme envejecían, con hombros anchos y unos ojos cálidos y brillantes. Lana estaba segura de que era muy consciente del efecto que podría tener esa combinación en las mujeres.

Con una floritura, Víctor le ofreció la copa de vino y le guiñó un ojo. Desde luego, muy consciente.

—El señor Rhoads era un príncipe entre los hombres.

Lana percibió un ligero acento en sus palabras.

—¿Es usted de Oaxaca?

—¿Cómo lo ha sabido?

—En una ocasión urbanicé un complejo allí. Hace mucho tiempo.

Víctor la miró con interés creciente, manteniéndole la mirada mientras se alejaban juntos de la mesa de los vinos.

—¿De qué conocía al señor Rhoads?

—No lo conocía. Mi hija, Beth, es enfermera en la residencia donde ha fallecido. Estaban muy unidos. Hablaban sobre la marisma. Ella vive junto al agua, justo al otro lado de aquí —explicó Lana con un gesto de la mano—. Soy Lana, Lana Rubicon.

—Lana Rubicon. —Se deleitó al pronunciar su nombre, saboreándolo.

Desde donde se encontraban, al borde del camino de acceso al rancho, Lana tenía una visión de 270 grados a su alrededor, con la marisma y la casita de Beth situadas al sur, el océano resplandeciente al oeste y las tierras de labranza que se extendían hacia el este. La ciénaga de abajo era una tierra de nadie cubierta de salicornia y lodo, salpicada de pequeños arroyos que daban vueltas y se entrelazaban en su descenso desde las colinas del rancho hasta la marisma, con sus aguas tranquilas. Lana distinguió algunas franjas de terreno sólido, pero, en su mayoría, la falda de la colina era una mezcla asquerosa de barro y agua estancada, un punto de alimentación perfecto para los pájaros que recorrían el pantano en pequeñas bandadas.

—Debería verlo con la marea alta. —Víctor estaba de pie junto a su hombro izquierdo—. Dos veces al día, toda la marisma se inunda. Las vacas tienen que nadar de vuelta al rancho. Cuando el nivel del agua vuelve a bajar, surgen nuevos arroyos, nuevas lagunas, nuevos valles. Cambia el paisaje por completo. —Entonces la miró—. ¿Vive cerca de aquí?

Lana hizo una pausa, sin saber qué versión de su vida deseaba compartir.

—He pasado toda mi vida en Los Ángeles. Trabajo en el sector inmobiliario. Pero por ahora estoy aquí, con mi hija y mi nieta.

—¿El sector inmobiliario? ¡Entonces nos dedicamos al mismo negocio! —Una sonrisa pícara iluminó su rostro.

—Siendo sincera, no tengo muy claro cómo funciona una fundación ecologista para la conservación. —Lana aún no había conocido a un hombre que pudiera resistirse a la oportunidad de explicarse.

—Nuestro objetivo es asegurar que todo esto —dijo Víctor abarcando el paisaje con los brazos— persista. Trabajamos con propietarios que compartan esa visión.

—¿Preservar todo el terreno para la naturaleza? ¿Y qué pasa con la gente? ¿Y con el progreso?

Víctor la miró a los ojos.

—No somos tan simplistas —dijo—. Al igual que la marisma, el terreno seguirá evolucionando. Nosotros estamos aquí para equilibrarlo en armonía con los cambios del mundo.

Le habló de algunos de sus proyectos actuales. La heredera de un imperio maderero había donado un bosque de cuatro mil hectáreas a la fundación, y ahora estaban transformándolo en un espacio en el que pudiera talarse de forma sostenible, en lugar de hacer tala rasa. Los dueños de dos terrenos forestales situados a ambos lados de una autopista habían llegado a un acuerdo para construir un túnel para la fauna, de modo que los animales pudieran cruzar la concurrida carretera sin resultar atropellados. Y cerca de la marisma, justo más allá del rancho Rhoads, la fundación gestionaba casi cuatrocientas hectáreas en la orilla septentrional, convirtiendo un terreno de granjas de verduras embarradas en un refugio de primera categoría para la fauna costera.

—¿Y qué estaba preparando con el señor Rhoads?

Víctor volvió a mirar hacia la casa principal.

—Es una pena —dijo con un suspiro—. Esta semana es terrible. Primero perdemos a Ricardo y ahora al señor Rhoads... Mi compañero Ricardo Cruz estaba trabajando con el señor Rhoads en un gran sueño. Este rancho, tan solo esta propiedad, nos permitirá convertir toda la orilla septentrional de la marisma en una zona protegida para la fauna. Hace años el señor Rhoads y yo acordamos formar una sociedad, y Ricardo estaba trabajando con él para concretar los detalles. Será el humedal protegido más grande del oeste de los Estados Unidos, protegido para siempre del desarrollo urbanístico y de las prácticas de explotación.

—Parece un proyecto muy costoso. —A Lana le daba vueltas la cabeza. Quería preguntarle más sobre Ricardo Cruz, pero le resultaba extraño hacerlo en el funeral de otra persona.

—De eso están hechos los sueños. Este proyecto supondrá el reconocimiento internacional, fondos federales...

—Y un hogar para los animales.

—Por supuesto —respondió Víctor mirándola con los ojos brillantes—. Es todo por los animales.

Entonces parpadeó y, con sus densas pestañas, borró la hermosa visión que había estado imaginando.

—Pero ahora, sin Ricardo y sin el señor Rhoads, cuesta imaginar el proyecto sin ellos.

—Lo siento mucho. ¿Puedo preguntar cómo murió Ricardo?

Decidió hacerse la tonta, con la esperanza de que Víctor tuviera información adicional que añadir a lo que ya había descubierto ella. Pero se le nubló la expresión y sacudió la cabeza.

—Todavía no saben qué ocurrió.

Se volvió hacia la casa y endureció la voz.

—Esta es nuestra única oportunidad de proteger la orilla, desde el océano hasta las colinas. Hablamos de generaciones de posibilidades. Miles de especies. Esa era la visión del señor Rhoads. El proyecto debe seguir adelante.

—¿Tiene relación con los hijos del señor Rhoads?

—Todavía nos estamos conociendo. Hace un par de meses acudieron juntos a mi despacho, cuando el señor Rhoads se trasladó a la residencia de Bayshore Oaks, porque querían saber más sobre sus compromisos. Confío en que honren la memoria de su padre respetando sus deseos para el rancho. —Miró por encima del hombro de Lana y sonrió—. Y su magnífico potencial.

Lana se volvió y vio a la hija del señor Rhoads caminando hacia ellos con gesto decidido. Diana Whitacre contaba cincuenta y pocos años y lucía una piel de porcelana con leves arrugas en torno a sus ojos fríos, de un azul oscuro. Con la boca dibujaba una sonrisa que resultaba igualmente fría.

—Señor Morales —murmuró, y se apartó cuando este trató de darle un beso en la mejilla—, no estará buscando nuevos donantes en el funeral de mi padre, ¿verdad?

—Señora Di. Jamás se me ocurriría…

—Me alegra oírlo. Si nos disculpa…

Víctor miró a Lana con una ceja enarcada. Después se volvió hacia Diana y se tocó el sombrero.

—Confío en que me permita llevarlos a su hermano y a usted a comer algún día, señora Di. Tenemos mucho de lo que hablar.

—Ahora mismo estamos bastante ocupados —repuso Diana.

—Solo quiero honrar el deseo de su pad…

—En otro momento. Por favor. —Lo despidió con un leve gesto de la mano.

—Qué hombre tan encantador —comentó Lana al verlo marchar.

—Supongo que eso depende de su definición de encanto —respondió Diana en voz baja y cortante—. ¿Es usted paciente de esa enfermera?

Lana percibió cierto acaloramiento por debajo de su pañuelo de seda. ¿Acaso había algo que hubiera delatado su estado de salud? ¿Sería por la peluca nueva?

—No…, es mi hija.

—Entiendo —dijo Diana—. ¿Está de visita?

—He venido de Los Ángeles. Estoy aquí temporalmente. Lana Rubicon. Mi más sentido pésame.

La rubia agachó la cabeza a modo de asentimiento. Al parecer era demasiado educada para preguntarle por qué había decidido colarse en el funeral de su padre. Aunque no tan educada como para estarse con las manos quietas. Diana estiró un dedo de manicura perfecta y acarició uno de los caballos estampados en el pañuelo en torno al cuello de Lana.

—Discúlpeme. La vi antes y tenía que preguntárselo. ¿Es un…?

—Dior —confirmó Lana. Y resistió la tentación de dar un paso atrás.

—La colección de doma clásica —matizó Diana—. Solo se confeccionaron cien.

—Fue un regalo —explicó Lana—. Me pareció que sería apropiado para esta ocasión.

—Desde luego. Mi padre y yo compartíamos un profundo amor por los caballos. —Diana miró campo a través y después volvió a fijarse en el pañuelo—. ¿Regalo de un amigo?

—De un socio. Urbanizamos juntos el Rancho Spa Zuniga, en Malibú.

—Zuniga. —Diana repitió la palabra en voz baja, como si fuera un hechizo—. Me he alojado ahí. Es impresionante. —Hizo una pausa y miró a Lana con incertidumbre—. ¿Está… trabajando en algún proyecto aquí arriba?

—En cierto modo —respondió Lana. Diana andaba buscando algo, pero Lana no lograba identificar de qué se trataba. De manera que decidió indagar ella también. Si Ricardo estaba trabajando con Hal Rhoads, tal vez tuviera contactos también con algunos de los presentes—. He estado descubriendo cosas sobre la marisma. Y sobre ese joven que murió.

—¿Ricardo Cruz?

—¿Lo conocía usted?

La rubia volvió a mirar en dirección a los campos que

122

descendían hasta el agua. Estiró los hombros y se ajustó el velo por encima de la melena. Cuando volvió a girarse hacia Lana, lucía de nuevo aquella sonrisa fría y sutil.

—Prácticamente no, querida. Había oído que había vuelto, que trabajaba para la fundación. Solo lo vi una vez, caminando por los campos con mi padre.

—¿Que había vuelto?

—Sus padres trabajaron para mi padre hace décadas. Ricardo era uno de los muchachos del rancho, siempre iba descalzo, provocaba a las vacas y se dedicaba a hacer pasteles de barro. Es una auténtica pena, desde luego.

—Mi nieta fue quien lo encontró —explicó Lana, observando con atención la expresión de Diana.

—¿De verdad? —Diana miró hacia el campo una vez más. Después sacó de su diminuto bolso negro una tarjeta repujada y se la puso a Lana en la mano—. Señorita Rubicon, espero que me llame. ¿El lunes, quizá? Me gustaría hablar de… negocios. Ahora, si me disculpa, creo que mi hermano está volviendo a quedar en ridículo.

Capítulo 18

Beth se alejó de los bulliciosos grupos de personas hasta encontrarse en la linde de un campo de hierba, cara a cara con una vaca enorme de ojos tristes. Tras ella, alcanzó a ver dos postes de la cerca caídos y un segmento de alambre retorcido tirado en el suelo.

Se quedó muy quieta, desafiando a la vaca a acercarse. Era de un tono marrón anaranjado, enorme, con pestañas largas y una R del revés marcada en su cuarto trasero izquierdo. En una ocasión Beth había salido con un gerente de rodeos que le explicó cómo funcionaban las marcas. Existía todo un sistema para registrar marcas, a fin de saber a quién pertenecía cada vaca. Un ranchero podía poseer una marca en forma de L invertida —una «L loca», la llamaban— en el cuarto trasero izquierdo del animal, y otro ganadero podía tener ese mismo diseño en el lado derecho. Su exnovio le había hablado de cómo leer las marcas, «interpretarlas», como si fueran una forma de arte, la versión de granja de la interpretación de grafitis en los vagones del tren. A Beth le parecía algo capitalista y propio de bárbaros, aunque hermoso al mismo tiempo.

De pronto se dio cuenta de que se hallaba en el mismo campo que había visto en aquella fotografía del señor Rhoads con sus hijos y el ganado, tantos años atrás. Entornó los ojos ante la nube de moscas que zumbaban alrededor del rabo de la vaca y se preguntó cuántas generaciones, cuántas criaturas, habrían crecido allí al cuidado del señor Rhoads. Y qué sería de ellas ahora que él ya no estaba.

—¡Hola! ¡Vaca!

Beth se dio la vuelta al oír aquella voz de hombre. Era Martin, el hijo del señor Rhoads. El sol estaba justo detrás de él, formando una corona alrededor de su traje oscuro que casi le hacía brillar. Entró en la hierba calzado con sus brillantes zapatos de vestir y señaló al animal muy serio. La vaca no pareció impresionada.

—¿Funciona eso alguna vez? —preguntó Beth.

—A mi padre seguro que sí —respondió Martin—. Yo nunca le pillé el tranquillo.

En una ocasión el señor Rhoads le había dicho a Beth que las vacas no tienen mucha percepción de la profundidad. Se colocó justo delante del animal, agitando los brazos como un controlador aéreo. Le pareció un poco ridículo, pero entonces la vaca la miró, emitió un profundo suspiro y empezó a moverse.

—Increíble. Así que eres enfermera y además susurras a las vacas.

¿Estaría burlándose de ella? Contempló con cautela a aquel hombre alto y bien arreglado que estaba de pie junto a ella. Ya solo su reloj debía de valer más que el coche de Beth. Pero sus ojos marrones e intensos parecían cansados, y en su cabello oscuro se apreciaban algunos hilos plateados. Beth decidió que precisamente aquel día se merecía el beneficio de la duda.

—Tu padre me contó muchas historias sobre este lugar —le dijo—. Siento mucho que haya muerto.

Se quedaron allí juntos, viendo a la vaca retroceder a través del cercado roto.

—¿Vas a los funerales de todos tus pacientes?

—Solo a los de mis favoritos.

—Mi padre me dijo que le caías bien. Al verte aparecer aquí hoy, está claro por qué.

—¿A qué te refieres?

—Tus vaqueros —le dijo Martin con una sonrisa—. Mi padre nunca fue muy aficionado a la ropa cara ni a las fiestas elegantes.

Todo este bombo y platillo. Nos habría dicho que hiciéramos algo útil como castrar a los terneros o construir un establo.

—O reparar la cerca.

—Tampoco le pillé nunca el tranquillo a eso. Mi padre siempre me preguntaba de qué me servían todos mis títulos de ingeniería si no era capaz de mantener un cercado para las vacas.

Beth percibió la tristeza en su voz, como si, de algún modo, su padre hubiera muerto porque él no había estado a la altura de sus expectativas. Lo vio toquetear su corbata de seda.

—El hecho de que seas diferente a tu padre no significa que no te quisiera.

Martin la miró unos segundos y Beth se preguntó si iría a ponerse a llorar. En su lugar, tragó saliva.

—Sé que tú te enfrentas a esto en el trabajo todos los días, pero me preguntaba… —Sacudió la cabeza—. ¿Te apetecería tomar café alguna mañana? Para hablar de mi padre. Estaré algún tiempo en el rancho, trabajando con mi hermana para poner las cosas en orden. Me gustaría oír hablar un poco más sobre el hombre al que tanto conocías.

—Mis horarios de trabajo son bastante ajustados…

—¿Una cerveza entonces? A lo mejor mi padre te contó algunas historias que yo desconozco. Me encantaría tener algo con lo que relajarme después de pasarme largos días discutiendo con mi hermana sobre quién se queda con la silla de montar favorita de mi padre.

A Beth tampoco le parecía mal plan poder librarse de Lana por una noche.

—Lo pensaré.

Martin sonrió y Beth creyó distinguir al muchacho desgarbado que debía de haber sido antes de empezar a llevar trajes a medida y a pagar dinerales por cortarse el pelo.

—Martin. —Una voz seca y sofisticada lo llamó desde un extremo del gentío.

—El deber me llama —le dijo a Beth—. Me pondré en contacto contigo. Gracias.

Se dio la vuelta y entró en la línea de fuego de Diana Whitacre. Beth se mezcló con el gentío y vio como aquella mujer rubia volvía a hacerle a Martin el nudo Windsor de la corbata.

Jack deambuló por el rancho, disfrutando de poder disponer de un momento a solas lejos de la guerra fría que se libraba entre su madre y su abuela. En la orilla norte de la marisma había más luz. Parecía estar más cerca del sol que del agua. Se imaginó a los hijos del señor Rhoads creciendo en el rancho, limpiando los establos por la mañana y después, por la tarde, subiéndose a lomos de un caballo para galopar por los campos.

Llegó hasta el establo y asomó la cabeza a su interior, con cautela al principio, aunque después entró del todo al darse cuenta de que no había nadie por allí. Sus ojos tardaron un minuto en acostumbrarse a la penumbra, a la calma fría en comparación con la multitud y el sol que reverberaba en el asfalto de fuera. Captaba en el aire el recuerdo del olor de los caballos, una mezcla de hierba, sudor y cedro.

Ya no había animales en el establo. Solo porquería. Mucha. Salvo por un extintor de incendios rojo brillante junto a la puerta, todo estaba gris, mugriento y viejo. Uno de los compartimentos estaba lleno de mantas para caballo, sillas de montar, bridas y hierros de marcar. Otro estaba hasta arriba de fardos de heno y horquetas. Jack vio los restos de un invernadero, cajas de pesticidas descascarilladas apiladas de mala manera que amenazaban con caer al suelo…

En la parte de atrás, había un compartimento lleno de viejo equipamiento deportivo y juguetes. Cosas de niños. Cosas del padre. Levantó un maltrecho arco al que le faltaban las flechas e hizo vibrar la cuerda con el pulgar, imaginando por un momento lo que habría sido tener un padre en vez de una madre. Había visto a su padre solo en una ocasión, con siete años, cuando se encontraron en un pequeño centro comercial estando su madre y ella en Los Ángeles visitando a Lana en la Pascua judía.

127

Solo recordaba un bigote ralo sobre una piel oscura como la suya, y que su madre la agarró con fuerza de la mano mientras se cruzaban algunas frases forzadas e incómodas.

Dejó el arco en su sitio, haciendo equilibrios sobre un viejo juego de electrónica. Se dio la vuelta y se dirigió hacia las puertas abiertas del establo. Antes de alcanzarlas, se detuvo en seco. Allí, colgado en el rincón, había un kayak. Era de dos plazas y tenía un diseño *ombré*, amarillo por el fondo y rojo cereza por los laterales, con las palabras «Kayak Shack» estarcidas con espray de pintura morada sobre el casco. Contra la pared había apoyado un remo. Y, colgado de un gancho junto al remo, un chaleco salvavidas. El kayak no estaba numerado, de modo que no se empleaba para las excursiones guiadas. Pero sin duda era uno de los suyos.

¿Qué hacía el kayak de Paul en aquel establo? Las embarcaciones eran caras y, si bien Paul era un vago para muchas cosas, ordenaba sus kayaks de forma escrupulosa. El año anterior había sacado dos de ellos de la circulación, para uso personal, según había dicho. ¿Sería aquel uno de esos? De ser así, ¿qué clase de uso personal desempeñaba allí colgado?

Incluso aunque alguien de allí pudiera tener un kayak, aquel establo le parecía un lugar un tanto raro para guardarlo. El acceso a la marisma debía de estar a casi un kilómetro colina abajo, atravesando un laberinto de cenagales. Probablemente uno se hundiera en el barro hasta las rodillas en múltiples ocasiones antes de poder llegar hasta el agua. También podías llevar el kayak en coche hasta el puerto deportivo, pero, llegado ese punto, ¿por qué no alquilar uno o hacerse con una taquilla en los muelles? No tenía ningún sentido.

Echó un último vistazo a la embarcación colgada antes de marcharse. Había oído la discusión entre su madre y su abuela la noche anterior sobre su vuelta al trabajo en el Kayak Shack al día siguiente y eso de hacerle una excursión a la inspectora Ramírez. Pese a que fuera arriesgado, deseaba hacerlo. Tenía que hacerlo. Aquel kayak colgado en el establo parecía inocuo, con sus colores vistosos y su estructura de plástico, pero no era en los kayaks en lo que debía fijarse, sino en la gente montada en ellos. En especial esa inspectora.

Lana fue la primera en ver a Jack, saliendo del establo y parpadeando para acostumbrar la vista a la luz del sol.

—¡Jack! —la llamó Beth—. Ahí estás. Hora de irnos.

Para cuando Jack se montó en la parte trasera del Camry, Lana ya estaba sentada delante, con el cinturón puesto, el asiento recostado hacia atrás y los ojos medio cerrados. La tensión anterior parecía haberse disipado un poco con la luz del sol y el vino. Beth enfiló el camino de tierra en dirección a la autopista, tratando de esquivar la nube de polvo que levantaba la camioneta que iba delante de ellas.

En cuanto se pusieron en marcha, Lana se volvió hacia Beth.

—No ha estado tan mal, ¿verdad? Lo de traerme contigo.

—Tú me dirás, mamá. ¿Has conocido a algún asesino hoy?

Lana decidió ignorar el sarcasmo en la voz de su hija.

—Puede ser. La hija de tu ranchero, Lady Di, conocía a Ricardo Cruz. Creo que tiene algo que ocultar. Y Víctor Morales, el director de la fundación ecologista, me ha proporcionado información interesante. Esta semana tengo pensado ir a visitar su oficina, a ver qué encuentro.

—Creo que me falta por leer el libro de Nancy Drew en el que encuentra la solución gracias a sus flirteos —comentó Beth sacudiendo la cabeza.

—¿Ah, sí? ¿Y qué es lo que estabas haciendo tú con el hijo del ranchero?

—Solo estaba hablando con él. Consolándolo. No sé si te suena ese concepto.

—¿Y tienes pensado volver a consolarlo próximamente?

—Mamá, estás convirtiendo esto en algo que no es.

—Sea lo que sea, es perfecto. —Lana se preparó antes de tomar otro bache en el camino—. Tienes acceso a alguien que, como Diana, quizá conociera a Ricardo. Podrás interrogarlo por mí.

Beth parpadeó y negó con la cabeza.

—¿Y tú, Jack? ¿Te lo has pasado bien?

—Tienen un kayak en el establo —respondió Jack encogiéndose de hombros.

—Seguro que mucha gente de por aquí tiene kayaks —comentó Lana. Tenía los ojos cerrados casi del todo. Empezaba a visualizar los nombres de los sospechosos escritos en su cuaderno, nuevas posibilidades que ofrecerles a los policías para que desviaran su atención de Jack—. Tampoco hay mucho más que hacer para entretenerse.

—Sí, pero se trataba de un kayak de Kayak Shack. Y también había uno de nuestros chalecos salvavidas. No sé cómo llegaron hasta ahí. Aunque quizá cuando vaya mañana al trabajo pueda averiguarlo.

—Jack, todavía tenemos que hablar de…

—Es mi trabajo, mamá.

—Lo sé, pero…

—Quiero hacer mi trabajo.

Se hizo el silencio en el interior del coche. Lana ignoró la lucha de voluntades entre su hija y su nieta y trató de recordar con exactitud qué había dicho Paul en la tienda sobre los préstamos de equipamiento del Kayak Shack a sus amigos. Había mencionado algo de los chalecos salvavidas, pero nada de los embarcaciones. ¿Por qué iba a darle un kayak a Hal Rhoads? Paul no había acudido al funeral, así que probablemente no fuese un amigo cercano del ranchero. No se lo imaginaba tampoco codeándose con Martin. ¿Tendría alguna otra relación con la familia Rhoads? ¿Quizá una aventura? Lana podía imaginárselo con la sobrina nieta, la *hippie*, embaucándola con alguna tontería sobre el amor libre. ¿O sería posible que una mujer de la alta sociedad como Lady Di se rebajase al nivel de alguien como Paul Hanley? Añadiría eso a sus notas para indagar sobre el tema cuando hablase el lunes con la hija de Rhoads.

—Está bien. —Beth detuvo el coche de golpe frente al puente—. Todo el mundo puede hacer lo que quiera. Todo el mundo puede cuidarse solo. Esa es tu filosofía, ¿verdad, mamá?

130

Lana abrió los ojos, miró a su hija con incertidumbre y asintió con la cabeza.

—La independencia es un regalo.

—Claro, mamá. Lo tendré en mente mientras te llevo a casa en coche.

Capítulo 19

A las seis y media de la mañana del domingo, Jack salió de puntillas a la pequeña franja de hormigón situada detrás de la casa donde guardaba su bici.

—¿Mamá?

Beth estaba inclinada hacia delante, vestida con un chándal y un gorro, reordenando meticulosamente su jardín de piedras. Parecía haberse expandido por todo el lateral de la casa, bordeando la parte superior de la ladera de grava que descendía hacia la marisma. Las piedras formaban un laberinto, una espiral intricada y colorida.

Jack le dio un toque en el hombro.

—Mamá, ¿va todo bien?

—No podía dormir. He decidido trabajar en el laberinto.

—Qué bonito —comentó Jack con cautela. Cuanta más atención prestaba, más complicado le parecía el patrón que seguían las piedras. Se preguntó si su madre habría dormido algo.

Beth estiró el brazo para darle un abrazo rápido y Jack sintió el calor familiar de la preocupación de su madre. Pero aquel día le pareció demasiado caluroso, asfixiante. Sabía lo que tenía que hacer. Se apartó y miró a su madre a la cara.

—Voy al puerto deportivo. Puede que tú aún no estés preparada, pero yo sí lo estoy.

Beth asintió despacio. Se le notaban las ojeras oscuras bajo los ojos.

—Utiliza a la gente. Tu Prima. Cuando yo era pequeña, me pellizcaba para que llorase y pudiéramos saltarnos la cola en el aeropuerto. Para ella todos son empleados al servicio de sus objetivos.

—No hago esto por Prima.

—El simple hecho de que ella te haya alistado no significa que tengas que sumarte a su cruzada.

Jack sintió que se erguía más aún y apretaba los puños en torno al manillar de su bici.

—Esto es lo que deseo hacer.

Su madre tragó saliva. Cuando habló, su voz sonó amable y cansada.

—De acuerdo. Confío en ti. Vete.

Jack pedaleó con fuerza, pasando por delante de la vieja lechería y de la central eléctrica, con el viento agitándole los pensamientos conforme avanzaba por la carretera. Había pasado solo una semana, pero casi se había olvidado de lo mucho que le gustaba el olor del puerto deportivo, esa mezcla dulzona de aceite de motor y sal que se alzaba hacia ella. Un día, tendría un barco que olería justo así. No creía que su madre fuese a permitirle navegar sola por el mundo como hacían algunos adolescentes a los que seguía en Instagram, pero incluso unas pocas noches en mar abierto, un viaje hasta Catalina o hasta Seattle sería algo mágico. La libertad. Se le hinchaba la sudadera por el viento y, por un momento, se imaginó que el tejido era una vela.

Cuando atravesó el puente, dejó de fantasear y se centró en la importante jornada que tenía por delante. No iba a ponerse nerviosa. Si la inspectora tenía preguntas, ella le mostraría las respuestas. Repasó mentalmente dónde había estado, qué había estado haciendo y con quién. Siempre y cuando la conversación se ciñera al fin de semana anterior, podría afrontarlo.

Entró a toda prisa en el puerto y derrapó con las ruedas de la bici en el aparcamiento situado frente al Kayak Shack.

133

—Hoy llegas pronto, Tiny —le dijo Paul, que cambió el rumbo para dirigirse hacia ella frotándose el pelo con una toalla.

Jack se encogió de hombros.

—Bueno, va a ser un día raro —continuó su jefe—, con la poli y todo eso. Será mejor tenerlo todo bien preparado para el gran espectáculo.

Jack sonrió. Eso podría hacerlo sin problema.

Lana se despertó tres horas más tarde por el sonido de un bote de pastillas al agitarse.

—Mamá. —Beth estaba de pie frente a ella—. Hora de levantarse. Día de quimio.

Lana rodó sobre la cama y soltó un quejido.

—Vamos —insistió su hija—. Vístete.

Beth abandonó la habitación cerrando la puerta con más fuerza de la necesaria. Lana se incorporó y se puso el jersey de cachemir, los pantalones de vestir de pernera ancha y el cuello de vellón que se ponía cada tres semanas para su tratamiento de quimioterapia. No se trataba del Hospital de Stanford, con sus atractivos médicos y camilleros yendo de aquí para allá. La quimio consistía en cinco horas larguísimas en un pasillo con pretensiones situado en la segunda planta de un centro comercial, sentada en una mezcla de sillón de masajes y silla de dentista mientras le metían veneno por las venas. La sala de tratamiento estaba helada y la *boutique* de artículos de imitación de la planta baja del centro comercial se forraba vendiendo chaquetas de lana y calcetines mullidos a quienes no iban bien preparados. Lana se aseguró de llevar unos zapatos bonitos —aquel día, botines de cuero italiano blancos y negros—, pero por lo demás su objetivo era estar calentita.

Beth se mostró callada durante el trayecto. Cada vez que Lana intentaba iniciar una conversación, su hija subía el volumen de la radio. Para cuando llegaron a la clínica, el hombre del tiempo prácticamente estaba gritándoles cuál era la probabilidad de lluvia.

Beth aparcó entre el salón de manicura y la academia de clases de matemáticas y dejó el motor en marcha.

—¿No vas a entrar? —le preguntó Lana.

—No puedo —respondió—. Estoy demasiado ocupada.

Lana se detuvo unos instantes, planteándose si hacer un mohín o no. En su lugar, decidió pasar a la ofensiva.

—Hoy es el gran día de Jack en el Kayak Shack, ¿verdad? —le dijo con una sonrisa.

Beth se quedó mirando al frente, con las manos aferradas al volante.

—Te recogeré a las cuatro.

Al percibir la lejana posibilidad de que su hija estuviese a punto de echarla del coche, Lana recogió su bolso, se bajó del asiento del copiloto y caminó contoneándose hacia el ascensor. No miró atrás.

Tras una meticulosa revisión por parte de Jack, las taquillas tenían mejor aspecto del que habían tenido en años. Ochenta y cinco kayaks y diecisiete tablas de *paddleboard* contabilizados y con el candado quitado. Sesenta remos en pie. Doscientos treinta y siete chalecos salvavidas colgados en largas hileras y etiquetados por tamaño. Todavía no sabía por qué había un kayak con capacidad para dos en el establo del señor Rhoads, pero no formaba parte del inventario de las excursiones. Al menos por hoy, no merecía la pena preocuparse por ello.

Tuvo un contratiempo momentáneo mientras inspeccionaba el kayak 33. Mientras ajustaba las sujeciones para los pies, recordó la gran O que había dibujado la boca del niño al hacer su terrible descubrimiento el domingo anterior. Pero entonces pasó al kayak 4, que estaba cubierto de barro sin ningún motivo, y centró su atención en llevarlo fuera y desenredar la manguera para lavarlo.

A las nueve menos cuarto de la mañana, el Kayak Shack estaba resplandeciente. Dos nutrias de mentira a tamaño real flanqueaban la entrada. Sobre el mostrador había un nuevo libro de registros. Paul incluso se había puesto un polo que había rescatado de algún rincón de su despacho. Cuando llegó la inspectora Ramírez, estaba fuera, sonriendo como un *caddie* que se cortase el pelo él mismo.

Jack se mostró desconfiada cuando Teresa Ramírez salió de su coche. Pero la inspectora parecía aún más incómoda. Se bajó del Buick, impulsada por unas grandes botas vadeadoras de color verde fosforito, que vestía sobre un jersey de cuello vuelto negro y ajustado. Se había ceñido el cinturón de servicio en torno al peto de pescador, haciendo que el nailon se le abombase sobre la cintura, dejando entrever la radio, las esposas y la cartuchera mientras avanzaba hacia la tienda entre los chirridos que emitían las botas al caminar. Llevaba el pelo recogido en una trenza alta y apretada, que caía en vertical desde lo alto de su cabeza sin tocarle el cuello.

Tras una visita superficial al Shack, Ramírez se puso un chaleco salvavidas y bajó hasta los muelles para sumarse al grupo de la excursión de las nueve. Eligió sentarse con Jack en un kayak de dos plazas en lugar de vivir la experiencia turística completa de tener su propio kayak. Rechazó con la mano el remo que Jack le ofreció y se preparó para el trayecto mientras Jack se montaba en el asiento trasero.

Jack no estaba acostumbrada a llevar a alguien en su embarcación mientras hacía de guía, pero por suerte el grupo era lo suficientemente grande para necesitar dos guías. Jorge iba en la primera embarcación y estaba explicándoles a los turistas las cinco diferencias principales entre los leones marinos y las focas. Lo único que tenía que hacer Jack era cerrar la fila de kayaks y asegurarse de que nadie se perdiese o se alejase. Y responder a todas las preguntas de la simpática detective verde con la pistola.

Durante los primeros diez minutos, Ramírez le hizo tan solo dos preguntas: cuáles eran las posibilidades de que el kayak volcara y qué hacer si te picaba una medusa. Después de eso se quedó callada. Pasaron las dos horas que duraba la excursión en un estado de relajación mientras Jack remaba con determinación para mantener la embarcación en movimiento, observando la trenza de la inspectora, que se balanceaba de un lado a otro, y con la esperanza de que no se marease. Como tenía por costumbre, fue comentando la vida salvaje que se cruzaban a su paso. La nutria que parecía saludarlas desde debajo del puente. Los halcones y chorlitos que alzaban el vuelo en Bird Island y se zambullían en el agua para pescar boquerones. Pero la inspectora no decía nada. Giraba la cabeza de un lado a otro, desde la hilera de embarcaciones hasta la orilla norte. Jack no sabía qué sería lo que estaba buscando.

Cuando regresaron al puerto deportivo al finalizar la excursión, Jack le tendió una mano para ayudarla a salir del kayak. Ramírez hizo una pausa y se quedó mirando una gaviota que había en el muelle.

—Esto es muy bonito —comentó mientras salía de la embarcación—. Una pena que haya tanta caca de pájaro.

Ramírez se pasó las horas siguientes en la oficina, viendo cómo Paul se las arreglaba a duras penas para gestionar una docena de reservas y papeleos para otras dos excursiones en grupo. Volvió después a juntarse con Jack en el kayak para dos a las cuatro de la tarde, para la excursión de la puesta de sol, la misma que había reservado Ricardo Cruz el sábado anterior.

El grupo estaba compuesto por dieciséis personas y, una vez más, Jorge ocupó el kayak delantero, mientras que Jack y Ramírez se hacían cargo de los rezagados del final. En esta ocasión Ramírez sí aceptó el remo. Incluso intentó dar algunas paladas superficiales antes de dejarlo caer en el interior de la embarcación, junto al kit de primeros auxilios.

El viento era favorable y llegaron más lejos que durante la excursión de la mañana. Justo antes de darse la vuelta para regresar hacia el puerto, Ramírez señaló hacia babor, en dirección a la orilla septentrional.

—Encontraron el cuerpo por allí, ¿verdad?

Jack se inclinó hacia delante y Ramírez agarró el casco del kayak para que no se tambaleara.

—Más bien por allí.

Jack se acuclilló justo detrás de la inspectora y señaló hacia los lodazales, resplandecientes bajo la luz del sol, que se ponía a gran velocidad. Olió el perfume de la inspectora, mezclado con el sudor y la hierba de la marisma. Al mirar hacia abajo, distinguió la pistola de punta chata en su cartuchera.

—¿Cómo es posible que alguien de tu grupo llegara hasta allí?

—Ya se lo he dicho —respondió Jack con una mueca de frustración—. No. Iba. En. Mi. Grupo.

La inspectora se giró en su asiento, olvidándose del agua por un momento.

—Jacqueline, no me refería a eso. No te estaba preguntando por el señor Cruz. Me refería a la familia Baldwin, ese pobre hombre y su hijo, los que descubrieron el cuerpo. —Se volvió de nuevo con cuidado hacia la proa—. Hoy no veo a nadie tan alejado.

Jack se recostó en su asiento.

—Las mareas lo controlan todo por aquí.

—¿Y qué? —preguntó Ramírez, y su trenza se inclinó hacia un lado.

—Cuando sube la marea, el agua del océano inunda la marisma. Es como echar agua de un cubo grande por un embudo. Cuando vuelve a bajar la marea, es al contrario. El agua fluye desde la marisma hasta el océano.

—¿Y en qué afecta eso a la distancia que recorre la gente en tus excursiones?

—Las mareas no solo impactan en el nivel del agua. También afectan a las corrientes. Cuando hay marea baja, es como si los kayaks fueran absorbidos hacia la marisma. Es fácil que las embarcaciones se alejen demasiado, incluso más allá de esos lodazales. En ocasiones tenemos que usar una motora para remolcarlos de vuelta. Cuando hay marea alta, como ahora, es al contrario. Los barcos dan vueltas más cerca de la desembocadura del río. Y el viento también influye.

Ramírez guardó silencio. Jack no sabía si estaría aburriéndola con sus palabras o si la inspectora estaría pensando en algo.

Pensando, al parecer.

—Las mareas son diferentes cada semana, ¿verdad? Por las fases de la luna, ¿no?

Jack se quedó impresionada. La mayoría de la gente no tenía ni idea de cómo funcionaba el mundo.

—Eso es. Las mareas tienen lugar dos veces al día. Dos mareas altas, dos mareas bajas. Pero, dado que la luna no lleva un horario exacto las veinticuatro horas, las mareas sufren una alteración de más o menos una hora de un día para otro. Eso significa que, hace una semana, las mareas tuvieron lugar siete horas antes que hoy. Al principio resulta confuso, pero también es predecible. Como hoy, por ejemplo. Ha habido una marea alta a las cinco menos cuarto de la madrugada, y luego otra vez a las cuatro de la tarde. La marea baja ha sido a las once y media de la mañana y esta noche será a las once.

Ramírez giró la cabeza de izquierda a derecha.

—Ahora mismo hay marea alta. Esta mañana estaba baja —murmuró—. Supongo que el agua tendrá un aspecto diferente al de esta mañana.

Jack asintió y dijo:

—La marea alta hace que la marisma parezca más un río y menos una ciénaga.

—Entonces, por ahí arriba —respondió la inspectora mirando al norte—, donde fue encontrado el señor Cruz, ¿a veces el barro queda cubierto por el agua?

—Sí. Incluso ahora mismo, si nos acercáramos, habría mucha más agua y menos barro que esta mañana. Es posible que los Baldwin no hubieran encontrado el cuerpo si la marea no hubiera estado bajando durante su excursión.

—Pero llevaba un chaleco salvavidas.

—Sí. —Jack cerró los ojos y un destello de tejido rojo le cruzó los párpados—. Supongo que lo habríamos encontrado en alguna parte.

—¿Qué distancia podría recorrer algo flotando por la marisma a lo largo de un día?

—¿Un día? ¿Significa eso que saben exactamente cuándo fue asesinado Ricardo Cruz?

La inspectora se giró con cuidado para mirar a Jack. Parecía estar decidiendo si contestar o no a su pregunta.

—Ricardo Cruz fue asesinado el tres de febrero —respondió con cautela.

—¿El viernes pasado? —preguntó Jack tras hacer el cálculo mentalmente—. Pero…

—Tú lo encontraste el domingo —concluyó la inspectora—. Ya lo sé.

—Entonces también sabrá que no formó parte de ninguno de mis grupos. —Jack le dirigió a Ramírez una mirada pesarosa, recordando cómo le había gritado el inspector Nicoletti en su casa.

Ramírez se había olvidado de aquello o no tenía intención de mencionarlo.

—Según el forense, el señor Cruz fue asesinado el viernes entre las diez de la mañana y las cuatro de la tarde. Y luego estuvo en el agua entre veinticuatro y cuarenta horas.

Jack hizo los cálculos en su cabeza.

—De modo que ya estaba en la marisma cuando realicé la excursión de aquel sábado al atardecer. Esa tarde no nos acercamos a los lodazales. Esos chicos iban demasiado borrachos para remar mucho más allá del puente. Uf. Qué horror pensar que estaba flotando por ahí el sábado y no teníamos ni idea.

—¿Alguno de los grupos del sábado llegó hasta los lodazales?

—De los míos, ninguno —respondió Jack tras meditarlo unos instantes—. Pero siempre hay gente en la marisma si hace un buen día como ese. Alguien podría haberse alejado tanto. Y más. Aunque no fuera uno de los nuestros. ¿El forense está seguro de que…?

—Está seguro de que el señor Cruz estuvo en el agua como mínimo veinticuatro horas. Y era agua de la marisma. No es como si hubiera estado sumergido en una bañera y después lo hubieran trasladado aquí.

De pronto Jack sintió que lo que había comido aquel día amenazaba con salirle por la boca. Una persona de verdad había sido asesinada y tirada en su marisma. No tenía sentido que Ramírez estuviese dándole todos esos detalles. Recordó el temor de su madre a que los policías pudieran tenderle algún tipo de trampa. Tal vez hubiese sido una estúpida por decir todo lo que ya había dicho.

—¿Por qué me cuenta todo esto? —le preguntó en voz baja—. No quiero…

—Jack, yo no estoy al mando de esta investigación. No tomo las decisiones. —Ramírez tenía los ojos cansados—. Pero creo que tienes derecho a saber que ya no eres una sospechosa principal. Como dijiste, el señor Cruz murió antes de que comenzaran tus turnos. Aquel viernes fuiste a clase, ¿verdad?

—Estuve en clase todo el día.

—¿Después saliste al agua?

—No. Salí a primera hora de la mañana. —En esa época del año, después de clase ya estaba todo demasiado oscuro como para poder remar bien.

La inspectora asintió con la cabeza.

—Estamos haciendo un recuento de todo aquel que estuvo en la marisma desde las diez de la mañana del día en que murió Ricardo. Si tú no estabas aquí, quedarás absuelta.

Jack sintió un torrente de alivio. Pero entonces, con la misma rapidez, le cruzó la mente una imagen de Ricardo Cruz, con sus ojos brillantes y su amplia sonrisa. No se merecía lo que le sucedió.

La voz de Ramírez interrumpió sus pensamientos.

—Si Ricardo Cruz estuvo en la marisma todo el sábado y nadie lo vio, ¿dónde estuvo?

—¿Si se pasó treinta horas flotando? —Jack pensó en ello—. Podría haber recorrido un largo trayecto. O quizá quedó atascado en alguna parte. Hay muchos arroyos que desembocan en la marisma a lo largo de la orilla norte. Se extienden kilómetros. A lo mejor se quedó atascado entre la salicornia, o en una de las ramas río arriba. Todo depende de la dirección del agua, y de su rapidez.

Ramírez se estremeció involuntariamente. El sol estaba bajando y, con él, también la temperatura.

—¿Ya hemos acabado aquí?

Jack asintió. Hundió su remo en el agua y lo utilizó como timón para dar la vuelta al kayak describiendo una curva abierta. La inspectora sacó su remo de entre los pies y comenzó a dar paladas cautelosas. El agua se movía bajo los remos como el aire al respirar, vaciándose y llenándose con un ritmo constante mientras las llevaba de vuelta al puerto deportivo en silencio.

Capítulo 20

Beth salió a recibir a Jack a la puerta de atrás antes incluso de que hubiera puesto el candado a su bicicleta.

—¿Cómo ha ido?

Jack apoyó la bici contra la casa y aceptó el abrazo que le dio su madre con un solo brazo. Después se fue directa a la cocina.

—No ha estado mal. Ha ido bien, supongo.

—¿Y la inspectora?

—La verdad es que ha sido maja. Al principio no le hacía mucha gracia estar en mitad de la naturaleza. Pero luego se ha acostumbrado. —Se sentó a la mesa con una bolsa de nachos y un cuenco de salsa para mojar. Miró entonces a su madre—. Y Prima tenía razón.

Le llegó la voz de Lana procedente del sofá.

—¿Razón en qué?

Beth arqueó una ceja y dijo:

—Mamá, vuelve a dormirte.

Lana se incorporó del sofá y se acercó dando tumbos. Las toxinas nunca le pegaban con fuerza el mismo día de la quimioterapia —Beth sabía que los esteroides le darían energía al menos un par de días más—; aun así, fue todo un calvario para ella arrastrar los pies hasta la mesa.

Jack miró a su madre y después a su abuela.

—Me ha dicho que ya no soy sospechosa. Me han bajado de categoría, supongo.

143

Beth notó la esperanza en su garganta.

—¿A qué te refieres?

—¿Lo ves, Beth? —le dijo Lana con un guiño—. Ya te dije que Jack no necesitaría un abogado.

Beth no tenía ninguna intención de volver a dejarse arrastrar a esa pelea.

—¿Qué les ha hecho cambiar de opinión respecto a tu inocencia?

—Creo que no tuvo nada que ver conmigo. Resulta que Ricardo Cruz murió el viernes, antes de que empezaran mis turnos.

—¿El viernes? —preguntó Lana—. ¿Saben cuándo?

—Durante el día. Y luego pasó en el agua entre veinticuatro y cuarenta horas antes de que yo lo encontrara.

—Si murió durante el día y tú lo encontraste a mediodía del domingo…, ¿no son más bien cuarenta y ocho horas? En cuyo caso…

—Jack, eso es fantástico —dijo Beth y le dio otro abrazo, enorme esta vez. No le hacía falta saber cuántas horas había estado en el agua Ricardo Cruz. Su hija había quedado absuelta y eso era lo único importante—. Ya podemos olvidarnos de todo este asunto.

Lana seguía murmurando para sus adentros.

—A lo mejor lo mataron y lo echaron al agua más tarde. O puede que…

—¿Qué sucede, Prima?

—¿Te ha dicho algo más la inspectora? ¿Ha hecho algo sospechoso?

—Mamá, Jack está fuera de peligro. Estamos salvadas. No creo que…

—Sí que ha habido algo raro —contestó Jack—. Nos ha hecho vaciar los kits de primeros auxilios y se ha llevado todas las linternas Maglite. Paul estaba bastante cabreado. La inspectora ha dicho que podrían ser pruebas.

—Espera un momento. —Lana caminó hasta el sofá y regresó con su cuaderno y un bolígrafo en la mano—. Háblame de las linternas.

Beth se quedó mirando a su madre mientras esta garabateaba con energía sobre el papel amarillo. Aquel debía ser un momento feliz. Un momento tranquilo. Pero Lana no iba a concederle eso.

—Jack, no tienes por qué… —empezó a decirle a su hija.

—Yo también quiero saber, mamá. La marisma es importante para mí. Quiero que sea segura. Para todos.

Beth suspiró. Entonces se levantó de la mesa y empezó a vaciar el lavavajillas, guardando los platos con vehemencia en el armario.

—Así que… ¿linternas Maglite? —preguntó Lana. Estaba agotada, y solo el hecho de tomar notas le suponía un gran esfuerzo, pero había experimentado un momento de pánico cuando Beth había declarado resuelto el problema. Como si le hubieran arrebatado algo, como si corriera el peligro de perder la única fuente de energía que le quedaba. No estaba dispuesta a renunciar a su investigación, a su escasa autonomía. Todavía no.

—Todas las embarcaciones de las excursiones llevan un kit de primeros auxilios —le explicó Jack—. Cosas básicas como tiritas y agua potable, y una enorme linterna. Por si acaso nos quedamos atascados de noche. Solo la he usado en una ocasión, cuando una mujer perdió su anillo en el agua.

—¿Lo encontraste?

—No. La mujer quería sumergirse y buscarlo, pero entonces vio una medusa y cambió de opinión. Dijo que le pediría a su novio que le comprase uno mejor.

—¿Y qué aspecto tienen las Maglite?

—Son como linternas normales, pero más robustas. Llevan seis pilas de las grandes. Y tienen estampada la bandera de los Estados Unidos. Paul las compró de rebajas en Army Surplus.

—¿Y la inspectora Ramírez se las ha llevado todas?

—Eso creo.

—¿A qué te refieres?

—Tenemos seis kayaks de guía, así que seis kits de primeros

auxilios. Pero solo cinco de ellos tenían linternas. Paul dijo que la otra se perdió hace tiempo. Seguramente sea cierto. No hago inventario de los kits de primeros auxilios. —Jack frunció el ceño—. Es probable que deba hacerlo.

Lana revisó sus notas. Quizá la linterna que faltaba fuese el arma del crimen. Si Paul había matado a Ricardo con ella, quizá después la hubiese tirado o la hubiese escondido en alguna parte. O de verdad la había perdido. Lo cual tampoco le sorprendería.

Beth pasó por delante arrastrando el viejo aspirador, que había sacado del armario de la entrada y se llevaba a su dormitorio. Cerró de un portazo y oyeron lo que parecía un pequeño avión al despegar.

Lana arrancó una hoja de su cuaderno y se anotó comprar una nueva aspiradora.

—¿La inspectora te ha preguntado algo más?

Jack le contó a su abuela lo de las mareas y sus horarios. Lana entornó los ojos, tratando de seguir su explicación sobre el agua, la luna y Ricardo Cruz flotando en la marisma.

—Entre veinticuatro y cuarenta horas —repitió—. Así que lo mataron el viernes y luego, en algún momento de esa noche, o ya el sábado, acabó en el agua. Lo que significa que probablemente no muriera donde lo encontraste.

—Debería haberme dado cuenta de eso antes —respondió Jack asintiendo con la cabeza—. Sería de lo más extraño que alguien se enzarzara en una pelea en esos lodazales o resultase herido justo ahí. La mitad del tiempo están inundados y la otra mitad son demasiado poco profundos para que se aproxime una embarcación. Y si pasó allí todo el sábado, alguien lo habría visto.

—Si llegó flotando hasta allí desde algún otro lugar… —Lana empezó a garabatear—. ¿Dónde? ¿Qué distancia podría haber recorrido?

—Depende de si flotaba por aguas abiertas o por un arroyo lateral.

—¿Puedes enseñármelo? —preguntó Lana apartándose de la mesa.

—¿En un mapa?

—No —respondió dirigiéndose hacia la puerta trasera—. Fuera.

Jack y Lana se hallaban en lo alto de la colina que descendía hacia la marisma desde la parte trasera de la casa. Lana miró a su alrededor, sorprendida de no haber salido allí antes. Estaban justo debajo de la ventana situada junto a la cama desde la que ella miraba todos los días, pero le resultaba diferente sin un panel de cristal de por medio. Allí fuera había un jardín de piedras, un laberinto de rocas que formaban senderos entrecruzados.

—¿Has hecho tú esto? —le preguntó a su nieta.

—Ha sido mamá. Empezó hace un par de semanas. Dice que le resulta curativo. Esta mañana, cuando me levanté, estaba aquí fuera.

—Vaya.

Lana no sabía cómo reconciliar aquel delicado laberinto de piedras con la Beth que prácticamente la había echado del coche en la clínica de quimioterapia aquella mañana. Se ciñó la bata contra el pecho para protegerse del frío. La marisma parecía más viva allí fuera, más imponente. El olor intenso de la ciénaga ascendía por el inclinado terraplén. Los halcones trazaban líneas curvas por el cielo. Distinguió pequeños caminos en zigzag a lo largo de la ladera, formados por todas las veces que Jack llevaba su tabla de *paddleboard* hasta el agua.

Lana encogió los dedos en el interior de sus zapatillas y miró hacia la marisma.

—Si dejaras caer una hoja o una tabla de *paddleboard* en el agua justo aquí, ¿hacia dónde iría?

—Cuando está subiendo la marea, iría hacia el este, río arriba, hacia Kirby Park. Cuando la marea baja, podría girar en círculos o quizá dirigirse hacia el oeste, hacia el puerto deportivo. Quizá podría recorrer varios kilómetros flotando, hasta llegar a mar abierto.

—¿Podría cruzar hasta el otro lado de la marisma? ¿Por ejemplo, desde donde estamos ahora hasta Bird Island? —Lana señaló hacia la roca salpicada de heces situada en la orilla norte de la marisma, donde se hallaba reunido un grupo de pelícanos.

—Lo dudo —respondió Jack tras reflexionarlo unos instantes—. El agua se mueve a mayor velocidad por el centro, de oeste a este, del océano a las tierras de cultivo. Cuando se levanta viento, los que hacen kayak se pegan a las orillas para no tener que luchar tanto contra la corriente. El agua tendría que estar totalmente estancada o formando remolinos para que algo lograra cruzar al otro lado en cualquiera de las direcciones.

Lana vio cómo un pelícano se tragaba un pez, un boquerón probablemente, que agitaba su lomo plateado a la luz del crepúsculo.

—Y, además, si hubiera un cuerpo flotando justo en mitad de la marisma, alguien lo vería antes de que hubieran pasado veinticuatro horas —comentó Jack. Se sentó en la franja de hormigón que hacía las veces de porche trasero—. Ricardo debió de quedarse atascado en un arroyo, o enganchado a algo. Llevaba un chaleco salvavidas, pero también zapatos y vaqueros, lo cual contribuiría a hundirlo. Podría haber quedado atrapado bajo el agua, en una roca o en uno de esos viejos recovecos para cazar tiburones, y haberse dado la vuelta.

—¿Sobre todo durante la marea baja, cuando el nivel del agua es más bajo en los canales?

—Eso es.

Lana se sentó junto a su nieta y miró hacia el agua con los ojos entornados, buscando con la mirada lugares donde un hombre pudiera quedar atrapado. El rancho de los Rhoads estaba por allí arriba. Y, más allá, la propiedad de la fundación ecologista.

—¿Podría quedarse atascado y después volver a soltarse?

—Supongo —respondió Jack—. Sí. A lo largo de veinticuatro horas se toparía con múltiples mareas altas y bajas. Pero tendría que ser en algún lugar donde la gente no lo viera. Un arroyo o una acequia de drenaje; hay cientos. Podría ir flotando por un arroyo durante la marea alta, quedar atascado en la marea baja y después ponerse en movimiento otra vez.

—¿Manteniéndose siempre en un mismo lado de la marisma?

—Correcto. Ninguno de los arroyos cruza al otro lado.

Según Jack, Ricardo no podría haber llegado flotando hasta los lodazales desde cualquier parte. Debía de moverse por algún lugar de la orilla norte de la marisma. Podría haber sido asesinado junto a un arroyo que desembocara en la marisma, o quizá en una acequia de riego. Pero el trayecto que siguió tuvo que ser a lo largo de la orilla opuesta.

A Lana le tranquilizaba saber que no había muerto en su lado de la marisma. Eso alejaba más aún el asesinato de su ventana, al otro lado de las hierbas y el agua que se movía a toda velocidad. Miró a lo lejos, hacia la otra orilla, preguntándose dónde habría terminado la vida de Ricardo.

—¿Puedo preguntarte una cosa? —le dijo Jack con voz débil e insegura—. ¿Por qué mamá y tú no os lleváis bien?

Lana levantó la cabeza hacia el cielo y siguió con la mirada el vuelo de dos milanos de cola blanca que rodeaban la ciénaga en busca de su cena. Se preguntó qué parte de su discusión del jueves por la noche habría oído Jack.

—Tú me llamas Prima, ¿verdad? —dijo al fin.

Jack asintió, casi demasiado deprisa, y dijo:

—Si te molesta, puedo llamarte de otra manera.

—Qué va. Me gusta. En la ópera, las primas donnas son las estrellas del espectáculo. Las protagonistas. Hay quien dice que son exigentes, pero esa no es más que otra forma de describir a las mujeres con poder, mujeres que saben lo que valen.

—Nunca se me había ocurrido verlo así.

Siendo Beth como madre, era lógico.

—Tu madre siempre apoya a los demás, Jack. Y eso es algo bueno. Noble, incluso. Te quiere más de lo que se quiere a sí misma. —Lana se volvió para mirarla—. Pero a quien más tienes que querer es a ti misma. Nadie más puede hacerlo por ti.

Se quedaron largo rato sentadas en aquel escalón helado.

—Pero ¿tú…? O sea, ¿tú no…? —Jack no encontraba las palabras adecuadas, o no quería encontrarlas.

—Claro que te quiero. Y a tu madre también. Pero ni por un segundo creo que vosotras seáis lo que me hace fuerte. Soy fuerte porque persigo lo que deseo. Una prima. Como tú.

Jack dibujó una sonrisa involuntaria, dejándose envolver por aquel cumplido cariñoso. Pero entonces negó con la cabeza.

—Puede que mi madre no sea una prima, pero ha conseguido todo esto… —Con un gesto de las manos abarcó la casa, el laberinto de piedras y a sí misma—. Ella sola. Creo que os parecéis más de lo que creéis.

Lana miró hacia arriba una vez más. Los pájaros ya se habían ido y el cielo iba oscureciéndose como un moratón. La noche iba engullendo cualquier dolor que quedara flotando en el aire, cualquier ráfaga de perdón.

Capítulo 21

—¿Siempre tarareas por las mañanas?

Beth dio un respingo al oír la voz de su madre. Las siete y media de la mañana de un lunes y Lana ya estaba sentada a la mesa, con el portátil abierto y su cuaderno lleno de notas. Era lo más temprano que la había visto levantada desde que llegara a Elkhorn.

—Se me permite hacer ruido en mi propia casa, mamá. —Beth se dio la vuelta y sonrió a la cafetera—. Me alegra ver que tienes un poco de energía.

—Es mi último día de esteroides este mes. Será mejor que lo aproveche.

Jack se acercó a la mesa con un gofre en la mano.

—¿En qué estás trabajando, Prima?

—Estoy tratando de hacer un mapa de la marisma. Las jurisdicciones. A quién pertenece qué. ¿Sabíais que el rancho de los Rhoads tiene cien hectáreas?

—Impresionante, ¿verdad? —comentó Beth.

—Yo he urbanizado terrenos más grandes.

Jack se inclinó para ver el entresijo de flechas y rayas con signos de interrogación que había elaborado su abuela.

—El mes pasado, en el puerto deportivo, conocí a una estudiante de posgrado que se dedica a la cartografía oceánica. Sale con un sonar y mide cómo va cambiando el suelo oceánico. Se ofreció a

151

llevarme en su barco alguna vez. Si te parece bien, podría preguntarle si…

—¿Ricardo Cruz murió en el océano? —preguntó Beth.

—Probablemente no —respondió Lana—. Quizá en uno de esos arroyos.

Beth contempló el caos de garabatos del cuaderno.

—Parecen espaguetis.

—Es un primer borrador —dijo Lana acercando más el cuaderno—. No sueles trabajar los lunes. ¿A qué hora volveréis a casa?

Beth la miró. Captaba cierto tono en las palabras de su madre, como si necesitara algo. Tal vez la quimio estuviese afectándole más que de costumbre.

—He aceptado un medio turno para recuperar el tiempo del funeral. Debería estar en casa a las cuatro.

—Yo también —agregó Jack—. A lo mejor podríamos ver juntas una película o algo así.

—O podríais ayudarme a arreglar este mapa.

Beth miró una vez más a su madre. El pelo de Lana era un mosaico de pelusa suave y cabellos cortos y ásperos, y parecía nerviosa, como si no quisiera quedarse sola en casa. Pero entonces Lana levantó el mapa y lo agitó hacia ellas.

—Que tengáis un buen día, chicas.

Se cerró la puerta y la casa quedó en silencio. Demasiado silencio. Si bien una parte de Lana disfrutaba de tener la casa para ella sola después del fin de semana, otra parte no soportaba el silencio, el desagradable recordatorio de que estaba allí atrapada mientras los demás salían al mundo.

Había llegado el momento de hacer algo al respecto.

A las nueve en punto llamó a la fundación ecologista. Para su sorpresa, Víctor Morales descolgó de inmediato. Se alegró de saber de ella y, sí, dijo que le encantaría mostrarle el lugar el miércoles por la tarde.

Después llamó a Diana Whitacre. Pese a la urgencia con la que

Diana le había solicitado hablar con ella, hicieron falta ocho minutos de trivialidades hasta que la mujer fue al grano.

—Señorita Rubicon, he estado viendo cosas sobre usted. Sus proyectos, su trabajo, es todo impresionante. No sé exactamente cómo ha llegado a parar a nuestra pequeña aldea, pero es una bendición en lo que a mí respecta.

Según la experiencia de Lana, los cumplidos inesperados solían ir seguidos de peticiones irracionales.

—Confío en que podamos vernos. Pronto. Mis hijos están aquí hasta el miércoles, pero después de eso agradecería su consejo. En relación con el futuro del rancho.

—Sin duda habrá tiempo de sobra para plantearse eso. —El padre de esa mujer acababa de recibir sepultura. Lana imaginó que Diana tendría como mínimo diez velos negros de diseño que ponerse antes de centrar su atención en algo tan prosaico como los bienes inmuebles.

—Ojalá fuera así. Pero tengo tiburones nadando a mi alrededor y necesito hablar con alguien imparcial, alguien con discreción.

—¿Tiburones? —repitió Lana.

—Ya se lo contaré cuando nos veamos. Por supuesto, estaré encantada de pagarle por su tiempo. —Diana tosió, como si la mera idea de hablar de dinero le produjese un nudo en la garganta que tuviese que despejar.

Si bien Lana era una persona discreta, no era del todo imparcial. Y en modo alguno estaba dispuesta a permitir que Diana la viese como a una empleada.

—No será necesario —le aseguró.

—Se lo agradezco. —La voz de Diana volvió a adoptar su acento entrecortado—. ¿Podría hacerme un hueco, por ejemplo, el miércoles?

—Esa tarde tengo una reunión en Santa Cruz… —Lana se sentía incapaz de decidir si sería eficiente o agotador tener dos reuniones consecutivas.

Pero Diana eligió por ella.

—Perfecto. Tengo que dejar a mi hija en el aeropuerto a primera hora de la mañana. Luego iré a montar un rato. El pequeño establo donde viven mis caballos está de camino a su casa. ¿Podría pasarse por allí antes de su reunión?

Esa tarde, Lana se echó una siesta larga. Para cuando entró en la cocina caminando sin hacer ruido, la cena ya había acabado. Beth estaba inclinada sobre la mesa, rodeada de suculentas, utilizando cola caliente para forrar una vieja tetera oxidada con musgo de pantano.

—Estaba pensando en lo que dijiste esta mañana —dijo Lana—. Tenías razón.

Un puñado de musgo salió volando por los aires.

—¡Mamá! ¿Puedes no acercarte a mí a hurtadillas en mi propia casa?

Lana se sacudió de la mejilla una brizna verde brillante sin decir nada.

—¿Razón en qué? —preguntó Beth.

—El rancho de los Rhoads. Es impresionante. Valioso. Y ahora está en juego.

—¿Es esta tu manera de disculparte por lo de la otra noche?

—¿Qué? Esto no tiene nada que ver con eso. Estábamos enfadadas, tuvimos una charla y se acabó. ¿Por qué debemos disculparnos?

—Da lo mismo. —Beth siguió salpicando el borde interior de la tetera con pequeñas gotas de pegamento.

—Beth, escucha. Jack dice que es probable que Ricardo muriese en el lado norte de la marisma. El rancho del señor Rhoads se encuentra por allí. Y la fundación ecologista, donde trabajaba Ricardo, posee el terreno situado justo al este del rancho. Ambos hombres murieron tan solo con dos días de diferencia. Así que me ha dado por pensar… ¿y si sus muertes estuvieran relacionadas?

Beth se quedó mirando a su madre de hito en hito.

—Hal Rhoads murió mientras dormía.

—¿Se le practicó la autopsia?

—Los médicos no solicitan autopsias cuando se trata de muerte por causas naturales, mamá. A no ser que la familia lo pida. —Beth dejó sobre la mesa la pistola de pegamento—. Mira, admito una cosa: Ricardo trabajaba para la fundación; a lo mejor murió en la propiedad de la fundación y después fue trasladado al lodazal. A lo mejor hay un gran misterio relacionado con tu nuevo amigo Víctor y sus colegas abrazaárboles. Pero no veo ninguna relación con el señor Rhoads.

—¿Y si la relación es el rancho? Puede que se esté fraguando una lucha por el control de la propiedad. Lady Di y Martin están implicados, Víctor también. Es posible que Ricardo también lo estuviera.

—Típico de ti convertir esto en un drama inmobiliario —dijo Beth.

El comentario le dolió, pero solo por un momento. Lana se preguntó si sería posible que estuviera proyectando, metiendo con calzador el mundo que conocía dentro de aquella tragedia rural. Le parecía improbable. El rancho de los Rhoads era valioso. Tantas hectáreas, tanto dinero… Lana conocía a muchos promotores urbanísticos que matarían por menos.

Despejó el otro extremo de la mesa de la cocina y se sentó con su cuaderno para elaborar una lista. ¿Quién estaba relacionado con Ricardo Cruz y también con Hal Rhoads? Víctor Morales, por supuesto. Había trabajado tanto con Ricardo como con Hal, uno de ellos como empleado y el otro como donante. Parecía empeñado en convertir el rancho en un lugar protegido, una pluma dorada en su sombrero. De modo que escribió el nombre de Víctor en mayúsculas en la parte de arriba de la página.

A continuación en su lista figuraba la familia de Hal Rhoads: Diana Whitacre, su marido —Frank—, el hijo —Martin Rhoads—, el primo de Houston —¿Caleb no sé qué?— y la sobrina *hippie* de Jackson Hole.

Lana contempló la lista. Le parecía demasiado corta. ¿Habría alguien más que conociera tanto a Hal Rhoads como a Ricardo Cruz?

—¿Jack? —gritó en dirección al sofá—. ¿Crees que es posible que tu jefe, Paul, conociera al señor Rhoads o a Ricardo Cruz?

Jack levantó la mirada de sus deberes con expresión confusa.

—Estoy elaborando una lista de todos los que conocían a ambos fallecidos —explicó Lana.

Jack se acercó a la mesa para echar un vistazo.

—No sé —dijo lentamente—. Scotty habló en el funeral, y Paul y él están muy unidos, así que es posible que Paul conociera al señor Rhoads. Y luego está ese kayak que vi colgado allí…

Era suficiente para meterlo en la lista. Ya había bastantes relaciones sospechosas entre Paul y Ricardo Cruz: Paul había gestionado la reserva de la excursión, encontraron a Ricardo con uno de los chalecos salvavidas de Paul… Y luego estaba el asunto de la linterna desaparecida.

—¿Vas a contarle esto a la Policía, Prima? Me refiero a que puede que ni siquiera sepan lo de la muerte del señor Rhoads.

Lo más probable era que les diese igual.

—No me harán caso. Tengo que encontrar pruebas que conecten ambas muertes, algo real, para que me presten atención.

—¿Puedo ayudarte? —preguntó Jack—. Ya conozco a los inspectores. Y ahora que ya no soy sospechosa…

Jack parecía ilusionada, tenía las pupilas dilatadas por la emoción. Pero entonces Lana se fijó en Beth, que en aquel momento se hallaba cortando agresivamente hojas de una planta de aloe *juvenna* con unas tijeras de podar.

—Ya has hecho muchas cosas, Jack —le dijo Lana a su nieta—. No queremos llamar la atención. Puedes ayudarme con la organización aquí.

La mirada de Jack perdió parte de su brillo. Pero enseguida se recuperó.

—¿Qué vas a hacer ahora?

—El miércoles iré a la fundación ecologista a visitar a Víctor Morales. Y a Lady Di en sus establos. Tú puedes decirme si te enteras de algo que diga Paul o alguien en el Shack sobre lo que andan preguntando los inspectores.

Había otro sospechoso en su lista al que aún no tenían cubierto. Miró entonces a Beth.

—¿Sigue en pie tu cita con Martin Rhoads? —le preguntó.

—No es una cita —respondió Beth mientras decapitaba otra de sus suculentas.

—¿Por qué no?

—Mamá solo sale con leñadores.

—¡Jack! ¿De qué estás hablando? —Beth sonaba molesta, pero sonreía.

—Primero aquel guardabosques que solo vestía camisas de franela. Luego el paramédico de la barba. Y aquel músico que…

—Salgo con hombres capaces y tranquilos…

—Que parecen todos leñadores.

Fue uno de esos momentos que habrían resultado agradables si Lana no se hubiera sentido tan excluida. Se dijo a sí misma que ella no deseaba lo que tenían Beth y Jack: cháchara relajada, proyectos de manualidades o estereotipos cuestionables respecto a la compañía masculina. Pero sí deseaba que la vieran. Que la escucharan.

—No te estoy pidiendo que salgas con Martin —le dijo a su hija—. Pero ¿podrías pasar algún tiempo con él?

Beth dejó de sonreír y se quedó mirando las tijeras de jardín que tenía en la mano.

—Es importante, Beth. Puedes preguntarle si sabe algo sobre el asesinato.

—Si tan importante es, quizá deberías tomarte tú una cerveza con él.

Lana dio un paso atrás. Necesitaba aquello.

—Beth. Por favor.

Lana y Jack se quedaron mirando a Beth. Su rostro delataba una mezcla de fastidio ante la petición y placer ante su interés. Lana sabía que, si se lo hubiera pedido cuando estaban a solas, Beth se habría marchado hecha una furia o le habría respondido de mala manera. Pero Jack la había ablandado. Jack era su as bajo la manga.

—No puedo prometer nada —respondió al fin Beth, dejando las podadoras sobre la mesa.

—Pero ¿lo intentarás? —le preguntó Jack.

Beth asintió con sequedad y levantó la tetera que acababa de plantar. De la manga le colgaba una franja de musgo, que la siguió mientras salía por la puerta delantera.

Para cuando Beth hubo terminado de plantar todos sus esquejes, Jack y Lana estaban en el sofá con un enorme cuenco de palomitas acomodado entre ellas.

—Oye, mamá, ¿quieres verlo con nosotras? Ya se ha producido el asesinato, pero Colombo todavía no ha descubierto cómo lo hizo.

—No puedo. Estoy demasiado ocupada. —Beth pasó un trapo por la mesa para retirar los restos de aloe y musgo.

—No te mataría tomarte un descanso —le dijo Lana, cogió una palomita del cuenco y se volvió hacia Jack—. Cuando tu madre era pequeña, le encantaba Colombo. Un año en Halloween hasta se disfrazó de él.

—¿Y le diste un puro?

—Fabriqué uno de mentira con un rollo de papel higiénico. —Beth se sentó en el extremo del sofá y se limpió las manos en los vaqueros.

—No sabía que te gustaran las series de detectives.

—Fue hace mucho tiempo. —Beth estiró el brazo hacia Jack y se acercó el cuenco de palomitas—. Empezó cuando se fue mi padre, antes de que mi madre se convirtiera en un pez gordo. Tostábamos panecillos con queso fundido y veíamos la tele en su cama. Lo llamábamos «Madre e hija investigan». Era nuestro pequeño ritual.

Lana recordaba con angustia aquella época, sin apenas dinero para pagar el alquiler de su diminuto apartamento, trabajando día y noche para levantar una carrera de la nada. Tratando de ser fuerte, obligándose a serlo, por Beth. Por las dos.

—Colombo es un poco tonto —dijo Jack.

—Ese era su punto fuerte —respondió Beth—. Que todos lo subestimaban. No se daban cuenta de lo que sabía, de lo que era capaz de hacer, hasta que ya era demasiado tarde.

Lana miró a su hija. Beth tenía las uñas sin pintar y medio mordidas, el pelo le asomaba por debajo de una boina tejida a mano. Tenía una mano metida en el cuenco de palomitas y la otra alrededor de Jack.

—Basta de chácharas —anunció Lana—. Estamos a punto de llegar a la parte buena.

Capítulo 22

El martes, después del trabajo, Beth tuvo el tiempo justo para volver a casa, ponerse desodorante y volver a salir para reunirse con Martin. Había accedido a tomarse una cerveza y una arepa con él en el puesto ambulante del aparcamiento del puerto deportivo. Por un instante se planteó si debía arreglarse más. No quería darle a Martin la impresión de que se trataba de una cita. Por otra parte, ya oía en su cabeza la voz de su madre diciéndole que siempre merecía la pena hacer a los hombres desear más de lo que podían tener. Sacó del armario su cazadora y unas botas tobilleras, inspeccionó el interior en busca de arañas y se las puso. Se miró en el espejo, se peinó con los dedos la melena corta y ondulada y se encogió de hombros. Eso era lo más a lo que podía aspirar.

Condujo hasta el puerto deportivo y aparcó detrás del Kayak Shack. Saludó con la mano a Paul Hanley y a Scotty O'Dell, que iban cargados con neveras de poliestireno llenas de algo, probablemente lenguados, que trasladaban al club náutico.

Un Maserati plateado entró en el puerto deportivo describiendo un arco largo y esquivó al pescador que estaba limpiando con una manguera el barro de un barco de seis metros de eslora junto a la rampa de botadura. Martin se bajó del descapotable luciendo el clásico atuendo invernal de los varones de Silicon Valley: chaleco acolchado azul brillante, camisa abotonada, chinos grises y deportivas.

—Beth —gritó, con un tono demasiado jovial para el ambiente lúgubre del aparcamiento.

Ella seguía mirando su coche. Incluso con el aire frío, llevaba la capota bajada.

—Sé que es ridículo —le dijo él siguiendo el curso de su mirada—, pero mi vida es trabajo constante, un frenesí. Y es que... me encanta.

Le sorprendió su sinceridad. Mitigaba la obscena ostentación del descapotable convirtiéndolo en un simple placer. El coche era ridículo, y era precioso. Beth le devolvió la sonrisa casi sin darse cuenta.

Caminaron juntos hacia la camioneta de las arepas y llegaron justo a tiempo de ver a Flora, la dueña, colgar el cartel de «Cerrado» en la ventanilla.

—Lo siento, Beth —dijo Flora—. Un grupo que estaba de retiro empresarial nos ha dejado sin existencias. Esos tíos de allí. —Señaló a un grupo de hombres con chaquetas de lana a juego que se dirigían hacia el club náutico—. Han comprado hasta las vegetarianas.

Sí que parecía sentirlo. Flora era una de las primeras amigas que había hecho Beth al llegar a Elkhorn; otra madre soltera con dos niños, y durante años habían cuidado mutuamente de sus hijos y se habían hecho compañía. Pero eso no cambiaba el hecho de que se hubiese quedado sin arepas.

—¿Qué me dices del club náutico? —sugirió Martin.

Beth negó con la cabeza. No se sentía preparada para cenar frituras rodeada de una multitud de empleados de la industria tecnológica borrachos.

—Déjame pensar. —A esa hora no había nada más abierto en el puerto deportivo y casi todos los restaurantes cercanos eran trampas para turistas con precios desorbitados. Entonces se le ocurrió algo—. Te llevaré a un lugar típico donde va la gente de la zona —le dijo, mirando hacia el Maserati—. Con una condición.

—¿Cuál?

—Que me dejes conducir tu coche.

Martin vaciló. Beth supo que era posible que la noche estuviera a punto de acabar de manera abrupta. Había muchos imbéciles que no creían que una mujer fuese capaz de conducir un coche, y mucho menos el suyo. Sobre todo si costaba más de lo que ella ganaba en un año.

—¿Sabes conducir con cambio manual? —preguntó entonces Martin.

—¿Te gustan los burritos?

Ambos asintieron.

Él le puso las llaves en la palma abierta y se la cerró.

El Maserati ya no le parecía tan asqueroso a Beth cuando se encontró sentada al volante. Se subió la cremallera de la cazadora para protegerse del viento y tomó las carreteras secundarias entre campos de lechugas, notando cómo el coche ronroneaba al tomar las curvas.

Martin se pasó el trayecto hablándole de su infancia, contándole historias sobre el rancho, cuando perseguía a las vacas y los fardos de heno que rodaban colina abajo hasta detenerse en el arroyo. A Beth le agradaba escuchar, y conducir, y notaba que se le aceleraba el corazón cada vez que subía una marcha en el deportivo.

Pero cuando giró hacia el interior, el cuento de hadas del chico de granja se tornó sombrío. Cuando Martin tenía quince años, Cora, su madre, murió atrapada en un incendio en el establo junto con otros empleados. Le pareció horrible. Tras la muerte de Cora, la familia se desintegró: su padre estaba ausente, Diana desapareció para irse a vivir al extranjero y Martin se pasó dos largos años en la casa del rancho con su padre, a solas con sus fantasmas.

—La cosa no mejoró cuando volvió mi hermana —le contó—. Por entonces yo tenía diecisiete años. Ella veinticuatro. Las cosas no le habían ido bien a Di en Inglaterra y lo único que quería era pagar su frustración conmigo. Me sentía atrapado. Estaba deseando marcharme a estudiar a la universidad.

Beth aminoró la velocidad al aproximarse a las afueras de Salinas, y los campos dieron paso a una larga hilera de edificios sin personalidad. Martin se quedó mirando los almacenes.

—Pero hasta eso fue difícil. —Su voz le llegaba alterada por el viento, en oleadas—. Cuando me fui a estudiar al MIT fue como si se rompiera el último hilo que nos unía. Mi padre quería que me quedase en el rancho, que hiciese una formación profesional aquí y trabajara con él. Ni siquiera vino al este para asistir a mi graduación. Dijo que era temporada de terneros y que no podía escaparse. Insinuó que yo estaba descuidando mis obligaciones, que debería estar allí con él ayudando a parir a las vacas en vez de recibiendo un título universitario.

—Pero sí que regresaste —le dijo Beth.

—A Silicon Valley. Y ahora a San Francisco. He fundado tres empresas de nanotecnología. Vivo en un *loft* restaurado con techos de cinco metros y medio de altura y una habitación de invitados con unas vistas impresionantes del puente. Aunque mi padre nunca quiso venir a visitarme. Solo está a hora y media de camino en coche, pero para él es como si fuera la Luna.

Le lanzó a Beth una mirada rápida y esperanzada. Ella percibió en sus ojos que estaba solicitando su aprobación, quizá incluso la redención. Se detuvo en un semáforo en rojo y le tocó el antebrazo.

—Sé muy bien lo que significa desafiar las expectativas de tus padres.

—¿También fue una gran decepción cuando te fuiste de casa?

Beth miró por el espejo retrovisor y vio a su madre dieciséis años atrás, pintándose los ojos en el vestíbulo de la casa de Beverly Hills. Beth estaba de pie tras ella, ignorando su propia cara sin lavar y contemplando el reflejo perfecto de su madre en el espejo. Trató de erguirse, de hablar con calma. Pero tan solo tenía diecisiete años y no había una manera fácil de decir aquello.

—Mamá, estoy embarazada. —La palabra se le quedó congelada en la boca antes de terminar de pronunciarla.

—Los ganadores no murmuran, Elizabeth.

De modo que volvió a decirlo.

Lana se apartó el lápiz de ojos de la cara y se quedó mirando a su hija a través del espejo.

—¿Se trata de una broma? —preguntó—. ¿Has seguido el consejo de ese psicólogo y te has apuntado a un grupo de improvisación para reafirmar tu seguridad en ti misma?

—No es una broma —aseguró Beth con voz firme.

—Dilo otra vez.

—Mamá.

—Otra vez —le ordenó Lana.

—Estoy embarazada.

La presa se rompió. La voz de su madre fue ganando velocidad y volumen, la llamó estúpida, egoísta, dijo que lo había echado todo a perder para ambas. No le preguntó cómo estaba (asustada), si había sido ese jugador de béisbol, Manny (sí que fue él), o qué era lo que pensaba el padre (que el problema era de ella). Lana insistió en que abortara, quizás en Palmdale, algún sitio rápido y anónimo para que Beth pudiera volver a ser la hija perfecta, destinada a Stanford, para una madre perfecta, empresaria de éxito.

Lana se puso hecha una fiera y Beth mantuvo la boca cerrada. Sabía que no podía ganar una batalla contra su madre. No podía siquiera competir. Lana siempre atacaba, nunca escuchaba de verdad ni se preocupaba por otro ser humano, aunque fuera carne de su carne. El silencio era el único tipo de poder que Beth tenía a su disposición. El silencio y su propia intuición. Estaba asustada y furiosa, y notaba las lágrimas en las mejillas. Pero en el vientre sentía una especie de tensión, una presión creciente. Como si estuviera embarazada de una tormenta.

Y así, sin más, supo lo que quería.

—Voy a tener el bebé.

La bolsa del maquillaje de Lana cayó al suelo y las polveras, el rímel y los pintalabios salieron rodando por los tablones de madera.

—Así que vas a echar a perder tu vida, ¿no? —Lana hablaba

164

mirándose los zapatos, contemplando el maquillaje desperdigado por el suelo, cualquier cosa antes que mirar a Beth—. Vas a echar por tierra la universidad, la facultad de Medicina y todas tus metas, y ¿por qué? ¿Por un renacuajo dependiente que no hará más que cagar? ¿Dónde vais a vivir el bebé y tú? Aquí conmigo no, desde luego. Ni con tu padre en Costa Rica, o donde narices esté. ¿Qué es lo que vas a hacer?

Beth no se había parado a pensar en eso, hasta aquel momento. Tomó aliento y se frotó la cara con la manga. Decidió comportarse como si aquella fuese una pregunta tranquila y normal por parte de su madre. Antes de hablar, esperó a que se apaciguase la tormenta que notaba en su interior.

—Estaba pensando que podría trasladarme a la casa de la playa —sugirió.

—¿Qué casa de la playa? —preguntó Lana con un resoplido.

—La ejecución hipotecaria de la costa. La que te regaló ese cliente.

Lana se quedó mirando a su hija.

—Ese bungaló es un desastre. —La voz de Lana adquirió su habitual tono empresarial—. No debería haberla aceptado jamás. Es probable que ya se la haya tragado la ciénaga. Hace como diez años que nadie pisa por allí.

Beth no oyó una negativa rotunda.

—Lo limpiaré —declaró—. Te pagaré un alquiler si quieres. Cuando consiga un trabajo.

Beth se mordió con fuerza el labio inferior para no ponerse a llorar de nuevo. Le daba vueltas la cabeza. Pero notaba su cuerpo decidido. Le mantuvo la mirada a Lana, que no había derramado una sola lágrima, hasta que fue su madre la que miró hacia otra parte.

—No será necesario que me pagues alquiler —le dijo—. Bastante tienes ya con lo que tienes.

Y así, sin más, siguió maquillándose como si nada.

—¿Beth? —Ahora fue Martin quien le puso la mano en el antebrazo, devolviéndola de vuelta al presente, al Maserati, que ronroneaba detenido en un semáforo—. ¿Estás ahí?

Había sido solo un fogonazo, un destello fugaz del pasado. Ya no era esa misma persona. Tampoco lo era su madre. Beth apartó la mirada del espejo retrovisor, se fijó en Martin y se preguntó por los años que había pasado alejado de su padre. Y si habrían sido capaces de acortar esa distancia antes del final, cuando de verdad importaba.

Cuando el semáforo se puso en verde, pisó el acelerador.

Recorrió con el coche el centro de Salinas, hasta encontrar aparcamiento en una calle amplia y polvorienta. Al bajarse del coche, le devolvió las llaves a Martin y, al hacerlo, sintió que había perdido algo.

Él miró a su alrededor, contempló los almacenes con las luces apagadas y pareció reticente a dejar allí su coche.

—¿Dónde estamos?

—Ya lo verás.

Beth caminó hacia una ventanilla rectangular practicada en la pared de adobe, entre un local de cambio y una tienda de artículos de segunda mano. No había *maître*. Ni cartel.

Se volvió hacia Martin y le preguntó:

—¿Te gusta la comida picante?

Él respondió que sí con la cabeza.

Beth le dedicó una sonrisa rápida y metió la cabeza por la ventanilla de la pared.

—Dos burritos de camarones a la diabla, por favor —pidió en español—. Y dos Modelos.

Junto a la ventanilla se abrió una maltrecha puerta de servicio y Beth cogió la bolsa de comida y la cerveza. Condujo a Martin por un pasillo estrecho y mugriento hasta llegar a otra puerta que daba a un milagro escondido: un acogedor patio interior con guirnaldas de banderines y luces. Fuera hacía fresco, pero el bullicio de familias y parejas sentadas a las mesas de pícnic le daba un ambiente cálido. Beth y Martin se sentaron en el extremo de una de las mesas, uno al lado del otro.

—No tenía ni idea de que estuviera aquí esto —murmuró.

—Han cambiado muchas cosas desde que no vives aquí —respondió Beth.

—¿De verdad? —dijo Martin con una sonrisa—. Cuando era adolescente, un borracho se salió de la carretera y estrelló su tractor contra el puerto deportivo. La gente seguía hablando de ello la última vez que llevé a mi padre a una reunión de la Sociedad de Granjeros.

—Es un lugar tranquilo. Es una de las cosas que me gustan de aquí. Eso y la comida.

Desenvolvió su burrito, retirando hacia atrás la capa superior de papel de aluminio para formar una barrera que evitara que se derramara la salsa. Martin trató de hacer lo mismo. Beth dio un mordisco y disfrutó el sabor de los camarones frescos, el queso fundido y las cebollas cortadas y crujientes. Las anchoas y los chiles de árbol llenaron su boca de calor. Había pocas cosas en la vida que no pudieran mejorar con un burrito de camarones.

Cuando levantó la cabeza, vio que Martin estaba mirándola.

—Tienes la misma expresión que mi padre cuando compraba un caballo nuevo.

—Esto es más barato —respondió ella con una sonrisa, y trató de imaginarse al señor Rhoads en un lugar así. Estaría fuera de lugar, pero no se sentiría incómodo. Más o menos como su hijo en aquel momento. Martin llevaba la camisa remangada y atacaba su burrito con gusto.

De nuevo volvió a pensar en la distancia entre padre e hijo.

—¿Las cosas mejoraron entre vosotros? —preguntó—. Después de los derrames. Sé que es terrible preguntar algo así, pero he visto…

—Sé lo que quieres decir —respondió Martin asintiendo despacio—. Sí y no. Pasábamos más tiempo juntos, eso seguro. Creo que ambos deseábamos intentar que la cosa funcionara. Todos los viernes yo salía de trabajar temprano y venía en coche para ayudar en el rancho. Me hice cargo sin problema de las operaciones financieras. Pero fuera de la oficina nunca logré hacer las cosas a sus modo. Ordeñaba a las vacas de forma errónea, o les echaba el herbicida equivocado a sus moras. Tras su tercer derrame, tuvimos que tomar una decisión drástica. Di se encargó de todo.

—¿Se sentía cómodo en Bayshore Oaks? —Tenía que preguntárselo.

—Le gustabas tú, si te refieres a eso. Decía que eras la única de allí que tenía la cabeza en su sitio. Le resultaba duro estar alejado del rancho. Pero parecía que en Bayshore Oaks le iba mejor. Al menos, eso creía yo.

A Beth le sorprendió aquello. El Hal Rhoads que ella conocía había sido una persona fuerte, pero que también sufría. Había ido viendo cómo se apagaba: comía cada vez menos, tosía cada vez más…, así hasta el final. Se preguntó si Martin habría evitado ver el dolor de su padre. O si Hal lo había ocultado, manteniendo una distancia orgullosa aun cuando su hijo venía a verlo. De un modo u otro, Beth no conocía a Martin lo suficiente como para cuestionar su manera de verlo.

—Tu padre me parecía un hombre muy sensato, muy con los pies en la tierra —le dijo—. Como un roble. —Casi podía visualizarlo, de pie como un centinela, con su andador en el largo pasillo de Bayshore Oaks, entre el ir y venir diario de sillas de ruedas y portasueros.

Martin tenía el labio inferior manchado de rojo por culpa de una gota de salsa diabla.

—Es curioso, ¿sabes? Ambos éramos emprendedores. Ambos teníamos grandes ideas. Él soñaba con una lechuga resistente a los bichos. Yo soñaba con robots microscópicos. Pero nunca se interesó por mi trabajo. Yo lo invitaba a venir a ver nuestro laboratorio, o a alguna presentación. Pero nunca vino. Para mi padre, todo tenía que girar en torno al rancho. Le concedía un préstamo o una hectárea a cualquier chiflado de la región con «fines experimentales». Incluso le alquiló un pedazo de ciénaga a ese pringado que regenta el Kayak Shack. Como señal, se quedó con una de sus embarcaciones. Entre tanto, yo he tenido que financiar todas y cada una de mis empresas emergentes de tecnología.

Beth se daba cuenta de que aquello le destrozaba por dentro.

—Lo siento, Martin. Quizá le costara demostrarlo, pero sé que te quería.

—En aquella última visita —dijo él con una mueca de dolor— discutimos. Fue una estupidez. Ese viernes me quedé hasta tarde en la ciudad porque tenía la presentación de un inversor. No pude llegar a Bayshore Oaks para verlo hasta el sábado. Ojalá…

—Todas las familias tienen sus momentos difíciles —le dijo Beth tocándole el antebrazo.

—Lo sé. —Tenía los ojos vidriosos—. Pero no soporto que fuera la última.

Beth le contó lo que recordaba: que el señor Rhoads le hablaba de su chico, que había vuelto a casa después de muchos años lejos. Quizá había sido demasiado orgulloso para decírselo a Martin a la cara.

—¿Me llamaba así? ¿Su chico?

—Así es.

Como enfermera geriátrica, a menudo se había encontrado en la delicada situación de ver a un hombre luchar contra el impulso de llorar delante de una mujer a la que apenas conocía. Apartó la mirada, dio un trago a la cerveza y le concedió a Martin espacio para recomponerse mientras pensaba cómo cambiar de tema. Recordó lo que había dicho sobre Paul Hanley y su alquiler, y su ridícula promesa de ayudar con la investigación.

—¿Así que has tenido trato con Paul Hanley?

Martin la miró extrañado y después dijo que sí con la cabeza.

—Mi hija trabaja en el Kayak Shack —le explicó ella—. Como guía de excursiones. Vio uno de sus kayaks en el establo durante el funeral de tu padre.

—No pareces lo suficientemente mayor para tener una hija que trabaje.

—Tiene quince años. Es muy madura para su edad. —Beth empezó a pellizcar el envoltorio de papel de aluminio vacío, formando con él una pelota—. ¿Qué impresión te genera Paul?

—Me parece la clase de tío que siempre se trae entre manos algún chanchullo.

—¿Qué es lo que hace en el terreno que os alquila a vosotros?

—Dice que está cultivando fresas. —A juzgar por su tono, era evidente que no se lo creía.

Beth tampoco. El Paul Hanley que ella conocía ni de lejos se dedicaba al cultivo de la fresa.

—Me sorprende saber que tiene otro negocio además del Kayak Shack. Debe de ser todo un malabarista, sobre todo ahora, con lo que está pasando.

—¿A qué te refieres?

—La marisma…, la semana pasada la cerraron los de la oficina del *sheriff*. Dos turistas que realizaban una excursión en kayak encontraron un cadáver. Jack, mi hija, era la guía de ese grupo.

—¿Qué? ¡Eso es terrible! —Los ojos de Martin reflejaban preocupación—. Mi hermana mencionó que había muerto alguien por allí cerca, pero no tenía ni idea de que…

—Fue hace dos domingos. Justo hace nueve días. —De pronto Beth se dio cuenta de que encontraron a Ricardo Cruz el día antes de que falleciera el señor Rhoads. No era de extrañar que Martin no se hubiera enterado de la historia completa.

—¿Qué ocurrió?

—Encontraron el cuerpo de un hombre joven junto a los lodazales en una de las excursiones en kayak de Jack. Mi hija pensó que era uno de los turistas, que se había caído al agua. Pero cuando le dio la vuelta… —Apretó con fuerza la bola de papel de aluminio.

—¿Un infarto?

—Eso fue lo que pensé yo también, pero no. Peor: dicen que fue asesinado. Y Paul Hanley podría ser sospechoso.

—Qué fuerte.

Beth bajó la mirada. No había sido su intención desviar la conversación hacia un cotilleo tan macabro.

—Lo siento —dijo—. Hemos venido a hablar de tu padre, no de esto.

—No pasa nada. Mi padre habría querido saber todo lo que pasaba cerca del rancho. Y supongo que yo también debería.

Beth tardó unos instantes en entender a qué se refería.

—Ahora el rancho es tuyo, ¿verdad?

—Y de mi hermana.

—¿Pensáis quedároslo?

—No creo. Di tiene su vida hecha en Carmel y la mía está en la ciudad. Quiero los recuerdos de mi padre; sus terrenos, no tanto. —Dio un trago a su cerveza—. Y a mi empresa no le vendría mal una inyección de capital sin depender de las garras de los inversores. De hecho, ya he sabido de un posible comprador. Solo tengo que ponerme de acuerdo con Di. Y con Víctor Morales.

—¿El director de la fundación ecologista?

—Ha estado llamando a casa; dice que mi padre tenía intención de donar los derechos urbanísticos a la fundación.

—Es un lugar precioso —comentó Beth.

—Cierto. Un lugar del que me he pasado la vida entera tratando de escapar.

Beth trató de imaginarse a Martin con un sombrero de vaquero y unos zahones gastados, con un rostro surcado de arrugas profundas como el de su padre. Era improbable.

—Bueno —dijo—, si Víctor Morales trama algo, mi madre lo averiguará.

—¿Tu madre?

—Conoció a Víctor en el funeral de tu padre y lo convenció para que le enseñara el lugar mañana.

—¿Ella es… ecologista?

—No exactamente. —Beth se planteó si habría alguna manera sensata de explicar lo que estaba haciendo Lana. Pero no la había. De modo que se ciñó a la verdad—. Cuando mi hija encontró el cadáver, los policías empezaron a presionarla. La trataban como si fuera sospechosa. Eso llevó a mi madre a decidir intervenir para resolver el caso.

—Así que tu madre es detective.

—Bueno… —Beth miró hacia la barra improvisada del rincón—. ¿Te apetece otra cerveza?

171

Mientras disfrutaban de unas Modelos y unos churros calientes, Beth le habló a Martin de su glamurosa madre. De su carrera inmobiliaria. Del desmayo. De que ahora ocupaba el dormitorio de Beth. Y del empeño de Lana por hacer que se subiera por las paredes.

—Es incapaz de aceptar que ya no es el centro del universo, autorizando la construcción de rascacielos con una simple firma. No puede pagar a un equipo de demolición para que derriben su cáncer, así que, en su lugar, ha invertido toda esa energía en destrozarme la vida, arrastrando a mi hija a sus fantasías y tratando de averiguar quién mató a ese hombre en la marisma.

—¿Y lo hace porque…?

Beth puso los ojos en blanco y dijo:

—Supuestamente quiere ayudar. Pero es para sentirse importante, seguro.

—Parece que se está uniendo más a tu hija.

Beth se paró a pensar por un instante en las cosas que Lana tal vez no le había contado respecto a sus motivaciones. Pero conocía bien a su madre. Lo importante para ella era la caza. Lo importante era ella misma.

—Los policías se han interesado por Paul Hanley como sospechoso, pero ella va detrás del director de la fundación ecologista.

—¿Por qué?

—El hombre que murió trabajaba para él como naturalista.

—Víctor Morales. —Martin repitió el nombre despacio, dándole vueltas en la boca—. No me fío de él. Se camela a las personas mayores para que le den sus tierras.

—¿Intentó hacer eso con tu padre?

—Hace un par de meses, Víctor nos mostró a mi hermana y a mí un documento firmado por mi padre sobre la posibilidad de donar nuestros derechos urbanísticos a la fundación. Pero carece de sentido, no es vinculante. Mi padre ni siquiera nos lo mencionó. Seguramente lo firmó solo para quitarse de encima a Víctor.

—¿Haría algo así? —Beth siempre había pensado en Hal Rhoads como la clase de hombre que era fiel a su palabra.

—Cuando quería, mi padre era un empresario bastante astuto. Decía que a veces tienes que acercarte a tu enemigo para poder librarte de él. —Martin sonrió—. Una vez le vi cazar una serpiente de cascabel. La levantó y le golpeó la cabeza contra la tierra con un movimiento continuo, y todo ello sin que a mí me diese tiempo a verlo bien. Tres meses más tarde, llevaba una banda nueva en el sombrero. Mi padre sabía cómo manejar a una serpiente.

—Le diré a mi madre que evite las mordeduras —respondió Beth con una sonrisa—. ¿Sabes? Seguro que luego me acribilla a preguntas para saber qué información me has dado.

—Ayer vi a una nutria señalando de manera sospechosa a una foca. —Levantó la punta de su churro en el aire y agregó—: ¡Por los padres que nos sacan de quicio!

Beth levantó su último bocado en su dirección.

—Por ellos.

Capítulo 23

A última hora de la noche, la cocina del bungaló guardaba un desafortunado parecido con una sala de interrogatorios. Beth nunca se había fijado en esa similitud hasta que entró y se encontró a su madre sentada a la mesa en bata, con la espalda muy recta y unas ojeras que se acentuaban con el brillo de la bombilla. Dos semanas antes, Lana había retirado la pantalla de la lámpara hecha a mano por Beth, porque una de las hojas de palmera había caído en uno de sus batidos de proteínas.

—¿Qué tal tu cita? —preguntó Lana. En una mano llevaba la pistola de pegamento de Beth y la hacía girar alrededor del dedo. Beth esperó que no estuviera enchufada.

—No era una cita.

—Vale. ¿Y qué tal ha ido? —Lana estaba bebiendo algo, combustible para aviones, probablemente, y hablaba con ese tono entrecortado tan familiar.

—Bien.

—¿Cómo de bien?

—Pues tan bien como puedes imaginar cuando sales a comer burritos con un tipo cuyo padre acaba de morir. —Beth se quedó mirando a su madre—. ¿No deberías estar en la cama?

Jack se incorporó desde el sofá.

—Prima, cuéntaselo.

Lana dejó la pistola de pegamento sobre la mesa y se pasó una mano por el pelo, rapado y desigual.

—Me preocupa que Martin pueda estar implicado en el asesinato. Los asesinatos.

—¿En serio? —Beth notaba que le crecía la frustración—. ¿Te preocupa que un hombre cuyo padre acaba de morir, un hombre que ni siquiera estaba en el pueblo cuando murió Ricardo, los haya matado a los dos?

—¿Conocía a Ricardo?

—No se lo he preguntado. No importaba. Estaba en San Francisco el viernes que murió Ricardo. No llegó aquí hasta el sábado. Si apenas sabía de qué iba el asunto. Me ha resultado incómodo sacar el tema y no quería ponerme demasiado rara. Pero lo he hecho. Por ti.

—¿Y dónde estaba exactamente?

—¿Dónde estaba cuándo?

—Ese viernes.

Beth se quedó mirando a su madre y dijo:

—Estaba en un evento de nanotecnología. Para inversores. Su empresa construye robots que ensamblan placas base. Microscópicos. —Frunció el ceño—. Creo que lo he dicho bien.

—¿Y dónde se celebraba esa conferencia de chismes diminutos?

—La próxima vez le pincho el teléfono, mamá —dijo Beth sacudiendo la cabeza—. En serio, es un buen hombre. Es listo. No me da la sensación de que sea un asesino. Tenemos más en común de lo que me imaginaba.

—¿Algo que deba saber antes de ver mañana a su hermana?

—Una cosa sí. —Beth se detuvo unos instantes y disfrutó del interés evidente que se apreciaba en el rostro de su madre—. Según parece, Víctor Morales los está acosando para que donen el rancho a la fundación ecologista.

—A juzgar por lo que me dijo Víctor en el funeral, eso era lo que quería Hal Rhoads.

—No, según dice Martin —respondió Beth encogiéndose de hombros—. Dice que lo que fuera que firmó su padre fue solo de cara a la galería.

175

—¿Vas a volver a quedar con él? —le preguntó Jack.

Algo se escondía tras la pregunta de su hija, pero Beth no sabía si era esperanza o preocupación.

—No ha sido una cita, cielo —respondió con voz suave.

—Pero ¿podría serlo? —preguntó Lana.

—¿Cómo dices?

—¿Podrías convertirlo en una cita?

Beth no entendía bien a qué se refería su madre. No le apetecía tener que ponerse a explicar que los hombres ricos dedicados a la tecnología no eran lo que ella entendía por un novio.

—Sé que no es leñador —prosiguió Lana—, pero si necesitásemos más información de Martin, ¿podrías ponerte una falda y…?

—¡Mamá!

—Tienes razón. Una camiseta corta y unos vaqueros serían mejor opción. Tienes buenos hombros.

—Mamá, no pienso dejar que me vendas por el bien de tu investigación.

—Pero si tú misma has dicho que no es un asesino.

—¿Sabes qué? —Beth se inclinó sobre la mesa y tapó la luz con su cazadora—. Si quieres manipular a la gente, es asunto tuyo. Mañana tienes un gran día por delante, ¿verdad? ¿Vas a ver a la hermana de Martin y también a Víctor Morales?

Lana dijo que sí con la cabeza.

—Si alguien va a tener una cita con un asesino, mamá, puede que esa seas tú.

Capítulo 24

El tercer día después de la quimio era siempre el peor para Lana. Se sentía un siglo más vieja que la semana anterior, cuando se había atrevido por primera vez a salir para conocer a Paul e investigar. Estaba agotada. Le picaba el cuero cabelludo. Y sufría dolores misteriosos. Esa mañana se despertó con el brazo izquierdo dormido, como si un mapache hubiera estado durmiendo encima. No podía levantar la mano por encima del hombro sin sentir un dolor penetrante. Pero tenía reuniones a las que acudir, y un trabajo es un trabajo. Incluso aunque no te paguen.

Se tomó dos aspirinas y se vistió con una sola mano. El traje de falda azul claro le quedaba holgado, y su cuerpo empezaba a parecer más un palo que una figura. Por primera vez en su vida, estaba intentando engordar. No era fácil. Todo lo que se obligaba a comer se le quedaba atascado en la garganta como un ratón tratando de atravesar una pajita. Aquel día había logrado tomarse medio batido de proteínas, un plátano y un café antes de que el ratón empezara a olisquear. Su médico le había recomendado que dejase la cafeína, pero las concesiones que una mujer podía hacer no eran infinitas. Se puso sus zapatos de tacón de aguja con el talón al descubierto, esos que tenían el tacón metálico, metió su cuaderno en el bolso de cuero y abrió el garaje.

Su Lexus dorado descansaba silencioso sobre el hormigón. Llevaba sin conducirlo desde el desmayo. Tardó dos meses en convencer a Beth de que despejara el garaje para que pudieran enviárselo al norte, luego otros dos en superar el miedo a volver a desmayarse yendo al volante. No ayudaba el hecho de que, para llegar al Hospital de Stanford, hubiera que atravesar una sinuosa autopista de montaña tras camiones renqueantes llenos de cajas de lechugas y fresas. Era más fácil delegar en su hija que arriesgarse a acabar convertida en una ensalada con vinagreta de fresas.

Pero por fin había llegado el día. No pensaba darle demasiadas vueltas. Caminó con decisión hasta la puerta del conductor y sintió el satisfactorio clic del cerrojo al levantarse, y la puerta abriéndose con suavidad contra su pulgar. Sintió el ronroneo del motor bajo su pie, colocado sobre el pedal del freno. Tras una punzada de dolor cuando le falló el brazo izquierdo y tuvo que retorcerse y cerrar la puerta con el derecho, se puso en marcha. No fue hasta que cruzó el puente sobre la marisma cuando se dio cuenta de que había estado conteniendo la respiración.

El desvío hacia el centro de equitación donde entrenaba Lady Di estaba señalizado con un pequeño y elegante cartel enmarcado en una pared de arbustos esculpidos. Un guardia de seguridad le abrió la verja a Lana, que accedió a una carretera privada bordeada de bloques de granito pulido y cipreses Monterrey. El efecto que producía era un cruce entre instalaciones de la CIA y un ancestral bosque costero. Aparcó y le dio su nombre a una mujer de aspecto serio con pinganillo apostada en la puerta de entrada a un edificio señorial e inmenso. Transcurrido menos de un minuto, de detrás de una pesada puerta de roble apareció un hombre joven, afeitado y vestido todo de blanco.

—La señora Whitacre sigue con la sesión —le informó. Su tono era una mezcla de disculpa y orgullo, como si hubiera que admirarle a Lady Di su dedicación—. Ha dicho si no le importaría reunirse con ella en el picadero. Sígame, por favor.

El joven la condujo hasta un carrito de golf eléctrico y la llevó por un sendero de adoquines lleno de curvas. Había mujeres y caballos por todas partes. Mujeres jóvenes con pantalones muy ceñidos que saltaban vallas. Mujeres mayores con chaquetas impecables dando vueltas en círculo alrededor de una pista. Un grupo de niñas de ocho y nueve años, cuyos cabellos brotaban como el trigo por debajo de sus cascos, aprendiendo a montar correctamente. Era todo lo que Lana siempre había imaginado que hacían las chicas cristianas mientras ella estaba atrapada en la escuela hebrea.

El carrito de golf se detuvo junto a una pista rectangular, donde hacía cabriolas un caballo negro con la crin trenzada. Saltó hacia un lado, después mantuvo el trote en el sitio, como un niño pequeño que tiene muchas ganas de ir al cuarto de baño. Diana Whitacre se encontraba sentada a horcajadas sobre el animal, vestida con unos impecables pantalones bombacho de color marfil, una chaqueta negra y botas altas, también de color negro. En opinión de Lana, el látigo plateado que Diana empuñaba en una mano enguantada de blanco era solo de adorno; la mujer controlaba al caballo con una especie de brujería.

Tras una impresionante y confusa exhibición de pasos de ganso y piruetas, Diana condujo al caballo a paseo alrededor de la pista. Cuando llegó a la cerca, se apeó de la silla y le entregó el casco a un mozo de cuadra sin mirarlo.

—¡Lana! —gritó. Su piel perfectamente blanca estaba sonrojada y tenía la melena rubia apretujada y sudorosa contra la cabeza. Lana le ofreció una sonrisa y un saludo breve con la mano, manteniendo una distancia respetuosa frente al caballo—. Agradezco que hayas venido hasta nuestro pequeño establo —prosiguió Diana. Enganchó una cuerda de guía a su caballo y comenzó a caminar hacia una enorme carpa. El carrito de golf había desaparecido, de modo que a Lana no le quedó más remedio que seguirla. La carpa era un lugar ruidoso y húmedo, con ventiladores de techo que ahogaban cualquier otro sonido. Lana se dio cuenta de que las gotitas que salpicaban su chaqueta procedían de gigantes atomizadores de agua situados sobre cada compartimento.

—Un lavadero de coches para caballos —murmuró.

—Una zona de enfriamiento —la corrigió Diana—. El entrenamiento para la doma de exhibición puede ser muy cansado.

—¿Con qué frecuencia vienes aquí?

—Antes era casi todos los días. —Suspiró—. Desde que papá enfermó, he estado en Elkhorn a todas horas. Pero me escapo para venir aquí siempre que puedo.

—Entiendo. —Lana se echó a un lado para dejar pasar a un mozo de cuadra fornido que entraba en la carpa con un caballo castaño con espuma en la boca.

—A papá y a mí nos encantaban los caballos —continuó Diana. Observaba la musculatura de las nalgas del caballo, o tal vez las del mozo de cuadra—. Estoy convencida de que son la mejor cura para la pena y el dolor.

—Por lo que he oído, tu padre era todo un caballero.

—Papá insistía en que la equitación occidental era superior a la inglesa. Salvo por eso, era perfecto. —Diana apartó los ojos de la carpa llena de agua vaporizada, se quitó un guante y se atusó el pelo—. Vamos —le dijo—. Podemos charlar en la talabartería.

Lana siguió a Lady Di hasta un pequeño taller inmaculado, que por suerte olía a cuero en vez de a caballo. Diana cerró la puerta, encerrándolas dentro. Lana se sentó en un banco bastante incómodo, con la esperanza de que la conversación no se alargara demasiado.

—Gracias por venir. —Diana se quedó de pie, acariciando una silla de montar dispuesta sobre un caballete de caoba—. Agradezco mucho tu tiempo, de verdad.

Lana asintió y cambió de postura en el banco.

—Desde luego. He de admitir que siento curiosidad. ¿De qué quieres hablar?

—Mi hermano y yo tenemos una diferencia de opinión respecto al futuro del rancho.

Lana guardó silencio. Advirtió que Diana estaba reuniendo fuerzas, preparándose para algún tipo de confesión delicada. Algo que no quería contarle a una desconocida, pero que estaba dispuesta a hacer igualmente. Lo único que tenía que hacer ella era esperar.

—Él quiere venderlo de inmediato. Dice que ha recibido una oferta, todo en efectivo, por parte de un chacal inmobiliario que envió flores al funeral.

La que fuera también chacal y que ahora estaba sentada en aquel banco le ofreció a Diana una sonrisa amable, instándola a continuar. ¿De eso se trataba? ¿Diana quería su ayuda para negociar la venta? Las ofertas en efectivo solían ir acompañadas de plazos muy ajustados. Lana se preguntó cuánto tiempo haría que Martin había puesto la propiedad en el mercado. Sería un tanto agresivo recibir ofertas tan solo una semana después de la muerte del propietario.

—¿Martin tiene prisa por algo?

—Creo que necesita el dinero. —Diana se sacudió una brizna de nada de la manga, como si solo esa mera idea le hubiese ensuciado la chaqueta—. Algo sobre unos inversores que no pusieron su parte de financiación para su empresa emergente de nanotecnología. Esos robotitos que construye son bastante complicados.

—Al igual que lo son esta clase de acuerdos inmobiliarios —convino Lana con un gesto afirmativo de la cabeza—. Si puedo seros de ayuda…

—Yo no quiero vender —la interrumpió Diana.

Entonces se trataba de otra cosa.

—¿Y qué es lo que quieres?

—Siempre he soñado con… —De pronto Diana le pareció más joven, con su melena como un halo luminoso en torno al rostro. Tomó aliento antes de proseguir—. Me gustaría convertir la propiedad en un rancho de bienestar. Con caballos. Terapia equina, paseos a caballo, baños minerales. Retiros curativos para una clientela selecta. Ahora que mis hijos son mayores, necesito algo de lo que ocuparme. He estado documentándome sobre balnearios de lujo y centros de bienestar, he revisado modelos empresariales. Creo que podría funcionar.

—¿Y le has comentado tu sueño a tu hermano? ¿O se lo contaste a tu padre?

Diana apretó los dedos sobre el faldón de la silla de montar.

—No del todo. Aún no. Empecé a hablar del tema con papá en Bayshore Oaks, solo un poco. Parecía interesado, pero quise esperar a que se encontrase mejor para poder explorarlo en profundidad. Albergaba la esperanza de que pudiéramos aliarnos y luego planteárselo juntos a Martin. Pero, claro, nunca llegamos a tener la oportunidad.

—¿Así que no le has contado a nadie tus planes?

—Solo a mi marido.

—¿Y?

—A él le parece una ridiculez. Dice que lo mismo nos valdría tirar el dinero a la marisma. Pero yo le he apoyado en sus… caprichos, y, francamente, me lo debe.

Diana miró a Lana directamente a los ojos y continuó hablando.

—No soy promotora inmobiliaria profesional, pero voy en serio con esto. Tengo un plan. Incluso he seleccionado a un administrador. Estaba preparándolo todo para presentárselo a papá. Y entonces… —Dejó la frase inacabada y bajó la mirada hasta el cuero oscuro sobre el que descansaba su mano.

Por un instante, Lana se preguntó si Diana iba a venirse abajo. Resultaba decepcionante que una mujer poderosa mostrara debilidad. Pero cuando Lady Di volvió a levantar la mirada, sus ojos fríos y azules estaban secos.

—Esta es mi oportunidad —dijo—. Puede que no me guste el modo en que me ha sido dada, pero sería idiota por mi parte dejarla pasar.

Lana le pidió detalles específicos sobre el proyecto y Diana siguió hablando. Su visión era muy completa y extensa y su pasión quedaba clara. Conocía el mercado y parecía entender bien que los ranchos de bienestar daban dinero. El proyecto parecía ambicioso. Caro. Quizá incluso bueno.

Pasados cinco minutos, Lana ya había escuchado suficiente.

—¿De modo que quieres comprarle a tu hermano su parte?

Diana le dirigió una sonrisa burlona.

—Para eso, querida, haría falta llenar dos marismas con dinero. Mi marido tiene ciertas obligaciones hacia mí, pero su capacidad tiene un límite. No. Tengo que encontrar la manera de que Martin vea las cosas a mi modo.

—¿O si no qué?

—¿A qué te refieres?

—Si Martin y tú no os ponéis de acuerdo sobre el futuro del rancho, ¿qué sucede?

Una arruga se abrió camino entre las cejas perfectamente depiladas de Lady Di.

—Víctor Morales.

Lana aguardó.

—Tiene una declaración de intenciones firmada por mi padre en la que detalla su idea de donar el rancho a la Fundación Ecologista para la Conservación de la Costa Central.

Debía de tratarse del documento que había mencionado Beth.

—¿Tienes una copia de ese documento?

Diana negó con la cabeza y agregó:

—Pero los abogados sí. El original está en la fundación. Martin cree que no tiene importancia, pero…

—¿Qué opinas tú?

—Creo que, por encima de todo, papá quería que nos quedáramos con el rancho. Estaba chapado a la antigua. Le habría encantado que Martin siguiera criando ganado y arrendando fresales. Pero es evidente que mi hermano tiene otros intereses. —La mano de Diana comenzó a acariciar de nuevo el cuero—. Yo nunca pude ser su hijo. Pero entendí qué era lo que más le importaba: la familia, el legado, el progreso. Me gusta creer que habría apoyado mi proyecto del balneario con caballos si hubiera tenido la oportunidad de explicárselo con detalle.

—¿Y la carta de la fundación ecologista?

—A lo mejor era el plan B de papá. O se sintió presionado. Víctor Morales lleva años detrás de nuestro rancho, como un perro detrás de un hueso. Haría cualquier cosa con tal de quedarse con el terreno.

—¿Víctor tiene algún tipo de influencia sobre vuestra familia?

Diana se quedó mirándola largo rato. Parecía estar a punto de decir algo, pero, en su lugar, negó con la cabeza.

—No sé de lo que es capaz. —Diana levantó la mirada hacia una pared llena de pesados sellos metálicos y herramientas de tallado, como si estuviera evaluando cuál le gustaría utilizar para ahuyentar al director de la fundación.

—Diana, quiero ser sincera contigo. —Lana habló con voz tranquila—. Mi reunión de esta tarde en Santa Cruz es en la fundación ecologista, con Víctor. No tengo intención de hablar sobre nada de esto. Nuestra conversación, todo lo que me has contado, será confidencial.

Diana cerró la mano con fuerza en torno a un estribo de metal.

—Si averiguas algo, ¿me lo harás saber?

Era una pregunta imposible. Si Lana respondía que sí, alteraría el equilibrio de poder en favor de Diana. Pero decirle que no supondría cerrar la puerta a cualquier futura información por su parte.

—Lo haré.

Diana asintió brevemente. Cuando volvió a hablar, su voz sonó grave y acalorada.

—No se trata solo de mi familia o de lo que quisiera papá. Si Víctor se hace con el control de nuestro rancho, toda la marisma se convertirá en un santuario nacional. Por ley, dejaría sin trabajo a todas las granjas de la región. Todo aquello por lo que tanto han trabajado nuestros vecinos y arrendatarios sería pasto de los halcones y de la hierba del pantano.

Interrumpió su discurso para estirar el brazo y sacarse del bolsillo lateral de los ceñidos pantalones bombachos un teléfono móvil que vibraba. Su semblante furioso se esfumó y su rostro se suavizó hasta dibujar una sonrisa tranquila y casi cariñosa.

—Mi hija. Es su primer año de universidad, lo que significa que está demasiado ocupada para responder a mis mensajes la mayor parte de los días. Pero sigue enviándome una foto cada vez que despega el avión. —Alzó el teléfono para mostrarle la foto a Lana—. Es horrible cuando se van de casa, ¿verdad?

Lana fingió mirar el teléfono. Pero no vio a la muchacha pija y elegante que aparecía en la pantalla. En su lugar vio a Beth a los diecisiete años, con su melena encrespada y su sudadera gigante, de pie en el vestíbulo de su antigua casa. Embarazada.

Lana recordó su bolsa de maquillaje cayendo al suelo y el pánico que surgió dentro de ella, como una máquina de vapor al ponerse en marcha, haciéndole lanzar acusaciones y amenazas antes de entender plenamente lo que estaba diciendo. Y Beth se había quedado allí quieta, firme como un muro de hormigón, sin responder. Quizá incluso sin escucharla. Lana recordó que hablaba cada vez más rápido y más alto, tratando de hacerle llegar sus palabras, que entrara en razón, cualquier cosa con tal de recuperar a su hija, pero sin conseguirlo.

Aún sentía el dolor desgarrador de la partida de Beth, todavía la veía meter su bolsa de viaje con la cremallera rota en el asiento trasero de su coche y cerrar de un portazo. Beth se alejó de la casa sin despedirse. Aunque tampoco es que Lana hubiera dicho nada.

—Lo siento. —Diana apartó el teléfono, que ahora estaba sonando—. Mi hija me está llamando. Eso nunca pasa. Disculpa.

Abrió la puerta y la luz del sol inundó el taller. Lana se quedó sentada en aquel banco incomodísimo, mirando sin ver, dejando que los rayos de sol borraran los recuerdos.

Capítulo 25

Treinta minutos más tarde, Lana aparcó frente a las oficinas de la Fundación Ecologista para la Conservación de la Costa Central. Había estado en Santa Cruz solo una vez, en diciembre, para acudir a una desaconsejada consulta con un nutricionista que ensalzaba los poderes curativos del polen de abeja y de la cúrcuma cruda. El pueblo le pareció sucio hasta decir basta, con mujeres que no se depilaban y hombres adultos que paseaban con sandalias y calcetines desteñidos de estilo *hippie*. Pero al menos tenía suficientes plazas de aparcamiento gratuito.

Aparcó su Lexus entre un BMW último modelo y una oxidada camioneta. Su mente no había acabado de procesar lo que le había contado Diana. Pero debía concentrarse. Aún notaba dormido el brazo izquierdo, de modo que utilizó el derecho para recolocarse la peluca y dar un trago de agua. Tras un ataque de tos seguido por treinta segundos de respiración lenta en el interior de su bolso, ya estaba lista para salir.

La mujer de la recepción era de las que menos le gustaban a Lana: joven y guapa. Según su experiencia, las mujeres como esa recepcionista, de pechos respingones y uñas con manicura francesa, se mostraban hostiles hacia las mujeres mayores, empleando la crueldad gratuita para disimular el temor a acabar ellas también siendo poco deseables con el paso del tiempo. Pero esta era todo sonrisas. Se llamaba Gabriella, «llámame Gaby», y su voz sonaba

186

incluso más susurrante en persona que al teléfono. Le lanzó una sonrisa a Lana, después la amplió más aún cuando esta le explicó que había acudido a ver al director. Gaby realizó una breve llamada y después le ofreció un sillón, un agua, un café, un pañuelo de papel y una revista. Lana sospechó que la muchacha le ofrecería un poni si Víctor Morales no aparecía pronto en la sala.

Pasados unos minutos, Víctor le estrechaba las manos a Lana y le besaba ambas mejillas.

—Es un placer volver a verla —le dijo. Llevaba la misma hebilla plateada en el cinturón que el día del funeral, pero sus botas de vaquero eran diferentes, negras, con leones dorados de zarpas amenazantes a los lados.

—Gaby, esta es Lana Rubicon. —Alargó ligeramente la erre—. Trabaja en el mercado inmobiliario de Los Ángeles, pero quiere saber más sobre nuestro trabajo. ¿Está pensando en unirse a nosotros del lado de los ángeles? —Le guiñó un ojo a Lana—. ¿Vamos?

Quizá la fundación ecologista fuese una organización sin ánimo de lucro, pero no habían reparado en gastos en sus oficinas. Tras el escritorio de Gaby se abría una inmensa estancia con abundante luz solar, suelos de madera de bambú y vigas de secuoya vistas en el techo. Las ventanas ubicadas en el otro extremo enmarcaban una pequeña arboleda de eucaliptos larguiruchos y arbustos *coyote brush* situados detrás del edificio. Todo era de un gusto exquisito y gozaba de una iluminación perfecta, incluida el águila disecada en pleno vuelo que colgaba sobre sus cabezas.

—Se electrocutó con un cable de alta tensión sobre una de las propiedades que gestionamos —le explicó Víctor—. Están en peligro de extinción, por supuesto, pero cuando muere una...

Acompañó a Lana por delante de un grupo de atractivos veinteañeros sentados en sillas ergonómicas, concentrados en su trabajo y vestidos con camisas de lona bien planchadas. La recompensa por donar tu terreno, al parecer, era un naturalista con buena melena y una pulsera de ámbar que te ofrecía un capuchino.

Llegaron hasta una robusta puerta de roble ubicada a la izquierda de las oficinas y Víctor la hizo pasar.

—Nuestra biblioteca —anunció—. Y también nuestra única sala de reuniones. El arquitecto estaba obsesionado con los espacios abiertos.

Era una estancia elegante con sillas acolchadas y luz tenue, la clase de habitación donde podrías cerrar un intercambio de armas clandestino o renunciar por escrito a la propiedad del huerto frutal de tu abuela. Dos de las paredes estaban forradas de librerías hasta el techo, la tercera estaba cubierta de mapas dibujados a mano y la cuarta tenía una ventana baja que daba a un aparcamiento.

Víctor corrió una cortina sobre la ventana para ocultar un Toyota Corolla oxidado y solitario que había aparcado sobre el asfalto.

—Intenté convencer a los vecinos para que me dejaran plantar un huerto —le dijo—. Quería cultivar cosechas autóctonas, algunas únicas, que hemos estado reintroduciendo en el campo. Pero no hubo suerte. —Se encogió de hombros—. Dicen que necesitan las plazas de aparcamiento.

Una vez acomodada a la mesa, de teca sostenible, según le aseguró Víctor, Lana sacó su cuaderno de notas y su botella de agua, y se dejó en la palma de la mano una aspirina extrafuerte para tenerla cerca.

—Gracias por acceder a verme hoy —le dijo con tono de agradecimiento, aunque le salió más como un quejido—. Deben de ser unos días agobiantes y espero poder ser de utilidad.

Víctor enarcó la ceja izquierda.

—¿Qué imaginaba?

Pese a su interés por las disputas sobre el rancho Rhoads, Lana decidió centrarse en lo más importante.

—Estoy investigando los hechos que condujeron al fallecimiento de Ricardo Cruz.

Ahora la ceja derecha de Víctor se sumó a la izquierda.

—¿Está colaborando con la Policía?

—Es más bien una oportunidad de realizar un servicio personal. No creo que los inspectores estén haciendo un buen trabajo.

—Dicha opinión se basaba únicamente en su poca disposición a devolverle las llamadas, pero, caramba, es que eso se les daba fatal.

—Anduvieron por aquí —explicó Víctor con mirada sombría—. A principios de la semana pasada. Al mayor, el hombre, le interesaba más el estatus de inmigrante de Ricardo que cualquier otra cosa. E insistía en que esto debía de ser culpa nuestra.

—¿Por qué?

—El terreno que linda con el rancho del señor Rhoads hacia el este pertenece a la fundación. La orilla más cercana a donde fue encontrado Ricardo la gestionamos nosotros. Se llevaron la mitad de nuestras herramientas para hacerles pruebas. Palas, mazos… Armas potenciales. —Meneó la cabeza—. Amenazaron a uno de mis naturalistas, un compañero de Ricardo; insinuaron que quizá fue él quien le hirió. Cuando intenté protegerlo, lanzaron sus ridículas acusaciones contra mí.

Lana asintió con gesto compasivo.

—Es un abuso la manera que tienen de sacar conclusiones precipitadas. Quiero encontrar a un sospechoso de verdad, desviar la atención de los inspectores de gente inocente como su naturalista. Como usted. He venido aquí con la esperanza de hacerme una idea más concreta sobre Ricardo. Qué hacía, con quién pasaba su tiempo…, esa clase de cosas.

Víctor le aguantó la mirada, evaluándola. Se levantó de la mesa y se volvió hacia la pared.

—¿Sabe lo que es esto? —le preguntó señalando un gran mapa enmarcado con caligrafía rebuscada en la parte superior.

Lana abandonó su sillón con gran pesar y se acercó a él para inspeccionarlo de cerca. Reconoció la línea de la costa y la forma de los Estados Unidos occidentales. Pero las palabras y los símbolos representaban un lugar diferente. Había lagos donde debería haber desiertos y montañas donde debería haber valles. Las palabras «ALTA CALIFORNIA» se extendían desde el Pacífico a lo largo del río Colorado. Lana distinguió algunos nombres de la costa que reconoció —Puebla de los Ángeles, San Diego, Monte Rey— y otros muchos que no.

—Este mapa fue elaborado por John Frémont en 1848 —le explicó Víctor—. El año en que California pasó a ser un estado de los Estados Unidos. Antes de eso, esto formaba parte de México, Nueva España. Y, anterior a eso, era tierra de nativos. Siempre que un individuo reclama un pedazo de terreno, hay alguien detrás que ya estuvo allí primero. La tierra se disputa. La tierra se vende. La tierra se roba.

Lana se frotó la sien derecha. O Víctor iba al grano de una vez o iba a tener que pedirle a Gaby que le trajera una Coca-Cola Light.

Víctor abarcó el mapa con un gesto de la mano.

—Aquí en la fundación, creemos que existe otra manera de mantener unido el terreno. De mantenerlo protegido. Para todos, pasado, presente y futuro.

—¿Y Ricardo?

—Ricardo era un auténtico creyente. Más que un creyente, el muchacho era un profeta.

Lana recordó la fotografía del joven de pelo largo y mirada brillante calzado con sandalias de montaña.

—¿A qué se refiere?

—La mayoría de personas tardan varios años en entender este negocio —respondió Víctor volviendo a mirar el mapa—. La ciencia de la conservación, los tecnicismos de la utilización del terreno, el papeleo legal y, por supuesto, las delicadas relaciones con nuestros administradores locales, nuestros donantes. Para Ricardo fue algo instintivo, como si orquestara una coreografía entre tierra, propietarios y abogados.

—¿Qué le hacía ser tan bueno en su trabajo?

—Lo llevaba en la sangre. Sus abuelos vinieron a Pajaro Valley en los cincuenta como temporeros, y su padre siguió aquí como granjero. Cuando Ricardo era pequeño, su madre y él se marcharon a vivir con la hermana de ella al interior, debido a algún tipo de dificultad, pero regresó ya de adulto. Los granjeros de por aquí conocen el apellido Cruz. Confían en él. Ricardo logró hacer más en dos años que lo que otros han conseguido en diez.

A veces no respetaba las reglas, pero obtenía resultados. —Víctor fijó su mirada en Lana—. Ayudaba a los donantes a entender lo que supondría que el terreno fuese realmente público. Que no fuera propiedad de ninguno de nosotros, sino que fuese administrado y cuidado por todos, honrado y preservado.

—¿Estaba ayudando al señor Rhoads a hacer eso? ¿A donar el rancho?

—Íbamos encaminados a hacer realidad esa visión.

—¿Podría ver en qué estaba trabajando? Antes de…

Una súbita mueca de dolor contrajo el rostro de Víctor, una emoción desgarrada. Pero tan pronto como llegó, la tormenta se fue. Se le despejó la mirada y volvió a estar presente. Lana tuvo que parpadear para convencerse de que no había sido un espejismo.

—Un momento —dijo Víctor.

Lana caminó hasta la puerta y vio que Víctor se aproximaba a un armario alargado de cristal que recorría la pared trasera de las oficinas abiertas. Hizo una cuidada selección y regresó hacia ella cargado con dos gruesos archivadores de tapa dura.

Se acomodaron de nuevo en la biblioteca, sentados a la mesa, con los archivadores entre ellos.

—Estos eran los proyectos de Ricardo —le dijo—. Obras maestras, todos y cada uno de ellos. —Los deslizó hacia ella con una sonrisa triste—. Lo echo de menos.

Lana siempre desconfiaba de un hombre con lágrimas en los ojos. Colocó los archivadores uno al lado del otro y deslizó la mano sobre la cubierta de lona texturizada del que tenía a su derecha.

—Parece un hombre muy especial —dijo—. ¿Sabía algo de su vida más allá del trabajo?

Víctor vaciló unos instantes antes de responder.

—Ricardo estaba entregado a su trabajo. Y era un chico muy guapo. Imagino que tenía novias, pero no estaba al tanto de su vida sentimental.

Lana se preguntó si los inspectores habrían encontrado a alguna ex furiosa a la que mereciera la pena investigar. Por el momento se centró en la información que tenía a mano. Contempló los archivadores.

—¿Podría echar un vistazo a esto? Quizá encuentre algo que ayude a los inspectores a ir en la dirección correcta. Para que pueda usted tener paz, y Ricardo, justicia.

—Agradecería un poco de justicia. —Víctor dirigió una última mirada de anhelo a los archivadores. Por un momento Lana pensó que se los iba a arrebatar, pero entonces asintió con la cabeza—. Tómese todo el tiempo que necesite.

Se puso en pie, se dio la vuelta y se tocó un sombrero imaginario. Después salió de la biblioteca y cerró la puerta tras él para que nadie la molestara.

Perfecto.

Capítulo 26

Lo primero que hizo Lana fue tomarse una aspirina. Y después otra. Le palpitaba la cabeza al ritmo del brazo izquierdo, y la lección de historia de Víctor no le había sido de mucha ayuda.

Ignoró el dolor y comenzó a revisar las conquistas territoriales de san Ricardo. Desde luego no había perdido el tiempo. Lana contabilizó hasta diecisiete proyectos en los archivadores, cientos de páginas de correspondencia, mapas y contratos. Algunos proyectos eran pequeños, como una parcela de cuatro mil metros cuadrados habitada por salamandras en peligro. Otros eran complejos e implicaban a múltiples partes y páginas de jerga legal. Cada archivo de proyecto finalizaba con un acta de acuerdos entre el propietario del terreno y la fundación ecologista, así como una nota de agradecimiento escrita a mano. La floritura de las firmas en tarjetas con las iniciales grabadas recordaba a una época anterior, cuando a los aspirantes a barones de la tierra se les inculcaba el arte de la caligrafía y la administración.

Pero no todos los archivos de proyecto estaban completos. El archivo sobre la propiedad de Hal Rhoads aparecía a mitad del segundo archivador, uno de los tres proyectos en curso cuando Ricardo murió. El delgado archivo contenía en su mayoría *emails* impresos y un calendario de reuniones que se remontaba hasta seis meses atrás. Ricardo visitaba a Hal semanalmente, al principio con Víctor, pero más tarde él solo. Los hombres recorrían el rancho.

Hacían pícnics. No parecía tanto una transacción empresarial, sino una amistad entre hombres de distintas generaciones, que incluía paseos a caballo por la ladera.

Y, curiosamente, también figuraban citas médicas. El calendario del proyecto de Rhoads mostraba algunas citas los miércoles con un médico sin especificar. Parecía que Ricardo había estado acompañando a Hal a una revisión regular, presumiblemente una revisión tan poco importante como para que pudiera acompañarle alguien que no era pariente. Análisis de sangre, tal vez. Lana pensó en su propia agenda, en todas esas reuniones que ahora habían sido sustituidas por Dr. tal y Dr. cual. No soportaba que su hija tuviera que llevarla en coche, como si fuera una niña, a citas médicas que ella no habría elegido, sintiendo que los días escapaban a su control.

El resto del archivo de Rhoads se centraba en el rancho: descripción de la parcela, mapas, listas de arrendamientos en activo. Había fotografías en blanco y negro con mucho grano y documentos históricos que habían sido fotocopiados varias veces, no siempre en los ángulos correctos. Antes de pasar cada página, Lana fue sacando una fotografía con su teléfono, pues imaginó que podría encontrarle más sentido si lo analizaba un día en el que las palabras no parecieran vibrar sobre la página. Con cada clic de la cámara, se imaginaba a Beth poniendo los ojos en blanco.

Casi se sorprendió al ver allí la declaración de intenciones, intercalada entre copias de los subarriendos que el señor Rhoads mantenía con sus inquilinos. Por un momento se planteó llevársela, pero decidió que una simple fotografía sería suficiente. En la carta no había nada que hiciera sospechar de coacción o delito alguno, pero era extraña. Breve, de tan solo una página, y no decía nada sobre transferir la propiedad del rancho. En su lugar, la declaración describía el potencial de un posible usufructo. Aún más extraño le resultó que nada en la correspondencia entre Ricardo y Hal pareciera abordar o elaborar ese tema. Los *emails* entre ambos hablaban de manera idealista sobre oportunidades sin precedentes. No se mencionaba nada específico. Ningún contrato.

Era hora de tomarse un descanso para ir al baño y mantener una conversación más concreta con Víctor sobre el futuro del rancho. Pero cuando fue a levantarse, Lana descubrió que se le había dormido la pierna izquierda. Fantástico. Ahora tenía un brazo muerto y una pierna dormida. Iba camino de convertirse en el estereotipo de un pirata.

Apartó la silla de la mesa gracias a las ruedas, se metió las manos por debajo de los isquiotibiales de la pierna izquierda y sacudió la pierna para despertarla. Utilizó uno de los archivadores para masajearse el muslo, apretando con fuerza el lomo duro contra el músculo para recobrar la circulación.

Mientras comenzaba a sentir un hormigueo por la pierna, de dentro del archivador salió un trozo de papel y cayó al suelo.

Lana recogió el papel. Parecía un borrador, con palabras garabateadas y tachadas escritas con caracteres de imprenta en color azul.

> *Querido Víctor:*
>
> *Gracias por todos los consejos ~~inspiradores~~ que me has proporcionado. Es un honor haber trabajado contigo. Pero debo dar el siguiente paso ~~hacia delante~~ por mi cuenta. Alguien muy cercano a mi corazón me ha presentado un proyecto atrevido que es demasiado ~~signific~~ grande como para ser parte de la fundación. Gracias por enseñarme el camino.*

Lana estuvo revisando ambos archivadores en busca de algo que pudiera utilizar para identificar quién había escrito esa nota. Pero los caracteres de imprenta no coincidían con ninguna de las notas de agradecimiento con caligrafía rebuscada de anteriores donantes. ¿Sería de Ricardo? ¿Estaría planeando abandonar la fundación para dedicarse a otro proyecto, un proyecto que hizo que lo asesinaran? ¿O sería del señor Rhoads? ¿Sería posible que las intenciones de Diana hubieran tenido en su padre mayor repercusión de la que imaginaba, haciéndole cambiar de opinión? Lana sacó el teléfono para fotografiar la nota. Entonces miró hacia la puerta cerrada de la biblioteca y tomó una decisión. Guardó la nota en el interior de su cuaderno, metió el cuaderno en su bolso y lo cerró.

Ahora tenía que encontrar un cuarto de baño. Se levantó de la mesa y se tambaleó un poco hasta distribuir el peso entre ambas piernas.

Lo primero que advirtió fue que se encontraba mucho peor que antes de tomarse la primera aspirina. Lo segundo que advirtió fue que la puerta que daba a la oficina principal estaba cerrada con llave. Agitó el picaporte. Nada. Empujó con el hombro la hoja de la puerta. Pero esta no cedió: era robusta, implacable, ajena a su aprieto.

En el exterior oyó el petardeo de un coche. El chirrido agudo de un avión. Todo el mundo iba a alguna parte, menos ella.

Golpeó la puerta con la mano derecha. La pesada hoja absorbió sus golpes y acabó con la esperanza de que alguien pudiera oírla. Y entonces una sirena ensordecedora comenzó a sonar a su alrededor.

Dio un respingo hacia atrás para apartarse de la puerta, resbaló y cayó al suelo. ¿Habría activado algún tipo de sensor de espionaje? ¿Qué clase de negocio dirigía Víctor?

Utilizó el sillón más cercano para incorporarse y ponerse en pie. Se encontraba bien. No se había roto ningún hueso. Tampoco entró ningún equipo de ecologistas armados. Pero la sirena seguía emitiendo aquel llanto chirriante, haciéndole palpitar el cráneo, sin permitirle pensar.

Sobre su cabeza, distinguió una luz roja que parpadeaba en el interior de un disco de plástico incrustado en una de las vigas del techo. Una alarma de incendios. Magnífico.

Volvió arrastrándose hasta la puerta y trató de encontrarle sentido a la situación. ¿La puerta estaría cerrada con llave o solo atascada? Había un agujero de cerradura en el picaporte, pero Lana no vio ningún pestillo en el marco. Aunque tampoco importaba. No podía salir. Intentó gritar, pero ni siquiera se oía a sí misma por encima de la condenada alarma.

Decidió que su mejor opción era regresar a la silla, pegar la oreja izquierda a la tapa de uno de los archivadores de Ricardo, taparse la otra oreja con la mano derecha y esperar a que alguien detuviera aquel chillido.

La alarma dispersaba sus pensamientos, disparándolos en todas direcciones. ¿La habría encerrado alguien a propósito? Un momento, ¿eso que se oía era un camión de bomberos?

Se destapó la oreja derecha. Ahora oía dos sirenas, el chillido inicial y otro más grave, que se solapaban formando una cacofonía ensordecedora. Lana cruzó hasta la ventana y retiró la cortina. El aire olía acre, como si alguien se hubiera dejado la plancha del pelo puesta demasiado tiempo. No veía a nadie, pero al girar el cuello hacia la calle, distinguió un enorme camión de bomberos que bloqueaba el acceso al aparcamiento de al lado. Cuando giró la cabeza hacia el otro lado, vio algo peor: un eucalipto naranja ubicado detrás del edificio, con unas llamas que devoraban su corteza rugosa.

Tenía que salir de allí. Podía intentar llamar al 911, pero el camión de bomberos ya estaba fuera. ¿Por qué no habían ido a buscarla? Presumiblemente los bomberos inspeccionarían el interior del edificio. Pero si nadie los alertaba de que estaba allí dentro, quizá no entraran a mirar hasta que se hubiera extinguido el fuego. Y quizá para entonces ya fuera demasiado tarde.

Por primera vez, Lana deseó haber dicho que sí cuando Beth intentó encasquetarle uno de esos pulsadores de teleasistencia de «me he caído y no puedo levantarme» cuando se puso enferma el otoño anterior. Pero solo pensar en ello le provocó un torrente de adrenalina. No iba a morir de cáncer. Y desde luego no tenía intención de morir churrascada en una oficina de ecologistas evacuados.

Sin duda ahora hacía más calor. Lana inspeccionó la ventana que tenía delante. Estaba en la planta baja, lo cual era buena noticia. Pero la ventana no se abría. Lo cual era mala noticia.

Golpeó el cristal con los nudillos. No parecía ser muy grueso, pero tampoco es que ella fuese una experta karateca. Escudriñó la estancia en busca de algo que poder usar para romper el cristal: un ladrillo, o un hacha ceremonial colgada en la pared para conmemorar el último árbol talado en un bosque milenario… No hubo suerte. Solo vio mapas, libros y archivadores. Intentó levantar uno de los sillones, pero lo más que pudo hacer fue volcarlo hacia un lado. Cayó al suelo con un golpe seco, tirando cinco libros de la pared y dejándola a ella sin aliento en los pulmones. Mareada por el esfuerzo, se inclinó sobre las rodillas para tomar oxígeno. Le sudaba la frente a causa del ejercicio. ¿O acaso el fuego estaba acercándose?

Tras echar otra ojeada desesperada a su alrededor, Lana tuvo un golpe de inspiración. Se agachó y se quitó los zapatos. Cogió uno con la mano derecha, deslizó los dedos por el tacón de aguja metálico y recordó cuando Jimmy Choo en persona le besó la mano en Nobu una noche gloriosa. Se sacó las gafas de sol del bolso. Se las puso y agarró el zapato con fuerza. Echó el brazo hacia atrás, tomó aire y golpeó el cristal con todas sus fuerzas.

Crac. Una diminuta telaraña se dibujó al fracturarse el cristal en el lugar del impacto. Volvió a golpearlo y aparecieron nuevas grietas del tamaño de un puño. Lo hizo una y otra vez, clavando la punta metálica del tacón en el cristal hasta que este se astilló y cayó en miles de pedazos a su alrededor.

Bingo.

No tenía tiempo para admirar su obra. Por la ventana abierta entraba ahora un humo denso y gris. Tenía que seguir avanzando. Tras meterse los zapatos en el bolso, se inclinó hacia la librería con la mano derecha y alcanzó un pesado libro de tapa dura. *La biblia de los escarabajos de la corteza*, se leía en la cubierta encuadernada en cuero. Esperaba que no fuese una primera edición única. Lo utilizó para retirar todo el cristal que pudo de la ventana, hasta tener frente a ella un rudimentario agujero del tamaño de un conducto de basuras. Después arrancó puñados de páginas y las utilizó para forrar los bordes del agujero en la ventana y así no cortarse al salir.

Contempló su trabajo, jadeando. Lo había logrado. Había construido su propio túnel de escape. Ahora solo tenía que utilizarlo.

En teoría debería ser fácil: apoyar una mano envuelta en papel sobre el alféizar de la ventana, después la otra. Pasar una pierna a través del agujero. Después la otra pierna. La parte inferior de la ventana se hallaba solo a pocos centímetros del suelo. Un metro a lo sumo. Sin problema. La realidad, no obstante, estaba cuajada de problemas. Lana seguía teniendo la pierna izquierda medio dormida, y su brazo izquierdo se esforzaba en imitar a un espagueti mojado. Suponía que solo tendría una oportunidad para levantar cada pie descalzo del suelo lleno de cristales y pasarlo a través de la ventana, y no se fiaba de su equilibrio, mucho menos de su capacidad para saltar un alféizar lleno de esquirlas. Era muy probable que volviera a caer sobre los cristales que poblaban el suelo de la biblioteca y se desangrara hasta morir en mitad de un infierno abrasador junto a una ventana ya abierta.

Retrocedió, apartándose de los cristales rotos. Arrastró uno de los sillones hacia la ventana, se subió al asiento y se asomó al exterior. El fuego procedía de la parte trasera del edificio e iba aproximándose hacia ella. Por encima del chillido de la alarma, el crepitar y las llamas del fuego resonaban en torno a ella, atrapándola en una tormenta de calor y miedo. Le sangraban los pies y el dolor le ascendía como descargas eléctricas por las piernas. Notaba que el fuego le llenaba la nariz y le aceleraba el corazón.

Era ahora o nunca.

Colocó su bolso en el alféizar de la ventana, creando una barrera entre los cristales rotos y ella. Se levantó del sillón, se sentó en el bolso, apretó las rodillas contra el pecho y comenzó a deslizarse hacia el aparcamiento.

A mitad de su lento deslizar por el alféizar roto, Lana recordó que todavía no había cancelado su suscripción a Body by Pilates Beverly Hills. Fritz llevaba cuatro meses ya cobrándole por quedarse tumbada en la cama a casi quinientos kilómetros al norte del estudio donde les gritaba a otras mujeres que levantaran el suelo pélvico. Aunque quizá el pilates funcionara mediante ósmosis, porque notó que se le flexionaban los oblicuos y que los músculos de su abdomen se tensaban en sincronía con sus isquiotibiales. Oía en su cabeza la voz de Fritz exigiéndole un último empujón, y consiguió salir por completo de la ventana.

Aterrizó sobre el asfalto con una palabrota y un golpe seco.

La libertad; cómo dolía. Ya notaba el moratón que le iba a salir en la nalga derecha. Tenía rasguños en las manos y la cara ensangrentada. Además, le faltaba la peluca. Miró hacia arriba y la vio colgada como un rehén de la ventana rota. Pero el fuego estaba a muy pocos metros de la ventana. Tenía que salir de allí.

Con todo el altercado, parecía que nadie había prestado atención a su caída en el aparcamiento. Los bomberos pasaban corriendo frente a ella, con sus mangueras apuntando hacia el edificio. Un grupo de oficinistas refugiados corrían en la otra dirección, hacia la calle. Una parte de ella se alegró de que nadie la viera. Otra parte se sintió decepcionada. Pero la mayor parte de todas sentía calor y dolor, y anhelaba su colchón europeo.

—¡Lana! ¡Lana! —Oyó la voz de Víctor antes de verlo, con la cara roja, la mirada desencajada, corriendo hacia ella desde la multitud de la calle—. ¡Dios mío! ¡Deje que la ayude!

Lana lo recordó sonriente mientras cerraba la puerta de la biblioteca. Un cóctel de miedo y rabia inundó su cerebro. Se olvidó de todo lo que se había enseñado a sí misma sobre cómo interactuar con los hombres. Frunció el ceño. Puede incluso que ladrara.

Al ver que Víctor no se detenía, sacó uno de sus zapatos del bolso y le apuntó con él, con el tacón metálico hacia fuera.

—No se acerque más —le gruñó.

Empezó a gatear en dirección contraria todo lo rápido que pudo, hasta darse de bruces contra las espinillas de un corpulento bombero. Deslizó la mirada desde la punta de acero de sus botas hasta la base de sus tirantes antes de dejarse caer.

—Gracias —susurró antes de quedar inconsciente.

Capítulo 27

Jack se encontraba en la biblioteca del instituto, tratando de redactar la respuesta perfecta al anuncio *online* de un Catalina monocasco de siete metros de eslora que vendían en San Luis Obispo, cuando su madre la llamó para decirle que Lana estaba en el hospital por lesiones relacionadas con un incendio. A Jack se le ocurrieron por lo menos ochenta y cinco preguntas diferentes, pero Beth la interrumpió.

—Te recogeré en veinte minutos —le dijo—. Reúnete conmigo en el aparcamiento.

Mientras conducían a toda velocidad en dirección norte, hacia un tornado de humo negro que se cernía sobre la autopista, Beth le contó a Jack todo lo que sabía.

—Madre mía —susurró Jack—. ¿Prima se pondrá bien?

Beth agarró el volante con más fuerza. En aquel momento nada tenía sentido. Desde la neurocirugía de Lana en otoño, una parte de ella había estado conteniendo la respiración, esperando una llamada que confirmara lo peor: que los tumores se habían extendido, que el tratamiento había fallado. Ahora Beth contemplaba esos miedos como cosas sin importancia comparadas con la monstruosa pesadilla de la verdad. Había recibido la llamada hacía una hora, una multitud de frases como «incendio estructural», «cristal incrustado» y «sangrando inconsciente» que todavía resonaban en su mente, dificultándole la conducción. Rezaba para que

201

terminara la pesadilla, para que todo estuviese bien, para que su madre se alzara como un ave fénix, como siempre había hecho. Una mujer que brillaba con tanta intensidad como Lana no podía quedar reducida a cenizas. Al menos esa era la esperanza de Beth.

—No lo sé, cielo. En el hospital no me han dicho gran cosa. Pero tu Prima es una luchadora. Ya veremos.

Beth nunca había trabajado en el Hospital London Nelson Memorial. Firmó como cualquier otro ciudadano y escudriñó la zona de recepción con la esperanza de encontrar a algún antiguo compañero, una cara amiga. Pero no vio a nadie. Cuando por fin les permitieron pasar, corrió por el laberinto de pasillos seguida de Jack, que trataba de seguirle el ritmo. Encontraron a Lana en una habitación individual cerca de los quirófanos, tumbada muy quieta y encogida en una cama, vestida con una bata de hospital a rayas rosas.

Beth detuvo al médico que la trataba, un hombre calvo y enjuto, con gafas y con los labios apretados.

—Estoy buscando información sobre una paciente —le dijo—. Lana Rubicon.

El doctor la miró de arriba abajo.

—¿Empieza ahora su turno?

—No. Soy su hija. —Beth se irguió todo lo que pudo dentro de su uniforme de enfermera, tratando de transmitir profesionalidad—. ¿Cómo está?

—Su madre respira sin ayuda. Su frecuencia cardiaca es normal.

Beth oyó aquello que el doctor no le había dicho.

—Pero ¿no se ha despertado?

—Aún no —confirmó el hombre negando con la cabeza.

—Mi madre tiene cáncer de pulmón. ¿Cree que existe la posibilidad de un colapso pulmonar o alteración respiratoria? Si inhaló demasiado humo por el incendio…

—Tiene las vías respiratorias despejadas y, de momento, no hemos identificado ningún problema respiratorio.

Beth se sintió aliviada. Entonces se acordó de algo.

—¿Y qué hay del sangrado? Está tomando anticoagulantes debido a una obstrucción en la arteria carótida y…

—Ya nos hemos ocupado de eso —respondió el médico dándole una palmadita en el brazo—. Su madre se pondrá bien. Ahora necesito que haga lo más difícil.

Beth supo lo que venía a continuación.

—Necesito que espere.

A las siete de esa tarde, Beth había hablado con la inspectora Ramírez, con un bombero y con todas las enfermeras del pabellón sobre su madre. Pero aquello no logró que Lana recobrara la consciencia. Tras tomarse un sándwich de queso pastoso en la cafetería del hospital, regresó junto a Jack.

—Deberíamos irnos a casa a dormir.

—¿Y si Prima se despierta?

—Es improbable que lo haga. Al menos esta noche.

—Pero ¿y si sucede? —Jack retorcía una servilleta grasienta entre los dedos.

—Mañana por la mañana tienes clase.

—Y tú tienes que trabajar. —Se quedaron mirándose la una a la otra bajo la luz fluorescente.

—Está bien. Nos quedaremos. Vamos.

Beth y Jack improvisaron unos sacos de dormir con toallas y almohadas, una a cada lado de la estrecha cama de Lana. Se quedaron despiertas hasta tarde, Beth leyendo estudios sobre el impacto de la exposición al fuego en pacientes con tumores en el pulmón, Jack fingiendo hacer los deberes. Se turnaban para mirar a Lana de reojo cada vez que la otra no estaba mirando.

A medianoche, Jack por fin se había quedado dormida. Beth se levantó para correr la cortina sobre la diminuta ventana y ver a su madre una vez más. No había cambios. En el bolsillo daba vueltas a una piedra en forma de corazón que había encontrado aquella mañana entre la hierba alta. Era piedra pómez, áspera y moteada, con la superficie llena de agujeros, como una luna en miniatura. Una prueba de la vida que había escogido, del hogar que había construido, tan lejos como le fue posible del mundo elegante e inhóspito en el que vivía su madre. Por primera vez, se paró a pensar en todo aquello que había perdido Lana al irse a Elkhorn: el poder que ostentaba, la energía que alimentaba sus batallas, la libertad de seguir su propio camino. Colocó la piedra en la mesilla de noche junto a su madre y rezó para que Lana siguiera luchando.

Beth y Jack se despertaron el jueves por la mañana agarrotadas y decepcionadas. Lana seguía dormida. La esperanza a la que se habían aferrado la noche anterior les parecía absurda a la luz del día, un sueño fácil y endeble. Doblaron sus toallas en silencio y miraron a Lana una vez más, una última oportunidad para salvarse de pasar el día entero mirando el reloj; después salieron apesadumbradas de la habitación. Jack se fue a clase. Beth se fue a trabajar.

A las seis de la tarde, las dos mujeres Rubicon más jóvenes regresaron al hospital menos esperanzadas pero más preparadas, con un pijama limpio para Lana y burritos para ellas.

Tras una insatisfactoria charla con el médico en la sala de espera, Beth envió a Jack a por chocolate caliente y entró sola en la habitación de Lana. El único cambio apreciable era el gran ramo de flores silvestres que descansaba en la mesilla junto a la piedra en forma de corazón. La tarjeta decía: «Lo siento mucho. Por favor, llámame. Quiero saber todo lo que viste, todo lo que ocurrió, para poder arreglarlo. Te deseo una pronta recuperación. V.».

Beth no lo entendía. Pero las flores eran solo una de las múltiples cosas que no tenían ningún sentido en aquella situación. Hacía solo unos días Lana había estado presionándola para ayudar con la investigación. Y ahora allí estaba, tendida en una cama de hospital, con la respiración entrecortada y un montón de preguntas sin respuesta.

Lana parecía aún más pequeña que el día anterior, frágil, como si el aura de invencibilidad que solía rodearla se hubiese rasgado. Beth siempre la había considerado una de las mujeres más fuertes del planeta. Eso no significaba que fuera una buena madre, pero hacía mucho tiempo que había superado aquello. Lana era alguien impresionante. Alguien a quien se enorgullecía de conocer.

La mujer tendida en la cama del hospital frente a ella tenía oscuros moratones y los ojos hundidos. Tenía un vendaje de mariposa sobre los puntos que le habían dado en el pómulo. Beth se inclinó y le pasó la mano a su madre por el pelo desigual. Al hacerlo, le retiró una diminuta piedra negra del cuero cabelludo.

—¿Qué estabas haciendo? —susurró—. Vuelve conmigo.

Capítulo 28

El viernes por la mañana, tras una noche de sueño interrumpido en casa, Beth y Jack llegaron a la habitación de Lana y se encontraron la cama vacía.

A Beth se le aceleró el corazón.

—¿Mamá? —Llamó a la puerta del diminuto cuarto de baño—. ¿Estás ahí dentro?

La puerta se abrió. Lana salió del baño arrastrando los pies y se dirigió hacia su hija. Beth abrió los brazos y Lana se dejó envolver por ellos. Jack se acercó y se abrazó también por el lateral. Durante un largo minuto del que no se volvería a hablar, las tres mujeres se abrazaron.

Se reacomodaron alrededor de la cama, con Lana incorporada sobre una pila de almohadas arrugadas, Jack hecha un ovillo sobre el colchón a los pies de la cama y Beth en la silla de plástico destinada a las visitas.

—¿Uno de esos es para mí? —preguntó Lana, fijándose en los vasos de poliestireno llenos de café.

Beth le tendió una botella de agua y le abrió el tapón.

—¿Cómo te encuentras?

—Me encontraría mejor con café.

—Vamos paso a paso, mamá. Has estado inconsciente casi dos días.

—No tanto. Me desperté anoche con una terrible tortícolis. Te habría llamado, pero no encontraba mi teléfono.

—Lo tengo yo. Y también tu bolso.

Lana dio un largo trago de agua.

—¿Ha sobrevivido mi peluca?

—Me temo que no. Tengo tu traje, pero está hecho pedazos. Las enfermeras de la UCI tuvieron que cortarlo para quitártelo debido a todos los cristales incrustados en la espalda. ¿Cómo te encuentras?

—Dolorida. Pero sobreviviré. El médico ha pasado esta mañana. Dice que confía en que me recupere plenamente. —La voz de Lana sonaba ronca, como si se hubiera tragado un trozo de carbón.

Jack le apretó la mano.

—Fuiste muy valiente, Prima.

—No tanto, Jack. Es que no quiero perderme tu graduación en el instituto.

—No empieces a hacerte la modesta —le dijo Beth—. He hablado con Chase Tucker, el bombero que te trajo aquí. Dijo que prácticamente saltaste de un edificio en llamas y seguiste avanzando. Me dijo que, de no haberse topado contigo, probablemente habrías seguido arrastrándote hasta llegar aquí tú sola.

—Mmm… Chase. He tenido un sueño al respecto… Tirantes. —Lana miró hacia la mesilla y preguntó—: ¿Las flores son suyas?

Beth le entregó la tarjeta.

Lana la leyó, miró el ramo y volvió a meter la tarjeta en el sobre con los labios apretados.

—Víctor. Qué asco. Seguro que fue él quien provocó el incendio —respondió Lana.

—¿El director de la fundación ecologista? ¿Por qué haría una cosa así?

Lana miró con desprecio una de las calas.

—A lo mejor quería asustarme. Creo que estuvo implicado en el asesinato de Ricardo.

Jack apoyó la mano en el tobillo de su abuela.

—¿Qué averiguaste?

—Víctor y Ricardo tenían un buen negocio en esas oficinas benéficas. Muchos contactos, mucho dinero. El fuego se inició justo cuando estaba llegando a la parte interesante.

—No creo que puedas regresar en un futuro próximo —le dijo Beth negando con la cabeza—. Según parece, la parte trasera del edificio es un cráter, y el resto está cubierto de agua y hollín. Saliste de allí justo a tiempo.

—Fue provocado, ¿verdad?

Beth se frotó las bolsas que tenía bajo los ojos.

—No lo sé, mamá. Pero se pasó por aquí la inspectora Ramírez. Al parecer, la Policía de Santa Cruz se llevó tu coche. Es una prueba, según dijo la inspectora. Quiere reunirse contigo.

—Ahora sí que está dispuesta a hablar conmigo. —La sonrisa de Lana se convirtió en una tos seca.

Beth le ofreció a su madre la botella de agua.

—Podemos llamarla cuando lleguemos a casa.

—Cuando haya elaborado mi lista de preguntas.

—Claro, mamá.

Lana dejó la botella de agua y, con la barbilla, señaló los vasos de café.

—¿No vas a decirme que se trata de un plan estúpido? Lo de intentar resolver el caso y perseguir a un asesino.

—No, no voy a decírtelo —respondió Beth pasándole un café—. Me doy cuenta de que esto es importante para ti.

—Lo es.

—¿Puedes explicarme por qué?

Lana olfateó el café antes de dar un sorbo. Olía a almendras rancias, como la cocina de su primera casa en Los Ángeles, la que Ari compró para ellos. Se vio a sí misma con veintiséis años allí metida, canturreando mientras colocaba los nuevos cuchillos en el bloque de madera. Había dejado la facultad de Derecho para tener al bebé, pero la vida le sonreía, Beth se portaba bien y Ari se mostraba más apasionado que nunca. No había hecho caso cuando su hermano le sugirió que era peligroso casarse con un abogado matrimonialista. A ella le encantaba la pasión de Ari, su manera de enfrentarse a la vida, peleándose con todos —camareros, taxistas, los abogados de la otra parte…— para conseguir justo lo que deseaba. Su lenguaje del amor era la guerra, y eran unos discutidores excepcionales, ambos, se lanzaban dardos tan afilados que a veces se detenían en plena discusión para celebrar el virtuosismo del otro.

Y entonces, un sábado, mientras Beth dormía una siesta, Ari bombardeó su campo de batalla. Lana se quedó allí plantada, en aquella luminosa cocina de ama de casa, rodeada de electrodomésticos nuevos, mientras Ari anunciaba con toda la calma del mundo que la vida que habían construido, la familia que Lana estaba construyendo para ellos, ya no le venía bien. Cuando ella trató de discutirlo, él no le hizo ningún caso. La miró como si fuera una herida vergonzosa. Y luego se marchó.

Jamás había olvidado aquel momento, cuando se quedaron las dos abandonadas y desesperadas, como si fueran unas acciones cuyo valor, de pronto, se hubiera desplomado hasta el cero. Huyó de aquello lo más rápido que pudo y lo remedió primero con vino y lágrimas, pero después, más satisfactoriamente, con trabajo. Jamás volvería a colocarse en una posición en la que pudiera estar a merced de otra persona. Cuidaría de Beth y se protegería a sí misma. No era una cuestión de estatus o vanidad. Era una cuestión de supervivencia.

Lana se abrió camino dentro del mercado inmobiliario y, desde allí, siguió construyendo hacia el cielo, sacrificando alegremente su lado más suave para volverse dura, lo que le granjeó una reputación de mujer que nunca confiaba en nadie pero que siempre cumplía. Cada acuerdo iba cimentando su seguridad. Cada adversario vencido apuntalaba su fortaleza. Vestía siempre de manera impecable y prestaba atención a su forma física, siempre luchando contra las fuerzas que invisibilizaban a las demás mujeres conforme envejecían, dejándose pisotear.

Pero ahora el cáncer estaba derribando las defensas férreas que había construido. Percibía su inminente irrelevancia reflejada en el rostro de los oncólogos arrogantes y de las enfermeras saturadas de trabajo. Incluso en su hija. Gente que pensaba que podría relegarla a una vida insulsa y esperar que ella les estuviera agradecida. Últimamente, los únicos momentos en los que no se sentía amenazada era cuando trabajaba en la investigación, cuando hacía preguntas en vez de responderlas.

Toqueteó la pulsera del hospital que llevaba en la muñeca, cuyos bordes de plástico le arañaban la piel. Notó el calor que invadía su cuerpo. La agitación. Miedo incluso, a estar allí tendida, en una cama de hospital, atrapada para siempre.

Aunque, claro, no dijo nada de aquello.

—Solo… solo quiero ayudar.

—Ajá.

Volvió a intentarlo.

—Esto me importa. Hacer algo, trabajar, eso me importa. Quiero ayudar.

Miró a Beth. Supo que sus palabras sonaban huecas, pero confió en que, tras ellas, su hija se diera cuenta de que lo estaba intentando. Intentando decir algo sincero, mostrarle algo real.

Beth le devolvió la mirada y tragó saliva. Cuando habló, su voz sonó suave.

—De acuerdo. Entonces yo también quiero ayudar.

—¿Tú? ¿Que no quieres ni acercarte a una lupa? —Le salieron las palabras de la boca antes de que pudiera pararse a pensarlo.

Pero Beth no mordió el anzuelo.

—Puede que no lo entienda —le dijo su hija—, puede que no me guste, pero si es importante para ti, es importante para mí. No voy a echar de mi vida a alguien por hacer algo que no entiendo.

Lana se estremeció y giró la cabeza para ver si Jack estaba prestando atención. La muchacha estaba siguiendo cada palabra.

—Si lo que quieres hacer es perseguir asesinos, no te lo voy a impedir —agregó Beth—. Y, francamente, no creo que nadie pudiera impedírtelo.

Beth le tendió una mano a su madre. Lana colocó el vaso de

poliestireno vacío sobre la mano de su hija y, al hacerlo, le acarició los dedos levemente.

—Vámonos de aquí —anunció—. Si queremos hacer avances, necesitamos un café en condiciones.

Capítulo 29

Tras recibir el alta en el hospital con órdenes estrictas de guardar reposo, cambiarse las vendas a diario y regresar si le costaba respirar, Lana y sus chicas se fueron a casa. Se pasó casi todo el fin de semana durmiendo y se despertó solo para devolverle la llamada a la inspectora Ramírez y solicitar una reunión lo antes posible para hablar del incendio.

A primera hora del lunes, se despertó oyendo a Beth hablar por teléfono en la cocina, planteándose si aceptar una petición para cambiarle el turno a otra enfermera en Bayshore Oaks. Lana se incorporó y salió del dormitorio de atrás arrastrando los pies e ignorando el dolor intermitente que acompañaba sus movimientos.

—Estaré bien —le dijo—. Tú vete a trabajar y tú vete a clase. Sé cuidarme sola.

En cuanto sus chicas se marcharon, Lana se tomó sus pastillas y volvió a tirarse en la cama.

Tres horas más tarde, armada con un traje color crema, mucho maquillaje y una peluca con flequillo que le tapaba lo peor de los moratones, Lana les abrió la puerta a los inspectores.

En cuanto los vio, se alegró de haberse arreglado. En vez de su arisco compañero de siempre, la inspectora Ramírez iba acompañada por un joven fornido de dientes tan blancos que relucían.

—Señorita Rubicon —dijo Ramírez con un gesto de

cabeza—. ¿Cómo se encuentra? Cuando fui al hospital, su hija me habló de su situación, del cáncer de pulmón y…

—Estoy bien —zanjó Lana, tratando de aparentar toda la fuerza que le fue posible.

Ramírez reculó al oír su tono cortante.

—Bueno…, bien. Este es el inspector Choi, del Departamento de Policía de Santa Cruz. Lleva la investigación del incendio en la fundación ecologista.

—¿Investigación? ¿Así que fue provocado?

—Lo estamos investigando. —El inspector llevaba una camisa blanca impoluta y una corbata bien anudada—. Según me han contado, vivió toda una aventura en nuestra ciudad.

—Tienen mi Lexus —respondió Lana.

—Está a salvo en nuestro aparcamiento.

—¿A salvo de qué?

El inspector le mostró sus dientes perfectos en vez de contestar.

—¿Puede contarme lo que ocurrió?

Lana se sentó a la mesa y les contó su experiencia a los inspectores. Choi la interrumpió en varias ocasiones, preguntándole dónde había aparcado su coche, a quién había visto dentro del edificio y cuándo detectó el fuego. Mientras ella relataba lo ocurrido, él iba tomando notas. Ramírez se quedó atrás, apoyada contra la encimera de la cocina con una taza portátil en la mano. No dijo una sola palabra.

—¿Lo primero que vio en llamas fue un árbol situado detrás del edificio?

Lana miró hacia la ventana. Pero para ella la marisma era invisible. En su defecto, vio el eucalipto en llamas, lanzando chispas sobre el edificio.

—Correcto.

—Gracias, señorita Rubicon —respondió Choi con un suspiro. Parecía decepcionado.

—¿Ha hablado ya con todos los que estaban allí presentes? —quiso saber Lana.

—Usted era la última. Confiaba en que tal vez tuviera algo nuevo que decirme.

Lana sentía muchísimo que no fuese así.

Entonces se le ocurrió algo.

—Inspector, ¿el fuego se originó dentro del edificio?

Choi levantó la mirada, interesado.

—¿Por eso usted salió a través de la ventana? ¿Creía que la oficina principal no era segura?

—No. Es que no podía salir del despacho. La puerta estaba cerrada con llave. O atascada. No estoy segura. Y entonces, como nadie venía a buscarme…

Ahora ambos inspectores la miraban.

—¿No les parece sospechoso que me quedara atrapada en esa habitación durante el incendio? —Lana trató de que no se le notara demasiado la indignación en la voz.

—No —respondió Choi tras revisar sus notas.

—¿No? —repitió ella con el ceño fruncido.

—Señorita Rubicon, ¿cuánto tiempo diría que permaneció atrapada? Desde que oyó la alarma hasta que salió de allí.

Lana se detuvo a pensarlo. La alarma. La puerta cerrada. Y sus peripecias para poder alcanzar la libertad. Le había parecido una eternidad.

—¿Media hora? —conjeturó.

—Según el jefe de bomberos, pasaron menos de dos minutos desde que saltó la alarma hasta que salió usted por la ventana. Creo que, tratándose de una emergencia, es razonable pensar que nadie pudo acudir a rescatarla en tan corto espacio de tiempo. Desafortunado, sí, pero también razonable.

Lana lo miró con incredulidad. Era incapaz de decidir si le sorprendía más que no se hubieran olvidado de ella o que hubiera escapado tan deprisa.

—El fuego se originó en el exterior —prosiguió Choi—. Entre la maleza de detrás del edificio encontramos los restos de un artefacto incendiario activado por control remoto. —Sacó una fotografía y se la pasó sobre la mesa—. ¿Algo de aquí le resulta familiar?

La foto era un batiburrillo de tierra ennegrecida, madera astillada y cristales rotos. El foco de la fotografía estaba puesto en una pared exterior con un agujero abierto. Por dicho agujero parecían salirse las entrañas del edificio, una mezcla de pladur, papel marrón rizado y anillas metálicas.

—¿Esto es detrás del edificio?

—Correcto.

Lana cerró los ojos y trató de recordar el plano de la planta.

—Había una puerta trasera, y un armario alargado de cristal que recorría la pared del fondo. Contenía todos sus archivos guardados en pesados archivadores.

Abrió los ojos y señaló las anillas metálicas retorcidas de la fotografía.

—Probablemente eso es lo que quede de ellos.

Pensó en todo lo que contenían los archivadores de Ricardo, los documentos que ahora habían quedado destruidos. Gracias a Dios que había sacado fotografías. Se preguntó qué se le habría podido pasar por alto, si acaso había algo.

—¿Qué es eso? —preguntó, señalando unas manchitas amarillas y rojas que aparecían en la fotografía, asomando por debajo de una masa amorfa calcinada.

—Creemos que eso fue lo que se utilizó para provocar el incendio.

—¿Dinamita?

—Si fuera dinamita, se habría quedado usted medio sorda —respondió Choi tratando de contener una sonrisa.

—Oí un ruido que me pareció el petardeo de un coche…

El inspector tomó nota.

—Podría haber sido eso —dijo—. Era un dispositivo con pólvora, probablemente metido en una caja de cartón con trapos y acelerante. Creemos que podría tratarse de uno de esos petardos de cartucho que emplean los horticultores para ahuyentar a los pájaros.

—¿Petardos de cartucho?

Choi asintió.

—Son así. —Le mostró una foto en la que aparecía una pequeña pistola de plástico de color negro y naranja. Parecía un juguete. Lana se preguntó si la fundación tendría problemas con los pájaros en alguna de las granjas que gestionaba y, de ser así, qué método emplearían para ahuyentarlos.

Choi seguía con su explicación.

—Pero las bombas para pájaros también pueden tener forma de cartucho que se activa a distancia. Que es lo que creemos que ocurrió en este caso.

—¿Tan complicado es? —Lana pensó en los robots diminutos de Martin.

—No especialmente —respondió el inspector encogiéndose de hombros—. Muchos granjeros tienen sistemas por control remoto para el control de plagas.

—¿Podría activarse desde el interior del edificio?

—Desde luego. O desde un vehículo aparcado cerca.

—¿Como mi Lexus? —Una punzada de dolor atravesó la frente de Lana—. ¿Me toma el pelo? ¿Primero van detrás de mi nieta y ahora esto?

—Señorita Rubicon —Choi levantó las manos en un gesto conciliador—, ya han inspeccionado su coche. Estaba limpio. No había pólvora. Ni control remoto.

Lana agradeció que Beth nunca le hubiera dado un mando a distancia para la puerta del garaje. Entonces se acordó de algo.

—Había un Toyota oxidado en el aparcamiento…

—Ya lo hemos comprobado —respondió Choi con un gesto afirmativo.

—¿Y el BMW aparcado en la calle?

—Pertenece al señor Morales.

—¿Estaba limpio?

—¿Tiene alguna sospecha sobre el señor Morales?

—Inspector, ¿sabe por qué me encontraba de visita en la fundación?

—El señor Morales nos ha dicho que estaba investigando sobre Ricardo Cruz. Se mostró ansioso por saber cómo iba su recuperación.

—He estado investigando el trabajo que hacía Ricardo en una propiedad situada cerca de la marisma. Cerca de donde se encontró su cuerpo. —Lana le dirigió un amago de sonrisa a Ramírez—. No es que quiera meterme en su territorio, por supuesto. Es que mi nieta…, en fin…, que quiero que esté a salvo.

—Así que decidió lanzarse desde un edificio en llamas —respondió Ramírez con mirada firme.

—Ya le digo que estaba atrapada. Y me pregunto… ¿y si yo era la víctima potencial del incendio? Debido a mi… investigación.

Ramírez se llevó una mano a la boca y disimuló una tos. A Lana le dio la impresión de que estaba intentando ocultar una risita o un resoplido de desdén. No estaba segura.

Choi se inclinó hacia delante y le puso una mano en el antebrazo para tranquilizarla.

—Si ese fuera el caso, señorita, diría que fracasaron estrepitosamente.

—¿Cuándo sabrán quién es el responsable? —preguntó Lana irguiéndose en su asiento.

—Las investigaciones por incendios provocados llevan su tiempo. Quizá pasen semanas hasta que tengamos algo concreto.

—¿Semanas? ¿Y necesitan quedarse con mi coche todo ese tiempo?

—No, señorita. —Choi colocó un papel fotocopiado sobre la mesa—. Puede retirar su coche cuando quiera en el depósito municipal de vehículos de Santa Cruz. Llame a este número. Ahí le darán los detalles.

—Eso está a veinticinco kilómetros de aquí. ¿Cómo voy a…?

—Señorita Rubicon —dijo Ramírez dando un paso al frente—, la llevaré yo.

Lana giró el cuello.

—¿No podría llevarme el inspector Choi?

—Está ocupado —respondió Ramírez con rotundidad.

Lana se tomó su tiempo para levantarse de la mesa, estrecharle la mano a Choi y ponerse la chaqueta. Dejó una nota sobre la encimera antes de seguir a Ramírez hacia el exterior.

Ramírez abrió la puerta del copiloto del Buick y le hizo un gesto a Lana.

—¿No quiere que vaya en el asiento trasero? —preguntó esta.

—¿Lo preferiría usted? —La cordialidad de Ramírez parecía forzada, así que Lana decidió no tentar a la suerte.

Recorrieron los primeros kilómetros en silencio, con Lana retorciéndose en el asiento hundido. Notaba los muelles rotos que se le clavaban en el moratón de la cadera derecha. Se inclinó hacia delante y tocó con un dedo un colorido collar de cuentas que colgaba del espejo retrovisor.

—¿Un rosario? —preguntó—. Siempre he querido que las mujeres judías tuvieran un accesorio que poder ponerse. Muy listos los católicos al inventarse esto del collar.

Ramírez mantuvo la vista clavada al frente.

—Es un proyecto de clase de manualidades —respondió—. Lo hizo mi sobrina en preescolar.

Avanzaron en silencio otro minuto más, Lana toqueteando distraídamente las cuentas de colores y Ramírez atenta al tráfico.

—¿Qué cree usted que está haciendo? —preguntó de pronto la inspectora.

Lana apartó de manera abrupta la mano del collar de cuentas.

—Lo siento —dijo—, no pretendía…

—¿Qué hace husmeando en mi caso?

Lana se enderezó en su asiento lo mejor que pudo.

—Solo intento proteger a mi familia —respondió.

—¿Sacrificándose usted? ¿Atrapada en un edificio en llamas? ¿Es que acaso quiere morir?

Lana se preguntó por un momento qué le habría contado su hija a Ramírez sobre su estado de salud.

—Es que soy curiosa. E insistente. Rasgos que imagino que alguien como usted apreciará.

—¿Alguien como yo?

—Una inspectora.

—Claro. —Ramírez apretaba con fuerza el volante—. Yo soy aquí la inspectora. La primera mujer, la primera latina que investiga un asesinato en el condado de Monterrey. Ya me cuesta lo mío que mis compañeros me tomen en serio. Lo último que necesito es que una abuelita se me ponga por delante.

Lana notó el ardor intenso en los puntos de la mejilla. Notó la herida palpitante, como si toda su frustración y su sangre coagulada estuvieran atrapadas allí.

—Según mi experiencia —respondió, pronunciando cada palabra con precisión—, las mujeres que culpan a otras mujeres de sus problemas tienen que enfrentarse a sus propias deficiencias.

Fue arriesgado decir aquello en un vehículo en marcha, pero Ramírez se limitó a sacudir la cabeza.

—¿Eso es lo que cree que es? ¿Que la estoy amenazando? Más bien estoy cabreada con usted. Preocupada. Me preocupa estar a punto de resolver este caso y tener que salir corriendo a rescatarla de algún agujero en el que se haya metido.

—No tiene que preocuparse por mí.

—Sí que tengo. Saqué la cara por su nieta, ¿y así me lo paga? ¿Metiendo las narices en mi caso a mis espaldas?

—Por favor. Si a su compañero solo le faltó llamar puta a Jack mientras usted permanecía ahí sentada sin decir nada.

—No todas las batallas se libran en público —respondió Ramírez mientras accedía al depósito municipal de vehículos—. Es usted una mujer lista —agregó en voz baja y rápida—, ya lo sabe. De no ser por mí, Nicoletti seguiría encima de Jacqueline.

—¿Me está diciendo que no puedo seguir investigando este caso? —preguntó Lana con la mirada fija en el parabrisas delantero.

—Como ciudadana particular, tiene derecho a hacer lo que le plazca, señorita Rubicon. Pero me gustaría que lo hiciera lejos de mí.

Ramírez se alejó caminando hacia la garita de la entrada del depósito. Lana se quedó sentada dentro del Buick, como una adolescente enfurruñada, mientras la inspectora hablaba con un agente que llevaba una tabla sujetapapeles y una piruleta que le asomaba por debajo del bigote.

Ramírez regresó al vehículo con las llaves de Lana. Ambas mujeres condujeron en silencio por el aparcamiento, entre coches deportivos siniestrados y furgonetas con manchas de ceniza y las lunas tintadas.

—Laboratorios de metanfetamina móviles —explicó Ramírez al ver su mirada inquisitiva—. Les roban los coches a madres distraídas de clase media, arrancan los asientos y se ponen a cocinar. Encontré una la semana pasada en Royal Oaks.

Lana reconocía una ofrenda de paz cuando la veía y decidió que sería conveniente corresponder.

—¿Sabe? He estado pensando en esa reserva para la excursión en kayak —comentó.

La inspectora la miró con desconfianza.

—Ricardo se apuntó para la excursión de mi nieta del sábado al atardecer —continuó Lana—. Usted nos mostró el libro de registros. Paul atendió la llamada. Decía «pagado» y todo. Pero esa llamada se produjo el viernes por la tarde.

—¿Y qué?

—Es posible que no fuera Ricardo quien llamó.

—Muy buena —respondió Ramírez con una sonrisa—. Al principio Nicoletti no se dio cuenta. Tiene usted razón. La reserva se realizó a las cinco de la tarde, cuando Ricardo Cruz ya estaba muerto.

A Lana le decepcionó no haberle dado información nueva a la inspectora, pero al menos volvían a dirigirse la palabra.

—¿La reserva se hizo desde el teléfono de Ricardo?

—Sí.

—¿Alguien lo asesinó, le quitó el teléfono y reservó una excursión?

—Eso es. Todavía estamos esperando recibir el historial de datos de ubicación, para poder saber desde dónde se hizo la llamada. Con suerte allí encontraremos algo útil.

Lana se preguntó quién tendría una relación tan estrecha con

Ricardo como para saber la contraseña de su teléfono. Resistió la tentación de hacer más preguntas.

—Parece que lo tienen todo controlado —comentó.

—Eso me gustaría pensar.

Ambas mujeres se bajaron del Buick y se situaron frente al Lexus de Lana, mirándose la una a la otra.

—Quiero que resuelva este caso —le dijo Lana—. Si hay algo que yo pueda hacer para ayudar…

—Lo mejor que puede hacer es no meterse.

—Ambas deseamos lo mismo —insistió Lana—. Justicia para Ricardo Cruz.

Lana notó que la joven la recorría con la mirada. Había sido una tarde muy larga. Le picaba la peluca, le dolían los moratones y notaba que la base de maquillaje líquido que se había puesto sobre los puntos le resbalaba por la cara.

—¿Está segura de que es justicia lo que desea, señorita Rubicon?

Lana se quedó quieta, observando en silencio mientras Teresa Ramírez se ajustaba la placa, volvía a montarse en el Buick y se alejaba.

Capítulo 30

—¡Beth! ¡Deprisa! —gritó Lana conforme se cerraba de golpe la puerta de la entrada—. ¿Puedes ayudarnos con una cosa?

Beth dejó caer la comida china sobre la encimera y corrió hacia el dormitorio de atrás.

—¿Estás bien?

—¿Esto está recto?

Jack estaba de pie encima de su antiguo escritorio, sujetando un enorme tablero de corcho contra la pared. Lana la observaba desde el umbral de la puerta. En la cabeza llevaba una de las boinas de Beth tejidas a mano, una de color lavanda con un pompón en lo alto. En la boca sujetaba clavos y, en la mano, un martillo. Los puntos de la mejilla estaban cubiertos por una tirita de Wonder Woman. Si no hubiera parecido tan demente, habría resultado una estampa incluso mona.

—¿Qué estáis…?

—¿Esto está recto? —preguntó Lana.

Beth advirtió que a Jack le temblaban los hombros.

—Está bien.

—¡Genial! —Lana avanzó con el martillo, Jack se agachó para apartarse de su camino y el tablero de corcho cayó al suelo.

—Mierda. Bueno. A la tercera va la vencida. —Lana le hizo a Jack un gesto con la cabeza y la adolescente volvió a subirse encima del escritorio.

Beth miró a su alrededor. El escritorio estaba lleno de los libros de Lana: *El arte de la guerra*, *Las meditaciones de Marco Aurelio* y uno en el que aparecía una mujer de enorme melena con hombreras bajo el título *They can kill you but they can't eat you*. La colcha estaba oculta bajo un montón de páginas impresas: contratos, mapas y fotografías desenfocadas. Era evidente que llevaban ya un rato entregadas a aquella tarea, fuera cual fuera.

—¿Qué está pasando aquí?

—Prima encontró un montón de buen material en la fundación ecologista.

Beth volvió a examinar los papeles que había sobre la cama.

—¿Has robado todas estas cosas?

—Claro que no —respondió Lana mientras alineaba un ejército de chinchetas sobre el tablero de corcho—. Saqué fotografías con mi teléfono.

—Entiendo.

—Y yo las he impreso con la impresora de la biblioteca después de clase —agregó Jack.

—Ya veo.

—Hemos estado revisándolo todo, ¿y sabes qué, mamá? Es bastante interesante. —Jack contuvo la respiración y rezó para que aquello no se convirtiera en una pelea.

—Vale…, bien. Yo he traído cena. Si queréis, la investigadora del asesino del Zodiaco y tú me podéis contar lo que habéis descubierto mientras tomamos un arroz frito.

—He decidido recalibrar mi estrategia —explicó Lana—. Centrarme en encontrar pruebas, no en atrapar al asesino.

—Parece sensato —convino Beth. Contempló con temor el martillo, que ahora estaba en la mesa junto al plato de Lana.

—La inspectora Ramírez es la que debería resolverlo.

—Muy generoso por tu parte, mamá.

Lana asintió antes de continuar:

—Pero no hay nadie implicado en la investigación que esté

más cualificado que yo para revisar esos documentos inmobiliarios.

Lana se lanzó a hablar de la Fundación Ecologista para la Conservación de la Costa Central, contándole lo que había descubierto tras su visita: el terreno ubicado al oeste del rancho de los Rhoads era público y el terreno que se encontraba al este estaba gestionado por la fundación. El rancho era un eje, aunque todavía no sabía de qué. Pero estaba segura de que lo averiguaría.

—¿Sigues creyendo que hay relación entre el rancho del señor Rhoads y la muerte de Ricardo? —preguntó Beth, tratando de que en su voz no se percibiese el escepticismo.

—Más que eso. Jack, ¿me traes la lista?

Jack cogió un antiguo examen de español y le dio la vuelta a la hoja. El reverso estaba lleno de líneas ordenadas escritas con tinta morada.

—Una —leyó en voz alta—: Ricardo habló con el señor Rhoads sobre el futuro del rancho.

Lana le hizo un gesto con la cabeza para que continuase.

—Dos: una nota sospechosa que hablaba de arrebatarle un proyecto importante a la fundación ecologista. Tres: Diana Whitacre, hija del señor Rhoads, se mostró esquiva respecto a Ricardo durante el funeral.

—Parece… complicada —comentó Beth.

—A menudo las mujeres fuertes lo son. Me cae bien. Comeremos juntas esta semana.

Beth miró a su madre.

—Si te encuentras con fuerzas —dijo.

—Por favor, si en ese hospital he dormido más que en los últimos meses. Si tengo energía suficiente para que me metan en ese tubo el jueves por la mañana para hacerme la resonancia y el tac, creo que me merezco después una pequeña recompensa. Venga, Jack —le dijo a su nieta apuntándola con un palillo chino—, sigamos con nuestra lista.

Jack miró alternativamente a Lana y a su madre y después

volvió a fijarse en la hoja de papel. Lana siguió agitando el palillo hasta que su nieta por fin habló.

—Cuatro —leyó—: esta se me ocurrió a mí. Es posible que tirasen el cuerpo de Ricardo al agua en el rancho.

Beth pareció confusa.

—Pero ¿no lo habías encontrado en los lodazales?

Jack asintió y explicó:

—Los lodazales, la marisma, técnicamente no son propiedad de nadie. Pero Prima y yo hemos estado viendo la propiedad situada más arriba de los lodazales y… Espera un momento; te lo enseñaré. —Se levantó de un salto y desapareció en el dormitorio trasero.

—¿Estás segura de que esto es buena idea? —le preguntó Beth a su madre.

A Lana le brillaban los ojos.

Jack regresó con un gran mapa entre las manos. Apartó el recipiente del arroz frito y extendió el mapa sobre la mesa.

—Aquí está el rancho. Y aquí está la propiedad de la fundación ecologista, justo al lado. ¿Lo ves?

El pulgar de Jack dejó una mancha de grasa sobre la tierra de cultivo situada al norte de la marisma. La propiedad de la fundación serpenteaba en paralelo al agua varios kilómetros antes de describir un giro brusco a la izquierda y ascender por las colinas hacia el este. Beth distinguió pequeños arroyos que atravesaban el terreno, ignorando los límites de la propiedad. Había explorado la orilla norte algunas veces, abriéndose camino a través del bosque, saltándose los carteles de «No pasar», ensuciándose las botas de barro cada pocos pasos. Algunos arroyos eran antiguas acequias de riego, trazando líneas rectas a través de lo que fueran en otros tiempos campos fértiles. Otros daban vueltas y se retorcían sobre sí mismos hasta terminar en ciénagas pantanosas. Solo un par de arroyos llegaban hasta la marisma. Habría que ser un auténtico experto para saber cuáles eran atajos y cuáles no conducían a ninguna parte.

—Yo encontré su cuerpo aquí —dijo Jack, dejando otra

marca grasienta en el mapa, esta vez sobre el agua, un kilómetro y medio más arriba del límite de la propiedad de la fundación.

—Podría haber flotado desde cualquier parte —comentó Beth.

—Desde cualquier parte no —intervino Lana con tono decidido y docente—. Me lo enseñó Jack: tuvo que llegar desde algún lugar de la orilla septentrional, probablemente uno de los arroyos que desembocan en la marisma, o una acequia de riego; podría ser uno que conecte con el rancho.

—¿Y no podría haber llegado desde mar abierto? ¿O quizá de algún lugar más arriba, junto a los campos de lechugas?

—Creemos que no —respondió Jack—. Estuvo en el agua entre veinticuatro y cuarenta horas. Un fin de semana. Alguien se daría cuenta si hubiera un cuerpo flotando en mitad de la marisma. Creemos que debía de estar en uno de los arroyos laterales, en una propiedad privada. Como estas.

Jack señaló un laberinto de líneas azules entre el rancho, la fundación y los lodazales.

Beth apartó su plato.

—Algunos de esos arroyos no atraviesan el rancho.

—Cierto —convino Lana con un gesto afirmativo—. Ahora mismo, Víctor Morales está de los primeros en mi lista de sospechosos.

—En cuyo caso, esto no tendría nada que ver con el señor Rhoads —dedujo Beth—. Quizá sea cosa de la fundación, alguna lucha de poder que tengan allí.

—¿A qué viene este interés tan súbito, Beth? —le preguntó Lana mirándola con suspicacia—. ¿Tiene algo que ver con el genio de la nanotecnología al que has estado consolando?

—Por favor, mamá. Solo intento ayudaros a explorar todas las posibilidades. Y Martin y tu nueva amiga, Lady Di, acaban de perder a su padre. No me entusiasma que metas a una familia inocente como los Rhoads en todo este… —Beth agitó las manos sobre los papeles desperdigados por la mesa— lo que sea que es esto.

—¿Se acabaron para ti las noches de misterio? —le preguntó Lana con una ceja arqueada.

—Mamá, no se trata de…

Lana se puso en pie y giró el cuello.

—Jack, sé que tienes clase mañana, pero después de eso pensaba que podríamos…

—Me encantaría ayudar —se apresuró a responder Jack, antes de que su madre pudiera intervenir.

—Mañana entonces. —Lana recogió los papeles y formó con ellos una pila desordenada—. Con todo esto veremos quién es inocente aquí.

Capítulo 31

A la tarde siguiente, el dormitorio de Lana parecía el cuartel general de un grupo secreto de detectives. Cosa que Jack suponía que era. Más o menos. El tablero de corcho estaba cubierto con la lista de sospechosos, el mapa grasiento de la marisma, la nota manuscrita y un boceto del rancho Rhoads que mostraba sus muchos alquileres y subdivisiones. La incorporación más reciente al tablero era una fotografía granulosa ampliada en la que aparecía Martin Rhoads de pie en un escenario entre un grupo de hombres en la conferencia de nanotecnología celebrada el 3 de febrero, lo que al parecer era algo real. Todos vestían camisetas de manga corta con el logo de sus distintas empresas emergentes. Casi todos parecían rondar los veinticinco años, eran flacuchos y tenían el pelo pincho. Martin parecía el señor empollón que trataba de encajar allí.

Lana tenía sobre la cama todos los papeles impresos que había fotografiado en la fundación, organizados en montones. Jack se sentó y empezó a hojear el montón más desordenado.

—Esas son las cosas históricas —le dijo Lana—. Todavía no lo he revisado. Pero primero deja que te enseñe esto.

Se acercaron al tablero.

—Estaba pensando en lo que dijo tu madre sobre el cuerpo y desde dónde podría haber llegado flotando.

Jack supuso que aquello era lo más cerca que iba a estar Lana de admitir que quizá estuviera equivocada.

—Todavía no sabemos dónde murió Ricardo —continuó Lana—, pero pensaba que tal vez sería una buena idea entender realmente lo que sucede en la zona donde la propiedad de la fundación y el rancho limitan con el agua. Los arroyos no obedecen los límites de la propiedad, y sabemos que el señor Rhoads arrendaba partes del terreno del rancho a otros negocios. En los papeles de la fundación he encontrado los detalles sobre esos alquileres, y este es el aspecto que tienen. —Lana señaló el boceto clavado en el tablero; parecía un tablero de ajedrez dibujado por un niño, con el terreno dividido en bloques de diferentes formas y tamaños.

—¿Quieres que tome notas?

—Nunca te ofrezcas voluntaria como secretaria —le dijo Lana, entregándole su cuaderno de notas—. Ahora anota esto: el señor Rhoads y su familia siempre han regentado veinte hectáreas en lo alto de la colina, donde están la casa principal y el establo.

—Donde fuimos al funeral.

—Exacto. La familia Rhoads gestiona los campos de la ladera al este de la casa. Las cuarenta hectáreas del sur, más cercanas a la marisma, las tienen alquiladas a un horticultor de fresas orgánicas. Por aquí —Lana rodeó una zona situada al norte de la casa—, hay otras cuarenta hectáreas, arrendadas a un criadero de salmón, a campos de coliflores híbridas, a otro que solo dice Sra. Pickle y a una empresa llamada Splatterball*. Lo he buscado. Suena fatal. Todos esos jóvenes vestidos de camuflaje corriendo por ahí con pistolas…

Lana hizo una pausa en su explicación.

—¿Crees que a un hombre como Ricardo Cruz podría gustarle el *paintball*? —pronunció la última palabra como si fuera un acto sexual degradante—. No acabo de verlo.

---

* *Pickle* significa «pepinillo» y *splatterball* puede traducirse como «pelota que salpica».

Su teléfono móvil comenzó a vibrar sobre la colcha. Lo miró y sacudió la cabeza.

—Víctor Morales. Me llama todos los días para disculparse.

—¿Has hablado con él?

—Todavía no. Siempre está bien hacer sudar un poco a un hombre, Jack. Al menos hasta que haya algo que desees de él.

Lana ignoró la llamada y se volvió de nuevo hacia el boceto. Señaló el rincón sureste del rancho, situado junto al agua, y la linde con la propiedad de la fundación ecologista.

—La parte interesante está por aquí. El año pasado, el señor Rhoads le alquiló esta pequeña porción de terreno a Paul, tu jefe.

—Mamá me comentó algo al respecto —respondió Jack mirando con más atención.

—¿Tu madre?

—Sí… Supongo que surgió el tema cuando fue a comer burritos con Martin. Me contó que quizá había descubierto por qué el señor Rhoads tenía en su establo aquel kayak para dos. Supongo que le alquiló a Paul un poco de terreno y Paul le dio el kayak a cambio. Eso es lo único que sé.

Lana quiso preguntarle más cosas, pero en su lugar se volvió hacia el tablero.

—Bueno, pues aquí está. Técnicamente está alquilado a algo llamado Fruitful SRL, pero en el contrato figura el nombre de Paul. ¿Tienes idea de lo que podría estar haciendo allí?

—No había oído hablar de ello —respondió Jack negando con la cabeza—. No tenemos un puesto de comida ni guardamos allí las embarcaciones. ¿Y llega hasta el agua?

Jack y Lana contemplaron la angosta franja de tierra. El terreno de Paul era pequeño, de menos de media hectárea, una diminuta boca de Pac-Man que se abría hacia la marisma desde la amplitud del rancho. Por un momento Lana se preguntó si podría ser el germen de ese gran proyecto atrevido al que se hacía referencia en la nota manuscrita que había encontrado.

—A juzgar por las imágenes por satélite, es un campo —dijo—.

Cercano a la orilla, pero no llega a tocarla. Probablemente sean de esas lagunas poco profundas que se llenan de agua marina.

Jack deslizó la mirada entre el boceto, el mapa de la marisma y sus notas.

—Creo que conozco esa zona. Hay una especie de valle. Y una valla. No se alcanza a ver gran cosa de lo que hay allí arriba.

—Está bastante cerca de los lodazales.

—¿Crees que...? —Jack no estaba segura de querer preguntarlo—. ¿Crees que debería dejar de trabajar para él?

Lana miró a su nieta. No estaba mordisqueando el bolígrafo ni haciéndose agujeros en los puños de la sudadera. Parecía tranquila, firme. Como su madre.

—No saquemos conclusiones precipitadas —le dijo, y señaló los montones de papeles de la fundación que había sobre la cama—. Veamos qué más cosas podemos encontrar.

Jack se hizo cargo de los documentos históricos y Lana se puso manos a la obra con los contratos. Se detuvo nuevamente en la declaración de intenciones y leyó con detenimiento sus breves párrafos sobre el usufructo para la conservación de los humedales. Creía entenderlo, aunque nunca había trabajado con un documento así. Y estaba claro que Martin, Diana y Víctor tenían todos opiniones diferentes respecto a su significado. Sacó su teléfono y le envió un mensaje a un viejo amigo que sin duda sabría cómo interpretarlo. Pero André no le respondió de inmediato, como solía hacer. Habiendo estado fuera tanto tiempo, quizá se hubiera olvidado de ella.

Cuando llevaban dos horas, Jack se levantó y se fue. Lana se preguntó si la muchacha se habría cansado ya de seguirle la corriente. Tal vez Jack se hubiese dado cuenta de que aquello no era un juego entretenido, sino una caza aburrida y frustrante que no conducía a ninguna parte. Pero entonces su nieta regresó con una Coca-Cola Light para ella y un enorme cuenco de nachos con salsa. Jack sonrió y cogió un nuevo informe genealógico de su montón.

Habían consumido la mitad de los nachos y toda la salsa cuando encontraron algo.

—¡Por fin! —exclamó Lana. Agitaba un pedazo de papel en la mano.

—¿Qué es?

—Un *email* de Ricardo Cruz a Hal Rhoads sobre el proyecto misterioso en el que estaban trabajando. Es de la semana anterior a que muriera. A que murieran ambos. Escucha esto.

Querido Hal: Hoy los halcones vuelan alto. Acaban de llamar de la oficina del arquitecto. Ya están listos los primeros bocetos de Verdadera Libertad. Los arquitectos te enviarán una copia y yo llevaré la mía cuando vaya a verte el viernes. No pienso mirar. Quiero que seas el primero en verlo. Hasta entonces, Ricardo.

Lana miró triunfante a Jack.

—¿Ves la fecha? Ricardo iba a visitar al señor Rhoads el 3 de febrero, el mismo día en que fue asesinado. Tú encontraste su cuerpo dos días más tarde, aquel domingo.

—Vale…

—Eso los vincula. No solo de manera general, sino el fin de semana en que ambos murieron.

Jack revisó el documento.

—Esta frase de aquí escrita en español, «Verdadera Libertad», me suena de algo.

—Bueno, me alegra que estés aprendiendo algo de español en el instituto.

—No es eso. Es que me suena haber visto algo al respecto… —Empezó a rebuscar entre un montón de papeles que tenía delante—. Aquí está. Me pareció un poco absurdo cuando lo leí. Es la historia del rancho desde la perspectiva de uno de los descendientes de los dueños originales. Supongo que sería un tío abuelo lejano del señor Rhoads. El nombre es un poco diferente, pero es el mismo rancho. Hay una parte en la que hablan de cuando estaban construyéndolo en 1853 —dijo, señalando con el dedo.

La historia, escrita a máquina, había sido fotocopiada varias veces y el texto estaba torcido hacia la derecha, escrito con una fuente oscura y granulosa.

Un día, cuando los hombres trabajaban en los edificios, una banda de mexicanos se acercó para ahuyentarlos de las tierras que aún consideraban suyas. El señor Roadhouse, al verlos acercarse en la distancia, anunció: «Parece que tendremos que luchar. ¡Ojalá tuviéramos una bandera de los Estados Unidos!». Mientras que su suegro replicó: «¡Yo sí tengo una, y además es grande! Está en mi baúl, en el carro».

Se apresuraron a sacarla y la clavaron a un mástil, que después colocaron en lo alto de un gran roble. Los mexicanos, al ver la bandera del nuevo Gobierno, y evidentemente convencidos de que se trataba de unas instalaciones del Ejército de los Estados Unidos, cambiaron de opinión y se marcharon. A partir de entonces, aquel roble en particular llegó a ser conocido para la familia como el «Árbol de la Libertad».

Lana levantó la mirada.

—¿Crees que el proyecto en el que estaban trabajando Ricardo y Hal tiene algo que ver con ese Árbol de la Libertad?

—Árbol de la Libertad, Verdadera Libertad… No lo sé. —Jack se encogió de hombros—. Me parece un poco extraño, teniendo en cuenta la historia, que lo llamasen así en español. Quizá sea solo una coincidencia.

—O una referencia que todavía no entendemos.

Jack se apoyó contra el cabecero de la cama.

—La historia estadounidense es un lío —comentó—. Los blancos les robaron ese rancho a los mexicanos.

—Es probable que los mexicanos se lo robaran también a los nativos americanos.

—¿Por qué la tierra tiene que pertenecerle a alguien?

—La tierra es la forma más preciada de poder en este planeta. Porque es limitada. Cuando la compras…

—O la robas…

Lana asintió.

—Puedes decidir sobre su futuro. Si posees la tierra, puedes hacer lo que quieras. Puedes plantar árboles, construir rascacielos o planificar una nueva ciudad. Puedes dar forma al futuro que quieras para tu familia y para ti.

—A mí me parece otra forma más de que unos acaparen poder sobre los otros.

Lana sonrió, pensando en el brillante escritorio lacado en blanco de su antiguo despacho al oeste de Los Ángeles.

—A veces eso es cierto. Pero poseer terrenos no siempre es una cuestión de poder. También es cuestión de raíces. O de administración. Como lo que sentía el señor Rhoads por su rancho. O lo que sienten los de la fundación ecologista por los lugares que les importan.

Jack parecía escéptica.

—Piensa en este lugar —prosiguió Lana—. ¿Cómo te hace sentir el saber que tu madre es la dueña de esta casa?

—Me hace sentir a salvo —respondió Jack tras pensarlo unos instantes—. Como que, pase lo que pase, siempre puedo volver a casa.

—Exacto. Cuando posees algo, está ahí para ti. Y, en cierto modo, incluso te posee a ti también. Desde el primer día en que tienes una propiedad, se te agarra por dentro. Vas por ahí y la propiedad te susurra aquello que quiere ser, y lo que quiere que seas tú. Sientes la necesidad de cuidar de ella, de alimentarla. Con mis clientes lo he visto una y otra vez.

—Sigo pensando que no es justo.

—El mercado inmobiliario nunca lo es —contestó Lana con un resoplido.

* * *

Beth les envió un mensaje diciendo que había tenido un turno horrible y que si, por favor, podían encargarse ellas de la cena. Mientras Jack pedía a Pizza My Heart una grande de salchicha y cebolla con extra de aceitunas, Lana volvió a escribir a André. La *pizza* llegó justo después de que lo hiciera Beth. Por suerte, a Lana le sonó el teléfono antes de que empezase a plantearse la idea de comérsela.

Se fue corriendo al dormitorio de atrás y cerró la puerta. Beth miró a Jack con una ceja levantada, pero la muchacha estaba demasiado ocupada redistribuyendo los ingredientes para maximizar la variedad de sabores por bocado.

—Gracias por devolverme la llamada tan rápido, André —dijo Lana, se sentó en la cama mirando hacia la ventana, con la marisma al fondo, y se colocó sobre el regazo la declaración de intenciones.

—¡Cariño, no hay de qué! ¿Dónde estás? Tu ayudante me dijo algo sobre un procedimiento médico fuera de la ciudad, y luego no respondías a mis mensajes. Y, cuando la volví a llamar, me dijo que estaba trabajando para una especie de *influencer* de estilo de vida en Ojai.

Lana no había imaginado lo agradable —y doloroso— que sería oír la voz de su viejo amigo. Fue como quitarse de golpe una tirita que había olvidado que llevaba puesta.

—André, estoy bien. Pero aquí las cosas se han complicado un poco más de lo que me esperaba.

—¿Dónde estás?

—En la bahía de Monterrey, cerca de Carmel. —Más o menos. André dejó escapar un largo suspiro.

—Gracias a Dios. Y yo pensando que estabas atrapada en algún sitio horrible, como una cárcel siberiana, o Bakersfield. —Hizo una pausa—. Un momento. ¿No te estarás haciendo uno de esos tratamientos faciales con caracoles? ¡Qué bestia! He oído que la baba de caracol huele fatal, pero las arrugas se te disuelven, desde luego.

—Por favor. Ya sabes que yo no tengo arrugas.

—No vas a contármelo, ¿verdad? Bueno, ¿qué pasa?

—Confiaba en que pudieras hablarme un poco sobre los usufructos de conservación.

—No te habrás vuelto ecologista, ¿verdad?

—No, nada de eso. Estoy echando un vistazo a unos contratos con una fundación para la conservación del terreno de por aquí y tenía algunas dudas. Nunca antes me había ensuciado las manos con organizaciones sin ánimo de lucro y sabía que tú serías la persona indicada a la que preguntar —dijo Lana.

—Esa es mi chica —respondió él entre risas—. Siempre hablando de negocios. Dispara.

—Tengo delante una declaración de intenciones firmada hace cinco años para llevar a cabo un usufructo de conservación entre un ranchero y una fundación. Solo para estar segura, un usufructo de este tipo es la transferencia de los derechos urbanísticos, no una transferencia del terreno, ¿verdad?

—Eso es. El dueño se queda con el terreno, renuncia a los derechos a hacer nada en dicho terreno y se deduce impuestos por ello. En cierto sentido, es como los usufructos que hemos negociado en el pasado para construir carreteras nuevas en terrenos privados. Pero en vez de construir, supone un bloqueo; el usufructo genera una zona no urbanizable.

—Así que, si nadie compra ni vende el terreno, ¿qué papel desempeña la fundación? ¿Qué ganan ellos?

—Control. La fundación es una especie de niñera benéfica que vigila el proceso. Despojan a la propiedad de cualquier medio significativo para progresar o generar beneficios. Gestionan la firma de los papeles y la redacción de nuevas restricciones en las escrituras. Y luego hacen un seguimiento de las propiedades que están a su cuidado para asegurarse de que nadie levanta un puesto de limonada, una casa o, Dios no lo quiera, una fábrica sobre el terreno.

—¿Y cómo gana dinero la fundación en esa coyuntura?

—No ganan. De ahí que sean sin ánimo de lucro.

—Eso no tiene sentido.

—Para ti no lo tiene. Para mí tampoco, cariño. Pero para gustos… Y me imagino que a menudo las fundaciones ecologistas reciben grandes donativos de dinero por sus esfuerzos. Es algo así como hacer una generosa donación al hospital donde tu querida madre estiró la pata.

Lana trató de ignorar aquella última analogía.

—¿Y si una fundación ecologista tuviera suficientes terrenos en usufructo de conservación como para obtener algún tipo de estatus federal como zona de protección de la fauna?

—¿Qué clase de fauna?

Lana miró por la ventana y respondió:

—Focas, nutrias, aves acuáticas…

—Megafauna carismática —dijo André. Su tono de voz denotaba una mezcla de respeto y desprecio—. Cuanto más mono es el animal, mayor es el precio. Muy populares entre los multimillonarios de Sierra Club. Y entre los federales. Si la fundación pudiera demostrar que esos animales son únicos o están en peligro de extinción, podría obtener una designación federal. Podría suponer muchos fondos, y el poder para llevar la batuta en kilómetros a la redonda.

Así que Diana no exageraba. Lana se imaginó a Víctor Morales, rey ecologista, quitándoles Elkhorn a los rancheros que llevaban generaciones controlando de la zona. Se lo imaginaba en la frondosa ladera del rancho, montado a lomos de un caballo, con botas hechas a medida, contemplando su ecoimperio. Lo disfrutaría. Y no le quedaría nada mal ese papel.

Pero había una cuestión sin resolver que se interponía entre su sueño y él.

—Según mi experiencia, una declaración de intenciones no es vinculante —dijo Lana—. No existe alguna excepción cuando se trata de proyectos ecologistas, ¿verdad?

—Qué va. Una declaración de intenciones no es más que una promesa. Y ya sabes lo fácil que es que un proyecto inmobiliario cambie o se vaya a pique entre la promesa y la línea de meta.

—Sin contrato no hay trato. —Era uno de sus mantras—. Gracias, André. Esto es justo lo que necesitaba.

—No hay de qué. Me has concedido el placer de ser la única persona que ha hablado contigo en meses. Se pondrán todos celosos. —Hizo una pausa—. Esto sin ti es menos divertido. Charlar está bien, pero echo de menos verte levantar torres de apartamentos.

—Echas de menos quedarte con mi negocio.

—Bueno, eso también. Pero, cariño, ahora mismo tienen un espectáculo montado en West Hollywood en el que todos los papeles de hombre están interpretados por cerdos y todo el mundo habla de ello. ¿Piensas volver pronto?

Lana notó una punzada de nostalgia por su antigua vida, el ritmo embriagador del negocio, el chinchín de las copas al brindar con amigos y enemigos por igual. Echaba de menos los restaurantes en los que te sentaban en función del poder que ejercieras en la ciudad. Echaba de menos los aparcacoches. Pero se preguntó qué parte de su antiguo mundo seguiría disponible para ella si regresara ahora, con los ojos hundidos y puntos en la cara. Si no le había contado lo del cáncer a nadie salvo a Gloria era por una buena razón: las fuerzas de la naturaleza como André evitaban la debilidad como si fuera contagiosa. Antes de enfermar, a ella también le sucedía.

Contempló el refugio que había creado en el dormitorio trasero de su hija en Elkhorn. Los muebles astillados. Papel pintado por todas partes. No era un lugar que hubiera elegido, sino un lugar donde podía ser ella misma, una persona frágil e incompleta: Lana con cáncer. En dos días, el jueves, se haría las pruebas que le dirían cuándo podría volver a ser Lana, sin más. Podría ser pronto. O podría no ser nunca. No podía perder la esperanza de que los tumores se encogerían y ella podría regresar a casa, volver a ser deslumbrante y dura como los diamantes, y dejar atrás todo aquello.

Hasta entonces, tenía nuevas formas de ocupar su tiempo.

—No tengo claro cuándo regresaré, André. —Miró por la ventana y vio la marisma despertando a la noche, los charranes y las focas zambulléndose en el agua en busca de su cena—. Hay algo aquí que ha despertado mi interés.

—¿Una oportunidad inmobiliaria de cuarenta hectáreas? ¿Un madurito interesante? Conociéndote, serán ambas cosas.

—Te lo contaré todo a mi regreso, André —le prometió con una sonrisa—. Omakase. Invito yo.

—Cariño, qué ganas. Y tráete a ese hombre contigo.

Capítulo 32

Cuando Lana entró en la cocina dando tumbos a las nueve y media de la mañana siguiente, estaba sonando el teléfono fijo.

—¿Señora Rubicon?

Lana estaba demasiado cansada para corregirla.

—Llamo de la oficina del instituto North Monterey County.

—¿Sí? —dijo Lana con un bostezo.

—¿Jacqueline no ha venido hoy a clase por enfermedad? En los archivos no nos consta ninguna nota que justifique su ausencia.

—¿Cómo? Un momento. —Lana miró hacia el sofá cama. La almohada de Jack estaba apilada sobre la colcha doblada, como de costumbre. Por la ventana vio el coche de Beth aparcado en el camino de acceso a la casa. Trató de estirar el cable del teléfono lo suficiente para llamar a la puerta del dormitorio de su hija, pero no alcanzaba—. Enseguida les llamamos.

—Tendremos que marcarlo como falta injustificada.

—¡He dicho que enseguida les llamamos! —respondió Lana, pero la llamada se cortó antes de que pudiera terminar la frase—. ¿Beth? —dijo abriendo con cautela la puerta del dormitorio de su hija.

—Mmm. —Beth tenía la cara contra la almohada y el cuerpo engullido por un montón de mantas—. Es mi día libre. Déjame dormir.

240

—Beth, han llamado del instituto. —Lana trató de disimular el pánico en su voz—. Jack no ha ido a clase. Y aquí tampoco está.

—¿Cómo? —dijo Beth incorporándose como un resorte—. ¿Hace cuánto que salió?

—No lo sé. A mí me ha despertado el teléfono.

—¿Su mochila está sobre la mesa?

—¿Qué? —Lana se volvió y miró tras ella. Sobre la mesa había unos libros y papeles, pero ninguna mochila. Dijo que no con la cabeza.

—La puerta de atrás —ordenó Beth mientras se enfundaba unos vaqueros.

Ambas mujeres salieron y contemplaron la escena detrás de la cocina. Allí estaba la bicicleta de Jack, apoyada contra la casa, junto con una chaqueta y su casco fluorescente. Pero ella no estaba.

Beth asomó la cabeza por la esquina de la casa.

—Su tabla de *paddleboard* no está.

—Eso es bueno —respondió Lana con un suspiro de alivio—. Probablemente haya perdido la noción del tiempo en la marisma.

—No. Tenemos un trato. Deja su mochila sobre la mesa si va a salir a remar temprano. Y tiene que llegar a tiempo a clase. Sin excusas, sin retrasos. De lo contrario, le prohibiría salir a remar. Nunca se arriesgaría a eso.

Lana percibió cómo la preocupación iba apoderándose de la voz de su hija. Miró hacia la marisma y escudriñó el agua gris. La superficie estaba tranquila y resplandeciente, salpicada de barcos y gente. Dos embarcaciones alargadas de mujeres practicando remo. Tres hombres robustos que navegaban en sus respectivos kayaks río arriba. En la única tabla de *paddleboard* que distinguió iba subido un hombre mayor y barrigón, con el traje de neopreno bajado hasta la cintura, insensible al frío o haciéndose el macho, o ambas cosas. Se quedó mirándolo con intensidad, deseando que el vello rizado de su torso se convirtiera por arte de magia en un chaleco salvavidas rojo sobre una chica adolescente.

Beth reapareció junto a ella.

—No responde al teléfono —dijo.

—A lo mejor ha dejado una nota.

—No es así como hacemos las cosas. ¿Dónde podría…? —Beth se agachó, cogió una piedra del borde de su laberinto de rocas y la apretó con fuerza.

—Beth, es una adolescente…

—¿Y qué?

—Pues que a lo mejor no se lo cuenta todo a su madre.

Lana se preparó para la diatriba. Pero el rostro de Beth se vio invadido por el pánico, no por la rabia. Lana le dio una palmadita en la espalda con cierta incomodidad, que se acrecentó cuando el gesto se convirtió en una especie de abrazo de medio lado, con la cabeza de Beth apoyada en el hombro de su madre. Cuando su hija se apartó, tenía los ojos vidriosos.

Cuando Jack era una niña, Beth se había pasado horas memorizando su rostro diminuto, su barbilla puntiaguda, su pelo oscuro, que flotaba a su alrededor como una nube. En esa época, Beth nunca dormía, iba corriendo de la guardería a la facultad de Enfermería, de ahí al trabajo y luego a casa, y se quedaba despierta hasta tarde en el sillón acolchado que había encontrado junto a la carretera mientras Jack dormía y se retorcía entre sus brazos. Algo de aquellas horas de insomnio se quedó tatuado en los párpados de Beth, teniendo a su hija siempre presente. Veía a Jack mirándola desde los ojos marrones profundos de sus pacientes. Veía a Jack en los boletines de notas y en los pósteres de nutrias, en las bicicletas y en las tablas de *paddleboard*, en un joven pino Monterrey que resistía las embestidas del viento.

Pero ahora, nada. ¿Habría perdido Jack la noción del tiempo, como sugería Lana? ¿Se habría marchado deliberadamente, remando para hacer Dios sabía qué, algo que hubiera decidido ocultarle a ella? ¿O acaso la habían raptado en la marisma?

Tenía que tranquilizarse de alguna forma. Sacó su móvil, empezó a marcar y llamó a todo aquel que quizá hubiera visto a Jack. No respondió nadie en el Kayak Shack. Lo mismo en el club náutico.

Envió un mensaje a Kayla, quien no había visto a Jack antes de clase ni en el descanso de después de primera hora. Volvió a escribir a Jack. Y entonces se detuvo. No tenía a nadie más a quien llamar.

Se quedó mirando el teléfono, pensando. ¿Cómo era posible que no conociera a más gente de la vida de su hija? De pronto su relación con Jack le pareció muy endeble, frágil y fina como el papel, como la superficie oscura de un gran cuerpo de agua. Jack estaba por ahí remando en su tabla, hacia algún lugar del que Beth no tenía idea.

Capítulo 33

Beth conducía en dirección este hacia el interior de las colinas, a mayor velocidad de la que a Lana le hubiera gustado. Aunque no pensaba decir nada. Su hija llevaba la boca cerrada, tenía los brazos en tensión y las manos aferradas al volante con tanta fuerza que parecía estar a punto de arrancarlo de su eje. Atravesó las vías del tren sin dejar de mirar por la ventanilla hacia la orilla llena de juncos que discurría en paralelo a la carretera. El coche aminoró al llegar a la vaquería abandonada y Beth y Lana escudriñaron los establos ruinosos, con las puertas arrancadas de los goznes y grandes porciones del tejado hundidas. No había movimiento. Ni rastro de Jack.

Siguieron avanzando, dejaron atrás Kirby Park y enfilaron hacia el puente de caballetes que separaba los campos de alcachofas del agua pantanosa. Cruzaron hasta la orilla norte en silencio, contemplando las extensas colinas de la propiedad de la fundación ecologista y del rancho Rhoads que les impedían ver la marisma.

Se detuvieron frente a la entrada de las instalaciones de *paintball* y se bajaron del coche. Lana le entregó a Beth sus prismáticos y esta enfocó la mirada hacia el agua, recorriendo los arroyos que conectaban las charcas vernales y las acequias de riego con la marisma. Un equipo de operarios vestido con monos de plástico blanco rociaba hileras de futuros fresales en uno de los campos bajos.

244

Pero, salvo eso, todo lo demás era salicornia y pelícanos hasta donde alcanzaba la vista.

Se levantó viento, que a Lana se le coló por debajo del fino jersey. Notó que Beth cambiaba el peso de un pie al otro.

—Vámonos —le dijo a su hija, colocándole una mano en el antebrazo como para guiarla—. Podría estar en muchos otros sitios.

Para cuando Beth atravesó con el coche la parrilla de barras metálicas del suelo que protegía el puerto deportivo del ganado, ambas mujeres estaban agotadas. Beth contempló a los universitarios vestidos con sudaderas del Kayak Shack que arrastraban botes desde el agua hacia la tienda. Seguía cada kayak con la mirada hasta que desaparecía tras la valla de aluminio.

—Podemos separarnos —sugirió Lana—. Tú vas al Kayak Shack y yo echaré un vistazo a los muelles. A lo mejor encuentro a algún pescador que la haya visto. —Vio a Beth alejarse hacia los chavales, después se dio la vuelta, dejando surcos en la grava con sus tacones bajos, y se fue en la otra dirección.

Los muelles estaban etiquetados por orden alfabético, dispuestos en hileras y ángulos rectos como los planos de las calles en cuadrícula. Cada muelle contenía puntos de amarre para veinticuatro embarcaciones, una mezcla de kayaks, esquifes de pesca y pequeños veleros, con sus foques agitándose con la brisa.

Lana abordó las hileras de forma metódica, empezando por la M y avanzando hacia el norte en dirección a la A. Llegada la letra F, le dolía la cadera derecha. Llevaba los dedos de los pies encogidos en los zapatos de puntera cuadrada. Y los nombres cursis que veía pintados en el lateral de los veleros —Viento en Popa a Toda Vela, Un Mar de Olas y Adiós, Vela d'Or— empezaban a ponerla de los nervios. En la hilera E conoció a tres pescadores que, muy educadamente, miraron las fotos de Jack que les mostró en su teléfono. Uno de ellos, menos educadamente, se tomó el tiempo de mirarle por debajo del jersey sin sujetador antes de levantar la mirada y abrir la boca para decirle que lo sentía. No habían visto a Jack. Sus colegas empezaron a reírse mientras Lana se alejaba.

Mientras caminaba por el pasillo de la hilera C, oyó a alguien remando. Un hombre montado en un kayak para dos navegaba en paralelo al muelle B, cargado con una nevera portátil, una pala y una enorme bolsa de viaje de color negro. La bolsa asomaba frente a él y la nevera iba alojada tras su cazadora vaquera como si fuera una silla de respaldo alto.

Lana lo reconoció en cuanto puso un pie en el muelle.

—¡Paul! —gritó.

—¿Lana? ¿Qué estás haciendo aquí?

—Beth te ha dejado un mensaje, Jack ha desaparecido. Creemos que ha sido en algún lugar de la marisma. ¿La has visto?

—¿Cómo? Yo acabo de estar en el puerto deportivo ocupándome de algunos asuntos... —respondió Paul colocando una mano sobre la nevera con actitud protectora.

—Hemos estado en todas partes. Es probable que en estos momentos Beth esté destrozando tu despacho buscándola.

—No. Deja que...

Echó un vistazo nervioso a su alrededor. No había nadie más en el muelle.

—Deja que te ayude.

Se colgó la bolsa del hombro y echó una sudadera vieja sobre la nevera que llevaba en el kayak.

—El muelle L —le dijo—. Dile a Beth que se reúna con nosotros allí.

Mientras Lana enviaba un mensaje a Beth, Paul sacó su teléfono y le dio la espalda.

—Scotty, oye. —Le lanzó a Lana una mirada nerviosa—. Mira, me ha surgido un pequeño problema. ¿Podrías venir tú a recoger la nevera? En el muelle B. Ya lo sé... No tardaremos en encontrar un lugar mejor, tío. Lo prometo. Luego nos vemos.

Lana resistió la tentación de examinar la nevera con más detenimiento.

—¿Qué hay en el muelle L? —preguntó.

—Tengo una motora que utilizamos para recoger los kayaks que se quedan varados, turistas que pierden un remo o que se quedan atrapados en la corriente demasiado lejos cuando se levanta viento. Os llevaré y echaremos un vistazo.

—Pero si ya hemos hecho eso…

—Pero ibais en coche, ¿verdad?

Lana dijo que sí con la cabeza.

—Todo se ve de un modo distinto cuando estás en el agua —respondió Paul—. No te preocupes. Estaréis a salvo.

Salieron del puerto deportivo envueltos en una nube de gritos de gaviota y olor a aceite de motor. Beth observaba el agua y murmuraba palabrotas cada vez que veía una masa flotante que resultaba ser un león marino en vez de su hija. Lana observaba a Paul.

La motora trazó una línea por mitad de la marisma, dejando atrás kayaks y grupos de nutrias. La casa de Beth quedaba a su derecha, y Beth recorrió con la mirada cada metro de la angosta playa, rezando para distinguir algún rastro de su hija. La ventana del dormitorio trasero le devolvió un guiño. Pero allí no había nadie.

Siguieron avanzando, rebasaron Bird Island, las ruinosas trampas para tiburones y la alargada lengua de tierra donde a las focas les gustaba pasarse el día durmiendo. Había un viejo y ruinoso cobertizo en el extremo de la lengua, y Beth estuvo tentada de pedirle a Paul que detuviera la lancha, que la dejara bajar para correr hacia aquella endeble estructura de madera y arrancar la puerta podrida de sus bisagras. Pero le parecía un lugar más apropiado para una chica muerta o un esqueleto, un secreto olvidado. No era un lugar para Jack, con su brillante chaleco salvavidas rojo y su corazón poderoso y lleno de vida.

Cuando pasaron junto a los lodazales, Lana alzó la voz por encima del quejido del motor.

—Ahí. Para.

Paul dejó la lancha al ralentí y Lana señaló hacia el norte, hacia un entrante en la orilla donde un estrecho canal se juntaba con la marisma. El canal estaba bordeado de penachos de cola de caballo, una boca de agua que discurría en perpendicular a la marisma unos quince metros antes de adentrarse serpenteando hacia el oeste, formando zigzags entre la maleza.

—Anoche Jack y yo estuvimos mirando unos mapas —explicó Lana—. Esos arroyos de ahí atrás conectan la marisma con la fundación ecologista. Quizá también con el rancho. Jack y yo nos preguntábamos si… —Se volvió abruptamente hacia Paul—. ¿Podemos entrar ahí?

Paul negó con la cabeza y dijo:

—No tiene profundidad suficiente para una lancha motora. La mayor parte del tiempo, incluso un kayak se quedaría atascado ahí.

—¿Sabes dónde desemboca?

Paul volvió a negar, demasiado rápido esta vez.

—Por ahí dentro es todo propiedad privada.

Lana se quedó mirándolo unos segundos. Sabía que el terreno que él tenía alquilado para Fruitful SRL estaba por ahí atrás, en alguna parte. Seguramente les estaría ocultando algo. Pero si su motora no podía subir por el canal, presionarlo no iba a ayudarlas a encontrar a Jack. Necesitaban tenerlo de su lado hasta que la encontraran.

—¿Queréis seguir subiendo? —preguntó Paul, señalando con la cabeza hacia la marisma, que continuaba en dirección este hacia las colinas de Salinas.

—Danos un minuto, Paul. —Lana se inclinó hacia Beth—. Creo que tiene que estar en algún lugar de ese arroyo. Quizá en la propiedad de la fundación ecologista. O en el rancho Rhoads.

—Ya hemos pasado por allí con el coche.

—Lo sé, pero… es que tengo un presentimiento.

Beth se quedó mirando a su madre con curiosidad, como si Lana le hubiera robado algo cuando estaba de espaldas. Entonces asintió.

—Llamaré a Martin. Tú llama a Lady Di y a la fundación. Encontraremos a alguien que pueda ayudarnos.

Mientras Lana les dejaba mensajes a Diana y a Víctor, Beth se dio la vuelta y se llevó el teléfono a la oreja.

—Martin, hola. Soy Beth. Perdona que te llame así, pero verás, mi hija, Jack, ha desaparecido, y creemos que quizá pueda estar cerca del rancho. No sé si sigues por aquí o no, pero si estás, ¿podrías echar un vistazo por la orilla? Dentro de poco subiremos por ahí caminando. Jack mide un metro cincuenta, es de piel morena, con el pelo castaño oscuro. Puede que la vieras en el funeral, no me acuerdo. Lleva un chaleco salvavidas rojo y una tabla de *paddleboard* rosa. Perdona por este mensaje tan largo. Espero que estés bien.

—¿Y ahora qué? —preguntó Lana.

—Conozco otra forma de entrar ahí —respondió Beth—. Paul, ¿puedes llevarnos de vuelta al puerto deportivo? Desde ahí podemos ir recorriendo la orilla a pie.

El motor fueraborda se puso en marcha, dieron la vuelta y tomaron dirección oeste. Beth tenía los ojos cerrados y no paraba de repetirse que encontrarían a Jack. Estaría bien. Esas palabras inundaban su cabeza como un mantra, repetitivas, manteniendo el terror bajo control. Estaría bien. Entonces Lana le cogió la mano y le gritó a Paul para que detuviera la lancha.

—¡Jack!

Una figura montada en una tabla de *paddleboard* navegaba entre los pilares podridos del muelle de pesca público, rumbo al sur a través de la marisma, rodeada de espuma blanca.

—Es ella —murmuró Beth.

Le apretó la mano a Lana.

—Parece estar bien. ¿Te parece que está bien?

Lana dijo que sí con la cabeza. Contempló sus manos entrelazadas y le devolvió el apretón. Beth se puso en pie y empezó a mover las manos, aunque estuvo a punto de perder el equilibrio en la motora mientras agitaba ambos brazos por encima de la cabeza. Paul apagó el motor.

—¡¡Jack!! —gritó Beth—. ¿Estás bien?

La chica levantó la cabeza y miró hacia el esquife. Llevaba la mochila y la ropa empapadas y llenas de barro. No había ni rastro de su chaleco salvavidas. Jack le hizo a su madre un gesto con los pulgares levantados, señaló con su remo en dirección a su casa y empezó a cruzar hacia allá.

La motora se acercó a la angosta playa situada debajo de la casa y Beth saltó de la embarcación al agua, que le llegaba hasta la rodilla, sin dejar de agitar las manos hacia su hija, viendo cada una de sus paladas a medida que Jack remaba hacia ellas. El agua estaba helada, pero Beth seguía sintiendo la adrenalina, el impulso del miedo. Tuvo que hacer un esfuerzo por no adentrarse más en la marisma y arrastrar ella misma a su hija hasta la orilla. Paul estaba ayudando a Lana a bajarse de la barca cuando Jack saltó de su tabla al llegar al borde de la playa de grava. Beth avanzó a saltos hacia ella y la envolvió en un fuerte abrazo.

—Lo siento, mamá. Perdí la noción del tiempo y…

—¿Se te ha volcado la tabla? —le preguntó Beth sacudiéndole el barro de las mangas, buscando ansiosa con la mirada manchas de sangre o algún hueso roto.

—No, es que… estaba en la zona de los arroyos, siguiendo el mapa que había hecho, y me perdí. La he fastidiado, lo sé. Intenté llamarte, pero apareció ese hombre y…

—¿Cómo? ¿Quién? ¿Te ha… hecho daño? —Beth apartó a Jack de sí para observarla. Su hija estaba sucia y empapada, pero por lo demás parecía indemne. La miró a los ojos, buscando aquello que no alcanzaba a ver.

—No. Estoy bien, mamá. En serio. —Jack tragó saliva y su voz se serenó. Señaló hacia el norte, al otro lado de la marisma—. Había un hombre ahí atrás, hace una hora, desenterrando algo junto a uno de los arroyos. Maldecía y se quejaba, pero no he logrado verle la cara. Parecía enfadado, y yo no quería que supiera que estaba allí. Me quité el chaleco salvavidas y me oculté tras un penacho de juncos para que no pudiera verme. —Frunció el ceño—. Al menos creo que no podía verme. Estaba tumbada sobre mi tabla, en el agua. Por eso estoy empapada.

Detrás de Jack, Beth vio a Lana y a Paul mirando a su hija con ojos inquisitivos. Beth la envolvió en otro abrazo que dejaba fuera a los demás.

—Shh —le susurró, notando el corazón acelerado de su hija a través de la sudadera empapada—. Ya hablaremos más tarde.

Paul amarró su barca a un roble medio muerto y se colocó la tabla de Jack sobre la cabeza. Lana observó que una pequeña avalancha de cieno resbalaba por los bordes de la tabla y le manchaba las mangas del abrigo. Paul lo ignoró. Emprendieron el camino ladera arriba, Paul delante, seguido de Jack, y Beth medio paso por detrás de Lana para asegurarse de que no tropezara.

Cuando llegaron a la casa, Beth hizo pasar a Jack y la animó a darse una ducha caliente y a ponerse ropa seca.

Lana se quedó fuera con Paul, viéndole quitarse la chaqueta. Percibió el aroma a tierra mojada, almizcle y aceite de motor que desprendía. ¿Sería el olor de su coche? ¿O de lo que fuera que protegía en aquella nevera portátil?

—Bueno, supongo que será mejor que regrese.

—¿A tu kayak? —le preguntó Lana—. Parecía que tenías muchas cosas que vaciar.

—Es… equipo. Cosas del Kayak Shack.

Paul comenzó a descender por la ladera, medio caminando medio resbalando por la grava suelta. Lana aguardó a que hubiera descendido unos seis metros por la pendiente antes de volver a hablar.

—Paul —le dijo—, deberías saber que he estado investigando el asesinato de los lodazales. Y a los inquilinos de los alrededores.

Paul siguió moviéndose en dirección a la orilla.

—¿Hay algo que quieras contarme, Paul? ¿Sobre Fruitful? ¿O sobre Ricardo Cruz?

Paul se detuvo frente a su motora. Cuando levantó la mirada hacia ella, Lana percibió la frialdad en sus ojos.

—Lana, dirijo una tienda de alquiler de kayaks. Con un puñado de adolescentes, a una de las cuales acabo de salvar. Mi negocio depende de que la marisma sea segura y permanezca abierta. ¿Por qué narices iba a hacer algo que fastidiara eso?

Capítulo 34

—Lo siento. He cometido un error. —Jack se giró hacia Beth desde el asiento del copiloto, tratando de que su madre la mirase.

Beth siguió conduciendo.

—Te prometo que no lo volveré a hacer. Solo intentaba… Quiero que…

Se retorció el pelo en torno al puño derecho.

—Mamá, por favor, di algo.

Beth giró lentamente hacia la fachada del instituto North Monterey County y detuvo el coche en una de las plazas de aparcamiento para visitantes, junto a la cancha de baloncesto.

—Jack, ya sé que has cometido un error. Y ya sabes que un solo error…

—Puede cambiar tu vida para siempre —concluyó Jack con un suspiro.

Su madre asintió secamente. Entonces se giró para mirarla. Los ojos color avellana de Beth parecían cansados, y en ellos se vislumbraban las pecas verdes entre la tonalidad marrón.

—Tú y yo nos llevamos muy bien, ¿verdad?

Jack asintió.

—¿A qué crees que se debe eso?

Jack no sabía bien cómo responder.

—Se debe a que confiamos la una en la otra —continuó Beth—. Tú me dices lo que pasa y yo respeto tu derecho a tomar tus propias decisiones. No puedes prometerme que jamás volverás a cometer un error. Porque lo cometerás. Probablemente incluso errores más gordos.

—¿Entonces?

—Lo que sí puedes prometerme es que seguirás las normas. Que van a cambiar. A partir de ahora mismo. —Beth miró a su hija a los ojos—. Se acabó lo de salir sola por la marisma.

—¿Para siempre? —preguntó Jack con la voz quebrada.

—Para siempre es mucho tiempo, Jack. Digamos que por ahora. Hasta que te diga lo contrario. Al menos hasta que sepamos qué le ocurrió a ese chico.

—¿Y lo de trabajar en el Kayak Shack?

—Tengo que pensar en ello. —Beth estiró el brazo y le tocó el hombro—. No es un castigo, cielo. Es que están pasando muchas cosas.

Jack captó la rotundidad en la voz de su madre. No paraba de darle vueltas a las consecuencias, a todas las puertas que se le cerraban en las narices. Se acabó lo de salir a remar por las mañanas entre la niebla. Se acabaron las nóminas. Lo que significaba que se acabó lo del velero. Había estado esperando el momento adecuado para hablar con su madre sobre el *email* que había recibido del tipo que vendía el barco de segunda mano, para ver si a ella no le importaba adelantarle el dinero para comprarlo. Ahora probablemente nunca pondría un pie en ese barco, ni mucho menos podría llamarlo suyo.

Cerró los ojos con fuerza y trató de contener las lágrimas que notaba que se le formaban tras los párpados.

—¿Puedo seguir ayudando a Prima con su investigación?

—Podemos ayudar las dos juntas. Pero Jack, tienes que ser lista. Nada de salir sola. No hay más que hablar.

Jack tragó saliva. Todo le parecía excesivo e injusto. Salvo lo de «juntas». Ese «juntas» le sonaba bien.

—¿Quieres saber lo que he descubierto? —le preguntó a su madre.

—¿Había algo más aparte de aquel hombre?

—Bueno…, anoche, cuando Prima y tú ya estabais en la cama, hice unos mapas. Seguramente se hayan estropeado en mi mochila con el agua, pero creo que descubrí…

En el exterior, el timbre anunció el final de la cuarta hora de clase.

Jack miró hacia el edificio del instituto y dijo:

—Será mejor que me vaya.

—Ya nos lo contarás durante la cena.

Beth se inclinó hacia ella, sin quitarse el cinturón de seguridad, y le dio a Jack un medio abrazo.

—Ahora a ver si puedes utilizar esa inteligencia tuya para convencer al ogro de la jefatura de estudios de que te permita recuperar las clases que has perdido esta mañana.

Beth regresó a casa agotada y dispuesta a reencontrarse con la almohada de la que la habían separado tan abruptamente tres horas antes. Su madre, en cambio, tenía otros planes. Lana estaba sentada en el columpio del porche, con un gorro de lana tapándole el cuero cabelludo y el cuerpo envuelto en una manta peluda como si fuera un caniche gigante. Sobre el regazo, sostenía uno de los primeros regalos que le había hecho Jack por el Día de la Madre, un erizo tallado en una piña. Cuando Beth se bajó del coche, Lana abrió la boca.

—Beth, verás…

—¿Podemos hablarlo luego? —Beth notaba el peso de cada paso mientras subía hacia el porche.

Lana estiró el brazo hacia ella.

—Beth, siéntate un minuto.

Beth se quedó ahí de pie, indecisa.

—Quiero disculparme.

Se dejó caer sobre el columpio, atrapando la manta debajo de la pierna.

—Te escucho.

—No era mi intención poner a Jack en peligro. Lo sabes, ¿verdad?

Su madre parecía nerviosa de verdad, como si por una vez la opinión de Beth fuese importante para ella.

—Esta investigación mía es una estupidez, ya lo sé. La inspectora Ramírez me dijo que me quitara de en medio. Tú me dijiste que fuera con cuidado. Y voy y acabo en el hospital y Jack se pierde en un arroyo con un maniaco que lleva una pala y...

—Mamá, Jack está bien. No pasa nada.

—Sí que pasa. Sabía que ocurriría esto.

—¿Que ocurriría qué?

—Que me presentaría aquí, me haría con el mando de tu casa y te jodería la vida. Lo siento.

Beth se quedó mirando a su madre. Incluso al disculparse, Lana se colocaba a sí misma en el centro del universo. Aunque, claro, ¿cuándo fue la última vez que se disculpó por algo? Se trataba de una mujer que, en una ocasión, convenció a un hombre con el que había chocado por detrás con el coche para que se disculpara con ella. Así que tal vez aquello fuera un avance. Contempló la expresión ansiosa de su madre, las clavículas que se adivinaban a través del jersey y aquel gorro de lana con un pompón color lavanda que le tapaba lo que le quedaba de pelo.

—¿Por eso nunca nos visitabas? —le preguntó—. ¿Porque pensabas que me fastidiarías la vida?

Lana tragó saliva.

—El día que te fuiste, estaba muy enfadada. Pero ahora... No tenía derecho a decirte lo que debías hacer, Beth, Esperaba que regresaras arrastrándote a Los Ángeles para que pudiera decírtelo. Para que pudiera cuidar de ti. En su lugar, empezaste a labrarte una vida de lo más complicada aquí arriba, con Jack. Y decidí que estarías mejor sin mí dándote la vara, tratando de controlarte.

Beth se quedó mirando el erizo que sostenía su madre en el regazo.

—Lo decidiste, ¿eh?

—Parecía que lo estabas consiguiendo.

Lo cual era cierto. Cuando conoció a Flora y a las demás madres solteras en la guardería, elaboraron un sistema de trueque para cuidar de sus hijos y ayudar si había alguna emergencia. Beth intercambiaba consejos médicos por sabrosos guisos de frijoles y tostones. Pero tardó años en construir esa red de apoyo. Al llegar, no conocía a nadie. Recordaba haber reparado los suelos de la casa ella sola, agotada, con serrín por todas partes, mientras Jack gritaba como loca desde su cuna de segunda mano.

—Aquel primer año, debí de cargar el coche unas cincuenta veces con intención de regresar —confesó.

—Pero no lo hiciste.

—No lo hice. Pero te necesitaba, mamá. Cada vez que me enviabas un paquete con patucos dorados o mantitas de bebé de cachemir, yo deseaba que fueras tú quien viniera.

Lana dejó caer la mirada hacia el erizo y se quedó callada varios segundos.

—Lo siento, Beth.

Beth utilizó el pie para impulsar suavemente el columpio del porche y ponerlo en movimiento. Lana miró hacia la calle sin salida, parpadeando para contener las lágrimas, y se envolvió la manta alrededor de los hombros.

—¿Sabes? —le dijo Beth—, me alegra que iniciaras esta investigación.

Lana la miró curiosa.

—Necesitabas un proyecto —continuó su hija—. Algo más útil que redecorar la casa. Y es evidente que has encendido algo en Jack que…

—Esta mañana no debería haber salido sin decírselo a nadie. Es del todo inaceptable. —Lana detuvo abruptamente el columpio con el pie y el erizo cayó al suelo.

Beth se agachó sonriente y lo recogió.

—Es lo típico que harías tú —le dijo.

Lana todavía no parecía convencida.

—Mamá, si cabe la posibilidad de que el señor Rhoads fuera asesinado, yo también quiero saberlo.

—Hay una cosa que quería preguntarte sobre Hal Rhoads —dijo Lana—. Sobre su asistencia médica.

Beth se puso rígida sin pretenderlo.

—Las enfermeras de Bayshore Oaks son muy buenas...

Lana agitó la mano.

—Claro que lo sois. Pero escucha. En la agenda de Ricardo Cruz encontré una nota sobre un médico al que llevaba al señor Rhoads los miércoles.

—Vale...

—Empezó siendo cosa de una vez al mes. Después cada dos semanas. Al principio di por hecho que las citas con el médico eran hasta que se trasladó a vivir a la residencia de Bayshore Oaks. Pero las citas siguieron, casi todos los miércoles, hasta que murió. Así que me preguntaba...

—¿Casi todos los miércoles? —Beth frunció el ceño en gesto inquisitivo—. Eso no puede ser.

—¿A qué te refieres?

—El señor Rhoads tuvo apoplejías. Tres en total. Su rehabilitación y todas sus citas médicas tenían lugar en Bayshore Oaks. Fue una de las razones por las que su hija nos lo trajo. Para no tener que llevarlo a terapia ocupacional varias veces a la semana.

—Cuando se trasladó a Bayshore Oaks, ¿ya no salía de allí para acudir a citas médicas?

—A lo sumo salió un par de veces para someterse a pruebas neurológicas, pero no era algo regular. Al menos que yo supiera. Y, además, si Ricardo Cruz hubiera acudido a Bayshore Oaks casi todos los miércoles, lo habría reconocido.

—Y no lo reconociste.

Beth negó con la cabeza.

Lana reflexionó sobre lo que estaba contándole su hija. Si Ricardo no acompañaba a Hal Rhoads a sus citas con el médico, ¿qué hacía?

—¿Sabes de algún médico que ejerza aquí en Elkhorn? —le preguntó.

—¿Ejercer de qué? ¿De monitor de kayak?

—Me pregunto si tal vez las citas eran para Ricardo, no para Hal.

257

—Hay un psiquiatra que tiene la consulta cerca del puerto deportivo. Y una clínica dental, de esas a las que vas si no tienes seguro. Y un par de veterinarios que trabajan con animales de granja. Pero eso es todo.

Beth sintió una vibración en el bolsillo y se sacó el teléfono.

—Es Martin.

—Ponlo en altavoz —respondió Lana inclinándose hacia delante con gran interés.

Beth se quedó mirándola.

—Está bien. Te dejaré algo de intimidad. Pero pregúntale por los médicos de su padre, ¿vale?

Lana se levantó del columpio y se giró para entrar en la casa. Al pasar por delante, le puso una mano a Beth en el hombro. Esta levantó el brazo y se la cogió unos instantes. Después respondió al teléfono.

—¿La habéis encontrado?

—Hola, Martin. Sí. Gracias. Está bien. A salvo.

—Gracias a Dios. —Empezó entonces a hablar más despacio—. Me he pasado toda la mañana con Di en el despacho del abogado de mi padre. Siento no haber podido ayudarte. ¿Dónde estaba?

—Ah, pues… perdió la noción del tiempo en la marisma. —Beth no estaba preparada aún para poner en palabras el pánico fugaz de aquella mañana.

Pero Martin debió de percibirlo en su voz.

—Debe de dar mucho miedo que tu hijo desaparezca. Salvo que seas uno de esos tipos duros como mi padre. Probablemente él diría que eso fortalece el carácter.

—En ese caso, últimamente estamos fortaleciendo mucho el carácter por aquí.

—¿A qué te refieres?

Antes de darse cuenta de lo que estaba diciendo, le contó toda la historia.

—La semana pasada mi madre tuvo que ir al hospital y…

—¿Tuvo otro desvanecimiento?

—Más o menos. Se encontraba en Santa Cruz, revisando papeles en las oficinas de la fundación ecologista, cuando se declaró un incendio. Tuvo que escapar a través de una ventana. —Hubo de admitir que sonaba bastante fuerte al decirlo en voz alta.

—¡Eso es terrible! ¿Se rompió algo al caer?

—No, es un edificio de una sola planta. Pero… —Tragó saliva y trató de contener otro recuerdo terrorífico—. Tuvimos suerte. Creo que fue más el *shock* que otra cosa. Y creo que nadie más resultó herido.

—¿Sabes cómo se inició el fuego?

—No…, no lo sé. El lunes mi madre habló con la Policía, pero no creo que tengan respuestas claras por el momento. Yo solo me alegro de que esté bien. De que las dos lo estén.

Se produjo una pausa y Martin bajó más la voz.

—¿Te encuentras bien, Beth?

Beth se planteó lo que le estaba preguntando y lo que quizá estuviera ofreciéndole. Amistad. Una vía de escape. Un coche rápido y una cerveza fría. Resultaba tentador, pero no necesitaba más complicaciones en su vida en aquellos momentos. Ricardo Cruz llevaba muerto casi tres semanas y los policías todavía no tenían a nadie bajo custodia. Lo que significaba que Lana tenía la capacidad de meterse en más líos.

—Estoy bien. Estamos bien. —Trató de emplear un tono despreocupado—. ¿Sigues en Elkhorn?

—Unos pocos días más. Di y yo tenemos que revisar la oferta que me han hecho para comprar el rancho. Con suerte, podremos firmar los papeles este fin de semana y así podré volver. La verdad es que, ahora mismo, debería estar en la ciudad. La empresa está en un punto de inflexión, nuestro nivel de gastos es muy elevado y tengo que asegurar otro inversor antes de que… Lo siento. Ahora mismo esto es lo último que te interesa oír.

—Parece que estás sometido a mucha presión. —No había mencionado a su padre, pero Beth se preguntó si la tristeza seguiría afligiéndole.

—Nada que no se arregle con un buen *whisky* de doble malta. Mañana Di tiene un acto al que tiene que acudir con su marido. Yo estaré en el club náutico a las siete de la tarde, brindando por mi padre. Deberías acompañarme, si puedes.

—¿Mañana? Puede ser...

Beth oyó un golpe amortiguado procedente del dormitorio de atrás, seguido de inmediato por un «¡Estoy bien!». Se despidió apresuradamente de Martin y corrió a ayudar a Lana, que andaba peleándose con el tablero de corcho, que se había caído. Pensándolo bien, una copa no le iría nada mal.

Capítulo 35

Las tres se mostraron muy civilizadas durante la cena. Pidieron crema de marisco, el plato favorito de Jack, dispusieron sobre la mesa platos y cuencos desparejados y rompieron los rollitos crujientes para que el vapor se les metiera por la nariz antes de sumergir trozos de pan en la crema.

Jack les contó que no había conseguido que le permitiesen hacer el examen sorpresa de Química de aquella mañana y les habló del chaval que se metió crema de queso en los calzoncillos estando en la cafetería del instituto.

—Pero —agregó— esta mañana en la marisma he descubierto algo interesante.

Jack y Lana se quedaron mirando a Beth. Esta se tomó su tiempo mientras doblaba su servilleta de papel antes de responder, disfrutando de aquel momento tan especial en el que el poder de la habitación recaía enteramente en ella. Cuando su servilleta se asemejaba a un cisne rechoncho, abrió la boca.

—¿De qué se trata, cielo?

—Bueno, al menos a mí me parece interesante. No sé si es importante para la investigación ni nada.

Lana y Beth aguardaron.

—Pues el caso es que quería seguir algunos de esos arroyos. Los que aparecen en los mapas de Prima. Estaba pensando en las mareas y desde dónde pudo haber llegado el cuerpo de Ricardo.

Me di cuenta de que, si se había pasado un día entero bajando por un arroyo hasta acabar en los lodazales, tendría que ser un arroyo bastante largo. Uno con suficientes meandros en los que quedarse atascado con la marea baja y después seguir avanzando con la marea alta.

Lana recordó las tablas que marcaban las subidas y bajadas de la marea, que se producían cada doce horas.

—Entiendo lo que quieres decir —le dijo.

Jack sacó de su mochila un archivador y de él extrajo un mapa impreso y cubierto de complicadas marcas y líneas topográficas.

—Todos los arroyos que conozco son cortos. Pero me había fijado en uno en tu mapa de la fundación que discurría por detrás de los lodazales. Y un par de arroyos del rancho Rhoads discurrían en esa misma dirección.

—¿De dónde has sacado este mapa? —preguntó Lana inclinándose hacia delante.

—Escribí a la estudiante de posgrado de la que te hablé, la que estudia la cartografía oceánica. Y resulta que tenía una base de datos con mapas de contorno de los arroyos. Esta mañana salí para ver si algunos de ellos se conectaban entre sí.

Levantó la cabeza un instante y miró a Beth, sentada al otro lado de la mesa.

—Ya lo sé, lo sé. Tendría que habértelo dicho.

Beth dejó de untar mantequilla en un rollito de pan para indicarle a su hija con un gesto del cuchillo que continuara hablando.

—Encontré un enlace. Va desde aquí arriba —Jack se limpió la mano y puso un dedo encima del mapa— hasta aquí. —Deslizó el dedo desde el extremo más alejado de los lodazales hacia el interior de los campos, atravesando el límite de la propiedad de la fundación ecologista y el rancho, hasta desembocar en el muelle de pesca público—. Tiene una longitud de por lo menos cinco kilómetros. Cuando me visteis justo estaba saliendo de él.

Lana atrajo el mapa hacia sí.

—¿Viste algo extraño en el arroyo?

—¿Como qué?

—¿Algo que indicara que Ricardo estuvo allí? Un trozo de tela. O huellas de botas en el barro.

—O un cartel gigante que dijera «Aquí mataron a un hombre» —sugirió Beth.

Lana lanzó una mirada seria a su hija y le dijo a Jack:

—Tal vez debamos hablar de esto en el dormitorio.

—Seré buena —prometió Beth.

Jack miró alternativamente a su madre y a su abuela. ¿Estarían tomándose el pelo la una a la otra? ¿O estaría a punto de iniciarse otra guerra? ¿Sería aquello lo que se sentía al tener dos padres?

Al ver que no pasaban a las manos, continuó hablando.

—Bueno, pues no, no vi nada de eso. Estaba sobre todo concentrada en averiguar si atravesaba la zona. Pero entonces apareció ese hombre. Pensé que sería un granjero o algo así, pero me asustó. Estuvo largo rato haciendo algo con una pala. Por eso llegué tarde. Estaba escondida, esperando a que se marchara.

—Sé que esta mañana dijiste que no lo habías reconocido —le dijo Lana—, pero ¿recuerdas algo de él o de aquel lugar?

—Allí olía mal, de eso sí me acuerdo. Como a animal muerto, quizá, o a una mofeta viva. Pero no vi nada. Estaba rodeada de juncos enormes. Me escondí muy, muy bien. —Al menos eso era lo que esperaba—. Pero aquí viene lo raro. Cuando terminó, no volvió a adentrarse en los campos. Se marchó en kayak.

—¿Viste el kayak?

—Digamos que lo seguí. Así fue como volví a salir a la marisma.

—¡Jack!

—Mamá, iba muy por detrás de él. Y me quité el chaleco salvavidas. Es imposible que me viera. Lo prometo.

Beth se mordió el labio. Había vuelto a fruncir el ceño.

—¿Cómo era el kayak? —preguntó Lana.

—Era un Tribe estándar de dos plazas, como los que utiliza casi todo el mundo en la marisma. El tipo llevaba muchas cosas en él. Por esa razón, apenas alcanzaba a verlo. Llevaba una bolsa enorme que cubría la proa y una caja atada con correas detrás de él, en la popa.

—¿De qué color era la caja?

—Puede que gris. O blanca. No se veía bien.

—¿Es posible que fuera una nevera portátil?

—Pues… supongo que sí.

Lana golpeó su cuchara contra su cuenco de crema de marisco gelatinosa.

—Mamá, ¿qué sucede? —le preguntó Beth.

—Paul Hanley. Antes de encontrarnos contigo en la motora, lo vi llegar en kayak al puerto deportivo. Llevaba una bolsa negra enorme y una nevera blanca. Además de una pala.

Lana volvió a mirar el mapa.

—Jack, ¿es posible que el hombre que viste estuviera cavando en esta zona? —Señaló con el dedo la pequeña franja de terreno que Paul le había alquilado al señor Rhoads.

—No estoy segura —respondió Jack tras pensarlo unos segundos—. Pasé junto a una verja, y también había un cercado de alambre de espino. No sé qué distancia había desde allí hasta el lugar donde me escondí.

—¿Y no alcanzaste a ver lo que hacía?

—Creo que solo estaba cavando. Fuera lo que fuera, parecía una tarea difícil.

Lana trató de recordar si Paul parecía fatigado cuando se lo encontró. Pero solo recordaba su propio miedo, el rocío de espuma de la lancha motora y la angustiosa búsqueda hasta que vio a Jack y pudo respirar tranquila otra vez.

Sus pensamientos se vieron interrumpidos por la voz de Beth.

—¿El arroyo que encontraste desemboca junto al muelle de pesca?

Jack asintió con la cabeza.

—Es de acceso público. Desde la marisma. Y también se llega a él por un sendero. ¿Crees que sería posible que alguien subiera por ese arroyo desde el muelle?

Ahora eran Lana y Jack las que miraban a Beth.

—Es que estaba pensando que —agregó esta—, si eso fuera cierto, entonces casi cualquiera podría acceder a esa zona.

—Puede ser —convino Jack—. Pero tendría que ser una persona muy valiente. O estúpida. Yo paso mucho tiempo en la marisma y no me metería por un arroyo cualquiera sin tener ni idea de hacia dónde se dirige. —Agachó la cabeza y se sonrojó—. Al menos ya no, quiero decir.

—Pero ¿alguien podría hacerlo?

—No sé. Había un canal rápido aquí —Jack deslizó el dedo por el mapa— que podría ser difícil de cruzar contracorriente. La marea tendría que ser la adecuada. Me haría falta volver ahí en otro momento del día para poder estar segura.

Miró a las otras dos mujeres.

—No lo voy a hacer, claro. Ya sé que no puedo salir a la marisma yo sola ahora mismo. Pero si quisierais, podría.

Se produjo un largo silencio.

—Ya has hecho bastante, Jack —le dijo Lana y recogió el mapa—. ¿Me lo puedo quedar?

Mientras Jack hacía los deberes, Lana ayudó a Beth a limpiar. O, mejor dicho, Beth fregaba los cacharros y Lana deambulaba a su alrededor, sujetando un trapo de cocina como si fuera un accesorio de moda.

Jack estaba en el sofá con unos auriculares gigantes, dándoles la espalda.

—Beth —dijo Lana.

Su hija siguió fregando.

—Beth —insistió Lana—, quiero hablar contigo.

—¿Qué?

Lana miró hacia el sofá. Alcanzaban a oírse leves chillidos musicales procedentes de los enormes auriculares de Jack. No parecía posible que pudiera oírlas.

—He estado pensando. ¿Y si se ha equivocado?

—¿A qué te refieres? —preguntó Beth mirándola a los ojos.

—¿Y si ese hombre de la pala sí que la ha visto? ¿Y si era el asesino? ¿Y si Jack ha visto algo incriminatorio? Aunque todavía no sepa lo que es.

—¿Crees que era Paul el que estaba ahí?

Lana asintió con la cabeza.

—¿Tenía motivos para matar a Ricardo Cruz?

—No creo. Pero oculta algo respecto a su negocio, Fruitful. A lo mejor Ricardo y él eran socios en secreto. Creo que me habría dado cuenta si Paul me hubiera mentido al decirme que no conocía a Ricardo. Pero... ¿y si estoy equivocada?

Beth se quedó perpleja mirando a su madre. Lana le devolvió la mirada con los ojos muy abiertos. Retorció el trapo de cocina hasta formar con él una apretada cuerda, primero en una dirección, después en la otra.

—No es que sea ninguna experta...

Ambas mujeres miraron hacia el sofá. Jack movía la cabeza al ritmo de la música.

—Quizá debamos tenerla vigilada los próximos días —sugirió Beth—. Asegurarnos de que llega a clase y a casa. Ya le he dicho que no tenía claro si quería que volviese al trabajo este fin de semana.

—Eso no le hará ninguna gracia —adivinó Lana.

—Creo que le ha quedado claro lo angustiada que he estado. —Beth sacudió la cabeza—. Estamos metidas en esto lo queramos o no, ¿verdad? Ricardo, el señor Rhoads... Es como si no nos quedara otro remedio.

¿Era eso cierto? Lana sentía que se había zambullido de cabeza, sin pararse a pensar en las consecuencias que aquello podría tener para sus chicas. Pero Beth no la miraba con rabia o actitud de reproche. Ni siquiera parecía asustada. Parecía resignada. Tranquila.

Lana trató de emular a su hija. Se aclaró la garganta y dijo:

—Estaba pensando que mañana podría preparar *keftedes* —anunció en voz alta y segura de sí misma—. Albóndigas griegas con salsa de yogur. Me acuerdo de que te gustaban mucho.

—Cuando tenía ocho años —confirmó Beth—. La última vez que preparaste la cena.

—Bueno. Creo que hace tiempo que te debo una comida de agradecimiento.

—Martin Rhoads me ha pedido que me tome algo con él mañana. —Beth comenzó a apilar cuencos para llevarlos al fregadero—. Me preguntaba si querrías que fuera.

Lana se quedó mirándola, sorprendida.

—¿Te estás ofreciendo a tener una cita por mí?

—Mamá…

Lana decidió no tentar a su suerte.

—Sería genial —le dijo—. Yo mañana después de mis pruebas voy a comer con Diana. Creo que está empezando a confiar en mí. Cuando hables con Martin, asegúrate de preguntarle por el médico. Y por el arroyo. Y por Paul.

—Eso es mucho para una cerveza, mamá.

—Bueno, yo en tu lugar haría el intento.

Beth sonrió. Volvió a mirar a Jack, que seguía inmersa en su propio mundo en el sofá.

—Quizá puedas emplear tu prodigioso talento en descubrir exactamente qué es lo que trama Paul Hanley.

Lana dijo que sí con la cabeza. Había llegado el momento de investigar más a fondo al señor Fruitful. Si su nieta estaba trabajando para un asesino, ella misma lo mataría.

Capítulo 36

No había nada que a los residentes de Bayshore Oaks les gustara tanto como señalar las deficiencias de las instalaciones en las que se habían visto confinados. Las fichas del juego de damas de la sala de juegos estaban melladas. La tarta de fresas se servía con nata de bote y bizcocho de vainilla en vez de nata recién montada y galleta. Y nunca, jamás, recibían sus paquetes a tiempo.

Sobre aquel último punto tal vez llevaran algo de razón. El servicio de correo lo gestionaba un grupo de residentes voluntarios que se organizaban por turnos, una mezcla de burócratas cortos de vista y metomentodos. Tras un embrollo de paquetes incorrectos el Día de la Madre, el grupo decidió que cada paquete debía ser revisado nada menos que por tres voluntarios para asegurar que llegara a su destinatario correcto.

En este caso, no obstante, parecía que una voluntaria se había tomado la justicia por su mano, su mano con uñas de manicura. Beth entró en la habitación de Gigi Montero para ponerle su infusión intravenosa y encontró un sobre de papel manila tirado en la cama. Era grueso, muy grande. E iba dirigido a Hal Rhoads.

—¿Señorita Gigi? —gritó.

Se oyó un quejido procedente del cuarto de baño.

—¿Está usted bien?

—¡Beth! El diablo me está poniendo a prueba. —Se oyó el arrastrar de algo, después un golpe y por fin Gigi abrió la puerta con actitud triunfante. Le dirigió a Beth una mirada brillante y lanzó por los aires un frasco de esmalte de uñas—. Pero hoy no va a ganar.

La menuda mujer llevaba el pelo rosa rizado a la perfección. Una sudadera negra envolvía su cuerpecillo de pájaro, con las palabras «Tita Energía» acolchadas en tono plateado sobre la pechera. Beth contempló la ropa de enfermera azul y beis que llevaba ella puesta y se sintió poco arreglada para la ocasión.

—¿De dónde ha sacado esto? —preguntó señalando el sobre.

—De la sala del correo —respondió la señorita Gigi. Se acomodó en una silla, se remangó la sudadera y le mostró el brazo a Beth. Asintió con satisfacción cuando la aguja entró limpiamente al primer intento—. Tengo el turno del martes. Y recuerdo que me hablaste del funeral del señor Rhoads.

—¿Y qué?

—Pues que tiene un hijo muy guapo. —La señorita Gigi la miró con un halo arcoíris de sombra de ojos. Apretó dos uñas recién pintadas contra el antebrazo de Beth—. ¿Te gusta? Se llama esmalte craquelado. Puedo pedirle a César que te envíe algunos.

—Señorita Gigi, no puede usted… —Beth trató de quitarse del brazo los dedos de la mujer, con algo más de fuerza de la que pretendía. Después sacudió la cabeza—. ¿Sabe qué? Da igual. Estoy… en contacto con el hijo del señor Rhoads. Puedo entregárselo yo.

—¿En contacto?

La mirada expectante de la señorita Gigi se vio acentuada por los arcoíris de sus párpados. Beth se agachó y de pronto se concentró mucho en aplicar esparadrapo sobre el punto de la inyección para sujetar la aguja en su lugar.

—Somos vecinos —dijo al fin.

—¿Le llevas una tarta?

Beth se quedó mirándola. La diminuta mujer le devolvió la mirada.

—Si le llevas el correo de su difunto padre y le llevas una tarta recién hecha, te verá con otros ojos. Tienes una bonita figura, Beth. Un buen corazón. Pero tienes que…

—Señorita Gigi, no pienso…

269

El portasueros comenzó a temblar, agitando la bolsa de suero y ofreciéndole una vía de escape.

Beth se sacó del bolsillo el teléfono, que había empezado a vibrar, miró la pantalla y quitó el sonido.

—Perdone.

—A lo mejor es tu vecino. Deberías contestar.

—Es mi madre.

—Entonces deberías contestar seguro.

—No conoce a mi madre.

—Todas las madres son iguales. Llaman y respondes. ¿Quieres que tu hija te ignore cuando la llames?

Beth empezó a retroceder para salir de la habitación.

—Esta bolsa de infusión durará cuarenta y cinco minutos. Luego vendré para liberarla.

—¡Dios ya me ha liberado, Beth! Llévate el sobre. Y prométeme que te peinarás antes de llevárselo.

En realidad, Lana no había esperado que Beth le devolviese la llamada. Había terminado con el tac y la resonancia, se había retocado el atuendo en el angosto cuarto de baño de la clínica y ahora iba rumbo al sur, de camino a Carmel en busca del preciado club de campo de Diana Whitacre.

—¿Jack está bien? —gritó a través del altavoz del coche. Las vistas eran increíbles desde la carretera costera 17-Mile Drive, todo lleno de pinos Monterrey, calas rocosas y turistas que sacaban fotos desde sus coches de alquiler. La cobertura telefónica, sin embargo, era pésima. Tanta riqueza y a nadie se le había ocurrido cómo conseguir un buen servicio telefónico.

—Mamá, Jack está bien. Me escribió cuando llegó a clase hace tres horas. ¿Qué pasa?

—Solo llamaba para ver qué tal. Para saber que va todo bien.

Las palabras le sonaron extrañas al salirle de la boca. Pero era cierto. No llamaba por ningún motivo oculto. Le parecía... vergonzoso.

—Bueno, gracias. —Beth parecía tan sorprendida como ella—. ¿Qué tal tus pruebas?

—Pues te vas a reír. Me darán los resultados a principios de la semana que viene.

Empezó a cortarse la comunicación. Lana estaba a punto de colgar, pero entonces se oyó la voz de Beth con total claridad.

—Mamá, he encontrado algo. Un estudio de arquitectura le envió un paquete al señor Rhoads aquí.

—¡Eso es fantástico! Puedo pasarme por allí cuando vuelva de comer…

—Mamá, no creo que pueda dártelo.

—¿Por qué no?

—Sería fraude postal.

—Venga, no fastidies. —Lana dejó a Beth sin sonido para tocar el claxon a un Mustang rojo lleno de turistas que se había detenido en mitad de la carretera para contemplar a un grupo de delfines que saltaban en el océano.

—Mamá, me doy cuenta de que estás decepcionada…

De hecho, Lana se sentía bastante satisfecha de sí misma. Las cabezas de los turistas habían vuelto a meterse en el descapotable, que ya volvía a moverse, y además vio a su izquierda el cartel que anunciaba el Club Peninsula Pines. Decidió correr un riesgo más.

—Haz lo que creas que es correcto, Beth.

Colgó el teléfono sin sugerirle qué podría ser lo correcto.

Capítulo 37

El tintineo de una campana junto a la cascada situada a la entrada del comedor del Peninsula Pines anunció la llegada de Lana. El *maître* deslizó la mirada desde su peluca oscura por encima de los hombros hasta su elegante traje de falda, y su mueca servicial se transformó en una sonrisa auténtica al ver las botas de Alexander McQueen que calzaba. La condujo hasta una mesa con vistas a la rosaleda, donde Diana Whitacre se hallaba tomando un té helado.

—Siento haber tardado unos días en devolverte la llamada —le dijo Diana—. He estado terminando de elaborar los planos para presentárselos a mi hermano. —Llevaba un maquillaje sutil, el pelo peinado hacia atrás bajo una cinta azul marino que hacía juego con su traje de lana. Pese a estar cerrada, la enorme bolsa de cuero que yacía en el suelo junto a ella desprendía ese inconfundible olor a caballo.

Lana estiró un pie para apartar la bolsa un poco más de ella.

—Yo también he estado ocupada.

—He oído que te viste envuelta en un incendio, ¿es cierto?

—En la Fundación Ecologista para la Conservación de la Costa Central —confirmó Lana con gesto afirmativo—. El mismo día que te vi en los establos.

—¿Se sabe cómo empezó?

Aquella le pareció a Lana una pregunta extraña.

—Todavía no lo han aclarado —respondió despacio—. Pero están investigándolo como incendio provocado. Y yo sigo descubriendo cosas sobre Ricardo Cruz.

Lana observó el rostro de Diana en busca de alguna reacción. Su piel lucía tan tersa como solo el dinero y un buen cirujano plástico podían lograr.

Por fin, la rubia abrió la boca para hablar.

—Estoy segura de que sus seres queridos se alegrarán cuando su recuerdo pueda descansar en paz.

—¿Te has puesto en contacto con ellos?

Diana pareció confusa.

—Con la familia de Ricardo Cruz —le aclaró Lana.

—Ah. —Diana negó con la cabeza—. No resultaría apropiado. Si apenas los conocía. Y, con todo lo que ha pasado, estoy centrada en el rancho.

—¿Tus planes han avanzado?

Diana se agachó para alcanzar su bolsa de cuero.

—Sí —respondió—. Como lo han hecho los de mi hermano. Ha recibido una oferta en efectivo de un promotor inmobiliario que quiere convertir el rancho en un complejo de mansiones idénticas. A mi padre le habría asqueado. Estoy dándome prisa para presentar mi plan como una alternativa. He conseguido que me hagan unos bocetos y he definido el modelo de negocio. Te he hecho una copia. Confiaba en que pudieras darme tu opinión.

Lana hojeó el montón de dibujos y hojas de cálculo. En efecto, Diana había estado muy ocupada. Se detuvo ante el dibujo del edificio principal, un palacio de madera de pino blanco rodeado de una arboleda en memoria de Hal Rhoads.

—Veo que has incorporado a tu padre al diseño.

—Sí. Bueno… —Diana parpadeó y sus pestañas captaron los rayos de sol del exterior—. No esperaba que muriera tan pronto.

—¿Te sorprendió su muerte?

Diana ladeó la cabeza y pensó en la pregunta.

—Tras su primer derrame, empecé a quedarme en el rancho a mitad de semana para ayudar. Sigo haciéndolo, para mantener la casa. Cuando papá y yo pasábamos juntos las noches de los martes y los miércoles, me fijaba en pequeños detalles, un resbalón aquí, una herramienta mal colocada allá… Pero, aun cuando lo pasaba mal, era muy discreto con sus asuntos personales. Y muy orgulloso. Ojalá me hubiera confiado hasta qué extremo llegaba su dolencia, pero… sí, su muerte fue una sorpresa.

—¿Solicitasteis una autopsia?

Diana negó con la cabeza.

—Papá era un hombre circunspecto. Eso no habría sido de su agrado. Y el director médico de la residencia no nos lo recomendó. Dijo que el fallo cardiaco es algo habitual tras múltiples derrames. Supongo que me aferraba a una imagen anterior de él, la de un hombre más fuerte y sano. Le había llegado su hora.

Diana comenzó a diseccionar su ensalada, relegando los picatostes al borde del plato. Cortó una hoja de lechuga, se la llevó a la boca y dio un bocadito, como un conejo con un anillo de diamantes.

—La última vez que hablamos, mencionaste que solo le habías hablado a tu padre un poco sobre este proyecto. ¿Es posible que oyera más de lo que dejó entrever? ¿Que apoyara tu proyecto, incluso antes de tener los detalles?

El tenedor de Diana se detuvo suspendido sobre su ensalada.

—¿A qué te refieres?

—Encontré la declaración de intenciones que mencionaste, en la fundación. —Lana sacó de su bolso una fotografía impresa de la declaración y la colocó sobre la mesa de cara a Diana. La señaló con el dedo y la colocó entre ambas. Entonces siguió hablando—. He hablado de ello con un experto. Esta carta sugiere algo, pero no es vinculante. Tu padre podría haber cambiado de opinión. Mira esto.

Colocó sobre la mesa, junto al documento legal, la nota manuscrita dirigida a Víctor que hablaba sobre un proyecto que iba a seguir adelante sin la colaboración de la fundación. Vio que los ojos de Diana se movían de un lado a otro mientras leía las palabras escritas en letra de imprenta, absorbiendo la información.

—¿Crees que esta nota es de tu padre? —le preguntó—. ¿Es posible que abandonara sus planes de conservación para apoyarte a ti en su lugar?

Diana se inclinó más aún sobre el trozo de papel y leyó en voz alta las palabras escritas en él.

—«Alguien muy cercano a mi corazón me ha presentado un proyecto atrevido que es demasiado grande como para ser parte de la fundación».

Lana vio el ansia en su mirada.

Pero entonces Diana se irguió y estiró mucho la espalda.

—Ojalá pudiera decir que sí. Pero no es la caligrafía de mi padre. Esa clase de lenguaje florido, la idea de que pudiera describirme como alguien muy cercano a su corazón… Qué va, eso no era propio de él.

—¿Podría ser entonces Ricardo Cruz?

—¿Y cómo iba a saber yo qué letra tenía Ricardo? —le preguntó Diana mirándola fijamente.

—Perdona, claro. —Lana dobló los papeles con cuidado y volvió a guardárselos en el bolso—. Solo intento entender a qué podrías enfrentarte si sigues adelante con tu rancho de bienestar. A qué podríamos enfrentarnos. —Lana dio un trago de agua—. Según tengo entendido, hace cinco años tu padre prometió donar los derechos urbanísticos a la fundación ecologista mediante un usufructo de conservación. Pero en los últimos seis meses, cuando Víctor le encargó a Ricardo Cruz cerrar el trato, algo cambió. Ricardo y tu padre pasaban mucho tiempo juntos. Si tu padre tenía otras intenciones para el rancho…

—No te estoy pidiendo que determines cuáles eran las intenciones de mi padre. Te estoy pidiendo que me ayudes a prolongar su legado. —Diana echó los hombros hacia atrás y comenzó a cortar otro pedacito de lechuga—. Mira, ya sé que Víctor Morales contrató al chaval y lo envió al rancho para hablar con papá sobre ese usufructo. Pero es evidente que de aquello no salió nada.

O tal vez salió algo diferente, algo de lo que Diana no estaba enterada o no quería admitir.

—¿Alguna vez lo viste con tu padre?

—¿A Ricardo? Solo una vez. —Diana miró por la ventana con expresión esperanzada, como si él pudiera estar ahí fuera ocupándose del jardín—. A veces papá hablaba de él, en la residencia. Le devolvía a los viejos tiempos. Me los imagino limpiando juntos los establos, llenando los comederos.

—¿A qué te refieres con eso de los viejos tiempos?

—Seguro que ya estarás al corriente de la historia —le dijo Diana.

Lana enarcó las cejas para invitarla a continuar.

—Yo tenía veintidós años cuando murió mi madre —explicó Diana—. Se produjo un terrible incendio en el viejo establo. Un accidente, por supuesto. Mi madre quedó atrapada. Alejandro Cruz, el padre de Ricardo, murió también. Pero Sofía, la madre de Ricardo, estaba embarazada en aquel momento y consiguió salir. Alejandro acababa de trasladarla al rancho con él desde Fresno. Cuando nació Ricardo, todos lo llamaban el bebé milagro. Papá decía que fue lo único bueno que salió de aquel incendio.

—¿Y tú estabas de acuerdo?

Diana volvió a mirar hacia la ventana.

—Yo estaba en el extranjero cuando nació Ricardo. Pero cuando mi prometido…, cuando volví a casa…, Ricardo estaba allí. Sofía y él vivían en la casa. Con papá y Martin.

—Eso debió de ser toda una sorpresa —se aventuró a decir Lana.

—Papá y Sofía no estaban… —Diana entrelazó los dedos—, pero, claro, la gente empezó a murmurar. No era correcto tenerla en casa de mi madre. Era complicado. Pero Ricardo no era más que un niño, un pillo adorable. Después de que Martin se fuera a la universidad, tardé un año en convencer a papá de que tenían que marcharse. Había demasiados rumores. Demasiados fantasmas. Ricardo tendría cuatro años cuando su madre y él se fueron. No volví a verlo hasta esa vez del año pasado, en el rancho. Tan mayor, como si fuera otra persona. Un hombre guapo.

Lana no sabía qué parte de la historia de Diana era cierta. Percibía que había inconsistencias. Pero no tenía claro cuáles merecía la pena investigar.

—Cuando nos conocimos, me dio la impresión de que apenas conocías a Ricardo.

—Sin duda serás una mujer que aprecia el valor que tiene guardarse algunas cosas para una misma.

Lana resistió la tentación de ajustarse la peluca.

—Y además ibas a reunirte con Víctor —prosiguió Diana—. No creo que esté enterado de la historia de Ricardo con mi familia. Preferiría que siguiera siendo así.

Lana reflexionó sobre lo que estaba diciendo Diana. ¿Tan incómoda se sentía por los rumores del pasado sobre su padre y la madre de Ricardo como para no querer que volvieran a salir a la luz? ¿O se debería a otra cosa, a algo más reciente que estuviera tratando de ocultar?

Lana decidió arriesgar.

—No creo que Ricardo estuviera trabajando para Víctor cuando murió.

—¿Y eso?

—¿Y si te dijera que Ricardo y tu padre tenían sus propios planes para el futuro del rancho? Un proyecto que no implicara a la fundación. Ni a tu hermano ni a ti.

—Te diría que estás equivocada. Y lo estás. —Si Diana hubiera apretado la mandíbula un poco más, habría pasado por un cepo.

—¿Cómo puedes estar tan segura?

—Porque me lo dijo.

—¿Te lo dijo tu padre o te lo dijo Ricardo?

—Pues… —Diana ensartó un trozo de lechuga con el tenedor—. Como ya te digo, apenas he visto a Ricardo en las últimas décadas.

—Pero era importante para ti.

—Era importante para mi padre —respondió Diana con brusquedad. Masticó en silencio, con los labios apretados.

Lana probó con una estrategia diferente.

—Supongamos por un momento que la nota que te he mostrado fuese de Ricardo. Imaginemos que iba a abandonar la fundación ecologista para hacer algo diferente. Algo grande. Quizá con tu padre, o quizá con otra persona. ¿Cómo crees que reaccionaría Víctor Morales si descubriera que Ricardo estaba trabajando en un proyecto a sus espaldas?

—¿Víctor? —Diana pareció aliviada ante aquel cambio de tema. Su rostro adoptó una expresión sosegada y brillante—. ¿Me estás preguntando si creo que sería capaz de matar a alguien?

No era lo que Lana le había preguntado, pero resultaba interesante que Diana lo hubiera interpretado de ese modo.

Diana giró el tenedor lentamente, sujetándolo suspendido sobre la ensalada.

—No sé. Víctor es un hombre escurridizo. Juega en el parque de los ricos y se cree que merece sus juguetes. Pero es un hombre de palabras, no de acción.

—¿Qué crees que haría Víctor con sus palabras si pensara que Ricardo lo había traicionado?

—Encontraría la manera de sacarle provecho. Como haría cualquiera, supongo.

—¿Te has encontrado tú en esa situación? —preguntó Lana.

Se produjo una larga pausa.

—Reconozco que, en ocasiones, los hombres me han decepcionado —contestó Diana con cautela—. Pero ¿traicionado? Los hombres con los que me relaciono son demasiado inteligentes para cometer ese error.

Capítulo 38

Era la jornada de orientación laboral en el instituto North Monterey County, lo que significaba que todos los estudiantes acudían al gimnasio después de sexta hora para empezar a pensar en sus brillantes futuros. Según veía Jack, a juzgar por las coloridas pancartas que colgaban sobre cada caseta, solo había tres opciones: Silicon Valley si querías hacerte rico, la agricultura si querías quedarte en casa o el Ejército si querías salir del pueblo. Ella deseaba vivir aventuras, pero no creía que en su caso eso fuese acompañado de un uniforme o una pistola. Deambuló entre las mesas, tratando de evitar establecer contacto visual con los reclutadores, que llevaban un exceso de cafeína en el cuerpo. Pasó unos minutos en la caseta del Acuario de la Bahía de Monterrey, donde le regalaron un bolígrafo y un folleto sobre las investigaciones marinas globales. Pero la animada mujer que se hallaba detrás de la mesa no sabía nada sobre los científicos que seguían por el Pacífico a los atunes rojos en peligro de extinción. Estaba ofreciéndole la magnífica oportunidad de plantarse delante de un acuario y enseñarles a los turistas cosas sobre las nutrias. Pero Jack ya tenía un trabajo mejor en el que se dedicaba a eso.

—¡Jack!

Al final de la fila, en una mesa rayada sin pancarta y con algunos panfletos cutres fotocopiados, la inspectora Ramírez estaba gritando su nombre. Llevaba una chaqueta verde esmeralda y se hallaba junto a un agente de Policía tan joven que prácticamente podría ser un estudiante.

—Inspectora Ramírez, ¿cómo es que viene al día de orientación laboral?

Ramírez contempló la endeble mesa plegable y apretó los labios.

—Me obligaron a ofrecerme voluntaria —respondió—. Según parece, es necesario que haya un inspector. —Miró entonces a Jack—. Pero me alegro de verte. Me vendría bien tu ayuda con una cosa.

—¿Qué clase de cosa?

—Es en el puerto deportivo —explicó Ramírez—. Preferiría contártelo allí. ¿Cuánto tiempo más tienes que quedarte aquí?

Jack se fijó en sus compañeros, que vagaban entre las mesas dispersas por el gimnasio. Era la última hora de clase. Nadie la echaría en falta.

—Podría irme ahora —respondió. Se sintió algo culpable por incumplir su promesa de no investigar por su cuenta—. ¿Le pido a mi abuela que se reúna con nosotras allí?

—Eso lo decides tú.

A esa hora del día era probable que Lana estuviese echándose la siesta. Y Jack imaginó que una breve visita al puerto deportivo con una policía no contaba como investigar.

—No importa. Puedo reunirme con usted allí en veinte minutos.

—¿Quieres venir conmigo?

Jack se fijó en el bulto en forma de pistola que se adivinaba en la cadera de la inspectora.

—Prefiero ir en bici.

Jack llegó y se encontró con un mar de coches patrulla aparcados de cualquier manera por el aparcamiento del puerto deportivo. Un joven agente de Policía hizo gestos con las manos para que la dejaran pasar, hasta que llegó junto a Ramírez, que estaba apoyada contra un Buick.

—¿Puede decirme ya qué está pasando? —le preguntó.

—Estamos examinando en profundidad el negocio de tu jefe.

—¿De Paul? ¿Está aquí?

—El señor Hanley se ha esfumado. Pero eso no importa. Tenemos una orden de registro.

Caminaron hasta la valla situada detrás del Kayak Shack y Jack encadenó allí su bicicleta.

—Tú conoces muy bien el Kayak Shack, ¿verdad? —le preguntó Ramírez—. ¿Te darías cuenta si faltase algo o hubiera algo fuera de su sitio?

—Pues... supongo que sí. En la trastienda a veces hay un poco de desorden. Aun así, probablemente lo conozca mejor que nadie.

—Sabía que eras una chica observadora —la elogió Ramírez con gesto afirmativo—. Escucha, cuando entremos —le dijo la detective colocándole una mano en el antebrazo—, mantén la calma y di la verdad. Es lo único que te pido.

—¿Su compañero está ahí dentro?

—Sí, está —respondió Ramírez mirando a la chica con atención—. Pero no te molestará. Te lo prometo.

—De acuerdo —dijo Jack tras tomar aire—. Estoy preparada.

Como se imaginaba Jack, la trastienda estaba hecha un desastre. O más bien hecha un medio desastre. Dos agentes con manos enguantadas rebuscaban entre un montón de chalecos salvavidas y remos, retirando capa tras capa, mientras un tercero fotografiaba cada objeto antes de apilarlo ordenadamente al otro extremo de la habitación.

El inspector Nicoletti supervisaba la operación desde un rincón despejado, con su figura corpulenta embutida en un traje marrón y apretado. Las saludó con un gesto de cabeza, como si su presencia en aquella sala abarrotada estuviese tan justificada como el paquete de sesenta y cuatro bebidas energéticas veganas que acababan de encontrar.

—Jacqueline es la encargada de hacer el inventario del señor

Hanley —explicó Ramírez—. ¿Quieres que le eche un vistazo a algo?

Nicoletti escudriñó la estancia.

—Doy por hecho que este grado de desorden es habitual.

—Les he dicho mil veces que la vida sería más fácil para todos nosotros si lo mantuvieran ordenado —respondió Jack con gesto compungido—. Pero es que no me hacen ni caso. Al final es más fácil tirar las cosas aquí de cualquier manera y no pensar. Y, en cualquier caso, yo lo ordeno todo a final de mes, así que…

—¿Hay algo aquí que no reconozcas?

Jack examinó la trastienda con la mirada. Kits de primeros auxilios. Tarjetas viejas para fichar. Una bolsa de basura con bolsas de patatas fritas vacías y envoltorios de barritas energéticas, de esos que luego ahogan a las tortugas marinas. El catre mugriento en el que dormía Paul a veces. Una nevera portátil de poliestireno. Una pila de catálogos náuticos con portadas de deslumbrantes catamaranes que salpicaban agua por todos lados.

Nada estaba en su sitio, pero todo encajaba. Salvo un objeto, apoyado contra una pared tras una montaña de chalecos salvavidas.

—Eso —dijo señalando hacia ese punto, y los agentes jóvenes se afanaron en quitar de en medio los chalecos—. Nadie guarda bicicletas aquí. Es política de la tienda.

Una vez desenterrada, la bicicleta era un buen espécimen. Se trataba de una bici de carretera, verde, con el manillar hacia abajo, neumáticos finos y esas marchas que, para cambiarlas, hay que apoyarse sobre el cuadro. En los pedales tenía jaulas para los pies y una bolsa negra de almacenaje sujeta en el lado izquierdo de la rueda trasera. Los neumáticos estaban bien hinchados y la cadena no chirrió cuando el agente la llevó al centro de la habitación.

—¿Podría pertenecer al señor Hanley? —preguntó Nicoletti.

—No. No se fía de las bicis. No sé qué de sus vértebras. Pero creo que… —Jack avanzó hacia la bici, hasta que un corpulento agente se interpuso en su camino y le impidió seguir— la he visto antes.

Se volvió hacia los inspectores.

—Aquel sábado, el cuatro de febrero. El día antes de que encontráramos a Ricardo Cruz.

—¿Estás segura? —preguntó Nicoletti con evidente escepticismo.

—Esa mañana vine aquí temprano en bici. Y la vi apoyada contra la valla. Recuerdo que pensé que me parecía extraño que alguien dejara una bicicleta buena ahí, sin candado ni nada.

—¿A qué hora llegaste aquí ese sábado?

—A las ocho. Puede comprobarlo en mi tarjeta para fichar.

—¿Le dijiste algo a alguien sobre la bici?

—No… Di por hecho que sería de Travis o de alguien que hubiera venido a visitar a Paul.

—¿Paul recibe muchas visitas?

—No —respondió sacudiendo la cabeza—. Bueno, no lo sé. Intento no meterme en los… —Buscó entonces la mirada cálida de Ramírez—. Yo solo vengo a hacer mi trabajo.

Ambos inspectores se miraron. Fue Ramírez quien habló.

—Solo un par de preguntas más, Jack. Sobre la bicicleta. ¿Estás segura de que el primer día que la viste fue el sábado? ¿No el viernes?

—Los viernes no trabajo. Si estaba aquí ya entonces, no la vi. Pero sería muy pero que muy raro que no robaran una bicicleta tan buena si se quedara a la intemperie más de unas pocas horas.

—¿Se te ocurre alguna razón por la que pudiera haber acabado aquí atrás?

Jack lo pensó unos instantes. No tenía ningún sentido.

—A lo mejor Paul sabía de quién era y se la estaba guardando aquí. —Negó entonces con la cabeza—. Pero han pasado casi tres semanas. Fuera quien fuera probablemente querría recuperarla cuanto antes.

—¿Por qué dices eso?

—Casi todas las bicis que se abandonan son una auténtica chatarra. De vez en cuando aparece alguna en el puerto deportivo. Neumáticos pinchados, cadenas oxidadas, a veces incluso les falta el sillín. Pero esta bici no es así. Incluso la alforja…, la bolsa de almacenamiento, parece nuevecita.

—Qué bien, Jack. Gracias —le dijo Ramírez con una sonrisa—. ¿Tienes idea de dónde podría estar Paul ahora?

La muchacha negó con la cabeza.

—¿Creen que estuvo implicado?

Nicoletti seguía mirando la bicicleta verde cuando habló.

—No pierdas ojo a las noticias locales. Informaremos a los ciudadanos cuando lo tenga todo resuelto.

—Cuando lo tengamos resuelto —le corrigió Ramírez—. Vámonos, Jack.

Jack esperó a llegar a la valla antes de abrir la boca.

—Su compañero es un imbécil —declaró.

Ramírez no dijo nada. La inspectora examinó la valla metálica, como si hubiera algún secreto escondido en ella. Pero a Jack le parecía que estaba igual que siempre.

—¿Sabe? Hay un lugar donde podría estar Paul. —Jack se inclinó sobre el candado de su bici e introdujo la combinación muy despacio, un dígito tras otro—. Tiene una porción de terreno alquilada en la orilla norte de la marisma. Técnicamente forma parte del rancho Rhoads.

—¿Para qué lo utiliza? —preguntó Ramírez en voz baja, sin dejar de mirar la valla.

—No lo sé. Se llama Fruitful. Mi abuela… es quien lo descubrió. Creemos que Ricardo Cruz cayó al agua por allí cerca. Es posible. Seguimos trabajando en ello.

—Qué mujer. No se da por vencida.

Jack habría jurado percibir cierto tono de admiración en la voz exasperada de la inspectora.

—En fin, pues buena suerte —le dijo, poniéndose el casco.

Le sorprendió que la inspectora le pusiera una mano en el hombro, impidiéndole marcharse.

—Jack, no se trata de un juego. Si tienes información que darme, o si alguna vez necesitas ayuda... —sacó una tarjeta de visita y un bolígrafo de su bolsillo y garabateó mientras hablaba—, aquí tienes mi móvil. Llama a cualquier hora. En serio.

Capítulo 39

Cuando Jack llegó a casa desde el puerto deportivo, encontró a su abuela sentada a la mesa, hablando por el teléfono fijo. Era la voz de trabajo de Lana, pero más dulce, como si hubiera bañado en miel sus cuerdas vocales. Y, hasta donde sabía Jack, estaba mintiendo como una condenada.

—Sí, es una tragedia. Pero confiamos en que su maravilloso proyecto continúe. En tributo a ellos.

Se produjo una breve pausa.

—Ahora hay más gente involucrada en el futuro de la finca. Si pudiera, por favor, enviar una copia digital a…

Lana le guiñó un ojo a su nieta.

—¿Ahora? Maravilloso. —Lana deletreó su dirección de correo electrónico y colgó el teléfono.

—¿Quién era?

—El estudio de arquitectura que hizo los diseños para el proyecto Verdadera Libertad, los que Hal y Ricardo tenían pensado revisar el viernes en que Ricardo fue asesinado. Al parecer nadie les había dicho que sus dos clientes han muerto. Se han mostrado encantados de ayudar. Y ahora podremos ver a qué viene tanto alboroto.

—¿Cómo has averiguado de qué arquitecto se trataba?

—Gracias a tu madre, quién lo iba a decir. Esta mañana me ha enviado el nombre. Lo ha sacado del remite de un paquete enviado al señor Rhoads.

—¿Mamá sabía que ibas a mentirles?

—Nos ha ayudado —respondió Lana agitando una mano para restar importancia a la pregunta—. Vamos a centrarnos en eso.

A los pocos minutos, Lana estaba abriendo los diseños en su ordenador portátil. Esperaba encontrarse con el rancho de bienestar de Diana, u otra versión de este, con mujeres y caballos por las extensas colinas situadas sobre la marisma. Pero aquel proyecto era otra historia totalmente distinta.

Hizo *zoom* en el primer documento, que mostraba declaraciones informativas y notas sobre el proyecto Verdadera Libertad con una fuente microscópica. Aparecían ambos hombres: Hal como el cliente, Ricardo como gestor del proyecto. Lana no reconoció los demás nombres de la lista de contratistas. No estaba Diana. Ni Martin. Ni Víctor.

Fue deslizando el cursor y se encontró bocetos a acuarela de cocinas comerciales, un almacén frigorífico y un centro de operaciones minoristas, rodeado por un mosaico de parcelas cuadradas de terrenos de labranza de dos hectáreas.

—Lo llaman incubadora de granjas indígenas —dijo Lana—. Ofrecen alquileres a precios por debajo de mercado a mujeres y emprendedores desfavorecidos.

—¿Por debajo de mercado? —preguntó Jack.

Lana asintió con la cabeza.

—Significa que cobrarán menos de lo que tradicionalmente pagaría un granjero.

—Verdadera Libertad —dijo Jack. Se fijó en un dibujo de dos mujeres de piel oscura que aparecían quitándoles los pinchos a unos nopales sobre una encimera de acero inoxidable—. Ofrecen la libertad de poder tener una granja. Eso mola.

—Desde luego así lo pensaban Hal y Ricardo —murmuró Lana. Examinó los dibujos y recordó el opulento y exclusivo rancho de bienestar ideado por Lady Di. Ambos proyectos no podrían haber sido más diferentes.

287

—¿Crees que alguien los mató para frenar este proyecto? —le preguntó Jack.

—Es posible —respondió—. Todos quieren el terreno, eso seguro. Víctor lo quiere para protegerlo. Diana quiere construir un balneario. Y Martin quiere el dinero.

—¿Y Paul?

—Él está de más. Paul no puede reivindicar nada sobre el rancho, como sí les pasa a los otros. Tiene ese trozo de terreno alquilado, pero no creo que valga mucho. A no ser que allí tenga un secreto que está protegiendo.

—¿Podría ser otra cosa? —sugirió Jack.

—¿A qué te refieres?

—Es que me resulta extraño que mataran primero a Ricardo. Quiero decir que, si Diana quería hacerse con el control del rancho, podría matar a su hermano y a su padre, y así se quedaría con las tierras. En el caso de Martin, tendría que matar a su hermana y a su padre. Y en el caso de Víctor, quizá a los tres Rhoads. O solo a los hijos, no sé. Si Ricardo es una pieza clave en todo esto, tiene que ser por algo. Pero no acabo de verlo.

Lana levantó la mirada de los dibujos, confusa.

—Tienes razón, Jack. La muerte de Ricardo fue la que lo inició todo. Y ni siquiera sabemos aún dónde murió.

—¡Ah! —Jack miró la hora en su teléfono—. Se me ocurre una idea sobre eso. ¿Podemos salir un momento con el coche? Y llevar tus prismáticos.

Cuando llegaron a Kirby Park, el Lexus pasó por encima de las vías del tren, rebasó los muros de contención llenos de grafitis y bordeó las botellas de cristal reventadas. Lana salió del coche después de Jack y caminó con cuidado. No quería echar a perder otro buen par de zapatos de tacón por unos cristales rotos.

Tras esquivar unas latas de cerveza oxidadas y una serpiente muerta, llegaron hasta la pasarela de madera que flanqueaba la orilla meridional de la marisma. Penachos gigantes de hierbas plumosas movidas por el viento les golpeaban las piernas, y el barro y las algas ascendían por los bordes del endeble sendero de listones de madera.

Siguieron la pasarela en dirección al agua y Jack se llevó los prismáticos a la cara. Se quedaron allí paradas diez minutos. Veinte. El viento se le colaba a Lana por debajo de la chaqueta, dándole ganas de ponerse la bata y meterse en la cama.

—Agradezco la excursión por la naturaleza, Jack, pero se está haciendo tarde y…

—¡Mira! —Su nieta le entregó los prismáticos y señaló hacia la marisma, en dirección a un montón de barro y nutrias situadas al otro lado—. A la izquierda de la roca grande.

Lana entornó los ojos y ajustó el foco de las lentes. Distinguía la silueta de algo rectangular, de un rojo brillante.

—¿Eso es…?

—Mi chaleco salvavidas. —Jack parecía triunfante. Miró su teléfono para confirmarlo—. Justo donde esos turistas encontraron a Ricardo. Justamente treinta y dos horas después de que yo lo dejara caer en el arroyo donde estaba el tío ese del kayak.

—Creí que te lo quitaste para que no te viera.

—Tenía un doble propósito —respondió Jack encogiéndose de hombros—. Aunque no es nada concluyente, claro, porque no le puse pesos, y podría haber otros puntos que desembocan en los lodazales de la misma manera. Pero aun así.

—Buen trabajo, Jack. —Lana mantenía la mirada pegada a los prismáticos—. Ahora vamos a meternos en el coche antes de que se me congelen las mejillas.

Se quedaron sentadas en el asiento delantero, viendo descender el sol hacia el agua, a la espera de que se pusiera en marcha la calefacción incorporada en los asientos de Lana. Jack sacó su teléfono y empezó a marcar.

—¿A quién llamas?

—A la inspectora Ramírez. Deberíamos contarle esto.

—Jack, intentar llamar a oficina del *sheriff* equivale a tirar la información a la basura.

—Hoy me ha dado su número de móvil. Me ha dicho que la llamase a cualquier hora. Ay, shh… Hola, ¿inspectora Ramírez? Soy Jack Rubicon… Sí… Bien. Gracias. Verá, estoy en Kirby Park con mi abuela. ¿Recuerda que le dije que estábamos…?

Lana observó a su nieta con fascinación.

—… Sí, bueno, pues estoy bastante segura de que el cuerpo lo tiraron al agua en la zona de terreno que le dije que tiene alquilada mi jefe, o muy cerca de allí. Es propiedad del rancho Rhoads. No es de la fundación ecologista… ¿Qué?… De eso debería hablar con mi abuela. Espere.

Jack le pasó el teléfono a Lana.

—¿Diga? —Lana todavía no se había recuperado de la sorpresa de que la inspectora hubiera respondido a la llamada de Jack.

—¿Qué puede decirme sobre ese rancho? —La voz de Ramírez sonaba seria, centrada. Lana intentó imitarla.

—Hal Rhoads era el dueño de toda la vida. A sus ochenta y tantos años. Estaba trabajando en un proyecto con Ricardo Cruz, quería que en el futuro su rancho fuera una incubadora de granjas sin ánimo de lucro. Ricardo debía visitar a Hal en su residencia de Carmel el viernes que murió para llevarle los primeros diseños de su proyecto. No tengo claro si llegó a hacerlo. ¿Han establecido la hora exacta de su muerte?

Ramírez ignoró su pregunta.

—¿Cómo sabe que el señor Cruz iba a visitar al señor Rhoads aquel día?

Lana vaciló. Aún no estaba dispuesta a contarle a la inspectora que tenía un tablero de corcho lleno de notas y correos electrónicos de la fundación ecologista.

—Me… me lo dijo mi hija —respondió—. El señor Rhoads era paciente suyo. Estaba deseando ver a Ricardo. —Mierda. Ahora estaba mintiéndole a una policía.

—Entonces, el señor Rhoads sabría si el señor Cruz lo visitó.

—Bueno, sí, pero es que murió tan solo tres días después de

Ricardo. De hecho, creo que podría estar relacionado. A lo mejor los mataron a ambos por su proyecto en común.

—No hubo más asesinatos ese fin de semana en el condado de Monterrey. —El tono de Ramírez había pasado de curioso a brusco, mostrando un interés plano.

—Es una teoría en la que he estado trabajando —agregó Lana con rapidez—. No quería hacerle perder el tiempo hasta que tuviera algo concreto, pero hay muchas pruebas y…

—¿Su hija sabría si el señor Cruz visitó la residencia aquel viernes?

Lana suspiró. Eso era lo máximo que iba a conseguir aquel día.

—Por supuesto —respondió—. Se lo preguntaré. ¿Eso le resultaría útil?

—Una información verificada sobre los movimientos del señor Cruz siempre resulta útil, señorita Rubicon. Respecto a las demás teorías…, ¿por qué no se las guarda para usted?

Capítulo 40

Mientras Beth se alejaba de Bayshore Oaks conduciendo, no paraba de mirar de reojo el sobre de papel manila que sobresalía de su bandolera sobre el asiento del copiloto. Sabía que debería entregárselo a la familia Rhoads. Podría dárselo a Martin en el club náutico esa misma noche. Así de fácil.

Pero también existía otra opción. Podría llevarse el sobre a casa para enseñárselo primero a Lana. Sería un premio, una ramita de olivo. Un aporte a la investigación que, había de admitir, iba ampliándose cada día más. Aunque sería ilegal, o como mínimo poco ético. El señor Rhoads había sido paciente suyo y ella tenía responsabilidades para con él, incluso después de muerto.

Condujo hacia el norte y el oeste, sopesando sus opciones. Eran más de las siete y el sol ya había caído tras la línea del horizonte que formaba el océano. Frente a ella, las luces de seguridad de la planta eléctrica abandonada delineaban dos chimeneas fantasmales que se alzaban junto al agua y los campos de alcachofas. Conforme se acercaba a la marisma, una enorme bandada de gaviotas, cientos de ellas, alzaron el vuelo desde la ciénaga formando un torbellino frenético de blanco contra el cielo oscuro.

Miró una vez más el sobre y tomó su decisión, giró el volante hacia la izquierda para cruzar el puente.

El puerto deportivo estaba tranquilo. Nadie estaba lavando barcos, ni había pescadores que regresaran tarde a puerto. Las

292

farolas fluorescentes del aparcamiento estaban recubiertas de sal, proyectando débiles halos de luz sobre el puñado de coches aparcados frente al club náutico. Frente al Kayak Shack había un coche patrulla solitario con el motor al ralentí. Beth se puso el abrigo, cogió su bolsa y se dirigió hacia el club.

Nada más entrar, se preguntó si habría cometido un error. El comedor estaba tan vacío como el aparcamiento y mucho más oscuro. Había tres pescadores en sus taburetes discutiendo sobre los Warriors y, en el rincón, una mujer con cara avinagrada bebía copas con el práctico del puerto. Beth escudriñó las mesas de madera oscura y divisó a Martin en uno de los bancos de terciopelo, él solo. Frente a sí tenía un vaso con un líquido de color ambarino. A juzgar por los círculos de condensación superpuestos que se dibujaban en la mesa, aquella no era su primera copa.

Beth estaba planteándose darse la vuelta e irse cuando Martin la vio.

—¡Beth! —la llamó, con voz excesivamente alta. Le mostró una sonrisa amplia. Parecía más joven de lo que recordaba, más relajado. Como si el peso del mundo hubiese recaído de forma temporal en los hombros de otra persona—. Me alegra que hayas venido.

Beth se agachó bajo la campana náutica que colgaba sobre la mesa y se sentó en el banco situado frente a él. Martin sonrió de nuevo y a ella le llegó un aroma a agujas de pino y granito, mezclado con *whisky*.

Scotty se acercó con un trapo de cocina en la mano y sus pobladas cejas enarcadas sobre aquel rostro arrugado.

—¿Me traes una Corona, por favor? —le pidió Beth.

—Y otro de estos —agregó Martin.

—Entendido, jefe.

Después de que Scotty les sirviera las bebidas, Martin alzó su vaso.

—Estos últimos días he aprendido muchas cosas sobre mi padre —dijo—. El trabajo que hacía, las cosas a las que se aferraba… Pero todavía hay muchas cosas que nunca sabré.

Beth levantó su botella de cerveza, sin saber cómo seguir la conversación.

—Esa es la belleza de la gente a la que queremos —dijo al fin—. Por muy bien que los conozcamos, siempre hay más por descubrir.

No fue el brindis más elegante del mundo, pero, en fin, Martin tampoco parecía muy sobrio como para darse cuenta. Brindaron y se quedaron sentados en silencio, bebiendo en mutua compañía. La máquina de discos pasó de Sammy Davis a The Smiths, y Martin comenzó a mover la cabeza al ritmo de la música, tamborileando con los dedos sobre la mesa.

—No imaginaba que te gustaba la *new wave* —comentó Beth.

—A mi madre. —Retiró las manos de la mesa y sonrió de nuevo—. Cantaba las canciones de la radio mientras cocinaba. Cuando yo era pequeño. Le encantaban esos llorones británicos.

—Estabais unidos.

—Madre no hay más que una, ¿no? —Martin se pasó la mano por el pelo—. La muerte de mi padre me hace pensar también en ella. Últimamente el rancho está lleno de fantasmas.

—¿Cómo lo lleva tu hermana?

—¿La teniente Di? Me está volviendo loco. No paro de decirle que puede irse a casa, pero insiste en quedarse en el rancho conmigo, emborrachándose con vino caro y lamentándose de cada objeto que añado al montón para regalar.

—Debe de echar mucho de menos a tu padre.

—Creo que ha estado utilizando el rancho para alejarse de su marido. Por lo que he oído, Frank tiene amiguitas por toda la ciudad. Una vez le hice una presentación para que fuera mi inversor, para mi última empresa, pero me dijo que las empresas emergentes eran demasiado arriesgadas para que su banco apostara por ellas. Por favor. ¿El tío va por ahí tirándose a camareras y soy yo el que corre riesgos? No me extraña que Di se pasara los días montando a caballo en Elkhorn con mi padre.

Aunque a Beth siempre le había dado igual Lady Di, se sintió algo incómoda ante las ebrias revelaciones de Martin y trató de desviar la conversación hacia temas menos vergonzosos.

—¿Estaban unidos?

—Supongo —respondió Martin tras dar un sorbo al *whisky*—. A ambos les apasionan los caballos. Pero, si te soy sincero, no sé mucho de su relación. De adultos, Di y yo no hemos pasado mucho tiempo juntos. Nos turnábamos para venir aquí a ayudar a mi padre, y parecía que ella siempre se marchaba justo antes de llegar yo.

—Es curioso que una tragedia pueda unir a la familia. No siempre del modo en que uno querría.

—Tragedia —repitió Martin con una sonrisa torcida—. Creo que mi hermana ha utilizado ese término para referirse esta mañana a una rueda de carromato.

—Mi madre estaría de acuerdo con ella.

—¿Cómo se encuentra? ¿Sigue recuperándose del incendio?

—Yo no diría eso. Está obsesionada con un puñado de mapas viejos y documentos que encontró en la fundación ecologista. Me alegra verla trabajar en ello. —Se sorprendió al oírse a sí misma decirlo en voz alta. Pero era cierto.

—¿Ha encontrado ya al culpable?

—Creo que no. Cuando me marché esta mañana, estaba al teléfono regañando a alguien de la Federación de Granjas por el permiso de actividad de una empresa de frutas. Pero… —Beth metió la mano en su bolsa— yo he encontrado algo que te pertenece.

Se deslizó alrededor del banco hasta situarse junto a Martin y le entregó el sobre de papel manila del arquitecto de San Francisco.

—¿Qué es esto? —preguntó él.

—No lo sé —respondió, dio un trago a su cerveza y evitó mirar sus ojos vidriosos—. Estaba en la sala del correo de Bayshore Oaks. Para tu padre.

Martin abrió el paquete. Se quedó absorto un minuto, hojeando los papeles. Ella echó algún vistazo disimulado, cuidándose de no resultar descarada. Después Martin volvió a guardarlos en el sobre.

—Mi padre no dejó nunca de soñar —comentó—. Cada dos años hacía algo parecido —explicó golpeando con la mano el sobre, que había dejado sobre la mesa—. Tenía una nueva visión, grandes planes. Mi madre decía que sus fantasías acabarían con ella.

Beth alzó de nuevo su Corona.

—Por los sueños de tu padre —dijo.

Martin se apuró lo que le quedaba del *whisky*, se volvió hacia la ventana y se quedó contemplando la oscuridad del puerto deportivo.

—¿Y qué hay de tus sueños? —le preguntó Beth.

—¿Cómo dices?

—¿Qué vas a hacer con el dinero de la venta?

—No tengo claro que vaya a haber tal venta —respondió Martin con el ceño fruncido—. Di está remoloneando. He conseguido una oferta en firme, de una promotora urbanística que quiere construir casas allí. Sería bueno para la comunidad y ayudaría a mi empresa a superar nuestros problemas de liquidez. Pero la oferta expira el lunes y Di se niega a hablar de ello. No para de hablar de legados familiares y de no sé qué sueño suyo de construir un balneario con caballos. Seguramente nos quedemos encerrados en el rancho todo el fin de semana peleándonos por ello.

Cuando le hizo un gesto a Scotty para que le sirviera otro *whisky*, Beth decidió que era hora de irse.

Entonces cambió la música y a Martin se le iluminaron los ojos.

—Otra de las favoritas de mi madre —dijo.

Beth miró a su alrededor. Scotty había atenuado las luces del comedor y Billy Idol cantaba acerca de unos ojos sin cara. A ella la canción siempre le había parecido algo siniestra, pero resultaba evidente que para Martin tenía un valor sentimental. Se puso en pie tambaleándose, con gesto melancólico y una sonrisa torcida.

—¿De qué crees que trata? —le preguntó ella.

—¿Qué más da? —repuso Martin—. Bailemos.

Le tendió una mano a Beth, que sonrió pero no se movió. Aunque, por otra parte, le parecía mono allí parado con la mano extendida y su camisa blanca, que resaltaba en la penumbra. Se dejó arrastrar hacia la tierra de nadie situada entre la barra y las mesas. Osciló de un lado a otro al ritmo de la música, manteniendo la distancia con Martin por miedo a quién pudiera estar observando, quizá riéndose, desde la barra. Pero Scotty estaba en la parte de atrás haciendo a saber qué y los parroquianos habituales contemplaban fijamente sus vasos de chupito, como si el sentido de la vida pudiese hallarse allí dentro. Cerró los ojos y se dejó llevar por la música.

Capítulo 41

Cuando Beth llegó a casa a las diez, tarareando *White Wedding* en voz baja, se encontró a su madre y a su hija en el sofá del salón. Lana tenía la cabeza echada hacia atrás, la boca abierta, y lanzaba ronquidos hacia el techo. Jack tenía la vista fija en su teléfono móvil. Sobre la mesita esquinera de madera había un contador de pastillas vacío y un ordenador portátil abierto.

Beth apagó la tele y le puso la mano a Jack en el hombro.

—Hola, cielo —le dijo.

Lana se despertó con un respingo al oír su voz. Por un momento mantuvo los ojos muy abiertos, agarrando con fuerza los cojines del sofá. Parecía frágil y asustada. Entonces se fijó en su hija y relajó el cuerpo.

—Beth —dijo con un bostezo—. ¿Has ido a ver a Martin? ¿Le has entregado el sobre?

—Sí. —Beth decidió que no tendría nada de malo contarle a su madre lo que había visto—. Era un conjunto de planos para una especie de complejo, algo como…

—¿Como esto? —le dijo Lana colocándose el portátil sobre el regazo.

—¿Cómo narices has…? —Beth sacudió la cabeza—. Sí, mamá. Justo igual que esto. Pero a él no le han parecido gran cosa.

—¿Ya estaba enterado del proyecto? —preguntó Lana, que parecía sorprendida.

—No creo. —Beth rememoró la velada, tratando de recordar qué había dicho Martin exactamente sobre los planos. Lo único que recordaba era su mirada perdida a través de la ventana, buscando la sombra de los padres que había perdido.

—Lady Di pareció perpleja cuando le hablé de ello —dijo Lana—. Creo que Hal les había ocultado el proyecto a ambos.

—El señor Rhoads siempre me pareció una persona recta y sin tapujos —comentó Beth—. Pero parece que no les contó a sus hijos lo que planeaba, ni siquiera les dijo lo enfermo que estaba. Tal vez estuviera ocultando también otras cosas.

—O estaba intentando hallar la manera correcta de contárselo —conjeturó Lana—. Quizá le daba miedo que eso pudiera cambiar su relación con ellos.

Beth miró a su madre con gesto inquisitivo y se preguntó si Lana seguiría hablando de los Rhoads.

—Diana y Martin podrían estar mintiendo —intervino Jack—. Si mataron a Ricardo para frenar el proyecto, tendrían que estar enterados de ello.

—No creo que esos dos estén muy unidos —respondió Beth—. Martin hablaba de Di como si estuviera resentido con ella, o quizá como si le tuviese lástima.

—¿Lástima? —preguntó Lana.

—Creo que su marido la engaña —explicó Beth.

—Vaya. No me sorprende. Por lo general, a los hombres las mujeres fuertes les parecen agotadoras, sobre todo si están casados con ellas.

De nuevo Beth se preguntó de quién estaría hablando Lana exactamente. Entonces bostezó.

—¿Hay algún motivo por el que esta charla no pueda esperar a mañana por la mañana?

Lana y Jack se miraron.

—Creo que el proyecto Verdadera Libertad es la clave de todo esto —confesó Lana—. Cuando Hal y Ricardo murieron, el proyecto murió también. Lo cual beneficiaría a Martin, si quiere vender el rancho.

—Pero Martin estaba en San Francisco cuando Ricardo fue asesinado. Y Diana también quiere el rancho, ¿no?

—No sabes cuánto. Puede que fuera ella, Beth. Creo que oculta algo sobre Ricardo. Pero Martin podría haberse visto implicado de alguna otra manera. Y tú has estado a solas con él…

Beth las ahuyentó del sofá con un gesto de la mano, para poder abrir la cama.

—No hace falta que te preocupes por mí. Sé cuidarme sola.

—El lema de la familia Rubicon —respondió Lana. Dio un paso atrás y la ayudó a sacar el colchón—. No queríamos inmiscuirnos, Beth. Solo queremos que sepas que… nos preocupas.

Jack fue a por su manta y se dejó caer sobre el sofá cama. Cuando se hubo acomodado para dormir, Beth se reunió con Lana junto a la puerta del dormitorio de atrás.

—¿Crees que es posible que Martin haya fingido que no había visto esos planos antes de esta noche? —le susurró Lana.

—Mamá, no soy adivina. Y el pobre hombre está fatal. Esta noche casi se ha bebido su peso en *whisky*. Tiene mucha presión en el trabajo, y luego con su hermana. Por no hablar de su duelo. —Beth miró hacia su hija, que ya estaba acurrucada en el sofá cama—. Debe de ser duro perder a un padre.

—¿Incluso a uno que se hace con el control de tu casa y te vuelve loca? —preguntó Lana con una ceja enarcada.

—Cada día estás más fuerte, mamá. Dentro de nada estarás otra vez dándoles cien vueltas a esas pazguatas de Beverly Hills.

—Pero ¿y si…? —Lana cambió el peso de un pie al otro y estiró la mano para apoyarse contra el marco de la puerta.

—¿Sí?

Lana miró a su hija y apretó los dedos contra la jamba. Beth y ella nunca habían estado tan unidas como para poder leerse el pensamiento. La pregunta le rondaba por la cabeza, pero no se atrevía a formularla en voz alta. Todavía no.

—Estamos cerca del asesino —dijo en su lugar—. Tiene algo que ver con esos planos, con ese proyecto. Lo noto.

—Entonces, quizá haya llegado el momento de hablar con el *sheriff*. Para que estemos todos a salvo.

—Lo haré. Cuando sepa lo que significa todo esto. De un modo u otro, todo acabará pronto —aseguró mientras atravesaba el umbral oscuro—. Te quiero, Beth.

—Yo también te quiero —respondió Beth. Pero la puerta del dormitorio ya se había cerrado.

Capítulo 42

Lana aparcó en una plaza de aparcamiento para visitantes de Bayshore Oaks a las once de la mañana del día siguiente, justo cuando el sol empezaba a abrirse paso entre la niebla costera. Por fin iba recuperando la energía. O eso o estaba justo en ese momento del mes en el que la quimio se tomaba un descanso y dejaba de estamparla contra una pared una y otra vez. Sabría algo más cuando le dieran los resultados de la resonancia y el tac del día anterior.

Antes de salir del coche, se alisó el traje. Se retocó el pintalabios y el corrector que usaba para taparse los hematomas del incendio, que ya iban desapareciendo. De ninguna manera pensaba permitir que alguien la tachara de posible residente de Bayshore Oaks.

Recorrió con decisión aquel pasillo antiséptico hacia el mostrador de las enfermeras, donde se encontraba Beth escuchando a una mujer menuda y animada que lucía el pelo rosa y un vestido de noche palabra de honor azul turquesa. La anciana parecía estar regañando a su hija, y Beth utilizaba el mostrador de formica como escudo.

—¡Beth, te lo juro, el doctor Ramcharan dice que tengo el corazón de una muchacha de diecisiete años! ¡No es broma!

—¿Seguro que no ha dicho «setenta y siete»? —preguntó Beth.

—¡No! —exclamó la señorita Gigi—. ¡Diecisiete! Eso es por

302

las velas que me pone mi Ángela todas las semanas en Nuestra Señora de las Virtudes.

—Me alegro por usted. Pero aun así tiene que tomarse las pastillas de la hora de la comida.

—¿Por qué hacen las pastillas tan grandes? ¿Por qué no las hacen fáciles de tragar, como los caramelos Tic Tac?

—Sé que es un fastidio, pero…

—Fastidiada tengo la espalda. Fastidiada tengo la cadera izquierda. Pero lo de las pastillas gigantes no es un fastidio, es una auténtica estupidez.

En eso Lana tuvo que darle la razón a aquella sirenita arrugada. A menudo se había preguntado si habría alguna oportunidad de negocio en la fabricación de pastillas recubiertas en miniatura para el cáncer. Incluso tomarse un puñado de pastillas pequeñas sería mejor que algunas de las monstruosidades que tenía que tragarse cada día. Se acercó al mostrador, cuidándose de mantenerse alejada de las uñas postizas de aquella mujer pizpireta.

—Mamá —dijo Beth.

—Te he traído la comida. —Lana dejó sobre el mostrador la bolsa de papel marrón con el logo del Moon Valley Café estampado en el lateral.

—Lo siento, pero hoy no puede sustituirme nadie para ir a comer contigo…

—Claro. Estás ocupada. Solo quería traerte algo.

Beth se quedó mirando con asombro la bolsa de papel con sus asas de cáñamo retorcidas. Su madre nunca le había llevado la comida. Jamás. Ella había empezado a prepararse sus propios sándwiches cuando estaba en primero y, llegada la secundaria, ya había pasado de los de mantequilla de cacahuete y mermelada a los de pavo, lechuga y tomate. En su taquilla del instituto guardaba barritas de cereales, consciente de que nadie le llevaría otra cosa si alguna vez se le olvidaba la comida en casa.

La señorita Gigi empleó una larga uña postiza para inspeccionar el contenido de la bolsa.

—Moon Valley. Muy bien —comentó con gesto afirmativo—. ¿El sándwich triple de carne asada? Es el mejor.

Lana miró a Beth.

—¿Vas a presentarme a tu amiga o…?

—Mamá, te presento a la señorita Gigi Montero. Señorita
Gigi, le presento a Lana, mi madre.

—¿Tu madre? —repitió la sirenita con admiración—. ¡Vaya!
Parece más bien tu hermana. ¿Cómo es que no la conocía?

—Porque vivo en Los Ángeles —respondió Lana con una sonrisa.

—Qué bien. Es un buen mercado para los 7-Eleven, siempre
llenos, incluso a las tres o las cuatro de la madrugada.

—La señorita Gigi es la dueña de varios establecimientos
—aclaró Beth.

La sonrisa de Lana pasó de vaga a admirativa.

—Es un negocio difícil —comentó.

—No es difícil. Conozco a las mejores personas. A veces cuando están en su peor momento —repuso la señorita Gigi—. Entonces los contrato. —Se volvió hacia Beth—. ¿Sabes? César tiene un
nuevo encargado de tienda en Seaside. Un hombre muy agradable.
Treinta y cinco años. Sin hijos. Ya casi se ha quitado por completo
el tatuaje del cuello. Le he dicho a César que, cuando el tatuaje haya
desaparecido al cien por cien, lo traiga aquí. Así os presentaré.

—No hace falta que me busque citas —le dijo Beth poniéndose roja.

—Si no lo hago yo, ¿quién lo hará? ¿Tu madre? —La señorita
Gigi se volvió para mirar a Lana—. Dígaselo usted. No debería estar sola.

Ambas mujeres miraron entonces a Beth, que a su vez sentía
cierta curiosidad y cierto miedo por saber qué diría su madre.

—Beth… sabe tomar sus propias decisiones respecto a los
hombres —respondió Lana al fin.

—¿Igual que toma la decisión de no cepillarse el pelo?

—Eso es una causa perdida.

Beth ya estaba harta.

—Creo que estoy perfectamente cualificada para gestionar mi vida amorosa. Y mi pelo. Siento decepcionarla, señorita Gigi, pero no creo que tenga en mente casarme.

—¿Casarte? A mí me da igual que te cases o no.

Beth se quedó mirando a la anciana con incredulidad.

—Señorita Gigi —le dijo—, siempre que la veo me habla de un hombre diferente. Y me dice que debería ponerme sombra de ojos antes de conocerlo.

—La sombra de ojos es el iluminador de Dios —respondió la señorita Gigi—. Pero Dios no quiere que te cases.

—¿Dios no quiere que me case?

La señorita Gigi asintió y dijo:

—Dios quiere que seas feliz. ¿En qué va a contribuir a eso un marido?

Lana vio a la vieja sirenita desaparecer al doblar la esquina, arrastrando por el suelo de linóleo los pies enfundados en sus zapatillas de Hello Kitty.

—Me cae bien.

—Ya. Pues imagínate atrapada en una habitación con ella durante una infusión intravenosa de cuarenta y cinco minutos cada dos días. —Beth abrió la bolsa de papel marrón. Lana le había llevado un pequeño festín: dos sándwiches, dos ensaladas, un tazón de sopa, un pan vienés, tres galletas y un batido que olía a coco y a kale. Dispuso los artículos sobre el mostrador, que acabó cubierto de comida.

—No sabía qué preferirías —se justificó Lana.

Beth se acercó un sándwich Reuben y una ensalada de col y volvió a guardar el resto de la comida dentro de la bolsa. Las demás enfermeras estarían encantadas. Salvo la que acabara con el batido de kale.

Le dio las gracias a su madre por aquella entrega inesperada. Después se quedaron las dos ahí de pie, mirándose la una a la otra por encima de la bolsa de papel.

—¿Querías ver cómo me lo como? —le preguntó Beth.

—No, es que… quería hacerte algunas preguntas más. Sobre Hal Rhoads —confesó Lana.

—Entiendo.

—¿Qué puedes decirme exactamente sobre su muerte?

Beth le dio un pequeño empujón a la bolsa sobre el mostrador.

—Mamá, no puedo hablar de eso aquí.

—¿En serio?

—Esta es la parte más delicada de mi trabajo. ¿Cómo te sentirías tú si me presentara en tu elegante oficina de Century City haciendo preguntas personales sobre tus clientes?

Lana reflexionó sobre la pregunta. Había trazado una clara línea divisoria entre el trabajo y la familia cuando Beth era pequeña, dedicando el noventa por ciento de su atención al trabajo. Nunca había colgado en su despacho ninguno de los dibujos de Beth ni había salido pronto de trabajar para asistir a una obra escolar. Aunque tampoco tenía elección. Ya había visto lo que sucedía con la carrera laboral de las mujeres que cometían el error de mostrar ese tipo de debilidades.

Miró ahora a su hija y se preguntó, no por primera vez, si habría tomado la decisión adecuada.

—No quiero que pongas en peligro tu trabajo, Beth. Solo quería traerte algo rico de comer. Para darte las gracias por tus esfuerzos. Siento habértelo preguntado.

Beth suavizó la expresión.

Lana se dio cuenta de que era la segunda vez que ofrecía una disculpa aquella semana, pese a que esa última fuese un poco hipócrita. Se dijo a sí misma que no debía convertirlo en una costumbre. Aunque, claro, veía que era una táctica bastante útil cuando se empleaba con moderación.

—¿Puedo hacer algo más por ti, mamá? —le preguntó Beth con amabilidad—. ¿Algo que no viole las leyes federales sobre sanidad y privacidad?

Lana miró en ambas direcciones del pasillo. No había nadie. Se inclinó hacia su hija.

—¿Puedes hablarme de sus visitas?

—Eh...

—Solo la semana en que murió.

—¿Qué quieres saber?

—Se supone que Ricardo Cruz iba a venir a visitar al señor Rhoads el tres de febrero. Me pregunto si logró venir antes de que lo asesinaran.

—¿El viernes, tres de febrero? Un segundo. —Beth giró el monitor de ordenador que tenía ante ella—. No. Esa mañana estuvo aquí Diana, pero Ricardo no. Las únicas personas que vinieron a ver al señor Rhoads la semana antes de su muerte fueron Martin, Diana y Víctor.

—¿Víctor Morales?

Beth asintió. Pulsó algunas teclas más y agregó:

—Interesante. Parece que, a lo largo de los dos meses que el señor Rhoads pasó aquí, existió cierto patrón consistente. Martin venía los viernes por la tarde y los domingos por la mañana. Lady Di venía los martes y los jueves por la mañana.

—Pero aquella última semana fue diferente. Has dicho que...

—Correcto. Aquella última semana, Diana vino el martes y el viernes. Y Martin vino el sábado. Me lo dijo, ¿recuerdas? Que tuvo que quedarse en San Francisco la noche de antes.

—¿Y Víctor?

—Parece que él era menos consistente. Vino una vez en diciembre y dos en enero. La última vez fue aquel martes por la tarde, el treinta y uno de enero.

—¿Y Ricardo Cruz? En esos dos meses, ¿vino alguna vez a visitarlo?

Beth estudió la pantalla unos segundos.

—Solo una vez. Hace siete semanas, el cuatro de enero. Un miércoles.

Día de médico.

—¿Puedes anotarme las fechas? Las de la última semana —le pidió Lana—. Un momento. Hal Rhoads murió un lunes. ¿Lo visitó alguien aquel día?

307

Beth cogió una libreta y comenzó a escribir.

—Los lunes no se permiten visitas.

—¿Por qué?

—Llevamos casi un año con una sola persona en el mostrador de recepción. Por recortes de presupuesto. Necesita al menos un día libre. Y, como los fines de semana suele haber muchas visitas, tenía más sentido que fuese el lunes.

—Tú tampoco sueles trabajar los lunes.

—Correcto. Es nuestro día más flojo.

—¿Y si alguien se está muriendo? ¿Puede venir entonces alguien a visitarlo?

—Si se trata de una urgencia, hacemos excepciones. Pero nadie sabía que el señor Rhoads iba a morirse aquel día.

Lana contempló el pasillo vacío. Las luces fluorescentes conferían a las paredes beis un brillo azulado.

—Hubo muchas personas en su funeral. Qué pena recibir tan pocas visitas en las últimas semanas de su vida.

—Era un hombre orgulloso, mamá —le dijo Beth mirándola—. Es posible que no le dijera a mucha gente dónde estaba ni qué estaba pasando.

Lana sintió una breve punzada de culpabilidad por no haber respondido a los últimos tres mensajes de André, por no hablar de las llamadas de Gloria…

—Tengo que irme —le dijo, ignorando esa sensación—. ¿Nos vemos esta noche?

—Tengo que cubrir la primera parte del turno de Rosa —respondió Beth—. Volveré a casa a eso de las once.

—Me alegra haberte traído dos sándwiches. Que pases un buen día, Beth. —Lana le puso una mano a su hija en el brazo—. Y gracias.

Lana se dio la vuelta y regresó por donde había venido, contoneando las caderas y marcando con los zapatos de tacón alto líneas paralelas precisas hasta llegar a las puertas dobles de la entrada.

En cuanto logró escapar del edificio, volvió a aparcar el coche a la sombra del pinar situado detrás de Bayshore Oaks y marcó el número que había copiado del móvil de Jack. Saltó el buzón de voz. Pero al menos en esta ocasión sabía que el mensaje llegaría hasta su destinatario.

—Inspectora Ramírez, soy Lana Rubicon. Quería contárselo cuanto antes. He confirmado que Ricardo Cruz no llegó a venir a Bayshore Oaks el día en que murió.

Se dio cuenta de que no era un mensaje tan impresionante como se había imaginado.

—Confío en que su investigación vaya bien —improvisó—. Bueno, adiós.

Colgó el teléfono sintiéndose derrotada y extrañamente avergonzada. Se miró el regazo y contempló la nota que le había redactado Beth con la relación de visitas del señor Rhoads en su última semana de vida.

Mar, 31 ene: DRW mañana, VM tarde
Vi, 3 feb: DRW
Sá, 4 feb: MR

DRW. DR. ¡Eso era!

Las citas regulares de Ricardo no eran con DR, un doctor. Eran con Diana Rhoads Whitacre, de soltera Diana Rhoads.

Lana recordó lo que le había dicho Diana: que había conocido a Ricardo siendo este un niño, cuando ella regresó de Inglaterra. Antes de casarse, cuando todavía era Diana Rhoads. Lo que, para Ricardo, la convertiría en DR.

Rebobinó mentalmente, tratando de recordar todo lo que sabía sobre Diana Rhoads Whitacre: su matrimonio insatisfactorio, los hijos que habían seguido con su vida, el balneario que deseaba construir. En la comida se había referido a Ricardo como un hombre guapo. Y ese hombre guapo tenía una cita recurrente los miércoles, uno de los días que Diana se quedaba a dormir en el rancho todas las semanas. Ella sola, en esa vieja casa enorme.

Lana conocía a suficientes mujeres ricas e infravaloradas como para saber lo que alguien como Diana haría con hombres jóvenes y guapos, y por qué lo mantendría en secreto. Incluso aunque su marido también tuviera sus aventuras, una mujer como Lady Di se moriría antes que dejar que pensaran que no era la típica esposa perfecta de Carmel.

Lana se quedó mirando la hoja de papel sobre su regazo con los labios apretados por la rabia. Diana había estado acostándose con Ricardo. Lo había ocultado. Había mentido al respecto. ¿Estaría mintiendo también sobre otras cosas? Tal vez su interés en pasar tiempo con ella tuviera menos que ver con el balneario y más con controlar el progreso de sus pesquisas. Lana estaba furiosa consigo misma y más aún con Diana Rhoads Whitacre, por pensar que podía jugársela a ella.

Sacó su teléfono y buscó las fotos que había sacado en la fundación ecologista, hasta llegar a la que le había hecho a la agenda de Ricardo. Como sospechaba, aparecía un DR escrito a lápiz el uno de febrero, dos días antes de que muriera. ¿Habría ocurrido algo esa noche en el rancho que le pusiera en peligro? ¿O tal vez fue a la mañana siguiente? Necesitaba más información sobre los últimos movimientos de Ricardo de boca de alguien que quizá hubiera hablado con él. Alguien que quisiera ser de utilidad, que no tuviera motivos para mentirle. Y Lana sabía exactamente a quién acudir.

Capítulo 43

Lana condujo hacia el norte, en dirección a Santa Cruz. Aparcó un poco más arriba del edificio chamuscado de la fundación ecologista y abrió su puerta con cuidado. Unos hombres con chaquetas de lona se encontraban transportando muebles desde una furgoneta aparcada en doble fila hasta el interior del edificio.

Gaby la vio primero.

—¡Señorita Rubicon!

—Gaby. —La muchacha estaba de pie junto a la puerta de entrada, con unos vaqueros ajustados y un jersey escotado con volantes de color coral. Llevaba una mascarilla colgada del cuello, acomodada entre los pechos.

—¿Cómo está? —le preguntó la joven apretándole ambos brazos con las manos—. Cuando me enteré de lo que le pasó aquel día, no me lo podía creer. Y mírese ahora. Está estupenda.

Gaby miró a su alrededor y bajó la voz.

—Ya le había dicho a Víctor que la puerta de la biblioteca se atascaba. Pero él siempre se reía y decía que tenía que empujar con la espalda. Ha tenido que pasar algo tan horrible como esto para que por fin haya pedido que la cambien.

Lana se quedó mirándola. Gaby estaba sugiriendo que la puerta de la biblioteca no había estado cerrada con llave. ¿Sería cierto? Trató de recordar si había oído algún clic cuando Víctor salió de la estancia, y pensó si podría notar la diferencia entre un pestillo echado y una puerta atascada. Pero solo recordaba la alarma de incendios taladrándole los tímpanos. Y los rebordes cortantes de la ventana. Y toda esa gente como Víctor y Gaby que la dejaron ahí olvidada para que se quemara.

Se zafó del abrazo de Gaby. Junto a ellas pasaron dos hombres fornidos que cargaban un sofá de cuero a estrenar.

—Me alegro de verte, Gaby. ¿Qué tal va todo por aquí?

—Por fin han logrado despejar el humo del edificio. Casi todos nuestros papeles han quedado destruidos y tardaremos siglos en reemplazar la pared exterior con algo permanente. Pero nuestros donantes nos están ayudando a amueblar la oficina. Y los chicos de la restauración lo han hecho genial. —Gaby sonrió a un hombre que transportaba una lámpara, haciendo que estuviera a punto de tropezar.

—¿Y la Policía?

—El inspector Choi ha venido un par de veces. Dice que el fuego debió de originarse cerca del edificio. Creo que todavía están intentando localizar un par de coches que había aparcados en la calle aquel día.

Lana se preguntó qué coche conduciría Diana. Pero también se replanteó su certeza anterior sobre la culpabilidad de la hija del señor Rhoads. Era posible que estuviese al tanto de la agenda que había visto Lana y hubiera provocado el incendio para tratar de borrar cualquier prueba de sus encuentros con Ricardo. Pero no parecía su estilo. Era mucho más fácil creer que otra persona, alguien más enfadado y que conociera mejor el edificio de la fundación, hubiera sido el responsable.

—¿Todos los empleados están bien? —preguntó Lana.

Gaby asintió.

—¿De verdad rompió usted sola esa ventana? Es…, en fin, alucinante.

Lana sonrió.

—Víctor se siente fatal por lo sucedido. Estoy segura de que le encantaría verla, pero estará fuera todo el día, con reuniones…

—Ya lo sé. Me ha dejado varios mensajes. Pero en realidad he venido a hablar contigo.

La chica pareció desconcertada.

—¿Desea hacer una reclamación al seguro? Hemos encontrado su peluca, pero no estaba muy…

—No se trata del incendio.

—Ah.

—Se trata de Ricardo Cruz.

—Ah. —Gaby empezaba a parecer un loro, muy hermoso, eso sí.

—Me preguntaba si podrías confirmarme una cosa. ¿Sabes cuándo fue la última vez que Ricardo vino a la oficina?

—Ay, no sé si puedo… —dijo Gaby abriendo mucho los ojos.

Lana le puso una mano en el antebrazo.

—Por favor. Víctor me lo contó cuando nos vimos, pero con todo el alboroto, no encuentro mis notas. ¿Podrías…?

Gaby se sacó el teléfono del bolsillo trasero bordado de sus vaqueros. Deslizó sus uñas de manicura francesa por la superficie de cristal, arrugando la nariz mientras comprobaba la agenda de la oficina correspondiente al mes anterior. Cuando encontró lo que estaba buscando, dio un pequeño brinco.

—El miércoles, uno de febrero —le dijo—. Aquel día Ricardo tenía que ir a supervisar una de nuestras propiedades. Pero primero tuvimos una formación de personal sobre la cría del cóndor en Fremont Peak. —Le dedicó a Lana una breve sonrisa—. Me acuerdo porque ese día comimos dónuts veganos.

—¿Y luego se fue a supervisar una propiedad? ¿Qué implica eso?

—Cuando alguien nos dona los derechos urbanísticos, tenemos que ir a revisar el terreno de vez en cuando. No es propiedad nuestra, pero somos responsables de asegurarnos de que nadie monta un negocio ni tira basura allí. Revisamos casi todas las propiedades una vez al trimestre.

—¿Y la propiedad que Ricardo tenía que supervisar ese miércoles podría ser la de la marisma?

313

—Podría ser. No lo sé.

—¿Y luego no vino ni el jueves ni el viernes?

A Gaby empezaba a temblarle la voz.

—Eso es.

—¿Eso era algo inusual?

La chica parecía incómoda, como si de pronto se hubiera descubierto una piedrecita dentro del sujetador.

—A menudo los jueves no venía a trabajar hasta tarde.

Lana la animó a continuar con un gesto de cabeza.

—¿Y sabes por qué?

—Creo que es posible que hubiera alguien… especial en su vida. —Parecía avergonzada—. Ricardo vivía al norte de aquí, en Santa Cruz propiamente dicho. Pero algunos miércoles, al salir de la oficina, se iba hacia el sur. Y al jueves siguiente volvía tarde, también desde el sur. Creo que se quedaba a pasar la noche en alguna parte.

—¿Sabes qué coche tenía?

Gaby sorprendió a Lana con una risita nerviosa, como un tintineo angelical.

—Ricardo no tenía coche. Estaba en contra de eso.

—Entonces, ¿compartía coche con otras personas? —le preguntó Lana, confusa.

—Iba en bici. Siempre.

—¿Hasta a las reuniones?

—A todas partes.

—Así que, aunque fuese a reunirse con un donante importante…

—Iba en bici. Tenía dos alforjas, bolsas de bici, que llevaba sujetas detrás del asiento. Una la usaba para llevar el portátil y, en la otra, llevaba un cambio de ropa. —Gaby sonrió al ver el rostro horrorizado de Lana—. A algunos de nuestros donantes eso les parecía mono. Sentían que estaba realmente comprometido. Y lo estaba. Con su bici.

—¿La tenía bien cuidada?

—¿Alguna vez ha conocido a un hombre que estuviese enamorado de su coche? Ya sabe, que no para de abrillantarlo y de cambiarle los neumáticos, y se refiere a él como «su bebé».

Lana le dedicó a Gaby una sonrisa lánguida y dio gracias a Dios por no haber intimado nunca con un hombre semejante.

—Ricardo era así, pero con su bici. Si hasta la llevaba tatuada en el culo. —Gaby se sonrojó—. Bueno, eso me han contado.

—Debía de estar en plena forma.

—Oh, sí, desde luego. Y estaba obsesionado con la salud. Se negaba a tener un *smartphone*. Decía que te fríen el cerebro. Y nunca se tomó un día de baja por enfermedad. Jamás.

Lana cerró los ojos por un momento. Debería haber sabido que no se trataba de una cita con el médico. El hecho de que ella tuviera cáncer no significaba que el mundo entero estuviera enfermo. Veía las letras DR grabadas en el interior de los párpados, Ricardo y Diana, los miércoles por la noche, retozando sobre una alfombra de piel de oso frente a una chimenea encendida en el rancho de los Rhoads.

Expulsó la imagen de su cabeza y volvió a centrarse en la joven que tenía delante. Gaby ya parecía más tranquila, se había quedado mirando la franja de piel bronceada y atlética que asomaba entre la camiseta y los vaqueros de uno de los hombres del reparto. Pero antes Lana había percibido cierta incomodidad en ella. Había algo de lo que Gaby no deseaba hablar.

—De modo que Ricardo solía entrar tarde a trabajar los jueves —repitió, captando de nuevo la atención de la joven—. Pero la semana en que fue asesinado, no llegó a venir el jueves, ¿no?

—Así… es. —Gaby pareció nerviosa otra vez, como si la conversación se hubiera precipitado por un terraplén. Allí algo le olía a podrido. Algo relacionado con aquel jueves, el día anterior a la muerte de Ricardo.

—Seguramente los inspectores se interesaran por su ausencia… —comentó.

—Sí —respondió Gaby, mirándose ahora los zapatos.

—¿Y qué les dijiste?

La chica dibujó un circulito en la acera con la punta del zapato.

—Víctor nos pidió que dijéramos que estaba enfermo —murmuró.

—Pero Ricardo no se tomaba días de baja por enfermedad.

—No. —Gaby hablaba cada vez con más suavidad, como si estuviese intentando diluirse sobre el asfalto.

—Gaby, entre tú y yo, ¿qué ocurrió?

Gaby parecía angustiada. Miró a su alrededor, pero no había nadie que pudiera oírlas, o rescatarla.

—Hubo una pelea —susurró. Las palabras le salían ahora a gran velocidad—. Ese jueves. El día después de la reunión con los dónuts. Ricardo y Víctor estaban en la biblioteca. Al principio era una conversación tranquila, pero entonces Víctor empezó a gritar. Cuando Víctor se apasiona por algo, se pone muy intenso. No llega a ser violento ni nada de eso… —le aseguró negando con la cabeza—. Pero lo oímos todo. Fue horrible.

—¿Qué decía?

—Gritaba cosas sobre el honor y la traición, y acusaba a Ricardo de haberse aprovechado de él.

—¿Qué ocurrió después de la pelea?

—Ricardo agarró sus alforjas y se fue hecho una furia. No volví a verlo.

Gaby levantó la cabeza para mirar a Lana a los ojos. Por las mejillas le caían unas lágrimas que dibujaban marcas de rímel corrido sobre su piel.

—Víctor le tenía cariño a Ricardo. Sé que eso es cierto. Lo llamaba «hijo». Y que esa fuera la última vez que hablaron… —Volvió a interrumpirse.

Lana rebuscó en su bolso y sacó un paquete de pañuelos de papel y una polvera. Se los entregó a Gaby y aguardó, pensativa, mientras la muchacha se recomponía. Por fin estaba llegando a alguna parte. Sabía dónde había estado Ricardo: el miércoles por la noche se quedó con Diana. El jueves le dijo a Víctor que dejaba la fundación para trabajar con Hal en el proyecto Verdadera Libertad. Discutieron. Y entonces Ricardo se fue… ¿adónde?

—¿Recuerdas en qué dirección se fue Ricardo cuando se marchó con la bici? Después de la pelea, digo.

Gaby parecía todavía angustiada.

—Hacia el sur.

Hacia el sur. Otra vez con Diana. Lana trató de imaginarse cómo debía de sentirse Ricardo aquel día. ¿Se fue en bici al rancho tras su pelea con Víctor porque buscaba el consuelo de Diana? ¿O acaso fue para hablarle del proyecto Verdadera Libertad, y entonces ella lo asesinó al día siguiente? O tal vez Víctor estuviese tan furioso como para llegar a matar a Ricardo por su traición. Pudo haber contactado con Ricardo para pedirle que se reuniera con él en la propiedad de la fundación junto a la marisma aquel viernes, para hablar las cosas y reconciliarse. Ricardo no habría tenido motivos para desconfiar, no tendría por qué habérselo contado a nadie o haber acudido acompañado.

Sus pensamientos se vieron interrumpidos por Gaby, que le devolvía la polvera. Cuando Lana levantó la mirada, vio que la joven se había recompuesto. Su rostro lucía luminoso, inquebrantable, tan seguro de sí mismo como insegura se sentía Lana. Ella conocía bien esa estrategia, estaba al tanto de sus beneficios, de cómo la belleza podía emplearse a modo de armadura.

Aceptó la polvera y los pañuelos sin usar.

—Me has dado mucho en lo que pensar, Gaby. Y no es necesario mencionarle a nadie esta conversación. Las mujeres como nosotras deben mantenerse unidas, ¿verdad?

Por un instante distinguió una grieta en el rostro de Gaby, un gesto fugaz de preocupación que sacudió la superficie perfecta y suave de su piel. Entonces la joven dejó escapar un leve suspiro. Se volvió hacia los trabajadores y estiró la espalda, haciendo que su melena pareciera más larga y sus pechos apuntaran hacia el sol.

—Señorita Rubicon, ya se me ha olvidado nuestra conversación.

* * *

317

Lana volvió a montarse en el coche y miró el reloj. Tenía el tiempo justo de volver a casa y tumbarse un rato antes de que Jack regresara de clase.

Mientras conducía, la cabeza le iba a mil por hora. Se imaginaba a Ricardo montado en su bici en dirección al rancho para ir a ver a Diana. Debía de haber por lo menos veinticinco kilómetros. En bici. ¿Qué atractivo tenía eso? Adelantó a dos mujeres vestidas con ajustados maillots de estampado floral, pedaleando ambas con fuerza por el arcén de la autopista, con el océano resplandeciente a su derecha. Vale, tenían unas pantorrillas excepcionales, pero la idea de ir pedaleando entre el tráfico le producía pavor. Por no hablar de lo mal que se te quedaba el pelo con el casco. Aunque entre sus prioridades últimamente no figuraba el ejercicio cardiovascular. Pensó de nuevo en su tac del día anterior. No soportaba tener que esperar los resultados, ni cualquier otra cosa, pero una parte de ella se sentía a salvo con aquella vida en Elkhorn, con sus dolores ya conocidos, equilibrados con pequeños placeres. Adelantó a otro ciclista junto al puerto deportivo, un tipo blandengue que sudaba la gota gorda y llevaba un perro diminuto en la cesta delantera. De pronto se acordó de la bicicleta que tenía de niña. Una cesta blanca. Cintas rojas. Recordaba circular por el laberinto de calles de detrás de la sinagoga, con aquella sensación de libertad y la caricia del viento levantándole el pelo pegajoso de la nuca. Se preguntó si alguna vez volvería a sentirse tan viva.

Aparcó frente a la casa y se quedó sentada dentro del coche, pensando de nuevo en el asesinato. Tenía que admitirlo. Se había equivocado. Se había dejado llevar por su experiencia profesional al pensar que aquel asunto giraba en torno a un terreno, a su dueño y a quien lo controlaba. A lo que podía hacerse y no hacerse con dicho terreno. Hal y Ricardo tenían Verdadera Libertad. Víctor tenía sus planes de conservación. Paul tenía su misteriosa empresa, Fruitful. Y los hijos de Rhoads tenían un rancho entero por el que pelearse. Aquello de por sí planteaba unas cien razones diferentes para cometer un asesinato.

Pero el amor siempre era la mejor carta. El amor era más fuerte que la tierra. Sobre todo cuando, por sorpresa, se convertía en algo feo. ¿Qué clase de amor habría llevado a Ricardo a la muerte? ¿Sería el amor paternal que sentía Víctor hacia él, y el dolor subsiguiente cuando este descubrió que el joven lo había traicionado para perseguir sus sueños? ¿O fue el deseo, una aventura con Diana que al final salió mal?

Pensó de nuevo en el comentario de Jack cuando dijo que Ricardo era el eje de todo aquello, y en lo que había dicho Diana sobre no sufrir jamás una traición por parte de los hombres. Tal vez Ricardo fuese el gestor de operaciones que había mencionado, al que había escogido para su rancho de bienestar. Se la imaginó planeándolo todo: Ricardo dirigiendo el balneario durante el día y después calentando su cama por las noches. Tal vez incluso le hubiera contado esa fantasía. Tal vez él hubiera fingido seguirle el juego. Si Ricardo le había prometido a Diana una cosa sobre su proyecto, había engañado a Víctor con el suyo y además había estado haciendo planes a sus espaldas con Hal para llevar a cabo algo totalmente diferente…, en fin, aquel era el mejor móvil para cometer el crimen que había oído hasta el momento. Para cualquiera de los dos.

Capítulo 44

Jack se pasó todo el trayecto en bici de vuelta a casa desde el instituto pensando en qué escribirle al tipo del barco en San Luis Obispo. Cuando entró, Lana salió del dormitorio de atrás con un rollo de papeles en la mano.

—¿Qué vas a hacer esta noche? —le preguntó.

—Pues… ¿los deberes? Tengo que escribir una redacción sobre los presidentes de principios del siglo xx. ¿Y tú?

Lana desenrolló los papeles sobre la mesa.

—Ver qué puedo descubrir sobre el balneario con caballos de Lady Di.

—Ah… ¿y puedo mirar?

—Tú haz tu trabajo y yo haré el mío. Hablaremos luego.

Mientras Jack se ponía con su redacción, Lana estuvo revisando los planos que Diana le había entregado durante la comida del día anterior. Tras sus descubrimientos de aquella tarde, había decidido que haría lo que estuviera en su mano para mantenerse cerca de Diana. Y los planos eran interesantes. Lana no sabía si en un balneario se necesitaban dos piscinas de hidroterapia equina, pero el modelo de negocio parecía sólido. Acababa de enviarle un *email* a Diana con algunos apuntes sobre los cálculos de rentabilidad cuando levantó la cabeza y vio que Jack estaba mirándola.

—¿Qué pasa? —le preguntó.

—¿Recuerdas que me dijiste que los ganadores no murmuran? —Jack levantó el libro que estaba leyendo sobre Theodore Roosevelt—. Dice que deberías hablar con suavidad y llevar un buen bastón.

Lana resopló y dijo:

—¿Crees que dejaban a las mujeres llevar bastones?

Nicoletti apareció en las noticias de las seis, tras un segmento sobre una desesperada mujer de Salinas cuyo billete de lotería ganador había quedado hecho trizas en una cosechadora de lechugas. Jack y Lana veían las noticias desde el sofá, compartiendo una cacerola de macarrones con queso, guisantes y maíz, todo mezclado.

El detective se hallaba en mitad del asfalto, detrás del Kayak Shack, con un abultado traje marrón que le daba aspecto de oso de peluche desaliñado. Nicoletti recitaba los hechos del caso con un tono monótono, intercalados con planos siniestros de la marisma de noche, con la salicornia rojo sangre que se recortaba contra la superficie oscura del agua.

—Hacen que la marisma dé un poco de miedo con esos planos tan raros —comentó Jack.

—Alguien del equipo se cree un artista —repuso Lana—. Mira ese primer plano del chaleco salvavidas.

Cuando la cámara abrió el plano, Nicoletti compartió los datos básicos: Ricardo Cruz, veintinueve años, natural de Salinas, residente de Santa Cruz, fallecido el viernes, tres de febrero, a causa de un fuerte traumatismo, seguido de la sumersión en la marisma de Elkhorn. Aún no se había recuperado el arma del crimen. Si bien los policías anticipaban una detención rápida, cualquiera que tuviera alguna información sobre el crimen debería llamar a la línea de colaboración ciudadana del departamento del *sheriff* del condado de Monterrey.

—Suerte con eso —murmuró Lana y cogió el mando a distancia.

—¡Prima! Mira.

En la pantalla de la televisión aparecía el número de colaboración ciudadana del departamento del *sheriff*, bajo una fotografía de Ricardo Cruz sonriente y apoyado contra una bicicleta de carretera verde.

—Esa es la bici abandonada que vi en el Kayak Shack —dijo Jack—. Debía de ser de Ricardo.

Ambas se inclinaron hacia delante y Lana estiró el brazo con su teléfono en la mano para sacar una foto movida a la televisión.

Se quedó mirando la pantalla con los ojos entornados, pensando en lo que le había dicho Gaby.

—¿En la parte de atrás hay dos alforjas o solo una? —Le acercó el teléfono a Jack.

—En esta foto no se aprecia. Pero la bici del Shack solo tenía una.

Las noticias dieron paso a la mujer del tiempo. Lana contempló una vez más la masa informe de color verde y negro que había capturado con su teléfono, y entonces sacudió la cabeza.

—Esta noche tenemos cosas más importantes de las que hablar. Vamos. —Apagó la tele, sacó una Coca-Cola Light del frigorífico y se dirigió hacia el dormitorio de atrás seguida de Jack—. He estado pensando en el problema del móvil que me comentaste. Nos quedamos atascadas porque todos nuestros sospechosos tienen algún motivo para hacerlo. Todos ellos querían el rancho. Todos tenían acceso por algún punto a lo largo de ese arroyo que encontraste. Y no hacía falta tener una fuerza increíble o unos conocimientos especializados para matar a Ricardo. Ni a Hal.

—¿Con estas palabras pretendes que nos motivemos? —preguntó Jack con el ceño fruncido—. Pensaba que…

Lana la interrumpió.

—Pero me he dado cuenta de que hay otra forma de verlo. BATNA.

—¿Bat-na?

Lana asintió.

—BATNA. Las siglas en inglés para referirse a la Mejor Alternativa a un Acuerdo Negociado. Cuando estás negociando con alguien en relación con una extensión de terreno o los términos de un arrendamiento, te preguntas: si no logramos cerrar el trato, ¿cuál es el perjuicio para la otra persona? ¿Qué otras opciones tiene? ¿Cuál es su mejor alternativa si rechaza nuestra oferta?

Casi pudo ver cómo se ponía en marcha la maquinaria mental de su nieta.

—Vamos a ver si lo he entendido —dijo Jack—. Digamos que quiero comprar un barco. El dueño quiere venderlo ahora, pero yo no puedo comprarlo todavía. Necesito algunos meses más.

—Me parece un ejemplo muy específico…

—Así que tal vez le ofrezca un precio más alto a cambio de que me espere. De modo que su mejor alternativa a vendérmelo dentro de unos meses es venderlo ahora, pero por menos dinero.

—Eso es. —Lana se quedó mirando a su nieta—. Jack.

—Dime.

—¿Estás interesada en comprarte un barco?

Jack enarcó las cejas y una pequeña sonrisa se dibujó en su rostro.

—Un velero. Pero, bueno, no sé si mamá me dejará.

—¿Se lo has preguntado?

Jack negó con la cabeza.

—Entonces tu primera negociación debe ser con ella. ¿Cuál es su mejor alternativa a dejarte comprar el barco?

—Prima…, para mí hablar con mamá no es una negociación.

—Pero no sabes si te va a decir que sí —repuso Lana—. Así que tal vez deberías verlo como una negociación.

—Bueno, en ese caso, supongo que su mejor alternativa a decirme que sí sería decirme que no.

—¿Y que tú aceptaras?

—Quizá me enfadaría por ello, pero no hay mucho más que pueda hacer.

—Eso no es cierto, Jack —le aseguró Lana, mirándola fijamente—. Podrías subir la apuesta. Podrías amenazar con hacer algo mucho más imprudente si no te permite comprarlo.

—Eso me parece un poco inmaduro.

—Vale… Tal vez podrías demostrarle que la alternativa es que seas infeliz. Que te ahogues. Que no seas capaz de ser tú misma. —Lana se daba cuenta de que sus palabras empezaban a calarle a su nieta—. Mira, Jack, la vida es una negociación. Contigo misma. Con los demás. No puedes quedarte de brazos cruzados esperando a que otra persona adivine lo que deseas. Tienes que pedirlo, aunque dé miedo. —Dio un trago a su refresco—. Pero sí, veo que has captado el concepto.

—¿Y esto del BATNA qué tiene que ver con el asesinato?

—Bueno —respondió Lana—, todos esos sospechosos podrían haber matado a Ricardo. Pero ¿quién tenía que matarlo? ¿Para quién era el asesinato la mejor alternativa a lo que fuera que estuviera pasando?

Jack se quedó mirando las fotografías clavadas en el corcho de la pared.

—Martin tiene coartada para el asesinato de Ricardo, pero podría haber matado a su padre para poder vender el rancho.

—¿Es esa su mejor alternativa a conseguir el dinero de otra forma?

Jack frunció el ceño.

—Me parece extremo. A ver, es un tío blanco y rico que estudió en el MIT. Seguramente podría conseguir inversores en Silicon Valley sin tener que matar a su propia familia.

Lana asintió, animando a Jack a continuar.

—Pero su hermana, Lady Di… —Jack hablaba ahora con más seguridad en sí misma—. Si se estaba acostando con Ricardo y las cosas se complicaron…

—Exacto —confirmó Lana.

—¿Y no podía dejarlo sin más? —preguntó Jack—. ¿Por qué tendría que asesinarlo?

Lana se alegraba de ver que a su nieta no la hubiese decepcionado todavía ningún hombre hasta el punto de querer matarlo.

—Puede que Ricardo le exigiese algo —conjeturó—. O la amenazase. Puede que la noche antes de morir le hablara del proyecto Verdadera Libertad. A lo mejor la presionó para que lo apoyara, para que renunciara a su derecho sobre el rancho o, de lo contrario, se lo contaría todo a su marido. Entonces Diana se vería atrapada y pensaría que su mejor alternativa tal vez fuera matarlo. —Volvió a mirar entonces el corcho de la pared—. Lo mismo podría pasar con Víctor Morales. Tenía que quedarse con el rancho Rhoads para cumplir su sueño de que la fundación ecologista llegase desde el puerto deportivo hasta las colinas. No podría haber logrado eso con ninguna otra propiedad. Si Ricardo y el señor Rhoads estaban trabajando juntos en un proyecto que impediría que la fundación se hiciera con las tierras…

—… la mejor alternativa de Víctor sería matarlos a los dos —concluyó Jack mirando a su abuela—. Pero ¿cómo lograría que le donasen la propiedad si el señor Rhoads había muerto?

—Tendría que convencer a Diana y a Martin. Les recordaría que tiene esa declaración de intenciones firmada e intentaría presionarlos para que cumplieran la voluntad de su padre.

—¿Crees que Víctor podría hacer algo así?

Lana lo pensó unos instantes. Incluso aunque Diana y Martin no se pusieran de acuerdo, sí que ambos parecían decididos a evitar que el control del rancho cayese en manos de la fundación ecologista. Tal vez, si Víctor estaba al corriente de la aventura entre Diana y Ricardo, podría presionarla…, pero, si tenía ese as en la manga, todavía no lo había jugado. Decidió entonces que por fin tenía un motivo para devolverle una de sus muchas llamadas.

—Lo averiguaré —anunció—. Quizá Víctor no estuviese tan motivado por su deseo de conseguir el terreno como por su rabia ante la traición de Ricardo y el señor Rhoads.

—Pero eso no tiene que ver con BATNA. Eso es un motivo. Volvemos al punto de partida.

—Hemos recorrido un largo camino desde ahí, Jack. Solo tenemos que lograr encajarlo y todo cobrará sentido.

Tenía que ser así.

* * *

A las siete en punto de la tarde, Beth se disponía a salir por la puerta trasera de Bayshore Oaks para tomarse una barrita de proteínas durante el descanso cuando fue abordada por la señorita Gigi.

—¡Beth! Tu madre es encantadora. ¡Y parece tan joven! —Seguía llevando puesto su vestido de noche color turquesa, al que ahora había añadido un fino quimono adornado con personajes de Disney.

—Gracias, supongo. —Beth contempló incómoda las uñas postizas de la señorita Gigi, que se le clavaban en la manga de la cazadora.

—Beth, tengo que decirte una cosa. Estaba escuchando la conversación con tu madre.

—¿Sobre los sándwiches?

—Sobre las visitas.

—Entiendo.

Ambas mujeres se quedaron mirándose. Beth apretó la barra de proteínas y notó que se deformaba bajo su mano sudorosa. Incluso con medio kilo de sombra de ojos plateada, se daba cuenta de que la señorita Gigi era una fiera con la que debía andarse con cuidado.

—Puedo explicarlo…

La menuda mujer quitó importancia a sus excusas con un movimiento de la mano.

—Estás ayudando a tu madre. Eso es lo correcto. Pero lo que he hecho yo, no estoy tan segura.

Ahora era la señorita Gigi quien parecía nerviosa.

—¿Qué ha hecho? —le preguntó Beth.

—Los que trabajamos en la sala del correo nos tomamos nuestra misión muy en serio. Somos el punto de conexión con la gente del exterior —explicó la señorita Gigi.

—Entiendo…

—Y a veces, los lunes, hay alguien que necesita conectar con alguien.

—¿Como por ejemplo una carta que tiene que enviarse?

La anciana negó con la cabeza.

—Más bien alguien que desea entrar.

Beth parpadeó perpleja.

—Señorita Gigi, ¿alguien entró en Bayshore Oaks el día en que murió Hal Rhoads? Eso fue... —hizo el cálculo mentalmente— hace tres lunes.

Nunca había visto a la señorita Gigi tan contrita.

—No estoy segura. Puedo preguntarles a mis socios. Aquel lunes yo no estaba de servicio, pero...

—¿De servicio? ¿Tienen turnos?

—En la puerta lateral, sí. Desde la comida hasta la cena. —La anciana se ciñó el quimono al cuerpo y la miró inquieta—. ¿Crees que alguien entró aquí para reunirse con el señor Rhoads y lo asesinó?

—No... no lo sé. —Tras lo que le había dicho Lana hacía un rato, Beth había investigado la causa de la muerte del señor Rhoads. Lo único que aparecía en su ficha era MCS: muerte cardiaca súbita. Sin una autopsia ni un análisis de sangre detallado, era imposible encontrar algo más específico.

—¿Nos acusarán de cómplices? ¿Nos demandarán por negligencia?

Beth seguía dándole vueltas a la cabeza, pero logró dedicarle una sonrisa a la menuda mujer.

—Si van a demandar a alguien aquí será a usted por llevar ese traje de noche.

La señorita Gigi sacó pecho. En las solapas frontales del quimono, Goofy y Minnie Mouse posaban vestidos con bikinis amarillos y zapatos de tacón, con una playa tropical de lentejuelas de fondo—. Esto es cien por cien original. Mi nieta hace los diseños, su novio los imprime y ella los cose. César los vende en nuestra tienda de Seaside. El verano pasado fue una locura, se agotaron todos. Este es un objeto de coleccionista.

—Es usted una mujer afortunada.

—Puede que no tan afortunada, si voy por ahí ayudando a un asesino.

—Eso no lo sabemos. Usted pregúnteles a sus socios del correo qué es lo que recuerdan. Yo también lo investigaré. Y, con respecto a futuros contactos, mejor vamos a ceñirnos a las cartas y a los paquetes que entren por la puerta delantera.

Beth aguardó a que la señorita Gigi hubiera cerrado la puerta de su habitación antes de salir. Tomó aliento, desenvolvió la manoseada barrita de proteínas y puso cara de asco. La conversación le había quitado el apetito. De pronto sintió la inminente necesidad de volver a entrar y sacar de nuevo el historial del señor Rhoads, contactar con el director médico para comentarle aquello. Quizá incluso con los paramédicos que acudieron a la llamada cuando murió. Pero antes de eso, tenía que llamar a una persona.

Capítulo 45

Lana colgó el teléfono y miró triunfante a Jack.

—Estaba en lo cierto sobre Hal Rhoads —anunció—. Fue asesinado.

—Hala —exclamó Jack—. ¿Con quién hablabas? ¿Era mamá?

Lana asintió. Antes de poder decir algo más, llamaron a la puerta. Eran los inspectores Nicoletti y Ramírez, que parecían la versión sudorosa y desaliñada de los investigadores que habían aparecido por televisión hacía una hora.

—¿Han venido a firmar autógrafos? —les preguntó.

—No, señora —respondió Nicoletti estirando los hombros—. Tenemos que hablar con usted.

Lana miró a Ramírez.

—¿Recibió mi mensaje? —le preguntó.

La inspectora asintió sucintamente.

—¿Hay algo que deba saber? —le preguntó Nicoletti a su compañera.

Por unos segundos, Lana albergó la esperanza de que su mensaje de voz hubiera servido para aportar pruebas esenciales.

—No es nada —contestó Ramírez. Lana dejó escapar el aliento, decepcionada.

—¿Qué está pasando? —preguntó Jack acercándose a la mesa.

—La bicicleta que encontramos en el Kayak Shack —explicó Nicoletti—. Hemos confirmado que…

—Pertenecía a Ricardo Cruz —concluyó Lana.

—¿Cómo lo ha...?

—Sigamos —intervino Ramírez con tono suave y autoritario—. Conseguimos una orden para registrar el terreno que Paul Hanley tiene alquilado a la familia Rhoads. Me acerqué por ahí. Paul no estaba. No había nada salvo un montón de tierra toda removida.

Lana se acordó de pronto del kayak de Paul, cargado hasta arriba, el día que Jack se quedó atrapada en el arroyo. Lo que fuera que tuviera escondido en su terreno debía de haberlo desenterrado y llevado al puerto deportivo.

—Se esforzó mucho en dejar el terreno despejado —continuó Ramírez—, pero se le pasó por alto una cosa...

Sacó una pequeña bolsa de plástico y la colocó sobre la mesa. En su interior, había un botón manchado de barro. Nicoletti observaba a Ramírez con una sonrisa forzada, como si deseara ser él quien lo hubiera encontrado.

—¿Habían visto esto antes?

Lana y Jack negaron con la cabeza.

—Es de la chaqueta de Ricardo Cruz. Hay rastros de su sangre en el botón, que pueden fecharse en la semana que murió. Creemos que se le desprendió justo antes de que lo tirasen al agua.

—Pruebas concluyentes de que yo tenía razón —la interrumpió Nicoletti—. Ricardo Cruz estaba en la propiedad alquilada por Hanley. Fue asesinado llevando la chaqueta a la que pertenece este botón. Y entonces, zas, al arroyo.

—¿Creen que Paul...?

—Vamos a detener al señor Hanley por el asesinato de Ricardo Cruz —respondió Nicoletti—. En cuanto lo encontremos.

La bicicleta de Ricardo. El botón de Ricardo. Eran pruebas condenatorias, pero en sí mismas no convertían a Paul en asesino. Seguía sin haber arma ni móvil. En opinión de Lana, Paul era el que menos ganaba matando a Ricardo, y menos aún a Hal Rhoads. Aunque tal vez los policías supieran algo que ella desconocía.

Lana sabía cazar moscas con miel. Pero cuando el tiempo apremiaba, un chorro de vinagre a los ojos podía ser igual de eficaz. Miró fijamente a Nicoletti y resopló.

—¿Paul Hanley un asesino? Eso es absurdo. Demasiado evidente. ¿Por qué iba a matar a alguien y luego dejarlo flotando hasta la marisma vestido con un chaleco salvavidas de su propia empresa? Por no hablar de lo de quedarse con la bici. Ni siquiera Paul es tan estúpido. Y tampoco creía que ustedes lo fueran.

Nicoletti le devolvió el resoplido.

—Por favor. Se creerá muy lista. El señor Hanley trató de incriminar a su nieta. Conocía las mareas. Sabría dónde y cuándo podría emerger el cuerpo. Mató al señor Cruz y lo tiró en el arroyo el viernes por la noche. Después hizo una reserva falsa con el teléfono de Ricardo Cruz para la excursión en kayak del sábado, se deshizo del teléfono y escondió la bici. —Nicoletti señaló a Jack con un dedo rechoncho—. Tú eras la guía de aquel grupo del sábado al atardecer.

Jack asintió, con los ojos como platos.

—Y el señor Hanley no estaba por allí esa tarde.

—Conoció a una mujer —explicó Jack.

—La adorable Tatiana. Su coartada invisible. —Nicoletti mostraba un gesto de arrogancia—. El muy cabrón te tendió una trampa.

—No me lo creo —intervino Lana y miró a su nieta—. Puede que Paul sea un tonto, pero no es violento, ¿verdad?

Jack asintió.

—Yo siempre he pensado simplemente que es un pringado.

—Exacto —convino Lana—. No es ese tipo de persona.

Nicoletti exclamó un sonoro «¡Ja!» que reverberó en la pequeña cocina.

—Deje que le diga una cosa, señora. No existe ese tipo de persona. He conocido a pringados que tenían miedo hasta de su sombra y aun así consiguieron matar a sus novias. He conocido a ancianas que enterraron a sus maridos en el jardín y después se echaron a llorar sobre sus peonías. Una vez pesqué a un profesor de gimnasia que descuartizó a un chaval antes del entrenamiento de baloncesto. El único tipo de persona con el que me he encontrado es el tipo que está tan desesperado como para matar a alguien. Y eso incluye a cualquiera, si se dan las circunstancias adecuadas.

Jack se apartó de la mesa de un brinco con el rostro descompuesto.

—Disculpen —dijo, y miró a su abuela—. Estaré en mi habitación. Tu habitación.

Lana miró al inspector con desdén.

—¿Era necesario que sacase su polla a pasear?

—Lo que era necesario —respondió Nicoletti con el mismo desdén— es que se les metiera en la cabeza lo grave que es la situación. El señor Hanley es un asesino.

—Presunto. ¿Y cuál es su móvil en esta fantasía que se ha montado usted?

—Creemos que el señor Hanley y el señor Cruz hacían negocios juntos, algo ilegal en ese valle que hay al otro lado de la marisma.

—Fruitful —aclaró Lana.

—Exacto. —Nicoletti agitó una mano regordeta—. El señor Hanley alquiló el terreno, y los compañeros de piso de Cruz nos han dicho que pasaba más tiempo en Elkhorn del que era necesario por su trabajo, que tenía algún tipo de secreto aquí abajo. A sus compañeros de piso no les dijo de qué se trataba, de modo que imaginamos que era algo ilegal. Trabajaban juntos. Aquel viernes tuvieron una disputa. Hanley golpeó a Cruz, con fuerza, usando algo redondeado y metálico, quizá un perforador de suelo, o una pala, o esa linterna Maglite que no fue capaz de encontrar para dárnosla. Y más tarde, esa noche, lo tiró al arroyo.

Lana mantuvo el gesto impávido mientras reflexionaba sobre lo que estaba contándole. ¿Sería posible que hubiera cometido un error y que el gran proyecto por el que Ricardo había abandonado la fundación no fuese con Hal, sino con Paul? ¿O que Ricardo estuviese viéndose con Paul y no con Diana? No. Esas ideas eran ridículas. Verdadera Libertad era algo real, igual que lo era la relación de Ricardo con Diana. Las actividades secretas que llevaba a cabo Ricardo en la marisma eran por placer, no por negocios. Estaba segura. Casi segura.

Estaba a punto de abrir la boca para borrarle la sonrisa de la cara a Nicoletti cuando se dio cuenta de que sus pruebas sobre la aventura extramatrimonial eran tan circunstanciales como las que tenía el inspector sobre la supuesta empresa ilegal. Y, a pesar de lo que había alardeado ante Jack, todavía no disponía de pruebas concluyentes de que Hal Rhoads hubiera sido asesinado. No podía contarles su teoría a los inspectores. Al menos hasta que tuviera pruebas sólidas.

Nicoletti pareció interpretar su silencio como una falta de cooperación. Levantó el labio y le enseñó los dientes.

—Mire, señora, lo entiendo. Un hombre más joven le presta algo de atención, flirtea un poco, hace que se sienta…, ¿cómo decía mi exmujer?…, hace que se sienta viva. Y entonces se le olvida el sentido común.

Lana lo miró con rabia. De ninguna manera pensaba airear ahora sus teorías.

Le llegó el terrible olor de la colonia de Nicoletti, como a manzanas podridas bañadas en savia de pino. Curiosamente, aquello le hizo pensar en Paul, en la peste de su coche, un olor almizcleño y dulce al mismo tiempo. Recordó lo que había dicho Jack sobre el olor a mofeta que salía de su terreno junto al arroyo, y lo que le había dicho el empleado de la Federación de Granjas, que le aseguró que no había ninguna granja de cultivo de fresas a nombre de Fruitful o de Paul Hanley. Algo empezaba a tomar forma, una idea vaga y neblinosa que comenzó en su nariz y, poco a poco, fue subiéndole al cerebro. Pero antes de que la neblina se disipara, habló Ramírez.

—Señorita Rubicon, ya nos ha ayudado antes. Ahora necesitamos su ayuda.

—¿A qué se refiere?

—Si sabe dónde se encuentra Paul Hanley, si tiene alguna idea sobre su paradero, tenemos que saberlo.

—Tal vez podría…

Nicoletti golpeó la mesa con su libreta.

—Tal vez podría dejar de hacerse la ingeniosa y contarnos lo que sabe.

Lana se puso recta y le lanzó al hombre una mirada feroz.

—Lo que sé, inspector Nicoletti, es que se encuentra usted sometido a mucha presión. Lo que sé es que no ha sido capaz de resolver este asesinato, pese a disponer de varias semanas y del apoyo de todo su departamento. Lo que sé es que me ha tratado con desdén y ha acobardado a mi nieta. Lo que sé es que necesita un puñetero cinturón que le sujete esos pantalones holgados que se compró en las rebajas. ¿Qué más cosas desea saber?

Nicoletti apretó la mandíbula, los puños y las caderas. Tras una pausa incómoda, Ramírez se puso frente a él.

—Señorita Rubicon —dijo—, me he fijado en que Paul Hanley parece tener una relación especial con usted.

Lana desvió su mirada de rabia hacia la joven.

—Tal vez le haya hablado de algún lugar del que nosotros no sepamos nada. Por favor.

—Me temo que ha malinterpretado mi relación con el señor Hanley —le respondió Lana con una sonrisa forzada—. Aquel día que estuvimos todos juntos en su tienda fue la primera vez que nos vimos.

—Incluso la más mínima información podría ayudarnos a encontrarlo —insistió Ramírez.

Lana lo pensó unos instantes. Lo que necesitaba en aquel momento era tiempo. Tiempo para encontrar pruebas irrefutables que relacionaran a Víctor o a Diana con los asesinatos. Tiempo para averiguar qué era exactamente lo que ocultaba Paul.

—Tiene kayaks —improvisó—. Muchos. Es probable que conozca muchos lugares secretos en la marisma. Podría estar acampado en alguna parte. Puede que ni siquiera sepa que lo andan buscando.

—¿Le ha oído mencionar algo sobre acampada? —Ramírez parecía poco convencida, o sobre Paul o sobre la idea de dormir al aire libre por diversión.

—No —admitió Lana.

—¿Hay alguien más con quien deberíamos hablar? ¿Alguna novia? ¿Algún socio?

Sí que había alguien. Pero Lana deseaba hablar primero con él. Así que negó con la cabeza.

—La verdad es que no lo conozco muy bien.

—Entendido. En fin, muchas gracias por su tiempo. —Ramírez se dirigió hacia la puerta. Nicoletti se descongeló y se volvió para seguirla.

—Ah, inspectora Ramírez —agregó Lana.

—¿Sí?

—Si Paul es el asesino, haré todo lo que esté en mi mano para ayudarles a encontrarlo.

—Se lo agradezco. Si se pone en contacto con usted, llámeme. Tiene mi número.

—¿Va todo bien? —Jack salió de puntillas del dormitorio de atrás y se acurrucó junto a Lana en el sofá.

—Estoy bien. ¿Y tú?

Jack se tiró de la manga de su sudadera.

—Es que todo esto es demasiado —dijo—. ¿Crees que Paul asesinó a Ricardo Cruz?

—No. Antes lo consideraba una posibilidad, pero, sinceramente, dudo que Paul llegara incluso a conocer a Ricardo. No hay móvil. No hay BATNA. Paul tiene algo turbio en ese arroyo, eso seguro. Pero creo que alguien le está tendiendo una trampa para incriminarlo, como dicen los policías que intentaba incriminarte a ti. —Lana miró hacia el techo—. Me pregunto cómo llegó hasta ahí ese botón.

—Puede que alguien lo bajara a pie hasta el arroyo.

—Puede.

—¿Te ha dicho mamá cuándo va a volver a casa?

—Me dijo que a las once. —Eran solo las nueve, pero Lana sentía como si se le hubiera pasado hacía ya rato la hora de irse a dormir.

—Supongo que deberíamos irnos a la cama.

—Supongo.

Ninguna de las dos se movió.

—Echan un maratón de *Ley y orden* —comentó Jack.

—Me apunto —respondió Lana cogiendo el mando—. ¿Me traes mi cuaderno?

Capítulo 46

Víctor parecía encantado de saber de Lana, o al menos todo lo encantado que podría estar alguien al recibir una llamada telefónica un sábado a las ocho de la mañana. Dijo que le encantaría verla, por supuesto, lo antes posible. Esa mañana estaría en el condado de Monterrey, dirigiendo una visita a las instalaciones de un huerto de manzanas autóctonas en Elkhorn con unos voluntarios. Le dijo que podría reunirse allí con él.

Lana se levantó de la cama y rebuscó en la caja donde Beth guardaba su equipo de senderismo. Si Víctor era realmente el asesino, no quería reunirse con él con las manos vacías. Bajo una mochila ligera y unas botas de montaña, encontró una navaja de bolsillo que no logró abrir y un fino tubo de espray antiosos con una argolla en el mango. Prendió el tubo a la cintura de los pantalones y lo escondió por debajo de una chaqueta holgada. Perfecto.

Una hora más tarde, iba siguiendo la vereda que conducía desde el BMW de Víctor hasta el huerto. La mañana era fría, llevaba unos zapatos bajos más que adecuados y una Coca-Cola Light en la mano. Si no hubiera sido por el cepo invisible que le apretaba los pulmones, tal vez hubiera disfrutado de la caminata. Pasó frente a un grupo de voluntarios vestidos con vaqueros y chaquetas de franela que se afanaban en clavar a la cerca lo que parecían ser

337

casetas enormes para pájaros. Testigos. Los saludó. Le devolvieron el saludo. Bien.

El huerto frutal ascendía por una ladera y los manzanos se alzaban majestuosos, dispuestos en hileras con una separación de unos cinco metros. Tenían el tronco pintado de blanco, como si llevaran calcetines altos. Cada docena de árboles, Lana se detenía para recuperar el aliento y contemplar el valle desde el que había subido andando. Alcanzaba a ver varios kilómetros a la redonda. El delgado manto de niebla matutina iba levantándose y, a sus pies, los campos de cultivo daban paso a resplandecientes estuarios que desembocaban en la bahía.

Tres hileras más arriba, distinguió a un hombre de espalda ancha con botas negras y doradas que metía la mano en la copa de un árbol. Se estiró la chaqueta y gritó:

—¡Señor Morales!

Víctor se irguió y, al darse la vuelta, a Lana le dio la impresión de que estaba recomponiendo su gesto, pasando rápidamente de la sorpresa a la preocupación y, por último, a algo que se aproximaba al placer.

—Señorita Rubicon. —Sus labios dibujaron una sonrisa incierta—. Confío en que ya esté curada. —Se quedó plantado a una respetuosa distancia de ella, estudiando su rostro en busca de magulladuras, o respuestas, o ambas cosas.

Lana se dio cuenta de que, la última vez que lo había visto, empuñaba con gesto amenazante un zapato de tacón con punta metálica.

Dio un paso hacia él y mantuvo una mano sobre el bote de espray antiosos.

—Quería darle las gracias por las flores.

—No fue nada —respondió él. Le dedicó una sonrisa, esta vez de verdad. Aun así, mantenía la mano apretada en torno al pequeño objeto que había arrancado del árbol—. Me siento fatal por lo que ocurrió. Si hay algo que pueda hacer por usted…

—¿Qué es eso? —preguntó Lana, señalándole la mano.

Víctor la abrió y le mostró una manzana verde con agujeros en un lado.

338

—Los pájaros no paran de comérselas —le explicó—. Por eso han venido los voluntarios.

—¿Van a detonar petardos de cartucho?

—¿Bombas para pájaros? Esos chismes son peligrosos. Quizá las utilicen las viejas granjas, pero no en las propiedades que gestionamos. Nuestros voluntarios están instalando pajareras para los halcones y los búhos. Sirven para repoblar las especies de depredadores y mantener las plagas bajo control.

—La naturaleza cuida de sí misma —dijo Lana.

—Con un poco de ayuda de sus amigos —respondió Víctor guiñándole un ojo.

Lana decidió que aquel era un momento tan bueno como cualquier otro para contarle la verdad a Víctor.

—Tengo que confesarle una cosa —dijo—. No he venido aquí a hablar de pájaros.

—Eso esperaba. —Sus ojos marrones brillaron bajo la luz moteada.

Lana le dedicó una sonrisa enigmática, invitándolo a acercarse.

—Se trata de Ricardo Cruz.

Los ojos de Víctor perdieron su brillo.

—Sé lo importante que era para usted —continuó Lana, ignorando la tensión de su gesto—. Y, dado que tan generosamente se ha ofrecido a hacer cualquier cosa por mí, me gustaría hacerle algunas preguntas. Por favor.

Lana sonrió de nuevo, esta vez de forma más infantil. Mantuvo los brazos en los costados y los ojos muy abiertos, en un intento por no parecerle amenazante.

—Cuando he dicho eso, no me refería a…

—Significaría mucho para mí si pudiera ayudarme.

Víctor giró los hombros y el cuello, como un boxeador jubilado que vuelve a entrar al *ring*.

—De acuerdo, señorita Rubicon. Le concederé tres preguntas. —Su voz sonaba divertida, pero se advertía en ella cierta desconfianza.

—Mejor cinco.

—Tres.

—De acuerdo. Hasta donde yo sé, Ricardo no acudió al trabajo el día en que murió. ¿Puedo preguntar dónde estaba usted aquel día?

Víctor la miró con cautela.

—Ese viernes estaba fuera. Y el sábado también. En una conferencia para la conservación de las tierras vírgenes, en Santa Bárbara.

—Se quedó a pasar la noche. —Lana se aseguró de no entonar la frase como si fuera una pregunta.

—Sí, me quedé. No está tan lejos como para no haber podido volver a casa —explicó sin dejar de mirarla—, pero una habitación de hotel gratis junto al océano no es moco de pavo. Puede usted llamar y confirmar mi reserva. Los inspectores ya lo han hecho.

Lana asintió con la cabeza.

—Segunda pregunta. Cuando fue a visitar a Hal Rhoads a principios de esa semana, el martes por la tarde, ¿le contó él algo sobre su cambio de planes para el rancho?

—No sé de qué está hablando —repuso Víctor.

—Ha prometido ayudarme —le recordó ella.

Se mantuvieron la mirada el uno al otro, evaluándose. La experiencia no fue del todo desagradable. Por fin, fue Víctor quien habló.

—El señor Rhoads tenía muchas ideas creativas sobre cómo podríamos preservar el legado de su tierra. Aquella última semana dijo que Ricardo y él confiaban en poder mantener conmigo una conversación más extensa sobre el futuro del rancho. Por desgracia, ese futuro nunca llegó.

—¿Le dio la impresión de que iba a echarse atrás respecto a su acuerdo?

—¿Es esta su última pregunta?

—Solo una aclaración.

—No puedo especular sobre lo que planeaba hacer.

Víctor dio un paso hacia delante, cubriendo la distancia que los separaba. Lana percibió su aliento en la mejilla.

—Le queda una pregunta.

Vio revolotear frente a ella pensamientos sueltos, que se agitaban por el aire junto a las motas de polvo bajo la luz del sol. Lana no deseaba preguntarle directamente por el incendio, ni por la pelea que había tenido con Ricardo, ni por Verdadera Libertad. Le mentiría, o se enfadaría, o le diría algo que ya sabía. Pero se dio cuenta de que toda su teoría se basaba en una información concreta. Algo para lo que no tenía pruebas irrefutables.

—¿Estaba enterado de la relación entre… Ricardo y Diana Whitacre?

—Es usted una caja de sorpresas.

Lana aguardó, sin ceder terreno.

—Antes de morir, mi padre me dijo que a un hombre le hacen falta cuarenta años para aprender a escuchar a las mujeres. Para tomarse en serio su poder, lo despiadadas que pueden ser. Me temo que Ricardo no creció con un padre que le inculcara esas lecciones. —Víctor retrocedió y salió de su espacio personal, como si nunca hubiera estado allí—. Quizá quiera preguntarle a la señora Whitacre dónde estuvo aquel viernes. Y dónde estaba hace treinta años, cuando su querido duque se quedó dormido.

Lana se quedó mirándolo con la esperanza de que elaborase su respuesta. Él la observó fijamente, con la boca cerrada y el gesto impávido. Luego se tocó el ala del sombrero, se alejó caminando y desapareció tras las ramas extendidas y frondosas de un manzano.

Capítulo 47

Lana se despertó a la mañana siguiente con la vibración de su teléfono móvil. Se giró sobre la cama y miró el reloj. Las nueve y cuarto. Demasiado temprano, sobre todo para ser domingo. Pero al menos alguien quería hablar con ella.

En su pantalla aparecían dos mensajes de texto: uno de Diana Whitacre y el otro de Jack.

El de Diana era sencillo: Necesito tu ayuda. Por favor, llámame.

El mensaje de Jack no lo era. Consistía en una serie de imágenes borrosas en blanco y negro, rodeadas de texto granuloso.

Se puso las gafas de leer y marcó.

—¿Jack?

—Prima. —La chica susurraba—. Estoy en la biblioteca.

—¿Va todo bien?

—Sí. Solo tengo un minuto. Estoy haciendo un proyecto de investigación, revisando bases de datos de periódicos en busca de fuentes, y se me ha ocurrido una idea sobre eso que me dijiste anoche. Sobre Lady Di. He sacado los archivos del *Daily Mail*.

—¿En Inglaterra? —O Lana seguía medio dormida o no se estaba enterando.

—Sí —confirmó Jack—. La he buscado. Usando su apellido de soltera, Diana Rhoads. Y lo he encontrado. Cuando era joven, tenía un prometido en Inglaterra, un duque de no sé dónde. Murió mientras dormía y ella estaba allí.

—¿Hablas en serio?

—Acabo de enviarte los pantallazos. Tengo que colgar.

Lana se incorporó hasta quedar sentada e hizo *zoom* sobre las fotografías de su teléfono. Jack tenía razón. Se trataba de un artículo sensacionalista sobre un joven duque que había muerto de forma misteriosa en mitad de la noche estando en la finca de su familia. En el pie de la foto se leía: «Diana Rhoads, veinticuatro años, doliente prometida del fallecido». Iba vestida con velo negro y todo. Las otras imágenes eran de periódicos sensacionalistas que se hacían eco de la historia, recontándola cada vez de forma más escandalosa.

Lana sintió su cuerpo invadido por la adrenalina, mejor que cualquier medicina. Lo habían descubierto. Era Diana. Ya había matado antes a un hombre. Tenía acceso a las víctimas, al arroyo y al chaleco salvavidas del establo de su padre. Había matado a Ricardo. Había incriminado a Paul. Y luego había utilizado sus viejas tácticas para asfixiar a su padre y asegurarse así el control del rancho.

Sonaba bien. Pero seguía siendo circunstancial. Lana necesitaba pruebas concretas de la aventura extramatrimonial, algo más que las iniciales en una agenda que probablemente se hubiese quemado en el incendio.

Razón por la cual cogió el teléfono y llamó a Diana.

La llamada fue breve. Diana le agradeció las notas sobre sus modelos financieros y después volvió a solicitarle ayuda, algo a medio camino entre una exigencia y una invitación. Una invitación que Lana estuvo encantada de aceptar.

—Será un placer ayudarte esta noche con la presentación a Martin —respondió—. Cualquier cosa para ayudar a una mujer emprendedora.

Tenía ocho horas para prepararse. Se obligó a desayunar en condiciones y se tomó una tarrina entera de queso de untar junto con una triste imitación de *bagel*. Planificó su atuendo con esmero, sacó su mejor traje de Chanel, sus zapatos negros de Gianvito Rossi y la peluca que le picaba, la melenita por encima de los hombros que se había puesto para comer con Diana a principios de semana. No quería que la mujer sospechara que estaba enferma, que la viera como alguien débil.

Mientras preparaba las pastillas correspondientes a aquel día, anduvo dándole vueltas a la invitación de Diana a cenar. ¿Sería una invitación sincera o una trampa?

Diana aseguraba que deseaba ayuda para negociar una compra gradual con Martin y que esperaba que Lana pudiera ayudarla con los números. Lo cual podía ser cierto. Incluso aunque Diana hubiera matado a Ricardo y a Hal, quizá necesitara su ayuda para obtener lo que deseaba.

Pero cuanto más pensaba en ello, más le inquietaba.

Si Diana había matado voluntariamente a dos hombres, incluido su propio padre, para hacerse con el control del rancho, ¿por qué no había matado a Martin cuando se interpuso en su camino? ¿Qué ocurriría si no lograba convencerlo para aceptar ahora la opción de compra?

Estuvo contemplando diversas posibilidades. Tal vez Diana no quería matar a Martin. Tal vez fuese importante para ella como no lo habían sido otros hombres en su vida. Si lograba que Martin viera las cosas a su manera, no tendría que hacerle daño.

O tal vez ya contara con el apoyo de su hermano pequeño. Tal vez Martin la hubiera ayudado a ocultar sus crímenes y ahora Diana y él mentían al respecto, tratando de distraerla a ella con una falsa desavenencia respecto al futuro del rancho para que no averiguase la verdad. Tal vez la cena fuese un truco diseñado para llevarla hasta el rancho y poner fin a la investigación. En cuyo caso, tendría que llevar refuerzos.

Lana marcó el número y rezó para que, esta vez, la mujer descolgara el teléfono.

—Ramírez —respondió la voz a mitad del primer tono.

—Inspectora Ramírez, hola. Soy Lana. Lana Rubicon.

—¿Ha encontrado al señor Hanley?

—No, pero… —se preparó— creo que he descubierto al asesino. —Se apresuró a explicar lo que había averiguado sobre el proyecto secreto para el terreno, sobre DR y el antiguo prometido de Diana, y sobre el momento en que se había producido todo.

—Entiendo —dijo la inspectora, y se produjo una larga pausa.

—Le enviaré ahora mismo la foto del viejo artículo de periódico —le dijo Lana.

—Pero ¿no sabe dónde está Paul Hanley?

—Mire la fotografía —insistió Lana—. Verá que todo encaja.

—¿Y dónde se encuentra actualmente la señora Whitacre?

—No estoy segura. Probablemente en su casa, en Carmel. Pero me ha pedido que cene con ella esta noche en el rancho Rhoads. A las seis. Estaba pensando que podría usted venir conmigo. Como mi cita.

Se hizo el silencio al otro lado de la línea.

—Somos mujeres modernas —prosiguió Lana—. No sería imposible.

—Señorita Rubicon, no puedo ir con usted a una cena.

—¿No quiere hablar con esas personas sobre su relación con Ricardo Cruz?

—Puede que en algún momento. Pero ahora mismo tengo a mi compañero y al jefe dándome la tabarra para conseguir traer a comisaria de inmediato al greñudo propietario de cierta tienda de kayaks.

—Pero es que…

—Mire, señorita Rubicon, no digo que su información no sea interesante. Pero ahora mismo lo que más nos importa es el paradero de Paul Hanley. ¿Está segura de no saber dónde está?

Lana había averiguado lo suficiente para imaginar lo que Paul se traía entre manos con esa empresa suya, Fruitful. Volvió a pensar en su preciada nevera portátil, la que le había pedido a Scotty que fuese a recoger de los muelles. Sabía lo que tenía que hacer.

—Si lo encuentro, le prometo que será usted la primera en saberlo.

* * *

Beth estaba terminando su turno cuando el número de Martin apareció en la pantalla de su teléfono. Siguió rellenando los últimos historiales del día y dejó que saltara el buzón de voz. Ya había recibido dos mensajes de texto de su madre, todo en mayúsculas, hablándole de Lady Di, así que no necesitaba más distracciones. Jack había accedido a ir con ella de excursión al atardecer, y no pensaba echarlo a perder llegando tarde.

Mientras conducía hacia casa, Martin volvió a llamar.

—Hola, Beth. —Parecía nervioso—. Verás, esta noche a última hora me vuelvo a la ciudad. El deber me llama. O, mejor dicho, los inversores. Parece que se les ha acabado la paciencia con esto de mi baja por duelo.

—¿Tu hermana y tú habéis arreglado las cosas?

—Por eso te llamo —respondió Martin—. Pensé que por fin había aceptado la idea de la venta, pero esta mañana me ha dicho que quiere hacerme una presentación formal esta noche, después de cenar, sobre sus planes para el futuro y mi papel en ellos. ¿Y a que no sabes a quién ha invitado a casa para que haga la presentación con ella?

—¿A un arquitecto?

—A tu madre.

Beth sacudió la cabeza sin apartar la mirada de la carretera. Claro que Lana estaba implicada. ¿Cómo no? ¿Sería esa su estrategia para acercarse más a Lady Di y recopilar pruebas? O tal vez no pudiera resistirse a la oportunidad de meter las narices en un trato inmobiliario.

Martin seguía hablando.

—Pensé que Di y yo podríamos entendernos por nuestra cuenta. Que el asunto quedase en familia. —Suspiró—. Me siento idiota por pedirte esto, pero ¿podrías disuadir a tu madre?

—¿Disuadirla? —Beth trató de disimular la incredulidad en su voz—. Mi madre no tiene un botón de apagado, y mucho menos uno que pueda controlar yo. Y, si tu hermana se lo ha pedido… ¿no podrías por lo menos escucharlas?

—Es que siento que me van a pillar por sorpresa.

—¿Por qué?

—No sé. Ese es el problema. No conozco a tu madre en absoluto.

Beth se mordió el labio. Sabía lo buena negociadora que era su madre. En una ocasión había conocido a un banquero en una de las fiestas de trabajo de su madre que le confesó que solo oír el sonido de los tacones de Lana acercándose hacia su despacho bastaba para reducir el tipo de interés que iba a ofrecerle.

—Tú la conoces —continuó Martin—. Y confío en ti. Tal vez podrías venir tú también, y así equilibramos un poco la balanza.

—Lo siento, ojalá pudiera ayudarte, pero esta noche tengo planes con mi hija.

—¿Y si la traes también? Habrá comida de sobra. Y en el rancho hay muchas cosas chulas para que se entretenga una chica de su edad. Por favor, es que…

Beth frunció el ceño. No tenía ningún interés en participar en una disputa sobre el futuro del rancho. Aunque tal vez no se tratara de un asunto inmobiliario. Tal vez se tratara del asesinato. Y si Jack se enteraba de que Lana estaba buscando pruebas en el rancho, sin duda querría ir también.

—¿Qué podemos llevar?

Capítulo 48

Lana llegó al puerto deportivo poco después de las cuatro. El Kayak Shack parecía desierto, precintado por cinta policial y custodiado por un coche patrulla aparcado de frente a la entrada. Dentro del vehículo, distinguió a un joven agente de pelo negro y denso con una tabla sujetapapeles sobre el regazo. Parecía llevar un registro de todos los coches que entraban y salían del puerto.

Lana lo saludó con la mano y siguió hasta el aparcamiento de grava, tratando de controlar la respiración. Aparcó en el extremo más alejado, junto al club náutico, al lado de dos pescadores bigotudos que, agachados, rociaban sus barcos con mangueras. Se retocó el maquillaje y se puso otra horquilla más en la peluca. Estaba a punto de llamar a la puerta del club cuando vio a Scotty O'Dell salir de una camioneta aparcada cerca con un extraño fardo entre los brazos. Fue toda la confirmación que necesitaba.

—¡Señor O'Dell! —Aceleró un poco más con los tacones sobre la grava.

El hombre se dio la vuelta. Lucía una barba incipiente oscura que le cubría la mandíbula y llevaba los brazos enredados en un revoltijo de cables y bombillas pintadas de morado. La saludó con un gesto breve de cabeza y dio un paso atrás en dirección al lateral del edificio. Lana cubrió la distancia que los separaba antes de que el hombre pudiera alcanzar la puerta de servicio.

—Señora Rubicon —dijo Scotty.

—Señorita.

—Estamos cerrados.

—Soy consciente de ello.

Lana se quedó callada y lo observó mientras hacía malabares con el revoltijo de bombillas.

—¿En qué puedo…, eh…, ayudarla? —Se le quebró la voz a la mitad de la frase, como si las palabras le saliesen en contra de su voluntad.

—Scotty, ¿puedo llamarte Scotty?, tengo que hablar con tu socio.

Una mezcla de confusión y orgullo cubrió su rostro.

—Este lugar es solo mío. Bueno, mío y del banco.

—No me refería a este negocio —aclaró Lana señalando el edificio—. Sino a ese. —Señaló entonces las lámparas de infrarrojos que Scotty intentaba que no se cayeran al suelo.

—No sé de qué está hablando —respondió.

—Scotty —dijo Lana con una sonrisa—. ¿Te he hablado alguna vez de mi amiga Gloria?

El hombre se quedó mirándola. Hasta ese momento, Lana no le había hablado de nada salvo de un cuchillo de mesa sucio que quería que le cambiara.

—Un día, Gloria estaba abriendo el correo —continuó—, y advirtió que su factura de la luz se había disparado. Era cuatro veces más de lo que esperaba. De modo que se puso a buscar al culpable. ¿Habría estado utilizando demasiado el *jacuzzi*? ¿Se habría dejado encendido el secador de pelo? ¿Su novio se habría pasado de la raya recortándose la barba con la maquinilla? No lo entendía.

Scotty cambió el peso de un pie al otro y lanzó una mirada anhelante hacia la puerta lateral del club náutico.

—Entonces, un día, notó un calor procedente del ático. Gloria nunca subía allí, pero se preguntó si se le habría estropeado la calefacción. Así que tiró de la escalera, que sorprendentemente no tenía telarañas ni pelusas. Y, cuando subió al ático, ¿sabes lo que encontró?

—Señorita Rubicon, tengo que…

—Plantas. Cientos de plantas. El inútil de su novio tenía una plantación clandestina, bajo su propio techo. Había montado unos ventiladores y una ristra de esas cosas. —Señaló con la cabeza las bombillas pintadas—. Y aquello había puesto su factura de la luz por las nubes.

Finalmente a Scotty se le cayó una de las bombillas, que al golpear contra el suelo a sus pies se rompió con un crujido. Cuando levantó la mirada, Lana advirtió la preocupación en su rostro.

—¿Qué es lo que quiere?

—Quiero hablar con tu socio. Ahora. De lo contrario, haré lo que Gloria no tuvo valor para hacer: llamar a la Policía.

—Cultivar hierba ahora es legal —se defendió Scotty.

—Con un permiso, sí. Sin el permiso, es un delito federal.

Scotty miró a su alrededor en busca de una vía de escape. Detuvo la mirada sobre el coche patrulla blanco y negro aparcado en el Kayak Shack. Lana también lo vio.

—Parece que ni siquiera voy a tener que llamar —comentó.

—Será mejor que venga conmigo —le dijo Scotty.

Tras pasar unos segundos haciendo equilibrios con las bombillas y los picaportes, Scotty accedió a regañadientes a entregarle su llavero. Lana abrió el club náutico y mantuvo abierta la puerta de servicio, disfrutando de su recién descubierta situación de poder. La puerta se abría a un angosto pasillo, más estrecho aún debido a las cajas de cebollas y de papel higiénico que cubrían las paredes. El olor a pescado y a grasa de freír usada impregnaba el aire. Lana trató de contener la respiración y no tocar nada.

Llegaron hasta una puerta metálica situada cerca del final del pasillo, lejos de la cocina y del comedor del restaurante. Scotty se detuvo y la miró unos instantes.

—¿Está segura de querer ver lo que hay allí?

—Estáis solo vosotros dos, ¿verdad?

Scotty asintió.

—¿Lo juras?

El hombre trató de santiguarse sin dejar caer ninguna bombilla más.

—Muy bien, pues vamos —declaró Lana agitando sus llaves—. Tendrás que dejar esas bombillas antes de que se sigan rompiendo.

Abrió la puerta con el llavero y entró en una madriguera húmeda y maloliente. Se llevó una mano a la nariz para evitar que le entraran arcadas por el olor. El aire estaba impregnado de una peste a marihuana mojada y a cáscaras de limón, y se le colaba entre los dedos para inundarle las fosas nasales.

Era un almacén. O lo había sido. Había unas cajas pegadas las unas a las otras y apiladas en el centro de la sala, formando una mesa alargada e inestable cubierta por una lona azul. Sobre la lona, iba tomando forma un improvisado invernadero. Había múltiples hileras de plantas pequeñas y frondosas plantadas de forma apresurada en macetas e intercaladas con pequeños ventiladores.

A Lana se le acostumbraron los ojos a aquella luz tenue. Sus otros sentidos, por el contrario, se vieron sobrepasados. El olor a marihuana mojada recordaba a algo dulzón y afrutado, como a frutas del bosque pudriéndose al sol. Y luego estaba el sonido, que era casi tan desagradable como el olor. Había un altavoz del que salía una música punk atronadora, que armonizaba con el zumbido de los ventiladores, creando la clase de ruido que Lana imaginó que se oiría si le arrancabas las alas a un avión en pleno vuelo.

Paul estaba situado al otro extremo de la mesa, moviendo la cabeza al ritmo de la música, inclinado sobre las cajas para montar una especie de andamio sobre las plantas, presumiblemente para sujetar las bombillas.

—¡Sí que has tardado! —gritó por encima del ruido, volviéndose hacia la puerta abierta. Entonces reparó en Lana—. ¿Qué narices hace aquí?

—No me ha dejado elección —respondió Scotty, también a gritos. Dejó los cables y las bombillas sobre la lona y apagó la música, dejando los decibelios de la sala a un nivel en el que a Lana ya no le sangraran los oídos.

—Lo sabe —explicó Scotty—. Me ha dicho que llamaría a la poli si no le dejaba verte.

—¿Y tú te pliegas a sus deseos y le entregas tus llaves sin más? —Paul seguía gritando. Tenía la cara roja y una línea de sudor se extendía sobre su pecho desde una axila hasta la otra.

—Tío, los de la oficina del *sheriff* te andan buscando.

—Paul, todo irá bien —le dijo Lana.

—Ya, claro. Todo va sobre ruedas. —Se acercó hasta quedar cara a cara con Lana, pero ella no se achantó—. Dame eso. —Le quitó el llavero de Scotty. Ella no ofreció resistencia alguna y, al parecer, el plan de Paul concluyó ahí. Miró el llavero con desdén y lo lanzó sobre la lona azul. Después dio una patada a una caja, haciendo que el conjunto de tubos de PVC a medio montar cayese al suelo con fuerte estruendo.

—¿Has acabado? —Lana aguantó el tipo, con rostro inescrutable, mientras Scotty daba vueltas por la habitación tratando de volver a montar el andamio.

—¿Qué. Haces. Tú. Aquí? —Paul estaba tratando de imitar a un tipo duro, con los dientes apretados, de pie con las piernas separadas y los brazos cruzados sobre la franja de sudor de su camiseta. Su apariencia de tipo malo quedaba atenuada por el ventilador que le daba en la cara, revolviéndole el pelo como si fuera un niño que se hubiera despertado en mitad de la noche por una pesadilla.

—Tú no mataste a ese chico —le dijo Lana—. A Ricardo Cruz.

—Te escucho.

—Sé quién lo hizo.

Paul no dijo nada.

—Y necesito tu ayuda para demostrarlo.

—¿Por qué debería ayudarte?

—Bueno, para empezar, te quitarás a la poli de encima. Porque creen que fuiste tú.

—Pero yo no fui —respondió Paul agitando la mano para quitarle importancia.

—Ya. Con ese argumento te ha ido de maravilla hasta ahora. Mira, Paul, si no me ayudas, acudiré a la Policía. Les daré dos por el precio de uno: entregaré a un sospechoso de asesinato escondido y destaparé una operación ilegal de marihuana.

Paul la miró con odio. El sudor había empezado a gotearle de la camiseta hacia el ombligo.

—Ah, y otra cosa, Paul. Estas plantas ya no están en tu terreno. No son propiedad de una sociedad de responsabilidad limitada que montaste rellenando un formulario por internet. Ahora están en el club náutico. Un negocio regentado únicamente por tu buen amigo Scotty. No sé cuántas leyes o regulaciones sanitarias estáis incumpliendo…, pero seguro que el departamento del *sheriff* estaría encantado de aclarárnoslo.

Paul se quedó mirándola. Lana y Scotty se quedaron mirándolo a él.

Tras pensárselo un tiempo absurdamente largo, asintió con brusquedad. Cerraron la puerta de aquel túnel de viento con olor a almizcle y recorrieron el pasillo hasta llegar al comedor. Paul iba delante con el llavero, seguido de Lana y Scotty en último lugar. Se detuvo junto a la barra para coger tres vasos de agua y una botella de Johnnie Walker etiqueta roja.

—¿Cómo lo hacemos? —preguntó mientras se sentaban a una mesa en el comedor vacío.

Lana no estaba segura de aquello.

—En primer lugar, dime por qué te quedaste con la bicicleta —le dijo.

Paul la miró por encima de la botella de *whisky*.

—Pensaba que me creías.

—Y te creo. Pero eso es un cabo suelto. Es una de las razones por las que los policías andan buscándote ahora mismo. Tengo que saberlo.

—Vi una bicicleta abandonada al lado de mi tienda. La metí dentro. Fin de la historia.

—¿Cuándo?

Paul dio un trago a su vaso y luego contempló las redes de pesca decorativas que colgaban del techo.

—Debió de ser el sábado. A última hora de la mañana. El día antes de que lo encontraran.

—¿Sabías que era de Ricardo Cruz?

—¡No!

—¿Tienes idea de cómo llegó allí?

—No, pero… —Pareció reflexionar sobre ello—. Aquel viernes por la noche, Scotty y yo salimos. Con las tías esas de Seaside, ¿te acuerdas?

—Cantaste Nickelback en el karaoke —respondió Scotty con cara de espanto—. Con eso casi nos matas.

—Sí, bueno, el caso es que regresé al Shack a eso de medianoche. Iba pedo, así que me quedé a dormir en el catre de la trastienda. Pero me despertaron unos ruidos raros sobre las dos o las tres de la madrugada. Pensé que serían otra vez los mapaches husmeando en los cubos de basura. Entonces, el sábado por la mañana, Jack mencionó la bici cuando llegó a trabajar y yo salí a mirar.

—¿Crees que dejaron la bicicleta abandonada en mitad de la noche?

—Es posible —respondió Paul encogiéndose de hombros—. Tiene tan poco sentido como el resto de las cosas.

—Así que el sábado por la mañana viste la bici misteriosa, que a lo mejor dejaron en tu puerta en mitad de la noche. Y la metiste en la tienda.

—Quise ser un buen samaritano, ayudando a alguien que vendría a recogerla más tarde.

Lana repasó los datos mentalmente y asintió satisfecha.

—Encaja.

—¿A qué se refiere? —preguntó Scotty.

—Los inspectores me contaron una teoría que tenían: que Paul mató a Ricardo y después lo tiró al agua e hizo una reserva falsa para una excursión en kayak para así incriminar al responsable que estuviese guiando esa excursión cuando se descubriera el cuerpo. No pensé que Paul fuese tan listo como para ocurrírsele eso. Sin ofender —respondió, volviéndose hacia él.

Paul se encogió de hombros y dio otro trago de *whisky*.

—Pero había otra persona que es bastante lista. Alguien que creo que sí que podría haber ideado ese plan. Alguien que podría haber matado a Ricardo, utilizar su teléfono para reservar la excursión en kayak y después dejar la bicicleta aquí tirada en mitad de la noche para completar la estampa.

—¿Y sabe de quién se trata?

Lana asintió.

—¿Y por qué no vamos por nuestra cuenta y pillamos a esa persona? —sugirió Paul.

—Aún no tengo suficientes pruebas —respondió Lana—. La Policía cree que tú eres el malo. No creo que el secuestro de un ciudadano los ayude a cambiar de opinión. —Cogió un vaso de agua y dio un sorbo—. Decidme por qué trasladasteis aquí tu plantación.

Paul y Scotty se miraron.

—El tiempo pasa —les insistió.

—Tienes que entender que no se trata de las drogas —respondió Paul tras un suspiro—. Es un experimento de emprendimiento. Una innovación. Fructífero, *fruitful* en inglés. Se nos ocurrió la idea de hibridar las plantas de marihuana con fruta. Bueno, no era hibridar en realidad, pero pensamos que, si cultivábamos plantas cerca de los fresales, tal vez las hojas adquirirían las propiedades...

—Mire. —Scotty se volvió hacia Lana—. No es tan complicado. Yo conocía a Hal Rhoads desde hacía mucho tiempo. Él buscaba una nueva idea. Le presenté esta y nos dio parte de su terreno.

—¿Cultivabais legalmente, con un permiso?

Ahora Scotty dio un trago de la botella.

—No era más que un experimento —repitió Paul—. Al principio nadie bajaba por allí. Nos parecía seguro.

—¿Qué cambió?

—Hace un año, la fundación ecologista se hizo cargo de la granja situada al este de la de Hal —explicó Scotty—. Enviaron al ecologista este, Ricardo Cruz, a inspeccionar la propiedad. Me topé con él cuando estaba allí regando las plantas.

—¿Te preocupó que pudiera decirle a alguien lo que estabais haciendo?

—Qué va. Pero fue entonces cuando pusimos la valla.

—¿Alguna vez volviste a ver a Ricardo?

—Una vez, hará quizá cuatro meses, en la casa de los Rhoads. —Scotty levantó la mirada—. Ya se lo conté a los policías cuando me interrogaron. Fui a llevarle a Hal unas almejas frescas y él estaba allí. Justo el tipo de chaval que a Hal le encantaba: otro soñador, apasionado del aire libre. Creo que, en otra época, su padre se encargaba de arrear ganado en las tierras de Hal. Pero entonces se llevaron a Hal a la residencia esa y los buitres empezaron a merodear en círculos. Los hijos de Hal. Y el jefazo de la fundación ecologista. Decidimos no llamar la atención y confiar en que Hal mejorase. Una pena que no fuese así.

Paul sacudió la cabeza.

—Tras la muerte de Ricardo Cruz, los polis anduvieron metiendo las narices en la propiedad de la fundación. Yo estaba allí echando un vistazo a las plantas y vi a varios investigadores con perros husmeando junto a los lodazales. Me asusté. Entonces murió Hal y de pronto todo quisqui andaba dando vueltas por el rancho. Nuestra pequeña empresa escondida ya no parecía tan escondida, y no queríamos perder todo lo que habíamos construido. De modo que, a lo largo de las dos últimas semanas, he estado transfiriéndolo todo aquí.

—¿Transfiriéndolo en kayak? ¿A veces de noche?

Paul asintió y dijo:

—Han hecho falta muchos viajes.

—¿Y usaste una carretilla? —le preguntó Lana.

—Qué va. Solo una pala, una nevera portátil y estas de aquí. —Paul levantó las manos, llenas de callos.

Lana volvió a pensar en el hombre al que había visto con la carretilla. ¿Sería posible que Diana hubiera convencido a su hermano para que volviese desde San Francisco el viernes a última hora de la noche para tirar el cuerpo de Ricardo en el arroyo? ¿O dispondría de otro hombre impresionable que hiciera su voluntad?

—¿Podemos hacerte nosotros ahora unas preguntas? —preguntó Scotty.

Lana asintió.

—¿Quién crees que mató a Ricardo Cruz?

—Diana Whitacre, la hija de Hal Rhoads. Estoy casi segura de ello. Tenía una aventura con Ricardo Cruz, al mismo tiempo que este trabajaba en secreto con Hal en un proyecto sobre el futuro del rancho. Un proyecto del que Diana no tenía ni idea. Creo que Ricardo se lo contó, puede incluso que intentara chantajearla para que lo apoyara. Pero Diana no es una mujer que reacciona bien a la presión. Lo golpeó con algo pesado, quizá una herramienta del rancho, y lo tiró en el arroyo que discurre junto a vuestra pequeña granja. No era su primera vez. Mirad esto.

Levantó el teléfono y les mostró la foto del viejo periódico que había encontrado Jack.

—¿Mató a dos hombres con los que se acostaba? —preguntó Paul—. Qué sangre fría. —Lana vio que Paul parecía estar repasando mentalmente su lista de antiguas amantes, preguntándose cuál de ellas podría volver para atacarlo. Parecía preocupado. Debía de ser una lista bastante larga.

—¿Lana? —dijo Scotty—. Tienes un mensaje de voz. De tu hija.

Le entregó el teléfono y Lana les dio la espalda. La voz de Beth se filtró en el comedor vacío.

—Hola, mamá, escucha, me ha llamado Martin. Quiere que vaya también a esa cena en el rancho. Lady Di y tú le dais miedo. No entiendo bien qué está pasando, pero me da la impresión de que tramas algo, y Jack y yo queremos ayudarte. Nos veremos allí, supongo.

—¿Tu hija sigue saliendo con ese imbécil? —preguntó Scotty.

Lana cerró los ojos con fuerza. Notaba que se le cerraba la garganta y se le tensaban las venas del cuello. Había juzgado mal la importancia de aquella cena. Debía de ser el plan de Diana. Utilizar a Beth y a Jack… Levantó el móvil de la mesa y comenzó a marcar todo lo rápido que pudo.

Scotty no pareció darse cuenta y siguió hablando.

—Joder, llega el tío con su Maserati y va y me dice: «Bueno, si no tienes Macallan 25, supongo que podré vivir con Johnnie

357

Walker etiqueta negra», y después se marcha y me deja una propina ostentosa, como si me estuviera haciendo a mí un favor...

—No responde —dijo Lana poniéndose en pie—. Paul —agregó con voz de hierro, aunque se percibía en ella cierto temblor—. Tenemos que irnos. Ya.

—¿Al rancho? —preguntó Paul, confuso.

—Ha saltado directamente el buzón de voz —respondió ella—. En el rancho hay muy poca cobertura. Beth y Jack deben de estar ya allí arriba.

—¿Y qué?

—Pues que están en apuros.

—¿Se lo decimos a la Policía?

Lana lo pensó unos instantes. Todavía no.

—Lo único que le importa a la Policía ahora mismo es encontrarte.

—¿Y cuál es mi papel exactamente?

Lana no podía decirle lo que quería que hiciera. De ninguna manera Paul accedería a ello. Pero no tenía tiempo para convencerlo ni energía para elevar el tono de sus amenazas contra su preciada empresa de marihuana. Decidió, en su lugar, apelar a su vanidad.

—Vamos a necesitar músculos —explicó—. Por si acaso la situación se acalora.

—¿Quieres que te proteja? —preguntó Paul flexionando un bíceps.

Lana lo miró a los ojos y respondió con rostro impávido:

—No se me ocurre nadie mejor para hacerlo.

Capítulo 49

En el coche, de camino al rancho, Jack decidió mover ficha.

—Mamá, he estado pensando.

—¿Sí?

—Quiero comprarme un barco. —Apretó con fuerza la tarta de moras sobre su regazo para que no resbalara. Y para no echarse atrás.

—¿Qué clase de barco?

—Un velero. Para poder salir al océano yo sola.

El Camry rebotó al pisar un surco del camino de tierra.

—¿Acaso sabes navegar?

—Scotty O'Dell dijo que me enseñaría. Iba a esperar para contártelo hasta que hubiera terminado la investigación de Prima, pero es que hay un precioso velero de siete metros de eslora a la venta en San Luis Obispo y he estado ahorrando dinero y…

Beth detuvo el coche de pronto frente a la verja de acceso al rancho Rhoads. El cartel agrietado con la R del revés se agitaba con el viento sobre sus cabezas.

—Jack, agradezco que me cuentes lo que estás pensando. Sinceramente, nada me gustaría más ahora mismo que dar la vuelta al coche, irnos a por unos burritos y que me cuentes con detalle tu sueño de conquistar el mar. Pero accedimos a venir aquí a ayudar a Prima. Así que, ¿por qué no intentamos sobrellevar esta cena y después hablamos?

—¿Lo prometes?

—Lo prometo.

Cuando Beth tomó la última curva, vio a Martin y a Diana esperándolas en el camino de acceso a la casa. Empezaba a ponerse el sol y una luz cálida y anaranjada se reflejaba en las ventanas orientadas hacia el oeste, confiriendo a la casa un brillo cegador. Beth fue la primera en bajarse del coche. Saludó a Martin con la mano y le hizo a Lady Di una media reverencia forzada.

Martin sonrió, pero no suavizó la mirada. Parecía estresado.

—Gracias por venir.

—Será un placer ayudar —repuso Beth—. Para Jack también.

La muchacha salió del coche con la caja de la tarta en las manos. Beth percibió la cautela en los ojos de su hija, como si aún no tuviese claro qué opinión le merecía aquella velada que tenía por delante. O quizá siguiese dándole vueltas a lo del barco.

Martin saludó a Jack con un gesto de cabeza y comentó:

—Habéis llegado justo a tiempo para la puesta de sol.

—Jack, cielo —dijo Beth—, mira.

Se quedaron los cuatro en fila de cara al océano, Diana y Martin a un lado del Camry; Beth y Jack al otro. Beth estiró el brazo, le cogió la mano a Jack y se la apretó mientras contemplaban el sol, que se fundía con el horizonte. Jack le devolvió el apretón. Se quedaron todos así unos minutos, siguiendo con la mirada el recorrido del sol en su camino hacia el agua.

En cuanto el último destello de luz se apagó, el aire se enfrió.

—¿Dónde está mi madre? —preguntó Beth mirando a su alrededor.

—Debe de haberse entretenido con algo —respondió Diana. No parecía muy satisfecha al respecto—. Martin, tengo la comida en el coche…

Apuntó con el control remoto hacia un Jaguar de color verde aparcado junto a una sucia camioneta situada frente a los invernaderos.

Beth y Jack siguieron a Martin para ayudarlo.

—¿Crees que Prima está bien? —preguntó Jack en voz baja. Lana había estado enviándole mensajes toda la tarde sobre Lady Di y las pruebas que tenían que encontrar todavía. Le había resultado emocionante cuando eran solo palabras en la pantalla del teléfono. Pero, una vez en el rancho, la cosa era diferente. Estaban aisladas. Oía a las ranas que se despertaban en los arroyos cenagosos de más abajo, el cricrí de los grillos en la hierba alta. Pero no había luz, ni movimiento alguno, salvo el de ellas.

—Seguro que está al caer —respondió Beth. Miró hacia la carretera y escudriñó los campos oscuros y las colinas que se extendían al otro lado de la verja—. ¿Una invitación a cenar? Lana no se lo perdería por nada del mundo.

El aparcamiento del club náutico no era tan pintoresco al atardecer. El sol se fusionaba con el océano de tal manera que dejaba ciego a cualquiera que fuera tan sentimental como para mirar en ese momento hacia el oeste.

Paul y Lana miraban hacia el norte mientras buscaban suministros en el decrépito varadero situado en el extremo más alejado del club.

Paul retiró la cubierta de lona de un bote de remos colocado del revés y sacó de debajo una caja de cartón. La dejó caer en el suelo de gravilla junto a Lana, comenzó a rebuscar entre las cosas y sacó un saco de dormir y un puñado de ropa antes de seguir rebuscando.

—¿Has estado… viviendo debajo de esta barca? —preguntó Lana esquivando las montañas de excrementos de gaviota.

—Solo las dos últimas noches. —La voz de Paul sonaba amortiguada al tener la cabeza metida en el interior de la caja.

—¿Cuánto tiempo crees que ibas a poder evitar a los policías aquí?

—Hasta ahora me ha funcionado —respondió encogiéndose de hombros.

Era asqueroso, pero también brillante. Con la Policía vigilando a todo el que entraba y salía del puerto deportivo, Paul había encontrado el único sitio donde no podrían encontrarlo. Aunque fuese acompañado de la peste a tripas de pescado.

Lana observó con indiferencia clínica mientras Paul se quitaba la camiseta sudada, dejando ver un diente de tiburón colgado al cuello y una hilera de vello rubio que descendía desde su ombligo hasta la cintura de los pantalones caqui. Se puso una sudadera negra, un chaleco de cuero y una boina medio comida por las polillas.

—¿Parezco duro? —le preguntó.

Lana asintió brevemente. Se sentía algo culpable por arrastrarlo a aquel asunto.

—¿Tienes algo que puedas usar como arma?

Paul volvió a meterse en la caja y salió agitando una linterna Maglite con la bandera estadounidense estampada en ella.

—¿Sabes que la Policía anda buscando eso? —le preguntó Lana—. Creen que la utilizaste para matar a Ricardo. Te habría sido de gran ayuda si se la hubieras entregado.

—Se llevaron todas las demás —respondió él—. Necesitaba esta para llegar hasta mis plantas.

No había tiempo para criticar la miopía de Paul. Tal vez incluso le fuese de ayuda. Lana le ofreció varios datos concretos sobre su papel en la misión, diciéndole dónde esperaría y qué señal le lanzaría ella cuando lo necesitara. Para cuando le entregó su otro llavero por control remoto, eran ya las seis y cinco.

—Tenemos que irnos —le dijo.

—¿Cómo vamos a librarnos del poli apostado en la verja?

—Tengo un plan.

Solo hizo falta un poco de persuasión para lograr que Paul accediera a hacerlo.

Diana se quedó fuera esperando a Lana mientras Beth, Jack y Martin metían la comida. La casa del rancho era cavernosa y oscura, abarrotada de aperos de granja que eran la prueba del pasado del rancho. Pasaron frente a unos enormes cuernos de ciervo canadiense colgados en el vestíbulo, una hilera de espuelas clavadas encima del perchero y, sobre cada umbral, hierros para marcar ganado, una letra R invertida y hecha de hierro forjado. De camino a la cocina, Beth miró hacia la izquierda y se asomó a una sala de estar a doble altura presidida por un sofá de cuero y una chimenea enmarcada con pesadas piedras de río.

Cuando Jack dejó la tarta en la encimera, se fue a la sala de estar. Beth y Martin se quedaron en la cocina. Era una estancia más luminosa que el resto de la casa, forrada con paneles de madera clara y ventanas con alegres cortinas. La temática de la decoración eran las aves, con acuarelas enmarcadas en madera y dibujos de faisanes, halcones e incluso un águila calva.

—Esto es precioso —comentó Beth.

—Este era el territorio de mi madre —explicó Martin mientras servía dos copas de vino y le alargaba una—. Le gustaban las cosas alegres.

Beth se acercó para mirar con detalle una fotografía enmarcada junto al fregadero de la cocina. En ella aparecía un amplio grupo de personas, treinta o así, de pie frente al establo. Casi todos sujetaban herramientas en las manos y sonreían. No así los Rhoads. Unos jóvenes Martin y Diana se hallaban de pie a un lado de la puerta, con rostros solemnes y flores en las manos. Hal estaba colocado entre las puertas abiertas, junto a una mujer mexicana con un niño pequeño. A Beth le dio la impresión de que ya los había visto antes.

—¿De cuándo es esto? —preguntó.

—De hace veinticinco años, más o menos. Cuando se levantó el nuevo establo.

Beth volvió a observar la fotografía. Miró fijamente la boca oscura del establo y dejó que el resto de la multitud se desdibujara. Entonces se acordó. Hal, la mujer cansada y el niño pequeño, recortados y ocultos en el reverso del marco de fotos de su habitación de Bayshore Oaks.

363

—¿Quién es esa? —preguntó señalando a la mujer mexicana. Martin se acercó para mirar.

—Sofía —respondió con voz forzada—. Trabajaba aquí. Su marido murió en el incendio con mi madre, en el establo que estaba allí antes.

—Qué horror. —Beth volvió a mirar a la mujer con el niño pequeño y se imaginó lo destrozada que debía de haberse quedado, sabiendo el duro camino que tenía por delante.

Sus pensamientos se vieron interrumpidos por el ronroneo de un coche al acercarse a la casa. Unos faros pasaron por delante de las ventanas de la cocina y entonces distinguió el Lexus de Lana.

A través de la ventana, vio que Lady Di y su madre se saludaban. Lana iba vestida con un elegante traje negro y zapatos de tacón. Parecía incluso que se había retocado la peluca. Lady Di iba más discreta con su abrigo marinero largo de color beis, aferrada a un gran portafolio.

—¡Martin! —gritó Diana—. Ven a saludar a la señorita Rubicon.

Martin se estremeció, pero no abandonó la cocina. Se apartó de la ventana y miró a Beth.

—He oído —dijo— que tu madre es un tiburón inmobiliario.

—Más bien una foca leopardo. Muy mona por fuera, pero con unos dientes muy afilados.

—¿Me va a dar problemas?

Beth congeló el gesto en una media sonrisa.

—Creo que solo intenta ayudar a…

—Mi hermana, ya lo sé. Y a Ricardo Cruz. Parece de gran utilidad.

Beth asintió con gesto incómodo. Tal vez no había sido una gran idea juntar sus distintas tensiones familiares en una misma casa.

Capítulo 50

La cena fue más que un tanto incómoda. Diana había comprado una ensalada y unas *pizzas* sofisticadas, de esas con ingredientes rebuscados y sin salsa, sobre un pan crujiente con aroma a romero. No paraba de intentar abordar su proposición para el futuro del rancho, pero Martin se negó a hablar de negocios hasta haber terminado de comer. Se pasaron la cena masticando y tratando de encontrar temas de conversación.

—Jack, siento mucho lo de tu jefe —dijo Martin.

Jack lo miró de manera inquisitiva.

—¿De qué estás hablando? —le preguntó Beth.

—Me ha saltado una alerta en el móvil hace una hora —explicó Martin—. Al parecer, la Policía tiene orden de busca y captura para Paul Hanley. Por el asesinato de Ricardo Cruz. Y Hanley está desaparecido.

Lana dio un sorbo a su vaso de agua.

—No sé si estoy de acuerdo con la oficina del *sheriff* sobre quién mató a Ricardo Cruz —comentó y, por el rabillo del ojo, vio que Diana apretaba la mandíbula.

—No me parece un tema de conversación apropiado para la cena —declaró Diana.

—Tienes razón, Di —convino Martin de buen grado. Casi parecía satisfecho de haber contribuido al fastidio de su hermana—. En fin, Lana, me han dicho que tienes cáncer de pulmón.

Diana estuvo a punto de atragantarse con el vino.

Lana lo miró con gesto neutral, como si acabara de preguntarle si tenía suficiente ensalada.

—Así es, Martin —respondió y le dedicó una sonrisa sin mostrar los dientes—. Y, si me disculpas, acabo de darme cuenta de que me he dejado las pastillas en el coche.

Lana se dirigió hacia la puerta principal. Una vez fuera, se acercó al Jaguar de Diana. Era un sedán, casi nuevo, de un discreto verde grisáceo. Por mucho que lo intentó, no recordaba haberlo visto antes.

Pero la camioneta sucia que había aparcada detrás sí que le resultaba familiar. Cuanto más contemplaba aquella vieja Ford oxidada, más convencida estaba de que se trataba de la misma camioneta que había visto aparcada detrás de ella en la fundación ecologista el día del incendio. No era nada del estilo de Diana, lo cual sería perfecto si estaba intentando ocultar su rastro.

Por fin. Pruebas concretas. Le dieron ganas de gritar o saltar, pero, en su lugar, sacó su teléfono e hizo fotografías a la camioneta desde todos los ángulos. Después se dirigió hacia su coche para sacar un viejo pastillero de la guantera y asegurarse de que las fotos eran decentes. Mientras las revisaba se sintió llena de energía. Estaba segura de que podría encontrar más pruebas que vincularan a Diana con Ricardo. Tal vez incluso el arma del crimen. Solo necesitaba el tiempo justo para recabar toda la información que pudieran y después entregarla antes de que Diana se diese cuenta de lo que estaba sucediendo. Le envió un mensaje a la inspectora Ramírez:

Reúnase conmigo en el rancho Rhoads a las ocho. Le prometo que Paul Hanley estará allí.

Se bajó del coche y apoyó una mano en el maletero para estabilizarse. Notó una suave palpitación, como si el coche albergara una vida en su interior. Miró a su alrededor. El invernadero más cercano estaba a oscuras, en silencio, y las sombras de atrás se alargaban cada vez más. Observó cómo el mundo pasaba del crepúsculo a la noche, dando paso a cientos de estrellas que se encendían sobre la marisma.

Estaba preparada. Se apartó del Lexus pensando en la presentación que tenía por delante. Debía lograr que Diana y Martin hablaran o discutieran, o ambas cosas. Sabía cómo prolongar la negociación si fuera necesario. Bordeó el Camry de Beth y pasó junto al Maserati de Martin para volver a entrar en la casa.

Pero no llegó a hacerlo. Se detuvo en seco al captar algo inusual, una especie de señal de *stop* que se le encendió en el cerebro. Por un instante temió estar a punto de desmayarse otra vez. Pero entonces se dio cuenta de que era algo que había en el coche de Martin lo que le había hecho detenerse.

El descapotable tenía la capota bajada y los asientos llenos de maletas y cajas. Parecía ser una mezcla de sus propios objetos personales y cosas del rancho, probablemente reliquias de familia que Martin quisiera llevarse a San Francisco. Había una vieja silla de mimbre colocada del revés sobre el asiento del copiloto, y su respaldo rígido formaba una especie de jaula para un juego de viejas herramientas de granja dispuestas sobre una toalla en el suelo del coche. Una bolsa llena de carpetas mantenía la silla en su sitio, colocada bajo el asiento como si fuera un ancla.

Fue la bolsa lo que la detuvo. Brillante y de aspecto pesado, toda negra, con dos finos surcos de plástico que recorrían uno de sus lados.

Miró de nuevo hacia la puerta cerrada de la casa. No podía tardar mucho en volver a entrar. Dejó a un lado las imágenes de Diana Whitacre con Ricardo Cruz e intentó escuchar a otra parte de su cerebro, donde una débil vocecilla le decía algo sobre esa bolsa.

Su concentración se vio interrumpida por la vibración de su teléfono. La respuesta de Ramírez.

¿Dónde está Hanley ahora?

¿Ahora? Lana no se esperaba que la inspectora fuese a responderle tan rápido. Lo de la camioneta estaba bien, pero necesitaba más pruebas. De modo que sopesó sus opciones. No quería mentir a una agente de la ley. Otra vez no. Al menos, no mediante un mensaje de texto.

Tomó aliento y marcó.

Ramírez descolgó de inmediato. La calidad del sonido era pésima y daba la impresión de que la mujer estuviera gritándole. O tal vez sí que estuviera gritando.

—¿Y bien?

—No sé.

—¿No sabe qué?

—No sé qué está haciendo Paul Hanley en este momento. —Aunque tenía alguna idea. Las posibilidades eran limitadas. Pero, técnicamente, no podía estar segura—. Pero sé que estará aquí a las ocho.

La inspectora se lanzó a darle un largo discurso sobre las consecuencias de mentir a un agente de la ley, malgastando recursos gubernamentales, protegiendo a delincuentes peligrosos y cosas así. Lana se apartó el teléfono de la oreja y miró la hora: las seis y treinta y ocho. Tenía que volver a entrar en la casa.

—Hay muy mala cobertura aquí —le gritó al teléfono—. No la oigo. Nos vemos a las ocho.

Y entonces, pese a sus recelos, colgó.

Se abrió en ese momento la puerta de la casa y Lana dio un salto hacia un lado, tratando de alejarse lo más posible del Maserati para que no resultase demasiado sospechoso. Se agachó y fingió que se ajustaba una de las tiras inexistentes del zapato de tacón. Al mismo tiempo, dio la vuelta al teléfono para intentar convertirlo en un arma contundente.

Alzó la mirada lentamente, tratando de aparentar el papel de mujer cansada y tonta que necesitaba tomarse la medicación.

—¿Mamá, estás bien? —preguntó Beth.

Lana se incorporó al oír la voz de su hija y le dedicó una sonrisa. Miró hacia abajo. Le vibraba la mano a causa de la ristra de mensajes en mayúscula que estaba recibiendo de la inspectora. Puso el móvil en silencio, se lo guardó en el bolsillo y siguió a Beth al interior de la casa.

De vuelta en el comedor, Martin se estaba comiendo lo que le quedaba de su *pizza*. Diana había retirado los platos para dejar espacio para un fajo de papeles que extrajo de un elegante portafolios de cuero.

—¿Preparada? —preguntó bruscamente.

—Casi —respondió Lana. Levantó el pastillero. Diana frunció el ceño y se echó hacia atrás, como si el cáncer de pulmón pudiera ser contagioso—. Necesito ir al baño un momento.

—Di, me preguntaba si podríamos empezar esta conversación en privado —sugirió Martin poniéndose en pie—. Es evidente que Lana necesita algo de tiempo para sus cosas. Podríamos ir al estudio de papá.

Lana levantó la mirada. Eso de que hablaran en privado sonaba bien. Significaba que podría registrar la casa. Diana se puso en pie a regañadientes y caminó hacia su hermano con su fajo de papeles.

—No tardaremos —declaró—. Es solo para hablar de los aspectos financieros y de los ingresos que habíamos comentado. Espero de corazón que, para entonces, puedas participar de la conversación. —Levantó una mano hacia Lana, como para dejarla ir, y siguió a su hermano por el pasillo. Una puerta se cerró más allá de la sala de estar.

—Bueno, qué agradable ha sido —dijo Lana—. ¿Dónde está Jack?

—Ha ido a explorar —respondió Beth—. Está fuera.

Lana asintió.

—Mamá, ¿qué te propones exactamente?

—Quédate aquí. Pégame un grito si se abre esa puerta.

Tras echar un vistazo rápido hacia la puerta cerrada del estudio, Lana subió por las escaleras y recorrió un pasillo que confiaba que condujese hacia los dormitorios. Y un cuarto de baño, donde pudiera decir que buscaba intimidad si alguien iba a buscarla.

La primera puerta con la que se encontró debía de haber sido la habitación de Martin. Tenía una cama doble con una colcha de lana azul oscuro, un viejo escritorio y una voluminosa cómoda de madera oscura con una hilera de figuritas de *Star Wars* colocadas encima. Las paredes estaban adornadas con pósteres de los San Francisco 49ers, dibujos de M. C. Escher y un banderín del MIT. Pese a aquellos toques personales, la habitación estaba limpia. No había papeles sobre el escritorio, ni basura en la papelera. Se apreciaba en el aire el aroma a lejía diluida en agua. Lana abrió el cajón superior de la cómoda. Nada. Ni siquiera una pelusa.

Prosiguió hasta la siguiente puerta. Esa habitación era más pequeña y se la veía más usada. Tenía una cama individual, una sencilla cómoda y una cuna antigua de aspecto pesado, de esas que alguien probablemente hubiera transportado en un carromato por las llanuras en dirección a California generaciones atrás. El armario estaba lleno de abrigos y colchas gastadas. Pero no parecía tratarse de un almacén de muebles viejos. Había pequeños terrones de tierra seca por el suelo, y Lana percibió sobre la cama un aroma sutil a salvia y musgo. Alguien había dormido allí recientemente y su presencia aún no se había borrado del todo.

Cruzó el pasillo y abrió otra puerta. Por fin. La habitación de Diana. Aquella tenía aspecto de estar más habitada. Era evidente que Diana no pensaba volver corriendo a casa con su marido en cuanto terminaran las negociaciones. La cama de matrimonio estaba hecha a toda prisa y la cómoda plagada de frascos de perfume y cremas, además de una copa de vino que todavía no había pasado por el lavavajillas. Lana deslizó la mano sobre la colcha sedosa, que lucía un delicado patrón de rosas y espinas a lo largo del borde.

Se acercó después a la cómoda de Diana. Estaba medio llena de ropa, incluido un cajón lleno de lencería. Fue levantando con cuidado los finos camisones en busca de algo incriminatorio, pero solo encontró seda y encaje.

En la mesilla de noche, sin embargo, descubrió algo. En el cajón superior había una pila de sobres rojos, todos ellos abiertos con abrecartas por la parte de arriba. En ese momento no tenía tiempo para revisar meses de tórridas cartas de amor. Pero no pudo resistirse a echar un vistazo rápido.

Sin embargo, las cartas no estaban cuajadas de obscenidades como se imaginaba. Eran tarjetas. Tarjetas de felicitación genéricas compradas en una tienda con un «Feliz Navidad» escrito en la portada. La pila comenzaba en el año 2000 y avanzaba desde ahí. Dentro de cada una de ellas, alguien había escrito un sencillo mensaje.

La de 2001 decía: «Queridos señor Rhoads y señorita Diana, gracias por el regalo de su amistad».

2005: «Enhorabuena a la señorita Diana por su compromiso. Que sea tan feliz como yo lo fui con mi Alejandro».

2015: «Guardamos su amabilidad en nuestros corazones».

La caligrafía de las primeras tarjetas no le resultaba familiar. Pero en las últimas reconoció la misma letra de imprenta de la nota manuscrita que encontrara en la fundación.

Mientras revisaba las tarjetas, cayó una fotografía de la que estaba fechada en 2008. Era una instantánea de una mujer de aspecto cansado con la melena larga y negra, de la mano de un jovencito. Se hallaban de pie frente a un edificio de apartamentos en una calle bulliciosa, algún lugar del interior, tal vez, uno de esos pueblos duros y ásperos que consumían trabajo y escupían deuda. El chaval parecía tener doce o trece años. Tenía granos en la cara y los brazos y las piernas demasiado largos para su cuerpo. Pero su amplia sonrisa y sus ojos brillantes resultaban inconfundibles. Era Ricardo Cruz.

Lana oyó que su hija la llamaba desde el pie de las escaleras. Volvió a meter las tarjetas en la pila y las guardó en el cajón.

—¡Ya voy! —respondió.

Bajó las escaleras dándole vueltas a lo que acababa de encontrar. Sabía que la familia Cruz había trabajado en el rancho en algún momento. Pero dudaba que muchos empleados enviaran sentidas tarjetas navideñas a sus jefes durante años tras terminar de trabajar para ellos. Allí había algo más. Una relación con Ricardo y con su madre, algo que era importante para Diana. Y, por mucho que lo intentara, ahora le costaba trabajo imaginárselo como algo sexual.

—He dejado de oír ruido. Pensé que iban a salir —le dijo Beth señalando con la cabeza hacia el final del pasillo—. Pero ya no estoy segura.

—¿Has oído algo bueno?

—Yo no diría bueno.

Lana aguzó el oído y escuchó voces amortiguadas. Distinguió a Martin gritando que necesitaba aquello y a Diana respondiendo que ahora era su turno, que él nunca se responsabilizaba de nada. Su discusión parecía auténtica. De no serlo, estarían intentando ganar un Óscar con su interpretación.

—Hay una cosa que quería enseñarte. —Beth recogió una pila de platos y Lana la siguió hasta la cocina.

—Esto es diferente —comentó Lana al fijarse en los revestimientos de madera clara que decoraban la alegre estancia. Reparó en los dibujos de pájaros e, inconscientemente, su mente fue asignando los nombres de todas las especies que había llegado a conocer a lo largo de los últimos meses.

—Mira esto —le dijo Beth acercándose a la fotografía enmarcada junto al fregadero—. Martin me ha dicho que es de cuando construyeron el nuevo establo tras el incendio. Cuando tuve que recoger las cosas de la habitación del señor Rhoads en Bayshore Oaks, me encontré una copia recortada en la que aparecían solo Hal, esa mujer y el niño pequeño. Me pregunté si tal vez sería…

—Sofía Cruz —confirmó Lana.

—¿Quién?

—La madre de Ricardo. Y ese es Ricardo. —Lana señaló al pequeñajo que se retorcía en brazos de la mujer. Ahora las piezas comenzaban a encajar a toda velocidad.

—¿Crees que es posible que Ricardo fuera hijo de Hal Rhoads? —le preguntó Beth.

Lana pensó en las tarjetas que había encontrado en el piso de arriba, dirigidas tanto a Hal como a Diana, con mensajes sencillos que mezclaban la formalidad con el cariño.

—No creo. Me parece que… —Se frotó los ojos, tratando de conectar lo que había visto arriba con lo que habían ido descubriendo en el tablón de corcho de su dormitorio—. Tengo que hablar con Jack. Voy a salir.

—¿Voy yo también? —preguntó Beth.

—Tú quédate aquí —le respondió—. Esperemos que esos dos sigan discutiendo.

Capítulo 51

Cuando llegó al camino de acceso a la vivienda, Lana advirtió que la puerta del establo estaba abierta. Entró en el edificio, convencida de que encontraría allí a Jack, inspeccionando. Nada más entrar, se fijó en las paredes de madera de grano fino y en las bisagras de latón. El señor Rhoads no había reparado en gastos al reconstruir el establo. Sobre cada compartimento colgaban modernos apliques de luz fabricados en cobre, y Jack había encendido los de la fila de atrás, bañando los montones de trastos en una luz cálida. Lana volvió a pensar en la foto de la cocina, en las familias Rhoads y Cruz, de pie, muy serias, delante del umbral recién levantado. Aquel establo se había construido debido a la pérdida. Si bien la estructura podía volver a la vida, Alejandro Cruz y Cora Rhoads no podían.

Jack la llamó desde un compartimento situado en la parte trasera del establo. Lana entró con cuidado en un lugar lleno de raquetas de tenis, juguetes y sacos de dormir enmohecidos. Deslizó un dedo sobre un juego de electrónica, cuya caja amarillo brillante contrastaba con los tonos marrones y grises del resto de los objetos amontonados en el compartimento.

—Mira esto. —Jack le puso en la mano un guante de béisbol. Era un diminuto guante de receptor, fabricado en cuero auténtico, de los que un padre optimista podría regalarle a su hijo. Lana apenas podía meter tres dedos en su interior. Pero era evidente que

374

estaba usado. El guante se notaba desgastado y un entramado de grietas se dibujaba sobre la superficie de la palma. La canastilla se veía frágil y una de las correas estaba mordisqueada, tal vez obra de un ratón. En el lateral, a lo largo de lo que habría sido el reverso del pulgar, aparecía escrito «Ricardo» con letras de imprenta. Y debajo, más desgastado, otro nombre: «Martin».

Lana apretó el guante y cerró los ojos. Recordó la historia que le había contado Diana sobre el incendio, y lo que Beth decía que había ocurrido después: que Martin y Hal se habían quedado en el rancho pero habían ido distanciándose, mientras que Ricardo, el bebé milagroso, iba creciendo.

Lana se había equivocado. Sabía que el asesinato de Ricardo se debía al amor y a la traición. Pero no era el amor que sentía Víctor hacia él, ni una aventura amorosa fatídica con Diana. Se trataba de un amor de familia, algo que comenzara décadas atrás, algo que había quedado reducido a cenizas y se había reconstruido desde el dolor. Se trataba del hijo de Hal y del chico de Hal, y de la distancia entre ambos.

—Jack, tenías razón. Al final no era una BATNA.

—¿Quieres decir que...?

—Martin —confirmó Lana. Recordó la extraña bolsa negra que había visto en su coche. Todavía no tenía palabras para explicarlo todo, pero lo notaba. Y también percibía la emoción en la mirada de Jack.

Miró su teléfono. Eran las siete y media. Apenas había cobertura dentro del establo y todavía no había tenido noticias de Ramírez. Miró hacia el kayak doble colgado en el rincón delantero del establo, y el chaleco salvavidas que había debajo.

—¿Es este el que viste en el funeral?

Jack asintió.

—¿Notas algo diferente?

—No. —Jack examinó la embarcación con detalle—. Pero un kayak con capacidad para dos personas debería tener dos chalec...

La muchacha dejó la frase inacabada, como si acabara de abordarla un terrible recuerdo: Ricardo Cruz, flotando en el lodo, con un chaleco salvavidas rojo enganchado a su cuerpo sin vida. Lana vio claramente la línea temporal que llevaba hasta aquel siniestro descubrimiento. Ricardo fue asesinado el viernes a mediodía y arrojado al arroyo esa misma noche, para que después lo encontraran los turistas y Jack, el domingo por la mañana. Por primera vez, se paró a pensar en la importancia de aquel lapso de tiempo del viernes, en las horas transcurridas entre el asesinato y el arroyo. Se preguntó cuánto tiempo haría falta para viajar desde San Francisco hasta Elkhorn, después otra vez a la ciudad y de nuevo hasta Elkhorn a última hora de esa misma noche. En bici sería imposible. Pero montado en un Maserati, podría incluso ser un placer.

La extraña bolsa negra del coche de Martin. La bicicleta de Ricardo, a la que le faltaba una alforja. Era eso.

—Jack. Háblame un poco de las alforjas para bicicletas. ¿Son pesadas, como de lona?

Su nieta asintió con los ojos muy abiertos.

—¿Por qué? —preguntó.

—Salgamos de aquí. —Se metió el guante de béisbol bajo el brazo y salió del compartimento abarrotado mientras enviaba un mensaje apresurado a Paul, con la esperanza de que hubiera cobertura suficiente para enviarlo.

Pero antes de llegar a la puerta del establo, oyó pasos que se acercaban. Gente hablando. Una voz furiosa, la de Diana, que recorría la oscuridad.

—Martin, todavía no hemos terminado de hablar…

La entrada el establo quedó bloqueada por una figura alta. Que después fueron dos figuras. Y luego tres.

—Te encontré —dijo Martin. En la penumbra, sus ojos parecían oscuros, indescifrables—. ¿Qué tienes ahí?

Instintivamente, Lana se situó delante de Jack y escondió el guante de béisbol a su espalda. Entonces se lo pensó mejor. Tenían que abandonar el establo. Llegar hasta Paul y la inspectora Ramírez. Tenía que fingir que allí no había nada que mereciera la pena ocultar.

Levantó el guante, tapando con la mano los nombres escritos en el lateral.

—Jack y yo estábamos jugando —respondió Lana con cara de indiferencia y lanzó el guante hacia un compartimento apagado—. No era nada. Vámonos.

Avanzó hacia la puerta, pero nadie más se movió. Martin bloqueaba la entrada al establo, Diana llegó hasta él por la izquierda. Beth iba unos pasos por detrás, vacilando en la oscuridad más allá de la puerta abierta.

—Martin, no entiendo a qué viene esta excursión... —se quejaba Diana con aspereza.

Lana miró de un lado a otro en la penumbra.

—Siento haberos hecho esperar. Deberíamos volver a entrar en la casa para hablar del futuro del rancho.

—Que es la razón por la que estamos todos aquí —respondió Martin.

—Por supuesto. Pero primero quería encontrar a Jack —continuó Lana, aunque la frase le salió más temblorosa de lo que pretendía.

—¿Y qué más has encontrado? —le preguntó Martin.

Lana miró al hombre que tenía delante. Vio la ferocidad de su mirada. Era alto y atlético. Pero, aun así, no era más que un hombre. Podría con él.

—Martin, por favor, volvamos a casa. Tu hermana tiene muy buenas ideas y, con tu inteligencia, creo que podríamos crear algo extraordinario. ¿Por qué no vamos...?

—Vamos a vender el rancho —zanjó Martin. Habló en voz alta y dura como el hierro. Una voz que recorrió el espacioso establo y rebotó en el tejado metálico.

—Pero no es eso lo que quería tu padre. —La voz de Jack le llegó a Lana firme y decidida.

—¿Y eso cómo lo sabes? —preguntó Martin dando un paso hacia la adolescente.

Beth se aproximó a él y le puso una mano en el hombro.

—Martin...

—Beth. —Se volvió para mirarla, le cogió los dedos y los atrapó contra su chaqueta.

Jack parecía nerviosa.

—Lo que quiero decir es que…

—Hemos encontrado los planos —la interrumpió Lana. No le gustaba el modo en que Martin estaba mirando a sus chicas—. Los del proyecto en el que estaba trabajando tu padre con Ricardo Cruz, Verdadera Libertad.

—No tengo ni idea de lo que estás hablando —le espetó Martin.

En esa ocasión fue Beth la que habló sorprendida, apartando la mano de la de Martin.

—Pero si te di esos papeles —le dijo—. Los del arquitecto.

—¿Así que los miraste? ¿Fue antes de dármelos o estabas espiándome por encima del hombro? —Sacudió la cabeza asqueado—. Y yo que pensaba que ya no le seguías el juego a tu madre. Di, estas mujeres han estado entrometiéndose en nuestros asuntos. En los asuntos de papá.

—Entrometiéndonos no. Buscando la verdad —puntualizó Lana.

Lana tenía la mirada fija en Diana. Si no lograba ahuyentarlos de allí, tendría que hacerles entrar.

—Ya te lo conté en la comida —le dijo con voz serena y clara—. Ricardo Cruz y tu padre tenían un proyecto juntos. Querían convertir el rancho en una incubadora de granjas para mujeres y emprendedores desfavorecidos. Puede que Ricardo hablara de ello. Vuestro padre y su gran sueño.

—Ese sueño está muerto —declaró Martin.

—¿Muerto? —Lana lo miró fijamente—. ¿Porque tú los mataste?

Martin soltó una carcajada y se volvió hacia su hermana con una sonrisa torcida.

—¿Es esta tu estrategia negociadora, Di? ¿Permitirle lanzar amenazas descabelladas para que yo te deje quedarte con el rancho?

Lana miró directamente a Diana.

—Tu hermano mató a Ricardo. Aquí mismo, en el rancho. Lo golpeó hasta matarlo y después tiró su cuerpo al arroyo. Y luego mató a vuestro padre.

—No me lo puedo creer —dijo Martin con un resoplido.

—La Policía viene de camino, Martin —le informó Lana—. Para recopilar las pruebas.

—¿Pruebas? —repitió Diana.

—Están aquí mismo —explicó Lana haciendo un gesto con los brazos que abarcaba el establo. No sabía bien a qué se refería, pero tal vez hubiera algo que le permitiera ganar tiempo. Algo que mantuviera a Martin alejado de su coche.

Diana escudriñó el establo con la mirada, tratando de distinguir los montones de trastos entre la penumbra. Parecía intrigada. Atraída.

—Di, Ricardo Cruz fue asesinado a kilómetros de aquí —le dijo Martin con hartazgo—. Y yo me pasé el día y la noche en San Francisco. Esta mujer no sabe de qué está hablando. No es más que una cotilla de mierda.

—Estuviste en San Francisco, Martin —convino Lana—. Pero no todo el día. No toda la noche.

Recibió su mirada rabiosa y se la devolvió con algo que pudiera parecer compasión.

—Sé lo que se siente, Martin. —Adoptó un tono de voz meloso y envolvente para pronunciar su nombre—. Cuando tu familia no te aprecia. No te respeta. —Dio un paso hacia él—. Debe de haber sido horrible ver que Ricardo los tenía comiendo de su mano otra vez. ¿Desaparece veinte años y ahora, de pronto, reaparece para quedarse con el rancho?

Advirtió el temblor sutil en el párpado de Martin, un tic diminuto e involuntario.

—Tú fuiste el único que adivinó sus intenciones —prosiguió—. El único dispuesto a proteger a tu familia. Tu legado.

Martin no dijo nada. Pero le brillaban los ojos e inclinó la cabeza hacia ella. Entonces Lana dio otro paso más.

—Iba a robarlo todo —le dijo—. Tenías que hacer algo.

—No tienes ni idea de lo que estás hablando —le reprochó Martin, pero esta vez las palabras no le salieron con tanta fuerza.

Lana se acercó más aún.

—Y entonces te lo encontraste aquí. En la casa. Ricardo se quedaba a dormir aquí, ¿verdad? ¿Contigo, Diana? Los miércoles por la noche.

Diana se cruzó de brazos. Su voz oscilaba entre la incertidumbre y la amenaza.

—Ricardo era como un sobrino para mí. Dormía en su antigua habitación, donde se alojaban su madre y él después de… No era nada obsceno. Solo estábamos rememorando los viejos tiempos.

—Los viejos tiempos siempre son los mejores, ¿verdad? —comentó Lana—. Cuando Ricardo era un niño y tú una mujer joven con el corazón roto. Una mujer que necesitaba curarse.

—Ricardo fue lo único bueno de aquella época —admitió Diana con voz temblorosa—. Nuestro angelito. Nuestro niñito.

Lana asintió y se atrevió a especular.

—Aquella última semana, os quedasteis los dos también el jueves por la noche. Para hablar del futuro.

Diana miró hacia atrás, hacia la noche, como si Ricardo estuviera al otro lado de la puerta abierta del establo.

—Quería pedirle que me ayudara a desarrollar el centro de bienestar. Pensé que podría ser una manera de honrar a nuestros padres, de construir juntos algo hermoso. —Se sonrojó y adquirió un tono cortante—. Entonces descubrí que papá y él tenían otros planes.

—Y discutisteis.

—El jueves por la noche, sí. Tuvimos unas palabras. Me marché el viernes por la mañana, antes de que Ricardo se levantara. Para ir a Bayshore Oaks a hablar con papá. Para aclarar las cosas. Jamás le habría hecho daño a Ricardo.

—Jamás le habrías hecho daño —convino Lana—. Pero sí que lo mantuviste en secreto.

—Tenía que protegerme —respondió Diana con frialdad—. Cuando me enteré de su muerte, me di cuenta de que tal vez yo hubiera sido la última persona que lo viera con vida. Se quedó a pasar la noche conmigo en el rancho y después murió. Fue terrible. Ya he vivido antes esa pesadilla, en Inglaterra. Las autoridades se me echarían encima, circularían los rumores. Incluso aunque no me acusaran de haberlo matado, mi reputación habría quedado destrozada.

Lana sintió de pronto una profunda compasión hacia Diana, que había querido a Ricardo y lo había perdido. Pero tenía que concentrarse en Martin.

—Pero ¿y antes de aquello, todas esas veces que te reuniste con él? Entiendo que se lo ocultaras a tu marido, pero ¿a tu propio hermano? ¿No querías invitar a Martin a charlar también de los viejos tiempos con Ricardo? ¿A soñar juntos con el futuro?

Diana le lanzó una mirada nerviosa a Martin.

—No creí que le interesara.

Lana percibió que Martin se estremecía. Era una pequeña herida que ella podría conseguir abrir. Lo miró entonces a los ojos y le dijo:

—¿Ves a lo que me refiero, Martin? Tu propia hermana, mintiéndote durante meses. Protegiendo a su angelito Ricardo.

Levantó una mano para acallar el amago de protesta por parte de Diana y dio un último paso hacia Martin. No disponía de todos los detalles, pero él sabía lo que había hecho. Solo tenía que apelar a su corazón.

—Sé lo que es que te expulsen de tu propia familia, Martin. Las bromas internas, sus secretitos. Empezó cuando eras adolescente, ¿verdad? Cuando empezaron a dejarte al margen. Tu madre murió. Estabas triste. Pero los demás solo tenían ojos para Ricardo. Debió de ser toda una sorpresa encontrártelo en la casa después de todos estos años.

—Te equivocas. A mí Ricardo me daba igual —repuso Martin, aunque sonó poco convincente—. No era más que un bebé que se hizo mayor. ¿Que volvió a la casa para celebrar fiestas de pijama con Di? A mí me da igual. No podría importarme menos.

381

—¿Igual que a tu padre, Martin? ¿A quien le importabas menos que Ricardo? —Lana se encontraba ya a menos de medio metro de él.

—No sabes de lo que estás…

Lana recordó algo que le había contado Beth cuando murió el señor Rhoads. Le parecía que había pasado una eternidad.

—Lo sabían hasta en la residencia. Tu padre les hablaba de él a las enfermeras. Tú eras su hijo, pero Ricardo era su chico, su niño favorito, que había vuelto.

Martin se volvió hacia Beth con los ojos llenos de dolor y de preguntas. Ella le devolvió una mirada firme.

—No es culpa tuya, Martin —le dijo Lana, volviendo a atraer la atención hacia sí—. No debería haberte abandonado de esa forma. —Le tendió una mano y él vaciló.

—Estás haciendo una montaña de un grano de arena —murmuró.

—¿Darle a Ricardo tu viejo guante de béisbol? ¿Darle el rancho? A mí no me parece un grano de arena, Martin. Te merecías algo más. —Le estrechó la mano izquierda entre las suyas. Él no se apartó.

Lo tenía. Sabía que lo tenía.

—Te merecías el amor de tu padre. Te merecías saber lo que planeaba. Como madre, sé que eso habría sido lo correcto.

Notó que tensaba la mano entre sus dedos. Y decidió atraerlo con un último golpe de gracia.

—Si tu madre estuviera aquí, te habría defendido. Te habría protegido. Si no hubiera…

Un sonoro bofetón interrumpió sus palabras.

Pese a toda su experiencia discutiendo con hombres, Lana nunca se había encontrado en una situación verdaderamente violenta. Había habido gritos, jarrones volando por los aires… En una ocasión, hasta un café caliente sobre sus zapatos blancos de charol favoritos. Pero había un límite que sus adversarios nunca sobrepasaban: pegar a las mujeres.

Razón por la cual no vio venir la mano abierta de Martin contra su cara. Notó el escozor del golpe. Todo comenzó a darle vueltas. Sintió que se alejaba de él, que se alejaba de todos, en dirección al frío suelo de tierra.

Resultaba imposible pensar con claridad en mitad de aquel mar de dolor, imposible saber con exactitud en qué punto se había equivocado en su intento por atraparlo. Pero una cosa sí sabía: por encima del dolor, por encima de los escalofríos espasmódicos que sacudían su cuerpo, surgía un sentimiento de triunfo. El último pensamiento que acudió a su cabeza fue sencillo: había acertado.

Capítulo 52

Beth contempló horrorizada el fardo de ropa y zapatos de tacón que yacía en el suelo donde antes estaba su madre. Su formación médica le decía que era improbable que Lana fuese a morirse por una bofetada, pero sus ojos y su corazón le gritaban algo totalmente diferente. Lana no se movía. No se quejaba. Se le había caído la peluca, que yacía junto a ella como un animal muerto, dejando al descubierto su cuero cabelludo con franjas desiguales de pelo. Incluso en la penumbra, se apreciaba el rojo intenso del golpe en su mejilla.

Beth estaba demasiado centrada en su madre como para ver con claridad lo que sucedió a continuación. Se produjo un movimiento brusco y, por el rabillo del ojo, vio que Jack se lanzaba hacia Martin, de cabeza contra su estómago como si fuera un toro. Él se echó a un lado y, con la inercia, Jack lo pasó de largo. Tropezó, se precipitó hacia delante y se golpeó con fuerza contra la pared del establo.

—¡Martin! —gritó Diana con una mezcla de rabia y miedo.

Martin se sacudió la manga y abrió y cerró el puño.

—No puede hablar así de mamá —murmuró—. No sabe lo que hemos…

Beth cubrió el cuerpo de Lana para protegerla, utilizando los brazos para tratar de bloquear la mirada de desprecio de Martin. Quería ir a atender a Jack, que ahora estaba agachada y se tambaleaba llevándose una mano a la rodilla derecha, pero Lana la necesitaba más. Vio la adrenalina en el rostro encendido de su hija. Parecía magullada, pero no rota.

Lo de Lana era otra historia. No se movía, no reaccionaba a sus manos cálidas ni a las palabras que le susurraba.

—Vámonos —dijo Martin volviéndose hacia su hermana.

Diana lo miró.

—Lana necesita atención médica —dijo. Tenía el rostro encendido y le había desaparecido el acento británico—. Y tú tienes que…

—¿Qué? —le espetó él con el ceño fruncido.

—Tienes que explicarme qué narices acaba de pasar.

Beth giró la cabeza al oír movimiento procedente de fuera del establo. ¿Sería posible que Lana hubiese dicho la verdad y la Policía estuviese de camino? Miró hacia la oscuridad, rezando para que fuera un humano y no un mapache o un coyote. Pero no vio a nadie. Ni oyó más ruidos. Nada.

—¿Por qué no me lo explicas tú, eh? —masculló Martin acercándose a su hermana con actitud amenazante—. Por qué dejaste que esa rata, que ese niñato, volviese a nuestra casa. Por qué me lo encontré tan pancho sentado a la mesa del comedor aquel viernes por la mañana, satisfecho consigo mismo, mientras yo me mato a trabajar para evitar que este rancho se caiga a pedazos y encontrar un comprador y así no tener que partirnos el lomo como hizo papá hace tantos años. ¿Sabes que Ricardo me dijo que se alegraba de verme? Me habló de su querido proyecto, Verdadera Libertad. Sonreía como un tonto, estaba deseando enseñarme los dibujos, todas esas parcelas que priorizaban a los mexicanos, a los filipinos y a los nativos, todos aquellos a quienes les habían robado sus tierras alguna vez. No paraba de hablar sobre esas chorradas sensibleras, incluso me sugirió que fuéramos juntos a Bayshore Oaks para hablarlo con papá. Por favor. Estaba deseando borrarle la sonrisa de la cara a ese comemierda.

—¿Así que lo mataste? —preguntó Diana con un hilo de voz y el rostro descompuesto.

—Protegí lo que es nuestro. Me encargué de sacar la basura. Como debería haber hecho nuestro padre hace treinta años.

Beth no sabía de qué estaba hablando Martin, pero le daba igual. Lo único que le importaba era sacar de allí a su familia. Jack estaba apoyada contra la pared cerca de la puerta, lo cual era buena señal, pero seguía agarrándose la rodilla y Beth no tenía claro si podría caminar. Mientras Martin y su hermana discutían, examinó el establo con la mirada en busca de algo que le fuera de utilidad, algo que estuviera a su alcance. Lo único que vio fueron sombras.

—¿Y papá? —preguntó Diana con un susurro desgarrado.

—Fui a verlo al día siguiente —respondió Martin con una sombra en la mirada—. Le pregunté por el proyecto.

—¿Y?

—Iba a arrebatarnos el rancho, Di. Nuestra herencia. La herencia de tus hijos. Intenté hacerle entrar en razón, pero ya sabes cómo se pone cuando se le mete algo en la cabeza.

Una parte de Beth sabía que, si Martin confesaba haber matado a su propio padre, jamás les permitiría salir de allí. Se imaginó al señor Rhoads en su pequeña habitación de Bayshore Oaks mirando a su hijo desquiciado, a su hijo agraviado y furioso; mirándolo con calma y con ternura. Pero aquello no fue suficiente.

Miró hacia la puerta abierta del establo. Hacia la libertad que Martin amenazaba con arrebatarles. Después miró hacia el rincón donde se encontraba Jack, apoyada contra la pared, justo debajo del kayak colgado. Y se le ocurrió una idea.

—¡Martin! —gritó. Se le notaba el pánico en la voz, pero tenía que intentarlo—. Vamos a olvidarnos de todo esto, ¿vale? Voy a llevar a Lana al hospital. Tu hermana y tú podéis vender el rancho. Como querías. Y Jack tendrá su barco. —Beth miró a su hija lesionada y trató de hacerle entender por telepatía el sentido de sus palabras—. Tú respira, Jack. Piensa en el barco. Vamos a salir de aquí.

—De aquí no se va nadie —gruñó Martin. Era como si

apenas hubiera oído sus palabras. Tenía la mirada fija en Diana, y ella en él, buscando respuestas el uno en el otro.

Pero era Jack la única que tenía que oírla. Que entenderla.

Su hija asintió con sutileza y se apartó lentamente de la pared, con las manos extendidas frente a ella.

—¿Qué estás haciendo? —le preguntó Martin volviéndose hacia ella.

—Solo quiero el chaleco salvavidas —respondió Jack—. Para usarlo como almohada para la cabeza de mi abuela.

Beth vio que Jack medio cojeaba, medio se arrastraba hacia el chaleco salvavidas que colgaba de la pared. Se lo lanzó.

—Quédate ahí —le ladró Martin.

Jack retrocedió, como si estuviera clavada a la pared. Cambió el peso de una pierna a la otra y se quedó donde estaba.

Beth le colocó el chaleco a Lana bajo la cabeza y su madre dejó escapar un resoplido grave y profundo, a medio camino entre un suspiro y un gemido.

—Esto es una locura —dijo Diana—. Voy a llamar a la Policía.

—Ni hablar —respondió Martin. Agarró a su hermana de la muñeca y la arrastró hacia la oscuridad de uno de los compartimentos. Volvió a salir con una extraña pistola de plástico. Era naranja y negra y parecía pequeña en su mano. ¿Era de juguete? Beth no estaba segura. Diana parecía horrorizada. Y el proyectil de calibre doce que Martin cargó en la pistola desde luego parecía de verdad.

—Ven aquí, Di —le dijo a su hermana—. Ponte en el suelo.

Su hermana salió del compartimento arrastrando los pies y se arrodilló, temblorosa, en mitad del establo.

Martin giró la pistola y apuntó con ella en dirección a Beth y a Lana.

—Que ninguna se mueva —ordenó—. No me gustaría que nadie resultara herido.

* * *

387

Lo primero que vio Lana al despertarse fue la pistola. Dos pistolas, tal vez tres, flotando en el aire entre un revoltijo fantasmal de manos. Su ojo izquierdo no parecía funcionarle correctamente. Y le dolía la cabeza. No la frente, que era a lo que estaba acostumbrada a causa de los medicamentos, de la fatiga y de las redecillas demasiado ajustadas de las pelucas. Aquel dolor, en cambio, le nacía de la nuca, donde el cráneo se le juntaba con el cuello.

Trató de incorporarse. No hubo suerte. Durante un momento de pánico, tuvo miedo de haber aterrizado otra vez en el suelo de la cocina de su apartamento de Santa Mónica, de haber caído en una especie de agujero cósmico y tener que revivir de nuevo los últimos cinco meses de su vida. Pero eso no tenía ningún sentido. Allí solo estaba el gélido establo, la luz ambarina y la figura amenazante que pasó de cuatro hombres a dos, y después a uno solo.

Oyó su voz y entonces se acordó. Martin Rhoads. El asesino. Escuchó esa palabra en su cabeza y notó que la satisfacción dejaba a un lado por un momento el dolor lacerante. Lo había desenmascarado. Martin había cometido errores. La bolsa de la bicicleta de Ricardo. La camioneta en la que había acudido a la fundación. No iba a salir impune.

¿Qué estaba diciendo ahora? ¿Algo de que esta vez no iba a ser un accidente?

Lana abrió los ojos un milímetro más y lo vio agitando una enorme lata. Oyó las salpicaduras del líquido, y entonces lo sintió, frío y húmedo, golpeándole los muslos. El olor era intenso, dulzón, con un toque químico. Le hizo pensar en Paul. No en sus plantas de marihuana. Era otra cosa, algo que ocurrió antes, la vez que se había montado en su coche frente a casa de Beth, aquel primer encuentro que puso en marcha toda esa investigación.

—Paul… —gimió Lana.

Beth miró a su madre, desconcertada. ¿De verdad aquella era la primera palabra que iba a decir Lana en esos momentos?

—Paul. —Le salió como un quejido ahogado, casi como si estuviera intentando gritar.

—Paul no está aquí, mamá —le susurró Beth—. Tenemos que hacerlo solas.

Beth trató de quitarse del regazo el peso de su madre. Sus cuidadosos movimientos fueron recompensados con otro gemido, que llamó la atención de Martin e hizo que las apuntara con la pistola.

—¡Se pondrá bien! —exclamó nerviosa.

—Me parece a mí que no —respondió Martin, sacudiendo las últimas gotas de gasolina sobre los zapatos de Lana.

—Martin, no hagas esto. —Diana se puso en pie lentamente, con las manos en alto, hablando en voz baja y desesperada.

—Es una pena que vinieras aquí, Di. Mientras yo lavaba los platos de la cena. Y que se derramase la gasolina. Y estas viejas bombas para pájaros… —contempló casi con cariño la extraña pistola— no son muy de fiar. Puede volar todo por los aires en un segundo. Deberías haber visto el destrozo que montó la que coloqué detrás de la fundación… —Miró entonces a Lana—. Ah, claro. Tú sí lo viste.

Soltó una carcajada siniestra que cesó tan rápido como había empezado.

—No te rías de ella —dijo Jack. Seguía en el rincón en penumbra, sujetándose la rodilla.

Beth tenía que evitar que Martin se girase hacia su hija.

—Tú no eres así, Martin —le gritó—. De verdad que no.

—¿Crees que me conoces? Pues no. —Casi le escupió las palabras a la cara—. No sabes de lo que soy capaz. Ninguna lo sabéis. —Se giró lentamente hacia su hermana, sin bajar la pistola—. Ni siquiera tú.

Beth observó la escena, confusa, mientras Martin y Di se miraban de nuevo a los ojos.

—Llevo treinta años escondido, Di —le dijo él—. Treinta años, desde que murió mamá.

—El jefe de bomberos dijo que había sido un accidente —respondió Diana despacio, con cautela—. Hacía calor, había viento y hierbas secas.

—¿Y te lo creíste? —Martin hablaba con rabia, como un adolescente petulante—. Porque te marchaste, Di. A diez mil kilómetros de distancia.

—Estaba… sufriendo. No fue por ti.

Fue como si Martin no hubiera oído a su hermana. Hablaba en voz cada vez más alta y descontrolada.

—Te marchaste y entonces todo empeoró. Papá me dio la espalda. Me sustituyó. Le dio a Ricardo todo lo que tenía.

—No fue eso lo que ocurrió. —Diana dio un paso cauteloso hacia él.

—¡No te muevas! —Martin se sacó del bolsillo un mechero de plástico y lo sostuvo frente a él, como si quisiera ahuyentar a un vampiro.

—Martin. —Diana suavizó el tono y pasó de la rabia a la tristeza—. Papá y yo te queríamos. Yo todavía te quiero.

—No me querrías si supieras lo que ocurrió de verdad.

—Lo supe.

Martin se quedó mirándola.

—Lo supe desde el principio, Martin. Siempre andabas trasteando con esas maquetas de cohetes detrás del establo. Yo estaba en el pastizal de las vacas cuando papá te encontró junto al arroyo después del incendio, llorando y restregándote los brazos con el barro helado. Lo vi consolándote ahí.

Beth comenzaba a hacerse una idea de lo sucedido. El incendio en el establo. Las muertes. Los dolorosos secretos a los que las familias se aferraron durante décadas. Se imaginó a un Martin adolescente, aterrorizado y avergonzado de lo que había hecho. El hombre que tenía delante en esos momentos conservaba parte de ese miedo, pero no así de la vergüenza. Se había convertido en otra cosa, algo que había estado enconándose en su interior treinta años. Parecía ahora a punto de estallar, como si tuviera un nido de avispas detrás de los ojos, ansiosas por salir.

Diana seguía intentando hacerle entrar en razón.

—Papá cuidó de ti, Martin. Escondió las pruebas. Convenció a los inspectores de que no había estado nadie implicado. Te protegió.

—Tú no sabes lo que dijo —respondió Martin con voz dura—. Te marchaste.

Diana tenía ahora lágrimas en los ojos.

—Papá dijo que debía dejarte tu espacio. Que me lo contarías cuando pudieras. Quizá eso estuvo mal. Quizá debería haberte dicho desde el principio que lo sabía. No importa. Fuera por la hierba seca o por las maquetas de cohetes, se trató de un accidente, Martin. Un accidente terrible. Y te queríamos. Papá te quería.

Su voz fue cobrando fuerza y seguridad en sí misma.

—No paraba de hablar de ti. Incluso ahora. Probablemente por eso Ricardo quería llevarte con él a enseñarle los dibujos. Habría sido el mayor sueño de papá, los tres construyendo algo juntos.

Por un momento, Beth pensó que Diana lo había conseguido. Martin tenía los ojos empañados, como si estuviera volviendo a ver su propia historia, buscando una trama diferente. Una trama en la que su padre se preocupaba por él. En la que su familia lo protegía. En la que él era un joven con un terrible secreto y ellos lo querían de igual modo.

Agachó la cabeza y dirigió sus palabras hacia la pistola y el mechero que sostenía en las manos.

—¿Sabes lo que me dijo, Di? Aquel día junto al arroyo, mientras me…, ¿cómo has dicho?, me consolaba. Dijo que siempre me querría…

—Sí. —Diana dio un paso hacia él.

—Pero que jamás me perdonaría. —Martin levantó hacia ella su semblante torturado, con la mirada encendida—. ¿Me perdonarás tú, Di?

Se acercó hasta la puerta abierta del establo y prendió el mechero.

Capítulo 53

—¡Jack! ¡El kayak!

Nadie podría jamás acusar a Paul Hanley de tener mano dura. Pero sí había una cosa en la que insistía y que todos sus empleados debían hacer correctamente: transportar un kayak. Si alguna vez veía a alguien arrastrándolo cuando debía levantarlo, o usando la espalda en lugar de las rodillas, le rompía la tarjeta con la que fichaba. A menudo, Jack le había oído murmurar que sería el deporte olímpico perfecto: levantamiento de kayak sincronizado. Desde el suelo. Desde el agua. Desde los estantes. Entrenaba a sus empleados para que supieran hacerlo todo.

De manera que, siguiendo las órdenes de su madre, Jack Rubicon, con sus cuarenta y siete kilos de peso y una rodilla lesionada, levantó el kayak doble del gancho, lo giró sobre su cabeza y golpeó con él a Martin Rhoads.

El casco de fibra de vidrio le alcanzó justo por debajo de los omóplatos, se le enganchó en la chaqueta y le levantó los pies del suelo. La pistola y el mechero salieron disparados y Martin acabó de cara contra el suelo, junto a Lana.

Jack vio que su madre se abalanzaba a por la pistola, que resbaló dando vueltas por el suelo hacia la puerta abierta. Pero debió de golpearse contra algo. Oyó un estallido y un grito. Se dio la vuelta y vio que la pared del establo situada detrás de Lana explotaba en un mar de fuego.

Fue algo rápido, inmenso, y se extendió por todas partes. Ya no se trataba de un suave brillo cobrizo. Unas llamas brillantes de un amarillo anaranjado recorrían el establo. El fuego ascendía por las paredes. Los fardos de heno del compartimento situado detrás de Lana empezaron a crepitar y a lanzar chispas y chorros de vapor. Su madre le gritaba que corriese hacia la puerta. Pero su abuela yacía allí, en medio de aquel caos, a punto de ser devorada por el humo y las llamas.

Jack corrió hacia ella, ignorando el fuego, ignorando a su madre y el dolor de la rodilla. Sin embargo, antes de llegar hasta allí, notó una súbita ráfaga de presión que la lanzó hacia delante. Un silbido ensordecedor inundó el aire y todo se volvió blanco.

Capítulo 54

—¿Paul?

Lana tosió para expulsar el humo de los pulmones. Había polvo blanco por todas partes, flotando en el aire, cubriendo los compartimentos, como si alguien hubiera rociado el interior del establo con azúcar en polvo.

—Paul no. —Era la voz de una mujer. Sonaba grave—. Usted fue la que me dijo que tenía a Paul, ¿recuerda?

Lana parpadeó, tratando de quitarse la tierra de los ojos para poder ver.

—Señorita Rubicon. Ya puede bajar el zapato.

Lana miró hacia abajo. Su campo de visión fue expandiéndose poco a poco hasta abarcar su cuerpo. Estaba medio sentada, medio tumbada en el suelo, sujetando uno de sus zapatos de tacón de aguja contra la garganta de Martin Rhoads.

—¿Está muerto? —Parpadeó de nuevo, buscando con la mirada a su hija y a su nieta entre el humo. Seguía agarrando el zapato con fuerza.

—Se pondrá bien —dijo Beth. Lana levantó la mirada—. Jack lo ha derribado. Con el kayak. Nos ha salvado a todas.

A través del humo, Lana distinguió entonces a su hija y a su nieta, una a cada lado, cubiertas de polvo blanco y gris.

Había otras dos figuras en mitad del establo. Diana se hallaba en el suelo, doblada hacia delante, con la melena rubia totalmente

394

blanca. Parecía rota, destrozada, como si hubiera envejecido toda una vida en una sola noche. La segunda persona estaba en pie y llevaba en la mano un extintor de incendios rojo.

—Ha venido —le dijo Lana a la inspectora Ramírez. Dejó caer el brazo, el que sujetaba el zapato, que se le clavó a Martin Rhoads en la laringe. El hombre tosió y Lana se apartó de él con un respingo, dejando que su cabeza golpeara contra el suelo de tierra.

Martin se llevó la mano a la cabeza y soltó un quejido. Rodó hasta colocarse a cuatro patas y agitó la cabeza de un lado a otro para sacudirse el polvo blanco de la cara.

Ramírez se le acercó y se plantó justo delante de él.

—Martin Rhoads, queda detenido por asesinato, por intento de asesinato, por incendio provocado y por algunos delitos más.

Lana vio cómo la inspectora le ponía las esposas con un gesto resuelto de sus manos de manicura perfecta. No podría haber estado más orgullosa ni aunque lo hubiera hecho ella misma.

Poco después, el rancho se vio iluminado por un mar de coches de Policía y ambulancias. Lana estaba sentada en la parte trasera de un camión de bomberos, con una manta térmica de color metálico sobre los hombros, y veía cómo Jack les explicaba a los policías la importancia del guante de béisbol, el chaleco salvavidas y la bolsa negra. Sacaron del establo cinco palas, siete hierros para marcar ganado y dos carretillas para buscar en ellos restos de sangre humana.

Supervisando la operación se hallaba Teresa Ramírez. La joven inspectora se encontraba de pie en mitad del asfalto con unas botas altas de cuero negro, iluminada por los haces de luz de los camiones y las ambulancias. Los demás agentes, incluso Nicoletti, parecían pequeños en comparación. Correteaban a su alrededor como si fueran hormigas, se le acercaban con alguna información y volvían a marcharse a hacer lo que ella les ordenara.

Transcurrida la primera hora, se produjo un momento de calma entre tanta actividad. Diana iba de camino a un hospital privado.

Martin estaba esposado dentro de una ambulancia, aguardando su destino. El Maserati y el establo estaban siendo meticulosamente examinados. Lana tenía el lado izquierdo de la cara entumecido por la bolsa de hielo y el frío se le había colado hasta los huesos. Hasta Beth y Jack parecían exhaustas, agotada ya su adrenalina. Estaban apoyadas la una contra la otra, absortas en una conversación adormilada sobre si los veleros eran más o menos peligrosos que las investigaciones de homicidios.

Lana miró su móvil. Era el momento.

Se acercó a la joven inspectora, que bebía café de un vaso que le había entregado un agente hacía solo unos minutos.

—¿Puede ayudarme con un asunto?

Ramírez la miró y Lana se imaginó lo que debió de ver. Tenía la peluca hecha un desastre y el lado izquierdo de la cara se le estaba poniendo morado. Los viejos puntos de la mejilla se le habían abierto también. Pero tenía los ojos lúcidos y la voz despejada.

—¿De qué se trata? —le preguntó Ramírez.

—De Paul Hanley.

—Ah, sí. Ahora mismo no es prioritario que...

—Solo quería confirmarlo. ¿Ya no es sospechoso? ¿Ya no lo buscan para nada?

La inspectora negó con la cabeza.

—¿Y ya no me metería en líos por estar escondiendo a un delincuente peligroso?

Ramírez se quedó mirándola, perpleja, como si no hubiera estado presente en las dos últimas horas.

—No.

—Me alegro —contestó Lana—. Entonces, ¿podría ayudarme a sacarlo del maletero de mi coche?

Capítulo 55

Lana entró en el club náutico tres semanas más tarde vestida con un traje nuevo hecho a medida y con una enorme caja envuelta para regalo debajo del brazo. Por fin se le había curado la cara. La única señal de lo ocurrido era un leve halo amarillento debajo del ojo, algo que podía taparse fácilmente con maquillaje.

En la puerta, se detuvo para pasarse la mano por el cuello cabelludo y comprobar que estaba todo en su lugar. Estaba volviéndole a crecer su pelo de verdad, y había pagado una pequeña fortuna a una chica tatuada de Santa Cruz para que le hiciera un moderno corte *pixie* rapado. No acababa de estar convencida de lo de ir sin peluca, pese a que Jack le hubiese repetido en varias ocasiones que no parecía un erizo.

Encontró a Paul y a Scotty en la barra, enfrascados en una conversación sobre un nuevo plan de negocios que incluía unas gigantescas bolas de hámster hinchables que podían alquilarse para llevarlas al agua. Scotty la saludó con un amistoso gesto de cabeza. Paul retrocedió, como si aún le tuviera miedo. Como si, no; aún le tenía miedo. Lo cual era una estupidez. No era culpa suya que el llavero por control remoto se le hubiera caído del bolsillo cuando estaba en el maletero.

Lana saludó con la mano a Fredo y a sus compatriotas, sentados a la barra, y caminó hacia la mesa del rincón, donde le esperaba su cita.

Incluso bajo las sombras que proyectaban las cortinas con brocados, Teresa Ramírez brillaba con luz propia. Vestía una americana larga amarillo canario sobre un jersey blanco de cuello de pico. Sus uñas eran de un profundo azul cerúleo, con las puntas doradas.

Scotty se materializó junto a ella mientras se sentaba.

—Una Corona, por favor —dijo Ramírez.

—Que sean dos —agregó Lana.

Cuando tuvo su cerveza, la inclinó en dirección a la joven inspectora.

—Enhorabuena por la lectura de los cargos —le dijo—. He oído que se declaró culpable de todos ellos.

—Más o menos. —La inspectora fue enumerando con los dedos—. El asesinato de Ricardo Cruz. El asesinato de Hal Rhoads. Incendio provocado en la fundación ecologista… Lo admitió todo salvo el último incendio. Dice que fue provocado cuando su nieta lo lanzó por el establo.

—Me he puesto en contacto con Diana Whitacre —contestó Lana con una sonrisa—. No creo que vaya a presentar cargos contra Jack.

—¿Sabe lo que va a hacer con el rancho?

—Algo híbrido. Construirá su balneario de lujo, además de una versión más pequeña de la incubadora de granjas que habían planificado Ricardo y su padre. Así su centro de bienestar tendrá un suministro de productos agrícolas orgánicos y de proximidad. Todos ganan. —Diana estaba gestionando la situación sorprendentemente bien, dadas las circunstancias.

—Así que Verdadera Libertad sigue vivo.

—Le ha cambiado el nombre. Ahora es La Reina de la Libertad. En español.

—Qué modestia —comentó Ramírez.

—Desde luego. —Lana dio un sorbo discreto a su cerveza y lanzó una mirada a los hombres congregados junto a la barra—. ¿De verdad pensaban que Paul era el asesino?

Ramírez se echó el pelo hacia atrás y las puntas doradas de sus uñas lo convirtieron en un arroyo resplandeciente.

—No tengo el lujo de poder basarme solo en mis propias opiniones. Pero nunca estuve del todo de acuerdo con el inspector Nicoletti respecto a Paul Hanley. Había demasiadas cosas que no encajaban. No había una relación significativa entre Ricardo y él. Y, según los registros del teléfono de Ricardo, aquella llamada para reservar la excursión en kayak se realizó cerca de una antena de San Francisco. Sentía curiosidad por las otras posibilidades.

De pronto, Lana se acordó de algo que le había dicho Gaby.

—Ricardo utilizaba un móvil con tapa. Probablemente no tuviera contraseña. Así que a Martin no le habría resultado difícil utilizarlo para hacer la llamada.

Ramírez asintió.

—Se cuidó de cubrir su rastro. Tirar el cuerpo en el arroyo ayudó a confundir las pruebas, y lo de ir y volver de San Francisco fue una estrategia muy inteligente. Pero también corrió riesgos estúpidos. Como quedarse con esa alforja y provocar el incendio en la fundación ecologista. Nos dijo que no sabía si Ricardo tenía otras copias en papel de los planos para Verdadera Libertad o notas en sus archivos. Así que se plantó allí con la camioneta de su padre para borrar cualquier posible material relacionado con el proyecto, por si acaso.

Lana se pasó el dedo por el lugar de su mejilla donde había tenido los puntos.

—Pero si yo lo hubiera visto montado en esa camioneta...

—Exacto. Muy arriesgado.

—¿Sospechó de él desde el principio?

—No. Cuando me habló usted de los Rhoads, estuve poniéndome al día, procesando la información que me ofreció sobre Diana y Ricardo. Estuve investigando esa historia sobre aquella muerte sospechosa en Inglaterra. Pero ¿lo de ese joven duque? Su certificado de defunción no se filtró a la prensa, pero conseguí un informe del forense. Murió de un aneurisma cerebral. No hubo nada turbio.

Lana se sintió algo avergonzada por haber tomado a Lady Di por una viuda negra.

—¿Entonces?

—Pues que usted se equivocó respecto a Diana Whitacre. Pero a mí me seguía interesando la familia Rhoads. Encontré unas fotos antiguas del rancho en los archivos del condado. Aquel hierro para marcar ganado... me daba la impresión de que podría ser nuestra arma del crimen desaparecida. A juzgar por el golpe que presentaba Ricardo Cruz, la hendidura de su cráneo era algo más que un simple arco. El forense creía que lo habían golpeado dos veces con un mismo objeto, una pala quizá, pero la presión era idéntica en ambas marcas, lo que a cualquiera le resultaría muy difícil, sobre todo con la emoción del momento. Yo pensé que había sido un solo golpe, con una única arma que tuviera una forma poco corriente. Y las patas de una R, del tamaño adecuado, en el ángulo justo..., encajaban.

—¿Y por qué no acudió antes al rancho para comprobarlo?

—Era imposible que una adinerada familia ganadera fuese a dejarme pasar sin disponer de una orden de registro. Y Nicoletti estaba obsesionado con Paul Hanley. Cuanto más tiempo pasaba Paul desaparecido, más convencido estaba Nicoletti. Me hizo jurar que no haría nada que no estuviese directamente relacionado con encontrar a Paul. Así que, cuando me escribió usted para contarme lo de Paul, me pareció la oportunidad perfecta para ir a echar un vistazo al rancho.

—Una pena que no pudiera llegar un poquito antes.

—Ah, sí que llegué. Pero la casa estaba vacía. Debían de estar ya todos en el establo.

—¿Por qué no entró?

—No sabía a lo que me enfrentaba. Examiné por encima los coches, tratando de adivinar cuánta gente podría haber. Y fue entonces cuando lo vi.

—La alforja de la bicicleta de Ricardo.

Ramírez se lo confirmó con un gesto afirmativo.

—Todo encajó. Claro, tendríamos que examinarla después, pero estaba convencida.

—Yo también —convino Lana.

—Las grandes mentes piensan de forma parecida.

Lana tomó aire y disfrutó de aquellas palabras.

—Fue una estupidez por su parte conservar todas esas pruebas —comentó.

—Puede que así se sintiera más seguro —respondió Ramírez encogiéndose de hombros—. O fue tan arrogante como para pensar que estaba fuera de peligro. Muchos criminales prefieren quedarse con las pruebas y así tenerlas controladas. Desde luego, a nosotros nos facilitó las cosas: la alforja de la bici de Ricardo, el hierro para marcar ganado. También encontramos restos de la sangre de Ricardo y células cutáneas de Martin en una de las carretillas del establo. ¿La pista inicial que nos dio sobre aquel extraño granjero que tiró algo en mitad de la noche? Estamos bastante seguros de que vio a Martin tirando a Ricardo al arroyo junto al terreno de Paul. Y luego está lo del coche.

—¿El coche?

—Así fue como lo pescamos por lo de su padre. Su hija me presentó a un grupo de residentes de Bayshore Oaks que gestionaban su propio servicio de visitas los lunes en la residencia. El día que murió Hal Rhoads, un hombre alto realizó una visita no autorizada de quince minutos a través de una puerta lateral. La anciana que controlaba la puerta no estaba segura de que fuese Martin; llevaba un gorro y le dio un nombre falso. Pero identificó el Maserati con una certeza absoluta.

—¿Y con eso bastó para demostrar que lo hizo él?

—La anciana se pasó todo el rato que Martin estuvo dentro sacándole fotos a su coche para enviárselas a su nieto. Tenemos incluso las marcas de la hora. En cuanto se las enseñamos a Martin, confesó.

—Sigo sin poder creerme que matara a su propio padre.

—Yo tampoco estoy segura de que pudiera hacerlo. Mientras confesaba, hablaba como si se hubiera visto obligado a hacerlo. Creo que mató a Ricardo en un arrebato de celos y que, después, esa rabia le impulsó como un tren sin frenos a hacer todo lo demás. En su mente, tuvo que golpear a Ricardo con ese hierro para salvar a su familia. Tuvo que asfixiar a su padre con una almohada para conservar el control del rancho. Tuvo que incendiar la fundación ecologista para destruir cualquier documento sobre el proyecto. No paraba de repetir eso, que tuvo que hacerlo.

Lana recordó la desesperación del rostro de Martin en aquellos últimos minutos en el establo, sus retorcidos intentos por justificar sus actos, por mostrarse como la víctima de todo incluso mientras las amenazaba. No era su fuerza lo que le hacía peligroso. Era su miedo y el desprecio hacia sí mismo.

—¿Por qué no irrumpió en el establo nada más ver la alforja de la bici? —preguntó Lana.

—Estaba sola, ¿recuerda? Y, para cuando llegué al establo, Martin ya tenía la pistola. La agitaba de un lado a otro, errático. No era seguro. Tenía que escoger mi momento.

—Para poder embadurnarnos a todas con productos químicos. Me pasé una semana con los poros hechos un desastre.

Ramírez levantó las manos en un gesto conciliador.

—La próxima vez me pararé a pensar en las consecuencias —le dijo— antes de salvarle la vida.

Lana se agachó y levantó la enorme caja que tenía en el banco junto a ella. La deslizó sobre la mesa.

—Le he traído esto. Para darle las gracias.

—Señorita Rubicon, no puedo aceptar regalos.

—Ábralo de una vez.

Teresa Ramírez levantó la tapa de la caja y descubrió un traje falda azul pálido. Sacó la chaqueta. La etiqueta estaba en italiano. Deslizó la mano por el suavísimo tejido de lana, admirando las motitas color crema y melocotón entretejidas con el azul.

—Me he enterado de lo de su ascenso —le dijo Lana—. Imaginé que una investigadora jefe merecería tener un vestuario a la altura.

Ramírez dobló la chaqueta con cuidado y volvió a guardarla en la caja.

—No puedo aceptarlo —respondió.

—¿Y si es el regalo de una amiga?

—¿Ahora somos amigas?

Lana estiró un brazo por encima de la mesa.

—Llámame Lana —le pidió.

—Teresa. —La joven le estrechó la mano—. Pero no puedo aceptarlo.

—¿Por qué no? Eres una inspectora maravillosa, Teresa —Lana levantó la mirada para asegurarse de no haberla molestado con el nombre—, pero tu elección de vestuario no está a la altura de tus capacidades.

Teresa se rio. Fue un sonido cálido y gutural.

—¿Sabes por qué me visto de esta forma?

Lana negó con la cabeza.

—Tú tienes muchas cosas, Lana. Tienes dinero. Clase. La gente te hace caso.

—Claro. Porque visto así.

—Te equivocas. —Teresa la miró a los ojos—. Tu realidad es muy distinta a la mía. Si yo me presento vestida de gris y lila, ¿sabes lo que ocurre? Que me vuelvo invisible. La chica buena que desaparece y solo le encargan que vaya a por café y poco más. Pero si me pongo esto… —Teresa se levantó de la mesa y dio una vuelta sobre sí misma que hizo elevarse la americana amarilla alrededor de sus ajustados vaqueros negros—, todos me prestan atención.

Desde luego los pescadores de la barra se la prestaron. El pobre Fredo pareció estar a punto de caerse de su taburete, llevándose el *bourbon* consigo.

—No por las razones adecuadas —repuso Lana.

—La razón no importa. Se inventan sus propias razones. Hasta tú lo hiciste. No puedo controlar eso. Lo único que puedo hacer es conseguir que me veas. Y, si me ves, no puedo ser invisible.

Teresa Ramírez seguía de pie, con sus uñas azules clavadas sobre la mesa y las mejillas encendidas. Seria.

Lana pensó en lo que estaba viendo. Una magnífica inspectora. Vestida con americana amarilla.

—Bien dicho —respondió y volvió a dejar la caja en el banco—. Supongo que sabes lo que estás haciendo.

—¿Y tú, Lana? —le preguntó Teresa volviendo a sentarse a la mesa—. ¿Qué vas a hacer ahora?

—Pues… el mes pasado me hice un escáner que salió bien. —Las palabras le salieron de la boca sin saber lo que estaba diciendo—. Los tumores se están reduciendo más deprisa de lo esperado. Los médicos dicen que puedo dejar la quimioterapia y pasarme solo a la inmunoterapia. Una infusión intravenosa cada seis semanas. Y menos efectos secundarios.

—Qué buena noticia.

Lana asintió y dijo:

—Me han dicho que puedo volver a Los Ángeles, a mi apartamento. Trabajar, si quiero. —Contempló los veleros a través de la mugrienta ventana.

—¿Y entonces?

—Pues que no estoy segura de querer regresar. —Todavía no había dicho aquello en voz alta, ni siquiera a sí misma.

—¿No?

—No.

—Deben de echarte de menos en la gran ciudad —comentó Ramírez.

—Puede que se hayan olvidado de mí.

—Me parece improbable.

Ambas mujeres se miraron la una a la otra por encima de la mesa. Teresa Ramírez alzó su Corona.

—Brindo por la autoestima —declaró.

—Por la visibilidad —contestó Lana, haciendo chocar sus botellas.

Capítulo 56

Lana tardó tres semanas más en tomar por fin su decisión.

Se despertó temprano aquel miércoles al oír a un animal husmeando frente a su ventana. Al incorporarse y asomarse entre las cortinas, sacudió la cabeza. Era Beth, que estaba otra vez trasteando en su jardín de piedras. Lana se levantó, se puso la bata y fue a la cocina a preparar café.

Abrió la puerta de atrás y le ofreció a su hija una taza humeante.

—¿Qué te inquieta, Beth?

—Nada. —Beth aceptó la taza de café y se guardó en el bolsillo el trozo de lurita que tenía en la mano—. Es que... ya lo tienes todo recogido.

Era cierto. Lana se había pasado los últimos diez días trabajando sin parar: había quitado el corcho de la pared, había ordenado sus cajas de zapatos y guardado en bolsas sus trajes. Había convencido a Beth de que no le iría mal pintar el dormitorio, y Jack escogió un azul acero que se parecía tanto al tono de la marisma al amanecer que podías despertarte pensando que ya estabas fuera, con los chorlitos que se zambullían en el agua a cazar peces para el desayuno. Más tarde, ese mismo día, acudirían Esteban y Max a hacerse cargo de los últimos trastos del garaje. Lana había dejado una biografía de Eleanor Roosevelt y un cuaderno nuevo de rayas en el escritorio de Jack, además de convencer a Beth para que se quedara con una vieja gabardina de ante. Todo lo demás se lo llevaban.

Lana se reunió con su hija en mitad del río de piedras, más allá del escalón de cemento. Cogió un trozo amarillento de arenisca y notó la superficie rugosa contra sus dedos fríos. El mes de marzo había pasado con lluvias intermitentes, y advertía briznas de hierba y cardos entre los sinuosos caminos de piedras. Llegado el mes de mayo, tal vez el laberinto entero estuviera cubierto de espiguillas.

—Beth, esta decisión la tomamos juntas —le recordó.

—Ya lo sé —respondió Beth.

—Jack necesita tener su propio cuarto.

—Lo sé. —Beth seguía caminando por el laberinto de piedras y sustituyó un óvalo negro plano por un cubo con vetas de cuarzo. Ya no alteraba la forma general del conjunto, pero no paraba de hacer pequeños cambios. Pequeñas decisiones, tomadas poco a poco con el paso del tiempo, para construir algo hermoso.

—Beth, todo saldrá bien.

Oyeron un grito procedente del agua y ambas miraron ladera abajo, hacia la playa. Jack estaba allí, de espaldas a ellas, con el remo en la mano, despidiéndose a gritos de una figura atlética y musculosa que se alejaba remando por la marisma.

—¿Quién es ese? —preguntó Beth.

Lana negó con la cabeza y preguntó:

—¿Quieres que vaya a por los prismáticos?

Jack subió dando saltos por la ladera, con su tabla colocada sobre la cabeza.

—Mamá, he conocido a un chico en clase que está haciendo prácticas en el puerto. Es mayor, está en el último curso, y en otoño participó en un programa de estudios que se llevaba a cabo a bordo de un barco. Me estaba contando cómo vivían en el barco, y que hacían listas de todos los animales que veían. Y he pensado que, a lo mejor, en vez de comprarme un barco, podría…

De pronto Jack divisó a Lana detrás de su madre.

—Ah, hola. Me han dicho que esta noche vienes con nosotras al autocine.

Lana había accedido a acompañarlas esa noche, pero con una condición.

—Nos arreglaremos para celebrarlo, ¿vale? ¿Te cepillarás el pelo?

Jack sonrió y se quitó del chaleco salvavidas una hebra pegajosa de alga marina.

—Claro —respondió—. No somos bárbaros.

Lana se pasó el resto del día dirigiendo las operaciones en el garaje. A las seis de la tarde, estaba en la puerta delantera con un nuevo traje falda color burdeos y sus Jimmy Choo metalizados. Jack se había puesto unos vaqueros oscuros sin agujeros y una vieja americana de Lana que le hacía parecer estudiante de doctorado. Pero la verdadera sorpresa la dio Beth. Estaba espectacular con un vestido verde bosque hasta media pierna y unas botas negras de puntera cuadrada que Lana había encontrado en un Nordstrom de la zona que estaba en liquidación. Quizá si se hubiera quitado la cazadora…

Beth les entregó a cada una unos pendientes que había hecho: cáscaras de caracol en miniatura para Jack, coral para ella y vidrio marino para Lana, que admiró los diminutos tesoros que tenía en la palma de la mano. Deslizó un dedo por el alambre de plata que su hija había enroscado con destreza alrededor de aquellas lagrimitas de luz.

—¡Ah! Yo también tengo un regalo para ti —dijo Jack. Desapareció por detrás de la casa y regresó enseguida con una rama de secuoya que había ido lijando hasta convertirla en un bastón irregular.

—¿Y esto qué es? —preguntó Lana.

—Un buen bastón —respondió su nieta, sonriente—. Para tu nueva oficina, cuando la encuentres.

—Gracias. —Lana sujetó el bastón con ambas manos—.

Mañana voy a ver un posible despacho para alquilar en el puerto deportivo. Podría ser la nueva sede de Lana Rubicon y Asociados.

—¿Asociados, mamá? —le preguntó Beth con una ceja levantada.

—No me negarás que suena bien —respondió con una sonrisa.

Se montaron las tres en el coche de Beth y, veinte minutos más tarde, entraron en el Hot Diggity, sorprendiendo así a Lolo, el dueño, acostumbrado como estaba a ver a las dos Rubicon más jóvenes vestidas con uniforme de enfermera y chándal, respectivamente. Se le cayó un recipiente de salsa de pepinillos en el pie derecho, lo que hizo que la salchicha que sujetaba en la mano izquierda saliese disparada por la ventanilla de pedidos del pequeño cobertizo rojo. Cuando dejó de palpitarle el pie, Lolo se disculpó por las palabrotas y les entregó tres perritos grandes con cebolla cortesía de la casa, antes de ofrecerse a sacarles una foto. Hasta Lana hubo de admitir que los perritos calientes estaban deliciosos.

Cuando llegaron al autocine de Salinas, Lana convenció al granjero para que les permitiese aparcar en mitad de la fila delantera, en un lugar que Beth estaba convencida de que el granjero reservaba para su mujer. Lana abrió una nevera portátil y les entregó un refresco a cada una: Coca-Cola para Jack, Sprite para ella y para Beth. Su hija contempló extrañada la botella de Sprite. Nunca había visto a su madre beber ningún refresco que no fuera Coca-Cola Light. Pero Lana ya había empezado a beber. Beth abrió su botella y dio un trago. Era una especie de vino espumoso. No estaba nada mal.

Se trataba de una película de suspense. Tal vez fuese una buena historia, pero las sonoras y prematuras conclusiones de Lana y Jack sobre la identidad del asesino hicieron que a Beth le resultara imposible seguir la trama. Cuando se abrió su segunda botella de Sprite, a ella también le daba ya igual.

Miró a Lana. A su madre le brillaban los ojos con la luz reflejada de la pantalla. Su traje recién estrenado quedaba escondido bajo la manta de retales que compartía con Jack en el asiento de atrás. Beth no podía saber hasta qué punto resultaría insufrible tener a la nueva asesora inmobiliaria del condado de Monterrey viviendo en el que fuera su garaje. No sabía que los desastres comenzarían ya al día siguiente, cuando llegara a casa y se encontrara un enorme agujero en el tejado para instalar unas claraboyas que ella no había solicitado. Solo sabía que estaban juntas, a salvo y riéndose. Con eso le bastaba.

Agradecimientos

Este libro nació de la desesperación y del amor. Hace tres años, a mi madre, una mujer lista, enérgica e independiente, le diagnosticaron metástasis de cáncer de pulmón. Yo cambié mi vida y dejé el trabajo para cuidar de ella. Agradecimos poder estar juntas, pero conforme se acumulaban cirugías y tratamientos, empezamos a perder la esperanza. Necesitábamos una distracción, un proyecto que pudiera conectarnos mediante la alegría en lugar de la angustia. El proyecto fue este libro. A mi madre y a mí siempre nos ha gustado leer novelas de misterio, así que empezamos a imaginar una protagonizada por personajes que se parecieran un poco a nosotras: mujeres trabajadoras de California que intentan encontrar el equilibrio entre la ambición profesional y la maternidad. Yo escribía y mi madre leía, y nos sumergimos por completo en el mundo de las Rubicon. Este libro se lo dedico a mi madre, Sarina, que sigue aportando fuerza, amor y humor a este mundo.

Si bien esta historia comenzó con mi madre y conmigo, no terminó con nosotras. La tarea de inventar una historia es terrorífica, y hubo muchísimos momentos en los que me pregunté si debería rendirme. Pero siempre había alguna palabra amable de algún ser querido que me hacía seguir adelante. Ya fuera mi madre, que me escribía para preguntarme qué iba a pasar a continuación; o mi mejor amiga, que me invitaba a su casa a cenar; o mi marido, que me aseguraba que aquello no era una pérdida de tiempo. Henri Matisse

411

dijo en una ocasión que para tener creatividad hace falta valor. Y es verdad. Pero también hace falta apoyo. Gracias a todos los familiares, amigos y personas generosas que leyeron los primeros borradores y me ofrecieron sus críticas inestimables, incluidos Sibley Simon, Morgan Simon, Carson Nicodemus, Beck Tench, Elise Granata, Meg Watt, Scott Simon, Debbie Richetta Simon, Kay Sibley, Mike Sibley, Paul Dichter, Susan Dichter, Abby Saul, Jessica Brode Frank, Katherine Caldwell, Kate Coltun, Maria Daversa, Will Delhagen, Jo Dwyer, Elaine Heumann Gurian, Chloe Jones, Allison Kraft, Erin Leary, Taylor Lilley, Lilia Marotta, Kiera Peacock, Serena Rivera, Kate Roberts, Sierra Van Ryck DeGroot y Susan Walter.

Gracias a quienes fycontribuyeron a mi documentación para este libro. Llevo quince años viviendo en la bahía de Monterrey, pero este proyecto me ayudó a acercarme más al lugar que llamo mi hogar. Agradezco y admiro el cariño que demuestran hacia esta tierra los nativos Ohlone y la asociación Amah Mutsun Tribal Band, cuya administración continúa pese a la opresión y al desplazamiento. Gracias a las muchas agencias que protegen y conservan Elkhorn Slough. Gracias a mi hija Rocket por ser mi fiel compañera de documentación, arrodillada en el extremo de mi tabla de *paddleboard* y señalándome posibles lugares donde cometer un crimen a orillas de la marisma. Gracias a Robert Stephens por compartir conmigo documentos históricos y mostrarme el verdadero rancho Roadhouse, y por enseñarme el nombre de cada planta y ave que nos encontrábamos por las extensas colinas que bordean la marisma. Gracias a Jess Grigsby y a Kayak Connection por descubrirme el arte y el negocio de las excursiones en kayak. Gracias a Eileen Campbell, a Mark Silberstein y al Acuario de la Bahía de Monterrey por vuestra guía ilustrada de la flora y la fauna de Elkhorn Slough. Gracias a Terry Corwin por explicarme las complejidades legales de las asociaciones ecologistas para la conservación del terreno, y gracias a los doctores Rachel Abrams y Bill Skinner por estar siempre dispuestos a responder a cualquier pregunta médica espantosa. Pese a todos estos maravillosos consejos, estoy segura de que habré cometido errores. Y cualquier error y exageración es cosa mía.

Todas aquellas personas a las que he dado las gracias hasta ahora se implicaron en el proyecto antes de que pudiéramos imaginar que este libro acabaría publicándose. ¡Pero aquí está! ¡Es real! Algo que ha sido posible gracias al duro trabajo de mi agente, Stefanie Lieberman, ayudada por Molly Steinblatt y Adam Hobbins. Stefanie, Molly y Adam me enseñaron mucho sobre escritura y me animaron a seguir añadiendo profundidad y matices a esta historia.

Gracias, Stefanie, por llevarle esta historia a Liz Stein, mi editora en William Morrow. Hablé con Liz la primera vez por teléfono cuando estaba en cama con COVID-19. Pese a mi estado febril, capté con claridad la idea que tenía Liz para este libro. Gracias, Liz, por llevarme por caminos que tal vez no habría transitado de no ser por ti. Gracias por animarme a entregarme en cuerpo y alma a las mujeres Rubicon: sus objetivos, sus deseos, sus conflictos y, sobre todo, el amor que sienten las unas hacia las otras. Confío en que ese amor se transmita.

Ha sido un placer trabajar con todo el equipo de William Morrow. Siendo esta mi primera novela, a menudo me sentía como una intrusa en el trabajo de otras personas. Gracias a mis lectoras Cath Liao y Alejandra Oliva por ayudarme a entender todo el potencial de mis personajes. Gracias a Stephanie Evans, magnífica correctora, y a Kim Glyder y Nancy Singer por la preciosa cubierta y por la maquetación interior. Gracias a las inigualables publicistas Rachel Berquist, Danielle Bartlett y Kathleen Carter por ayudar a los lectores a encontrar y conectar con las Rubicon. Y gracias a toda esas personas trabajadoras de William Morrow y HarperCollins que ayudaron a dar vida a este libro.

Por último, me gustaría darte las gracias a ti por leer este libro. Lo escribí en busca de un consuelo creativo para mi madre y para mí. La idea de que a ti pueda llegar a proporcionarte también algún placer me hace tremendamente feliz. Estés donde estés, cualquiera que sea la situación que estés atravesando, espero que esta historia te llegue y te aporte un poco de cariño. Creo en ti, y en el amor.

413